별이 내린 들녘

별이 내린 들녘 2

초판 1쇄 펴낸 날 | 2017년 6월 15일

지은이 | 김서은
펴낸이 | 서경석

편집책임 | 조윤희 **편집** | 이은주, 이예진
마케팅 | 서기원 **경영지원** | 서지혜, 이문영

임프린트 | (MUSE)
주소 | 경기도 부천시 부일로 483번길 40 서경B/D 3F (우) 14640
전화 | 032-656-4452 **팩스** | 032-656-4453
이메일 | roramce@naver.com **블로그** | bolg.naver.com/roramce
홈페이지 | http://www.chungeoram.com

발 행 처 | 도서출판 청어람
출판등록 | 1999년 5월 31일 제387-1999-000006호
어람번호 | 제11-0057호

ⓒ 김서은, 2017

ISBN 979-11-04-91326-6 04810
ISBN 979-11-04-91324-2 (SET)

뮤즈는 도서출판 청어람 단행본사업본부의 임프린트입니다.

도서출판 청어람은 언제나 여러분의 소중한 작품 투고와 도서 출간 기획 등 다양한 제안을 기다리고 있습니다. chungeorambook@daum.net

별이 내린 들녘

Starry meadow

김서은 장편소설

II

MUSE

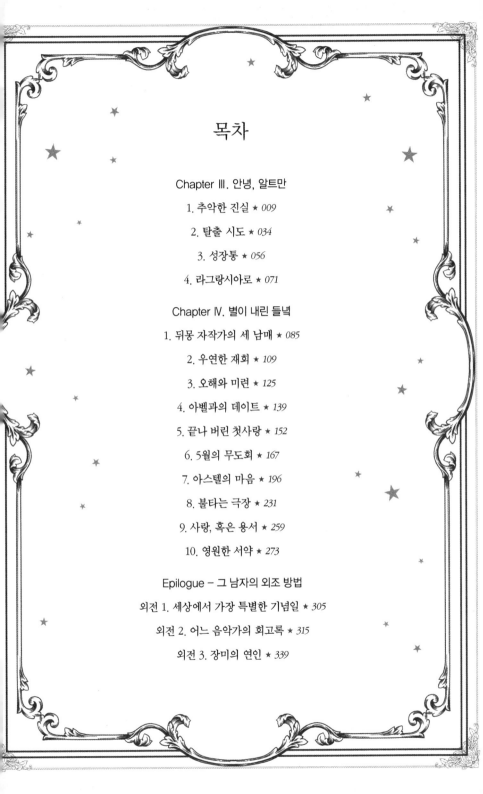

목차

Chapter III.
안녕, 알트만

1. 추악한 진실

백합 다발을 안은 채 관 앞에 서 있던 아스텔은 문득 하늘을 향해 고개를 치켜들었다. 당장에라도 비가 쏟아질 것처럼 시커먼 먹구름이 하늘을 온통 뒤덮고 있었다. 곁에서 찢어질 것 같이 비통한 울음소리가 시끄럽게 고막을 두드려댔다.

"아, 말도 안 돼! 이럴 순 없어, 제발 누가 꿈이라고 말해줘요! 데이빗, 데이빗, 데이빗!"

죽은 백작의 누이인 엘레노어는 날벼락과도 같이 급작스러운 동생의 죽음에 정신을 차리지 못하고 있었다. 그녀는 관에 매달려 동생의 얼굴을 붙잡고 어서 일어나라며 하소연을 하기도 했고, 주치의의 오진이 분명하다면서 떼를 쓰기도 했다.

백작의 장례식에 모인 문상객들은 모두 연민과 동정에 가득 찬 눈빛으로 엘레노어를 바라보고 있었다. 백작의 혈육 중, 그의 죽음에 슬픔을 내비쳐 보이는 사람은 그녀가 유일했다.

검은 상복을 입은 백작의 두 아들은 소름끼칠 정도로 무표정한 얼굴로 관 속에 누워 있는 아버지를 지켜보고 있었다. 아스텔은 그런 세이지의 얼굴을 곁눈으로 살피며, 백작이 생전에 그에 대해 험담하던 말들을 떠올렸다.

"세이지는 어릴 적부터 정나미가 없었지. 키우던 강아지가 죽어도 눈물 한 방울 흘리지 않을 정도로 마음이 차가운 아이였다."

그가 정말로 아버지의 죽음을 애도하지 않기 때문에 눈물을 비추지 않는 것일까. 아스텔은 세이지가 누구보다도 아버지의 관심과 애정에 굶주려 있었다는 사실을 잘 알고 있었다. 그런 그가 친부의 예기치 못한 죽음에 슬퍼하지 않을 리가 없었다.

백작의 사인은 스트리크닌에 의한 중독사였다. 주치의는 백작의 침대 근처에서 그가 숨겨놓았던 스트리크닌의 약병을 찾아냈다. 엘레노어는 유서가 남아 있지 않다는 것을 근거로 그가 자살한 것이 아니라 누군가에 의해 독살당한 것이라고 주장했으나, 그 말을 진심으로 믿는 사람은 아무도 없었다. 백작의 변호사인 제이슨이 그가 이 주 전부터 재산을 재분할하고 싱속에 관해 유언장을 고쳐 썼다는 증언을 했기 때문이었다.

하지만 엘레노어가 떼를 쓴 덕분에, 교회에서는 결국 못 이기는 척 백작의 장례식을 진행하기로 했다. 델플린드 백작 정도의 저명인사가 교회에서 장례식을 치르지 못한다는 건 이만저만한 수치가 아닐 수 없었다.

장례식은 조문객들의 머릿수가 많은 만큼이나 무척 길었다. 아스텔은 안고 있던 백합을 관에 넣으며, 앞으로 영영 진실을 들려주지 않을 백작의 얼굴을 가만히 들여다보았다.

처음부터 이럴 목적이었던 걸까. 자신에게 진실을 알려주는 것이 죽기보다도 싫었던 걸까. 너무나 허탈한 나머지 배신감조차 들지 않을 정도였다.

이윽고 관 앞에 서 있던 목사가 엄숙한 목소리로 말했다.

"모두 고인을 위해 기도하도록 합시다."

자살한 이가 천국으로 갈 수 있을 리 없다. 사람들은 그렇게 생각하면서도 백작이 정말로 천국에 갈 수 있을 거라고 믿는 것처럼 기도하고 찬송가를 불렀다. 유족들과 목사, 조문객들이 모두 배우가 되어 꾸미는 연극과 같은 장례식이었다. 단 한 사람, 엘레노어를 제외하고 말이다.

장례식은 급한 대로 제이드 체임버에서 치렀으나, 매장은 영지인 델플린드에 위치한 가족 묘지에서 이루어져야 했다. 새로운 델플린드 백작이 된 로렐과 그의 두 동생은 탈진 직전인 고모 엘레노어를 끌고 영지로 향하는 기차에 몸을 실었다. 이틀 동안 잠을 거의 이루지 못한 세 사람은 기차가 출발하여 델플린드에 도착할 때까지 기절하듯이 깊은 잠에 빠졌다.

✥

델플린드와 플라티나 메도우는 백작의 갑작스러운 사망 소식으로 인해 큰 슬픔에 잠겼다. 수백 년 전처럼 영주들이 무소불위의 권력을 휘두르는 시대는 이미 지났다지만 백작은 소작료를 낮추고 병원과 학교들을 설립하는 등 지역사회 발전에 공헌한, 나름대로 괜찮은 영주였다. 후계자인 로렐이 앞으로 어떻게 델플린드를 이끌어 나갈지 알 수 없는 이상, 지금까지 안정적으로 영지를 꾸려왔던 백작의 죽음을 안타까워하는 것은 이상한 일이 아니었다.

백작의 시신은 알트만 가문 사람들이 대대로 묻혀왔던 가족 묘지에 안장되었다. 엘레노어는 관이 흙으로 뒤덮여 완전히 보이지 않게 되는 순간까지 내내 울음을 그치지 않았다. 이로써 6대 델플린드 백작이었던 데이빗 해롤드 알트만은 향년 49세의 나이로 이승과 완전한 작별을 고했다.

죽은 아버지의 뒤를 이어 7대 델플린드 백작이 된 로렐은 한숨 돌릴 틈도 없이 본격적인 승계 과정에 돌입했다. 그는 제이슨과 알버트와 함께 플라티나 메도우의 집무실에 틀어박혀, 아버지가 생전에 남긴 유언장을 토대로 유산들을 정리하기 시작했다. 불행인지 다행인지, 아버지가 죽음을 준비하며 영지 운영과 상속에 대해 정리를 깔끔하게 해두었던 덕분에, 로렐은 한결 수월하게 집무를 처리할 수 있었다.

로렐이 승계 과정으로 바쁘게 일하고 있는 반면에, 그의 동생인 세이지와 아스텔에게는 주어진 일이 거의 없다시피 했다. 사교계 시즌이 끝나지도 않은 상태에서 아버지의 시신을 묻기 위해 델플린드로 급히 내려온 탓이었다. 세이지는 눈코 뜰 새 없이 바쁜 형을 돕겠다며 나섰지만, 로렐은 네 몸부터 챙기라며 단호하게 동생의 제안을 거절했다.

할 일이 없어진 세이지는 자신의 방에 온종일 틀어박힌 채, 저녁 식사 시간이 끝나도록 나오지 않고 있었다. 그런 세이지가 걱정되었던 아스텔은 식사를 마친 뒤 곧바로 그의 방으로 향했다.

"들어가도 될까요?"

"……."

"들어갈게요."

아스텔은 세이지의 방 안으로 발을 들이며 제이드 체임버에서 그에게 처음 안겼던 날의 일을 무심코 떠올렸다. 오늘의 세이지는 그날과는 달리, 침대의 가장자리에 걸터앉은 채 멍하니 허공을 올려다보고 있었다. 공허함이 가득한 그 얼굴에 저도 모르게 가슴이 죄어들었다.

"식사……, 하지 않으실 건가요?"

"……."

"로렐 오라버니께서 걱정하실 거예요."

"……."

"그러다 몸이라도 상하면 어쩌려고 그러세요. 이럴 때일수록 기운 내셔야죠."

그는 집요할 정도로 말이 없었다. 세이지의 눈치를 보던 아스텔은 용기를 내어 그에게 좀 더 다가갔다. 허공을 정처 없이 헤매던 그의 시선이 천천히 아스텔이 있는 쪽으로 움직였다. 낮게 가라앉은 무미건조한 목소리가 아스텔의 가슴을 아프게 찔러왔다.

"……이제 끝났어. 이제 두 번 다시 아버지가 날 바라봐 주시는 날은 오지 않겠지."

아스텔은 비로소 그가 친부의 인정을 받을 기회를 영영 상실했다는 사실에 절망하고 있음을 깨달았다. 텅 빈 눈동자를 마주한 아스텔은 저도 모르게 마른침을 꿀꺽 삼켰다.

"양부님께서 돌아가셔서……, 많이 상심하셨다는 건 알아요. 저도 친부모님을 잃었으니까, 잘 이해하고 있어요. 하지만……."

"이해?"

세이지의 입에서 피식 웃음소리가 새어 나왔다. 아스텔은 그의 냉소적인 반응에 어깨를 움찔하면서도 물러서지 않았다.

"아니, 넌 한순간도 내 이해자였던 적 없어. 동정이라면 몰라도."

텅 비어 있던 푸른 눈동자에 분노라는 이름의 격렬한 감정이 깃들기 시작했다. 그는 천천히 침대에서 일어나더니 곧 아스텔을 외면하듯이 창문 밖으로 시선을 던졌다.

"네가 감히 내게 이해라는 표현을 사용한 게 놀라운데. 정말 뻔뻔스러워."

"그게 어째서 뻔뻔스럽다는 거죠? 저 역시 가족을 잃은 슬픔을 알고 있으니까…… . 같은 아픔을 간직하고 있는 사람을 이해한다고 한 것뿐인데, 그게 그렇게 큰 잘못인가요?"

"너, 네 부모님 얼굴은 기억하고 있어?"

"……!"

"부모님이 정확히 어떻게 돌아가셨는지, 그때 네가 느낀 감정이 어땠는지 전부 생생하게 기억하고 있다고 자부해? 그야 슬프긴 했겠지. 막연하게 부모님이 보고 싶다는 생각도 했을 거고. 하지만 그게 전부일 뿐이야. 넌 절대 날 이해할 수 없어. 마치 사랑받는 것이 숙명인 것처럼, 그 사람을 닮은 자식으로 태어났다는 이유만으로 내 아버지의 사랑을 독차지했던 네가 나에 대해 뭘 알아?"

그 사람을 닮은 자식. 그 말에 아스텔은 뒤이어 하려던 말을 잊어버리고 말았다.

"방금 뭐라고…… ."

"직접 보여주지."

거칠게 아스텔의 손목을 낚아챈 세이지는 그녀를 이끌고는 어딘가로 발걸음을 옮겼다. 넋을 반쯤 잃은 아스텔은 그저 무력하게 그가 이끄는 대로 따라가는 수밖에 없었다.

서재에 도착한 세이지가 어떤 책들을 건드리자, 벽과 이어져 있던 책장이 천천히 움직이며 비밀 공간과 이어진 통로가 눈에 띄었다. 세이지는 아스텔의 손목을 잡은 채 잠시의 망설임도 없이 그곳으로 성큼 발을 내디뎠다. 이윽고 탁 트인 하얀색의 넓은 공간이 아스텔의 눈앞에 펼쳐졌다. 램프나 촛불은커녕, 창문 하나 없이 밀폐된 공간인데도 어딘가에서 빛이 들어오는지, 방 안은 사물을 분간할 수 있을 정도로 환했다.

"이렇게 보는 건 처음이지?"

세이지는 방 한가운데에 놓인 이젤을 덮고 있는 천을 걷어냈다. 이젤 위에는 대여섯 살쯤 되어 보이는 한 아이의 초상화가 있었다. 아스텔은 떨리는 눈으로 자신이 그려져 있는 초상화를 응시했다.

아니, 그건 아스텔의 초상화가 아니었다. 아스텔의 황망한 시선이 세이지 쪽으로 향했다.

✤

블루엣 백작부인인 엘레노어는 일찌감치 세상을 떠난 올케 대신, 한창 말썽 피울 나이인 두 조카를 돌봐주기 위해 플라타나 메도우를 자주 방문하곤 했다. 이제 갓 여덟 살을 넘겼는데도 항상 얌전한 세이지와는 정반대로, 형인 로렐은 온종일 온 저택을 들쑤시고 다니는 것이 취미인 몹쓸 장난꾸러기였다.

응접실을 떠도는 시끄러운 아이 웃음소리를 들으며 엘레노어는 만면에 미소를 띠었다. 로렐은 다루기 까다로운 아이였지만, 그 아이와 함께 있으면 자신도 덩달아 활력을 찾는 듯했다.

"고모님, 고모님!"

얼마나 뛰어다녔는지 얼굴이 빨갛게 상기된 로렐이 웃으면서 엘레노어에게 다가왔다. 엘레노어는 마시던 찻잔을 내려놓으며 로렐을 향해 다정한 미소를 지어 보였다.

"무슨 일이니, 로렐?"

"혹시 아버지가 갖고 있는 초상화 알고 계세요? 금발 꼬마애가 그려진 초상화요!"

로렐의 말에 엘레노어의 맞은편 소파에서 얌전히 책을 읽고 있던 세이지가 슬쩍 고개를 들었다.

"기억하고말고. 정말 사랑스럽게 생겼지."

"어디서 구한 그림이죠?"

"너도 초상화의 주인에 관심이 생긴 거니?"

"그건 아니고, 그냥 궁금해서요."

로렐은 히죽 웃으면서 세이지의 옆에 털썩 앉았다. 세이지는 로렐을 향해 곱지 않은 시선을 보내면서도 저 역시 초상화에 대한 것이 궁금한 듯이 엘레노어의 말에 귀를 기울였다.

"내 아버지……, 그러니까 너희에겐 할아버지가 되는 전대 백작님이 수집한 미술품 중 하나란다. 내가 로렐만 한 나이였을 때였나. 너희 할아버지께서 후원하던 화가 중 한 명이 자기 자식을 그린 초상화라고 했지. 너희 아빠는 그 초상화를 보고 한눈에 반해서는, 초상화의 주인을 제 신부로 삼겠다고 입버릇처럼 말했단다."

"하지만, 엄마는 그 초상화의 주인이 아니잖아요? 만나지 못했던 건가요?"

"아니, 만났었지. 너희 아빠가 스무 살쯤 되었을 무렵에."

"그럼 왜 결혼을 못 했나요? 자라면서 못생겨진 건가요?"

로렐의 거침없는 질문에 엘레노어는 풋, 하는 웃음소리를 내더니 부채로 조용히 입가를 가렸다. 이윽고 웃음기를 억누르는 듯한 목소리로 그녀가 말했다.

"남자였거든."

❖

세이지는 의미심장한 미소를 지으며 충격에 사로잡힌 아스텔의

별이 내린 들녘

얼굴을 똑바로 마주 보았다. 그는 아스텔이 초상화를 직시하도록
그녀의 고개를 억지로 돌리게 하고는 가차 없이 말을 이어나갔다.

"네 친부인 조지 라이언. 아니, 너에게는 맥켄지라는 이름이 더
친숙하려나."

"……!"

"아무래도 좋아. 내 아버지는 네 친부에게 특별한 감정을 품고
있었지. 벗으로서의 친근한 감정이 아닌, 그 이상의 감정으로—."

아스텔이 몸부림을 치자 세이지는 의외로 순순히 그녀를 놔주
었다. 씨근거리며 그에게 원망스러운 눈빛을 보내는 아스텔을 보
면서 그는 코웃음을 쳤다.

"그래서 그를 빼닮은 널 편애한 거야."

세이지의 말에 아스텔은 오랫동안 잊고 있었던 유년시절의 기억
중 하나를 떠올렸다. 백작과 처음 만났던 날, 떠오를 뻔했지만 그
대로 묻혀 버린 채 영영 떠올리지 못할 뻔했던 기억이었다.

기억 속의 아스텔은 아버지의 무릎에 앉은 채 화폭에 그려진 어
머니의 초상화를 보고 있었다. 아스텔의 머리를 쓰다듬던 아버지
는 문득 씁쓸한 목소리로 중얼거렸다.

"네가 디안을 닮았으면 더 좋았을 텐데."

아스텔은 무심결에 주먹을 꽉 쥐었다. 세이지는 처음부터 알고
있었던 것이다. 그녀가 친부모 중 어느 쪽을 닮았는지를.

"절 속였군요!"

비명에 가까운 목소리로 아스텔이 히스테릭하게 소리 질렀다.
그런 그녀의 반응에 세이지는 의외라는 것처럼 눈을 크게 떴다.

"내가 언제 널 속였지?"

아스텔은 세이지의 뻔뻔한 태도에 기가 막히는 것을 느꼈다. 너무 화가 난 나머지, 머리가 띵해질 정도로 아팠다.

"모른다고 하셨잖아요, 펜던트의 출처를……. 그리고 맥켄지가 제 아버지라는 걸 감췄고요."

"뭔가 착각하고 있는 모양인데, 아버지가 그 펜던트를 어떤 경위로 손에 넣었는지는 나도 몰라. 그리고 넌 네 친부가 누구인지 내게 물어본 적도 없었잖아. 어째서 네가 묻지도 않은 사실을 내가 굳이 나서서 알려줘야 하는 거지?"

"……."

"네 친부는 아버지의 본심을 알게 된 후에 곧바로 잠적했다고 해. 그 과정에서 다소 과격한 언사가 오갔던 모양이야. 모르긴 몰라도 대충 더럽다느니, 혐오스럽다느니, 그런 종류의 말을 했겠지. 사랑하는 사람에게 심한 말로 매도당한 아버지는 자기혐오에 빠지게 됐어. 그리고—."

차라리 자신의 귀를 막아버리고 싶었다. 그가 내뱉는 진실 하나하나가 아스텔에겐 전부 감당하기 버거운 것들뿐이라, 그녀는 차라리 세이지를 버리고 이곳에서 도망가 버리고 싶었다.

하지만 어째서인지 굳어버린 몸은 좀처럼 그녀의 뜻대로 움직이려 하지 않았다.

"그래서 당신을 빼닮은 나를 똑같이 혐오했지."

아스텔에게서 시선을 거둔 세이지는 지긋지긋하다는 표정으로 조지의 초상화를 바라보았다. 아무런 이유도 모른 채, 아버지의 일방적인 미움에 그저 고통스러워하기만 했던 어린 시절의 자신이 떠올랐다. 격해지려는 감정을 애써 가라앉힌 그는 빈정거리는 말투로 하던 말을 계속 이어나갔다.

"이제 알겠어? 그 남자를 빼닮은 자식으로 태어나서, 단지 그 이유만으로 어떤 노력도 없이 아버지께 사랑받은 네가 날 이해하고 있다니 건방진 소리 집어치워. 넌 날 이해 못 해. 앞으로도 영원히."

당장에라도 울음을 터뜨릴 것 같은 표정을 짓고 있는 아스텔을 보며, 그는 후련함과 동시에 알 수 없는 짜증이 치밀어 오르는 것을 느꼈다. 그래서 충동적으로 그녀의 마음을 헤집는 말을 다시 한 번 내뱉었다.

"아, 하지만 너와 어울리는 건 제법 즐거웠어. 그토록 아버지가 사랑했던 사람의 딸인 네가, 아버지께도 버림받은 내게 인정을 갈구하면서 몸을 바치는 건 정말 재밌─."

짝, 하는 요란한 파열음과 동시에 그의 고개가 돌아갔다. 세이지는 홧홧해진 왼뺨에 손을 대고는 무표정한 얼굴을 하고 있는 아스텔을 마주 보았다.

"죄송하다는 말은 하지 않겠어요."

"……."

"어떤 노력도 없이 사랑받았다고? 당신이야말로 내게 그럴 말을 할 자격이 있는 줄 알아?"

너무 화가 난 나머지 실성이라도 한 건지, 자꾸 입에서 헛웃음이 나왔다. 버릇처럼 치맛자락을 꽉 쥐었던 아스텔은 천천히 손을 펴고 입가에서 웃음을 지웠다.

"난 말이죠, 사실 노력하는 걸 굉장히 싫어해요."

"……."

"아침에 일찍 일어나는 것도 힘들고, 머리 아프게 공부하는 것도 싫고, 빠릿빠릿하게 움직이는 것도 귀찮고, 다른 사람의 비위를 맞추는 것도 싫어해요. 그래서 귀족 가문에 입양된다고 했을 때, 처음엔 조금 기대하기도 했어요. 더 이상 아등바등 살지 않아

도 될 것 같아서. 왜냐면 난 줄곧 그런 삶을 살아왔거든요. 고아
인 주제에 굼뜨고 눈치 없는 계집애는 아무도 원하지 않으니까!"

메이슨 아주머니가 세상을 떠난 후, 수도원에 들어가기 전까지
아스텔은 여러 집을 전전하며 잡역 하녀로 일해야 했다. 낯을 많
이 가리고 책을 읽는 걸 좋아하던 어린 아스텔은 고용주들이 선
호할 만한 부류의 고용인은 아니었다.

여러 차례 욕설과 손찌검을 당한 끝에 아스텔은 부지런하고 싹
싹한 아이로 거듭났다. 아무리 부당한 대우를 당해도 무조건 참
고, 싫은 사람이더라도 웃으면서 비위를 맞출 줄 아는 순종적인 아
이. 그것이 그녀가 지금껏 살면서 어렵게 체득한 생존 방식이었다.

"얼마나 죽도록 노력했는데. 내가 당신 한 사람만 바라보면서
얼마나 힘들어 했는데! 당신한테 인정받고 싶다고, 그렇게 생각하
면서 무슨 짓이든 했었는데! 당신이야말로 내게 그런 말을 할 자
격이 있는 줄 알아? 다른 사람은 몰라도 당신만큼은 내게 그렇게
말해선 안 돼. 어떻게, 어떻게 다른 사람도 아닌 당신이 내게—."

아스텔은 눈물을 줄줄 흘리며 마음속에 줄곧 묵혀왔던 말들을
토해내고 있었다. 자신을 돌아봐 줬으면 하는 마음에 그간 해왔던
모든 노력이 아무런 의미도 없는 발버둥이었다는 것이 더할 나위
없이 그녀를 비참하게 만들었다.

당신은 대체 날 어디까지 비참하게 만들어야 속이 시원해질까.

"아버지를 닮아서 미움받은 거라고? 그래, 그랬을지도 몰라. 하
지만 당신은 아버지에게만 사랑받지 못한 게 아니야. 당신은 자기
자신조차 사랑하지 않는 사람이니까. 스스로를 사랑할 줄 모르는
사람이 어떻게 다른 사람을 사랑할 수 있겠어."

"……."

"하지만 난 달라. 나는 나를 사랑하니까!"

이제야 모든 것이 이해가 갔다. 세이지 역시 자신의 아버지가 그랬던 것처럼 자기 자신을 혐오했던 것이다. 그렇기 때문에 그는 스스로를 소중하게 여길 줄 몰랐다. 다른 여자들과의 방탕했던 관계도 세이지의 그런 면모에서 비롯되었던 것이리라.

세이지는 계속해서 아무 말이 없었다. 하지만 아스텔로서는 그 편이 차라리 속이 편했다. 그가 무슨 말을 하든, 이제 더 이상은 들어주고 싶지 않으니까.

아스텔은 계속해서 자신의 뺨을 타고 흐르는 눈물을 닦지 않은 채 힘겹게 입꼬리를 끌어올렸다.

"그러니까 앞으로는 나 자신을 더욱 소중히 여길 거야. 사랑할 가치가 있는 사람을 사랑할 수 있도록."

아스텔의 불타는 듯한 시선이 얼어붙어 있던 그를 강하게 쏘아 맞혔다. 저 멀리 북녘 산의 만년설마저 녹일 수 있을 것 같은 뜨거운 눈동자로.

"당신은 사랑받을 자격도 없는 인간이었어."

줄곧 미동도 하지 않던 세이지의 눈동자가 그 한 마디에 격렬하게 흔들리기 시작했다. 그 흔들림이 분노에 의한 것이었는지, 아니면 그 밖에 다른 감정에 의한 것인지 아스텔은 알 수 없었다. 알고 싶지도 않았다.

"지금 뭐라고……."

"두 번 다시 꼴도 보고 싶지 않다는 말이에요."

아스텔은 그대로 뒤돌아 도망치듯이 서재 안의 비밀 공간을 빠져나왔다. 세이지가 과연 자신을 뒤따라올까. 그랬으면 좋겠다는 마음과 따라오지 않길 바라는 상반된 마음이 그녀의 안에서 충돌하고 있었다.

정신없이 복도를 달리던 아스텔은 계단의 난간 아래에 숨어 한

참을 목 놓아 울었다. 그렇게 자신의 모든 것을 바쳐 좋아했던 사람에게 마음을 짓밟힌 것이 슬펐고, 그런데도 여전히 그에 대한 마음을 완전히 떨쳐 버리지 못하는 것이 분했다.

사랑이 없는 관계라는 건 처음부터 알고 있었다. 하지만 아스텔이 그의 요구에 항상 응해왔던 건 단순히 쾌락 때문만은 아니었다. 둘 사이에 미약하게나마 어떤 감정적인 교류가 존재한다는 헛된 기대를 품고 있었기 때문이다.

하지만 아스텔의 그런 기대는 세이지의 입을 통해 일말의 여지도 남기지 않은 채 산산이 부서졌다. 아스텔과의 관계는 그에게 있어 결핍된 자존감을 채우는 행위에 불과했던 것이다.

눈물이 더 이상 나오지 않을 정도로 원 없이 울고 난 그녀는 비틀거리며 자리에서 일어났다. 이대로 어영부영 시간을 보내다가 감정이 희석되기 전에 모든 것을 확실히 처리해야 했다. 아스텔은 손등으로 눈물을 훔친 뒤, 곧바로 로렐이 있을 백작의 집무실로 발걸음을 옮겼다.

"누구지?"

아스텔이 노크를 하자, 문 너머로부터 귀에 익은 로렐의 목소리가 들려왔다. 몇 번 헛기침을 하며 목을 가다듬은 그녀는 떨리는 음성으로 대답했다.

"저예요. 아스텔이요."

"아스텔? 어서 들어와."

집무실 안에 들어선 아스텔은 백작의 책상에 앉아 있는 로렐과 그의 곁에 서 있던 알버트를 곧장 발견했다. 새빨갛게 충혈된 눈에 퉁퉁 부은 눈매를 하고 있는 아스텔을 보고 놀란 표정이 된 로렐은 알버트에게 어서 자리를 비켜 달라는 듯이 눈짓을 보냈다. 알버트는 로렐의 지시대로 집무실을 빠져나가기 전에, 품에서 손수건을 꺼내 아스텔에게 건네는 배려도 잊지 않았다.

알버트가 집무실을 나가고 단둘만 남게 되자, 로렐은 이마를 꾹꾹 문지르며 깊게 한숨을 내쉬었다.

"혹시 이즈가 널 울린 거니?"

"……."

"맞나보구나."

"……로렐 오라버니."

아스텔은 머뭇거리며 로렐이 앉아 있는 책상 쪽으로 다가갔다. 양부였던 백작이 살아 있었다면 분명 들어주지 않았겠지만, 현재 아스텔의 법적 보호자는 죽은 백작이 아닌 로렐이었다. 아스텔이 다가오자, 로렐은 쥐고 있던 만년필을 내려놓고는 성실하게 그녀와 똑바로 눈을 맞춰주었다.

"무슨 일이니?"

"……저를 수도원으로 돌려보내 주세요."

아스텔의 요구에 로렐은 갑자기 입을 꾹 다물고는 그녀를 빤히 바라보기 시작했다. 아스텔은 로렐이 다시 입을 열고 어떤 대답이든 빨리 되돌려 주기를 기다렸으나, 그는 한참 동안 아무런 말도 하지 않은 채 아스텔을 뚫어지도록 응시할 뿐이었다.

혹시 목소리가 너무 작았던 건 아닐까. 그렇게 생각한 아스텔이 다시 입을 열려고 하던 찰나였다.

"그렇구나."

그는 만년필을 다시 집어 들더니, 책상에 놓인 서류에 서명하기 시작했다. 마치 아무것도 듣지 못한 사람처럼 아스텔의 요구를 철저히 무시하는 태도였다. 그는 가지 말라고 아스텔을 설득하거나, 하다못해 수도원으로 돌려보내 달라는 이유를 묻지도 않았다.

"할 말은 그게 다야?"

"네. 저어⋯⋯."

"수도원에는 못 돌려보내 줘."

로렐의 가차 없는 대답에 아스텔은 입술을 꽉 깨물었다. 로렐은 지금껏 단 한 번도 아스텔을 이렇게 무시한 적이 없었다. 특히 세이지가 연관된 일이라면 더욱 그랬다.

"저는⋯⋯."

"수도원에 대한 원조를 그만두길 바란다면 그렇게 하든가."

"그게 무슨⋯⋯!"

아스텔이 동요하는 모습을 지켜보던 로렐은 눈을 내리깔고 다시 서류를 읽기 시작했다. 그는 얄미울 정도로 담담한 어조로 말을 이어나갔다.

"이건 내가 정한 일이 아니야. 돌아가신 아버지께서 결정하신 일이지."

아스텔의 눈앞이 순간 캄캄해졌다. 그녀는 자신에게 집착하던 양부가 죽었으니 더 이상 알트만 가문에 묶여 있을 필요가 없다고 생각했다. 자신 몫으로 돌아올 유산을 포기하고 돌아가겠다고 하면 로렐도 크게 반대하지는 않을 줄로만 알았던 것이다. 읽고 있던 서류를 뒤로 넘기고 다음 장을 펼친 로렐은 이윽고 한숨을 쉬면서 다시 고개를 들었다.

"우리 형제가 유산 때문에 널 정신병원이나 수도원에 보내 버릴까 봐 걱정하셨던 모양이야. 친자식인데 정말 어지간히도 우릴 불신하셨지. 돌아가시기 전에 프랜신 원장으로부터 미리 각서를 받아두셨더군. 만약 파양된 널 다시 받아준다면 알트만 가문에서 후원하던 모든 물질적인 지원을 끊겠다고."

그는 친부에게 그런 끔찍한 의심을 받았음에도 그다지 상심하지도 않은 것처럼 어깨를 으쓱해 보였다.

"그게 널 보내줄 수 없는 일차적인 이유야."

"……일차적인 이유라니요?"

로렐이 '일차적인 이유'라는 단서를 붙인 것은 '이차적인 이유'가 별개로 존재하기 때문일 것이다. 그는 아스텔의 질문에 피식 웃으며 쥐고 있던 만년필을 빙글빙글 돌렸다.

"네가 알트만 가문을 떠날 수 있는 방법은 한 가지가 더 있어. 엘레노어 고모님께서 인정하신 상대와 혼인하는 것."

혼인, 이라는 말에 아스텔의 심장이 쿵쿵 뛰기 시작했다. 아스텔의 얼굴이 파랗게 질린 것을 본 로렐은 그녀가 무슨 생각을 하고 있는지 알아챘는지 고개를 천천히 가로저었다.

"고모님은 널 워낙 귀여워하시니까, 지참금을 줄 필요도 없는 형편없는 남자와 혼인시킬 가능성이 낮다고 판단하신 거겠지. 하지만 난 너를 다른 가문으로 시집보낼 생각이 전혀 없어. 설령 그 상대가 왕족이라고 하더라도."

결혼은 아스텔 역시 바라지 않는 바지만, 상대가 왕족이라고 하더라도 거부하겠다는 로렐의 말은 조금 이상했다. 자신을 추궁하듯 바라보는 아스텔의 시선을 피하지 않은 채, 로렐이 천천히 자리에서 일어났다. 그는 조금 가소롭다는 듯한 눈빛으로 아스텔을 마주 보며 다시 입을 열었다.

"왜냐면 내 동생이 널 원하니까."

"……!"

"내가 모를 줄 알았어?"

아스텔은 엉겁결에 손으로 제 입을 틀어막았다. 언젠가 이런 날이 올지도 모른다고, 줄곧 막연히 품고 있던 불안감이 실체가 되어 그녀를 덮친 것이다. 온몸이 덜덜 떨려왔다.

"대체 언제부터……, 어떻게……."

"대략 한 달 정도 됐으려나? 지금 중요한 건 그런 게 아니지만."

로렐이 하는 말 한마디, 한마디가 아스텔의 머릿속에서 웅웅거리며 메아리쳤다. 늘 다정하기만 했던 로렐이 갑자기 너무나 무섭게 보였다.

"난 처음 봤던 순간부터 너희가 서로를 원한다는 걸 알아봤었어. 그 녀석은 금발이라면 준 것도 없이 싫어하는 주제에 너만큼은 살뜰히 챙겼거든. 그게 사랑이 아니라면 뭐겠어?"

아니다. 그건 사랑이 아니다. 아스텔은 그에게 세이지는 자신을 사랑한 적이 없다고 반박하고 싶었지만, 턱이 달달 떨려와 아무 말도 할 수 없었다. 아스텔이 떨든 말든, 로렐은 전혀 신경 쓰지 않는 것처럼 계속해서 말을 이어나갔다.

"하지만 걘 뭐랄까, 솔직하지 못하다고 해야 하나. 요령이 없는 타입이라 그냥 놔뒀다간 너한테 미움 사기 딱 좋은 상태였거든. 그래서 보다 못한 내가 좀 도와준 거야. 네가 세이지를 진심으로 싫어하게 되면 곤란했으니까."

로렐은 항상 세이지와 아스텔 사이에서 두 사람을 중재하는 역할을 맡아왔다. 아스텔은 그것이 로렐의 다정한 성품에서 기인한 행동이라고만 생각해왔다. 하지만 로렐은 자신의 입으로 그 모든 친절이 세이지를 위한 것이었을 뿐이라고 실토하고 있는 것이다.

"그래도 결과적으로 너희 둘이 이어지게 됐으니까 나는 만족해. 너도 이즈 녀석을 좋아하잖아? 그래서 다른 가문으로 시집가는 걸 탐탁지 않아 했던 거고. 나한테 좋은 계획이 있는데 들어볼래?"

듣고 싶지 않다. 아스텔이 손으로 귀를 막으려 하자, 로렐은 억지로 그녀의 팔을 붙들어 귀를 막지 못하게 했다.

"내가 조만간 지방에 별장을 하나 사들일 예정이거든. 너랑 이즈는 거기서 아무 걱정도 하지 않고 둘이서 하고 싶은 대로 하고 지내면 돼. 그러다 애가 생기면 낳아도 괜찮고. 세이지는 번듯한 가문의 영애와 혼인시킬 테니 사생아가 되긴 하겠지만 말야."

"누구 맘대로……!"

"미안하지만 이건 어쩔 수가 없어. 너와 결혼하면 사람들은 세이지에게 손가락질을 할 테니까. 난 내 동생이 힘든 길을 걷게 하고 싶지 않아."

후안무치도 유분수였다. 로렐은 지금 아스텔을 세이지를 위한 창녀로 만들겠다고 천명하는 것이나 다름이 없었다. 정부라면 허울뿐인 남편이라도 있겠지만, 로렐은 아스텔을 누구에게도 시집보내지 않겠다고 했었다. 세이지와 정식으로 결혼을 시켜준다고 해도 싫다고 할 판국에, 저런 헛소리를 입에 침도 바르지 않고 이어나가는 로렐의 뻔뻔함에 아스텔은 기가 찼다. 로렐이 세이지를 다른 가문의 영애와 혼인시키는 것은 본인들끼리 알아서 할 일이었지만, 아스텔은 결코 그의 계획에 동참할 생각이 없었다.

"왜 안 되지? 내가 널 늙고 못생긴 사내한테 시집보내는 것도 아니고, 네가 좋아하는 내 동생과 단둘이 지낼 수 있게 해주겠다는 거잖아. 넌 거기서 손가락 하나 까딱하지 않고 편히 지내면 돼."

"저는 창녀가 아니에요!"

"창녀라니, 누가 들으면 오해하겠어. 난 널 그렇게 취급하고 싶지 않아. 내 동생이 좋아하는 여자니까."

그녀를 지극히 아끼기라도 하는 듯한 말투였지만 아스텔은 속지 않았다. 로렐은 대화를 하는 내내 세이지를 '내 동생'이라고 칭하고 있었다. 그것은 반대로 말하자면 아스텔은 자신의 동생으로 여기지 않는다는 의미였다. 동생이라고 생각한다면 이런 어이없는 제안을 하지도 않았을 테지만.

"내 동생은 있지, 정말 불쌍한 애야. 태어난 뒤로 지금까지 누군가에게 제대로 된 애정을 받아본 적이 없거든. 너도 알다시피 아버진 그 애를 싫어하셨고, 여태 만났던 여자 중에 정상적인 여자는 한 명도 없었잖아. 그러니 불쌍해서라도 네가 걜 보듬어줘야 하지 않겠어?"

"제가 왜 그 사람을 보듬어줘야 하는 거죠?"

"왜긴 왜겠어. 네가 조지 라이언의 딸이기 때문이지."

로렐의 입에서 친부의 이름이 튀어나오자 아스텔은 그대로 얼어붙고 말았다. 그 역시 세이지와 마찬가지로 부모들의 과거에 대해 알고 있었던 것이다. 생각해 보면 동생인 세이지도 알고 있는 사실을 형인 로렐 역시 알고 있다고 해도 이상한 일은 아니었다.

과거의 좋지 못한 기억을 떠올리기라도 한 것처럼, 그가 억눌린 목소리로 중얼거렸다.

"너희 부녀 때문에 내 어머니와 동생이 줄곧 고통받았던 것에 비하면, 이런 건 정말 아무것도 아니야."

아스텔은 로렐을 이해할 수 없었다. 백작이 자신의 가족을 보살피지 않아 가족들이 고통받은 것은 분명 안타까운 일이지만, 그것은 백작 개인의 문제이지 아스텔 부녀의 잘못은 아니었다. 그런데 지금의 로렐은 죽은 백작의 잘못까지 아스텔에게 전가하며, 그녀에게 세이지를 책임지라 윽박지르는 것이나.

"그건 제 잘못이 아니에요!"

"그 정도는 나도 알아. 하지만 사람 마음이 항상 올바르게만 움직이는 건 아니잖아? 네가 잘못한 건 아니지만 네게 좋은 감정만 품기 어려운 것도 어쩔 수 없는 거라고."

"……."

"말하자면 이건 복수야. 아버지는 손에 넣지 못한 그 남자 대신 널 당신의 딸로 만드는 것으로 대리만족하려 했지. 뭐, 이쯤에서 슬슬 짐작했겠지만 아버지의 목적은 처음부터 너였던 거야. 난 그걸 방해하고 싶었어. 책임지지도 못할 가정을 이루고 가족들 전부를 불행으로 몰아넣은 주제에, 이제 와서 혼자서만 행복해지려고 하다니."

옅은 보랏빛 눈동자가 짙고 어두운 감정의 파도로 넘실거렸다. 그는 언제부터 이런 눈빛을 할 수 있게 된 걸까. 아스텔은 그 사실에 연민을 느끼는 한편, 전신에 소름이 끼쳐 오는 것을 느꼈다.

"용서할 수 없어."

로렐은 제 앞에 서 있는 아스텔이 그녀가 아닌 죽은 백작이라도 되는 것처럼 눈을 번뜩였다. 아스텔이 그에게 붙들린 팔을 억지로 잡아당기자, 로렐은 간신히 살기 어린 눈빛을 거두고 그녀를 잡고 있던 손을 놓아주었다.

그에게 잡혀 있던 팔뚝이 피가 통하지 않는 것처럼 저린다. 아스텔은 주먹을 꽉 쥐었다 펴며 떨리는 목소리로 로렐의 말을 반박했다.

"하지만, 양부님께서는 이미 돌아가셨잖아요."

"아니지. 내가 의도적으로 아버지와 너를 갈라놓은 거야."

"갈라놓다니……?"

아스텔은 자신을 대하는 백작의 태도가 갑자기 변하기 시작했던 기점을 떠올렸다. 자신과의 약속을 일방적으로 어기고 떠나 버린 양부. 그 후로 늘 자신을 피하던 모습.

자신도 모르게 잊고 있었던 기억을 마주한 아스텔은 최악의 가정을 떠올리고는 몸을 떨었다. 아스텔만이 세이지에게 최고의 선물을 줄 수 있다는 말. 그것이 백작의 참석이 아니라 다른 것을 의미한 것이었다면…….

"설마……."

"물론 내 동생을 위해서이기도 했지."

결국, 처음부터 끝까지 자신은 로렐의 의도대로 움직였던 셈이다. 배신감으로 치를 떨던 아스텔이 이윽고 악을 쓰듯 큰 목소리로 소리 질렀다.

"당신은……, 당신은 정말 최악의 인간이야!"

"그런 단어는 아버지에게 더 어울리는 표현이 아닐까."

그는 어깨를 으쓱하면서 책상 위에 걸터앉았다. 두 동생이 선을 넘게 하고 친부를 죽음으로 몰아넣은 주제에, 이 와중에도 자신이 혐오하는 아버지 이하의 인간으로 취급받기는 싫다는 건가. 어처구니가 없었다.

"뭐, 네가 나한테 정나미가 떨어지는 것도 무리는 아니야. 하지만 넌 내게 고마워해야 해. 내가 네 부모님의 원수를 대신 갚아준 셈이니까."

그는 왜 또 여기에서 부모님의 원수 얘기를 꺼낸단 말인가. 아스텔의 정신이 순간 아찔해졌다. 원수를 대신 갚아주었다. 그 말이 무엇을 의미하는지 모를 정도로 아스텔은 멍청하지 않았다.

로렐은 의뭉스러운 미소를 지으면서 아스텔을 바라보았다.

"알버트는 정말 충성스러운 집사야. 델플린드 백작의 지시라면 그 어떤 것이든 토를 달지 않고 따르거든."

로렐은 마치 자랑이라도 하는 것처럼 아스텔이 묻지도 않은 진실들을 줄줄이 늘어놓았다.

그는 엘레노어의 증언과 아버지의 일기를 통해 과거에 세 사람 사이에 있었던 일들을 캐내고 있었다고 했다. 다만 일기에는 아스텔의 친부모의 죽음에 대해 의도적으로 누락시킨 듯한 부분이 있어 확신하지 못하고 있었으나, 자신이 작위를 승계하게 되면서 알버트로부터 모든 진실을 확인할 수 있었다는 것이다.

알버트는 죽은 백작이 작위를 물려받기 전부터 알트만 가문을 섬겼던 자로서, 백작의 가장 충성스러운 개 중 하나였다고 했다. 그의 말을 내내 묵묵히 듣고 있던 아스텔의 몸이 갑자기 사시나무 떨리듯 떨리기 시작했다.

"내 아버지지만 정말 머저리 같았지. 차라리 끝까지 숨기든가, 고백해서 차여놓고는 싫다는 사람한테 집착은 왜 해. 그렇게 꼴사납게 굴었으니 그 남자한테 미움받은 것도 당연하지."

"······한 가지만."

"한 가지만?"

"한 가지만 여쭤볼게요······."

아스텔은 덜덜 떨며 손에 들려있던 알버트의 손수건을 내려다보았다. 그가 준 손수건은 깨끗하게 세탁되어 얼룩 하나 보이지 않는 상태였으나, 지금의 아스텔의 눈에는 피로 얼룩진 부정한 물건처럼 보였다.

"스탠튼이······, 제 부모님을 죽인 건가요?"

"글쎄."

로렐은 긍정도 부정도 하지 않은 채 앉아 있던 책상에서 내려왔다. 그는 아스텔의 질문에 직접적인 대답을 하지 않았으나, 로렐의 그런 모호한 태도로 인해 아스텔은 되레 확신을 안게 되었다. 만약 그가 범인이 아니었다면, 로렐은 분명히 알버트가 그녀의 부모님을 죽인 살인자가 아니라고 대답했을 것이다.

그녀는 마치 뜨거운 것이라도 되는 것처럼 알버트의 손수건을 내팽개쳤다. 그녀의 부모님을 죽이도록 지시한 것이 죽은 백작이었다고 하더라도, 그의 명령에 따른 자에게도 전혀 책임이 없다할 수는 없었다.

"그런 사람을 아래에 두고 있으면서······. 어떻게 감히 제 부모님의 원수를 갚아준 거라고 말할 수 있는 거죠?!"

"알버트는 아버지의 명령에 따랐을 뿐이야."

"그도 마찬가지예요!"

아스텔이 흡사 절규하듯이 소리를 질렀다. 그에게 어떤 피치 못할 사정이 있어서 백작의 명령에 따랐는지는 아스텔이 알 바가 아니었다. 그녀에게 있어서는 백작이나 알버트나 똑같은 살인자인 건 마찬가지니까.

끔찍했다. 제 부모님을 살해하고는 아무 일도 없었던 것처럼 자신을 찾아 딸로 삼았던 백작도, 마치 아무 일도 없었던 것처럼 자신을 모셨던 알버트도, 그런 그를 수하로 부리면서 아스텔에게 죄책감을 느끼지 못하는 로렐도 하나같이 제정신이 아니었다.

한시라도 빨리 이곳에서 도망쳐야 했다. 이 미친 사람들의 틈새에 섞여 있다가 자신마저 미쳐 버리기 전에.

급히 몸을 돌려 집무실을 빠져나가려는 아스텔의 등 뒤로 로렐의 목소리가 들려왔다.

"허튼 생각일랑 하지 마. 수도원으로 돌아갈 수도 없는 네가 여길 나가서 뭘 어쩌겠다고?"

"……"

"네 보호자인 내가 허락하지 않는 이상, 넌 누구와도 결혼할 수 없어. 취직도 마음대로 할 수 없는 건 말할 것도 없고. 어디 뒷골목에라도 굴러가서 몸이라도 판다면 모를까."

"……!"

"잘 생각해 봐."

그는 더 이상 아스텔을 붙잡지 않았다. 아스텔은 이를 악물며 자신의 방을 향해 달음질했다. 그녀는 지금까지 질리도록 그가 뜻하던 바대로 놀아나고 있었다. 더 이상은 로렐의 의도대로 움직이지 않을 것이다.

방으로 돌아온 아스텔은 떨리는 손으로 짐을 챙겼다. 로렐의 말대로 당장 플라티나 메도우를 빠져나가서 할 수 있는 건 아무것도 없었지만, 그렇게라도 하지 않으면 도저히 마음이 진정되지 않을 것 같았다.

아스텔은 가방에 간단한 옷가지 몇 벌과 현금으로 바꿀 수 있을 법한 귀금속들을 쑤셔 넣었다. 이미 넣은 짐들로 꽉 찬 가방에 보석함을 억지로 밀어 넣는 와중에 자꾸 눈물이 나왔다. 연신 손등으로 눈물을 훔치며 가방을 억지로 닫던 아스텔은 결국 엎드린 채로 오열하고 말았다.

대체 어디서부터 잘못되었던 걸까. 대단한 부귀영화를 누리고자 한 것도 아니고, 그저 아무런 조건 없이 자신을 받아줄 만한 가족을 원했을 뿐인데. 그 가족이라는 것은 처음부터 전부 허상에 불과했던 것이다.

거의 탈진 상태가 될 때까지 울고 난 아스텔은 세이지가 들어와 자신을 억지로 범할지도 모른다는 두려움에 사로잡혔다. 그는 지금까지 단 한 번도 그녀의 공간을 침범한 적이 없었지만, 지금의 아스텔은 도저히 이성적인 판단을 할 수 있는 상태가 아니었다.

강박적으로 문을 틀어 잠근 아스텔은 그것만으로도 안심이 되지 않아 침대가 아닌 드레스룸에 숨어들어 웅크리고 잠을 잤다. 다음 날 아침, 평소대로 자신을 깨우기 위해 찾아온 에밀리가 야단법석을 떨 때까지 아스텔은 그렇게 드레스룸 안에서 쪼그린 채로 곤히 잠들어 있었다.

2. 탈출 시도

"아가씨, 대체 무슨 일이 있었던 건가요?"

"……아무것도 아냐."

에밀리는 십년감수했다고 중얼거리며 아스텔의 퉁퉁 부은 눈가에 얼음주머니를 올려놓았다. 간밤에 얼마나 펑펑 눈물을 흘려댔는지, 아스텔 자신이 봐도 사람의 몰골이라고 생각하기 어려울 정도였다.

백작의 장례식을 치른 지 얼마 되지 않은 상태였기 때문에, 에밀리는 아스텔이 양부를 잃은 슬픔을 억제하지 못해 밤새 울었던 것이라고 지레짐작하고 있는 듯했다. 차라리 그렇게 오해하게 놔두는 편이 나을 것 같아, 아스텔은 일부러 에밀리의 오해를 정정해 주지 않았다.

밤새 잠을 설치긴 했지만 잠깐이나마 눈을 붙인 덕분인지, 아스텔은 어제보다 한결 진정된 상태가 될 수 있었다. 그녀는 얼음주머니 밑으로 에밀리의 뒷모습을 훔쳐보며, 자신이 앞으로 어떻게 행동해야 할지 침착하게 머리를 굴리기 시작했다.

에밀리를 끌어들이는 것은 위험했다. 아스텔은 플라티나 메도우에 온 지 얼마 되지 않았을 무렵, 그녀가 해고에 대한 두려움으로 울음을 터뜨렸던 모습을 똑똑히 기억하고 있었다. 더군다나 이번 건은 아스텔 한 사람만의 개인적인 문제였다. 아무런 잘못이 없는 그녀를 자신의 일에 휘말리게 할 수는 없었다.

램파드 부인과 브라이언에 대해서도 잠시 떠올려 봤지만, 아스텔은 곧 두 사람에 대한 선택지도 머리에서 지워 버렸다. 브라이언은 맥켄지와 관련된 일로 이미 신세를 진 상태였고, 아스텔과는 연인도 뭣도 아닌 관계였다. 그가 아스텔이 도망치는 데 협력해야할 이유도 없었다. 램파드 부인은 브라이언보다는 좀 더 친근한대상이었고 아스텔에게도 협조적이겠지만, 후에 알트만 형제가 어떤 식으로 그녀에게 보복하려 할지 알 수 없었다.

하지만 다른 사람의 도움 없이 혼자서 도망친다는 것은 위험부담이 너무나 컸다. 세상 물정에 밝지 않은 데다가, 보석을 잔뜩 싸들고 도망치고 있는 젊은 여자라니. 범죄자들이 노리기 딱 좋은 먹잇감이었다.

한참 고민하다가 마음을 정한 그녀는 얼음찜질을 마치자마자 엘레노어에게 방문 허락을 구하는 편지를 쓰기 시작했다. 엘레노어는 늘 아스텔에게 호의적이었고, 친고모인 그녀라면 로렐도 쉽사리 손을 대지 못할 것이 분명했다. 그녀는 부디 엘레노어가 자신에게 협조해 주길 간절히 기도하며 우체통에 손수 편지를 집어넣었다.

엘레노어의 답장은 그로부터 삼 일 뒤에 도착했다. 예전 같으면 굳이 아스텔이 찾지 않아도 엘레노어 쪽에서 찾아왔을 테지만, 그녀는 동생인 백작의 죽음으로 큰 상심에 빠져 현재 남편의 저택에서 두문불출하고 있는 상태라고 했다. 로렐이 중간에 편지를 가로챌 가능성을 염두에 둔 아스텔은 매일같이 언덕 어귀에서 집배원을 기다리며 서성거리곤 했다.

엘레노어에게 답장을 받은 날, 아스텔은 간신히 드레스룸이 아닌 침대 위에서 잠들 수 있었다. 여전히 방문을 잠그지 않고는 잘 수 없었지만, 이곳에서 탈출할 수 있다는 가능성이 생긴 것만으로도 큰 심리적 안정감을 얻은 것이다.

마침내 엘레노어를 만나기로 한 날이 되었다. 엘레노어의 남편인 블루엣 백작의 영지는 델플린드에 인접한 지역이었기 때문에, 아스텔은 기차 대신 마차를 타고 블루엣을 방문하기로 했다. 에밀리는 엘레노어에게 어떤 부탁을 했는지 로렐에게 고자질할 가능성이 있었으므로 일부러 데려가지 않았다.

5월에 접어든 숲은 신록으로 물들어 절정의 아름다움을 뽐내고 있었다. 부디 돌아올 때는 기쁜 마음으로 이 숲을 지나가게 되기를 바라며 아스텔은 기도하듯이 두 손을 꼭 마주 잡았다. 그녀는 엘레노어가 친정에 얼마나 큰 애착을 품고 있는지 잘 알고 있었으므로, 플라티나 메도우를 나서기 전에 알트만 가문의 가보인 '여신의 눈물'을 챙기는 것을 잊지 않았다. 아스텔이 알트만 가문을 떠나게 된다면 더 이상 그녀가 지니고 있을 필요가 없는 물건이었다.

블루엣 백작의 컨트리 하우스인 애빙로크 매너(Abinglough Manor)는 희게 칠한 외벽에 푸른색 지붕을 얹은 아름다운 대저택이었다. 저택이 위치한 언덕에서 내려다보면 근처 호수의 전경이 한눈에 들어올 정도로 전망이 탁월했지만, 엘레노어를 설득할 생각으로 머리가 꽉 찬 아스텔에게는 호수의 아름다움을 감상할 만한 심적 여유가 없었다.

집사의 안내를 받으며 응접실에 도착한 아스텔은 그곳에서 수척한 모습으로 자신을 기다리고 있던 엘레노어의 모습을 발견했다.

"아스텔."

"고모님."

엘레노어는 못 보는 사이에 얼굴이 반쪽이 되어 있었다. 죽은 백작은 아스텔의 친부모를 죽인 원수였지만, 엘레노어에게 있어서는 소중한 남동생이었을 것이다. 아스텔은 더 이상 양부에게 호의적인 감정을 품지 않았으나, 자신을 늘 귀여워해 주던 엘레노어에게 불행이 닥친 것만큼은 안타깝게 여겼다.

바람이 빠진 듯한 희미한 목소리로 엘레노어가 아스텔에게 질문했다.

"대체 무슨 일로 여기까지 온 거니?"

평소의 아스텔이라면 고모님을 뵙고 싶어서 왔다는 흔한 인사치레를 했을 것이다. 하지만 오늘의 그녀는 뚜렷한 목적을 가지고 엘레노어를 찾아왔다. 그것은 엘레노어의 도움 없이는 불가능한 것이었다.

엘레노어의 발치에 다가가 앉은 아스텔은 그녀의 두 손을 꼭 붙잡았다. 그녀의 얼굴에 혈색이 돌지 않던 것처럼 손끝도 차갑기 그지없어 마음이 아팠다.

"아스텔……?"

"염치없지만 부탁드릴 말씀이 있어서 찾아왔어요, 고모님."

엘레노어의 눈동자에 의문의 기색이 어렸다. 아스텔은 세이지나 로렐에게는 일절 느끼지 못했던 죄책감을 그녀를 대하면서 처음으로 느꼈다.

"부탁이라니?"

"그 전에 이걸 먼저 돌려 드릴게요."

아스텔은 챙겨왔던 '여신의 눈물'을 꺼내 엘레노어에게 내밀었다. 엘레노어는 더더욱 혼란스러운 표정으로 목걸이와 아스텔의 얼굴을 번갈아 바라보았다.

"……알트만 가문을 떠나고 싶어요. 그러기 위해서는 고모님의 도움이 필요해요."

"떠나다니……! 대체 무슨 일이 있었길래…….."

경악에 물든 엘레노어의 얼굴을 지켜보던 아스텔은 이내 고개를 푹 숙였다.

마음만 먹으면 그럴듯한 핑계를 꾸며내 거짓말을 할 수도 있었다. 하지만 아스텔은 그녀를 상대로는 거짓말을 하고 싶지 않았다. 이미 세이지와의 일을 감추기 위해 수도 없이 거짓말을 해왔지만 로렐은 진작부터 알고 있지 않았나. 더군다나 로렐이 세이지와 그녀 사이에 있었던 일들을 알고 있는 이상, 엘레노어가 로렐에게 직접 묻는다면 오래 지나지 않아 들통날 것이 분명했다.

떨리는 목소리로 아스텔이 입을 열었다.

"저는……, 세이지 오라버니와 남녀의 관계를 맺고 있었어요. 이 관계를 끊고 싶어요."

"뭐라고……!"

그녀의 충격적인 고백에 엘레노어의 얼굴이 경악으로 물들었다. 아스텔은 다급하게 하던 말을 계속 이어나갔다.

"물론, 물론 염치없는 부탁이라는 건 잘 알고 있어요. 하지만 고모님의 도움 없이는 불가능해요!"

"설마 세이지가 널 강제로 겁탈한 거니? 아니면 네 의지로……?"

얼굴이 납처럼 창백하게 질린 상태로 엘레노어가 물었다. 분명 시작은 세이지의 강요에 의한 것이었지만, 후에는 아스텔이 자발적으로 그를 찾아간 것 역시 부인할 수 없는 사실이었다. 한결 어두워진 얼굴로 그녀가 대답했다.

"……제 실수였어요. 이제 다시는 그런 실수를……."

"실수라니! 그게 실수라고 얼버무릴 수 있는 말이니?!"

아스텔의 대답에 분노한 엘레노어가 울먹이며 소리쳤다.

"내가 몇 번이나 네게 당부했잖아! 이렇게 될 수 있으니 결코 그 애한테 마음을 주지 말라고! 왜, 왜 진즉 내 말을 듣지 않고 이제 와서 도와달라고 하는 거니, 왜!"

아스텔은 그제야 자신이 잘못 판단했음을 깨달았다. 처음부터 엘레노어를 찾아오지 말거나, 아니면 그녀의 분노를 사지 않도록 좀 더 능숙하게 말을 꾸몄어야 했다.

하지만 이미 엎질러진 물이었다. 아스텔에게는 엘레노어 외에는 의지할 수 있는 사람이 달리 존재하지 않았다. 엘레노어가 도와주지 않는다면 두 형제의 손아귀에서 빠져나가는 것은 불가능할 것이다. 다급해진 아스텔은 그녀의 분노를 가라앉히기 위해 애원하기 시작했다.

"제가 잘못했어요, 고모님. 두 번 다시 고모님의 말씀을 어기지 않을게요. 제발 그동안의 정을 생각해서라도 절 도와주세요. 물론 염치없는 말이라는 건 알고 있지만……."

"싫다."

엘레노어의 단호한 대답에 아스텔의 얼굴에 핏기가 사라졌다. 늘 자신을 귀애하던 그녀에게서 처음으로 받아보는 싸늘한 시선이었다.

"난 분명히 네게 여러 차례에 걸쳐 경고했어. 세이지가 어떤 아이인지, 또 그 애를 대할 때는 항상 경각심을 지녀야 한다는 것도. 그런데도 내 당부를 어긴 건 네 선택이지 않니."

더 이상 이야기를 나눌 것도 없다는 것처럼, 엘레노어가 자리에

서 일어났다. 망연자실한 아스텔은 그런 그녀에게 아무런 반박도
할 수 없었다.

"어째서 내 말을 듣지 않은 나쁜 아이에게 내가 도움을 줘야 하
는 거니? 여태까지 그래온 것처럼 네가 알아서 잘 판단하려무나."

"고모님!"

"그럼 잘 가거라."

엘레노어는 자신을 붙잡는 아스텔의 손을 가차 없이 뿌리치고
는 곧장 응접실을 빠져나갔다. 응접실 바깥에서 그녀와 집사가 대
화하는 소리가 들려왔다.

"볼일은 다 끝났으니 이만 아스텔을 배웅해 주도록 하게."

"알겠습니다, 마님."

"그리고 확실히 전해두도록 해. 두 번 다시 같은 용무로 날 찾
아오지 말라고."

아스텔은 반쯤 넋이 나간 상태로 플라티나 메도우로 돌아가는
마차에 몸을 실었다. 마차는 오는 길에 지나쳤던 숲을 다시 지나
갔지만, 지금의 그녀에게는 숲의 아름다움도 전혀 눈에 들어오지
않았다. 무릎 위에 가지런히 놓인 손이 쉴 새 없이 덜덜 떨렸다.

그녀는 침착하게 다른 방법을 생각하려 애썼다. 죽은 백작이
자신에게 씌워두었던, 알트만 가문의 주박에서 벗어날 방법을.

하지만 아무리 고민해 봐도 그녀에게 남은 방법은 단 한 가지밖
에 없었다.

✥

아버지의 장례식을 치르고 일주일이 지났는데도 로렐은 여전히
업무에 파묻혀 있었다. 어릴 적부터 백작의 후계자로서 엄격한 교

육을 받아왔던 그였지만, 배우는 것과 실전은 엄연히 다른 영역의 일이었다. 그는 식사 시간과 잠자는 시간을 제외하면 하루 종일 집무실에 틀어박힌 채 산더미처럼 쌓인 서류들을 읽고 있어야 했다.

이번 사교계 시즌은 이렇게 다 지나가는구나. 아직 엘버린에 있을 사랑스러운 약혼녀를 떠올리며 로렐이 한숨지었다. 급하게 상을 치르느라 델플린드로 내려오는 바람에 결혼식도 덩달아 늦어질 터였다. 하지만 자기 자신이 자초한 일이었으니 불평을 늘어놓을 수도 없는 노릇이었다.

삼십 분째 검토하고 있던 안건에 대해 서명을 마친 로렐은 노크하는 소리에 간신히 서류에서 눈을 뗐다. 한참 동안 서류를 읽느라 고개를 숙이고 있었더니 뒷목이 다 뻐근했다.

"들어와."

알버트와 제이슨 중 한 명을 예상했던 로렐은 예상치 못했던 인물이 모습을 드러내자 의외라는 듯이 휘파람을 불었다.

"웬일이야?"

"상의하고 싶은 게 좀 있어서."

"대체 무슨 일이길래…… . 일단 여기 와서 좀 앉아봐."

로렐이 끔찍하게 아끼는 동생인 세이지였다. 그간 집무실에 틀어박혀 두문불출하느라 얼굴 보기도 힘들었던 터라, 오랜만에 보는 사람처럼 반갑기 그지없었다. 그는 집무실 가운데에 놓인 소파에 세이지를 앉히고는 자신도 맞은편에 앉았다.

"지금 몇 시지? 일단 차라도 마실까?"

"차는 됐어."

"그럼 과자는 어때? 네가 좋아하는 블랙커런트를 넣은 파이."

"오래 걸리잖아."

"그래도 싫다는 말은 안 하네."

로렐은 피식 웃으면서 종을 울려 메이드를 불렀다. 오래 지나지 않아 메이드가 집무실에 나타나자, 그는 블랙커런트 파이와 차를 함께 가져다 달라고 메이드에게 부탁했다.

"차는 됐다니까."

"내가 마시고 싶어서 그래."

메이드가 집무실 밖으로 나가자마자 로렐은 눈을 빛내며 세이지 쪽으로 허리를 숙였다. 그는 비밀이야기라도 하는 것처럼 목소리를 낮추며 동생에게 속닥거렸다.

"그나저나 대체 뭐야? 상의하고 싶다는 게."

"……."

"혹시 이불에 오줌이라도 쌌냐?"

"아니야."

세이지는 로렐의 유치한 도발에 곧바로 발끈하며 반박했다. 예나 지금이나 정말 놀려먹기 쉬운 녀석이다. 로렐이 킬킬거리면서 웃자 세이지는 한숨을 쉬며 이마에 손을 짚었다.

"……여자한테."

"응."

"잘못한 게 있을 땐 어떻게 화해하면 좋을까."

로렐은 갑자기 입가에서 웃음을 거두고는 허리를 곧게 폈다. 그의 동생은 화해하고 싶은 여자가 누구인지 특정 짓진 않았지만, 맥락상 누굴 지칭하고 있는 건지는 명약관화했다.

하여간 우리 집안 남자들이란. 속으로 혀를 차며 로렐이 되물었다.

"아스한테 또 밉살스러운 소릴 한 거야?"

로렐이 슬쩍 먼저 운을 떠봤지만 세이지는 가타부타 말이 없었다. 세이지가 고집스레 입을 열려 하지 않자, 그는 하는 수 없이 비장의 카드를 꺼내 들었다.

"안 그래도 얼마 전에 엉엉 울면서 날 찾아오더라."

"……뭐라고……!"

"수도원으로 돌려보내 달라고 하던데."

안색이 변한 세이지가 자리에서 벌떡 일어나려 하자, 로렐은 진정하라며 그를 소파에 다시 앉게 했다. 세이지는 마지못한 듯이 자리에 앉긴 했지만, 여전히 마음을 가라앉히지 못했는지 뿌드득하는 소리를 내며 이를 갈았다.

"그래서 뭐라고 했어?"

"일단 잘 달래뒀어. 아스텔도 수도원으로 돌아가는 건 포기한 것 같고."

정확하게 말하자면 후원금을 볼모로 한 협박이었지만, 그런 부분까지 구태여 동생에게 설명해 줄 필요는 없었다. 로렐은 어깨를 으쓱하며 소파의 등받이에 느긋하게 몸을 기댔다.

"가서 사과해. 꾸물대다가 영영 미움받기 전에."

"사과를……, 어떻게?"

세이지는 그간 여러 여자를 만나며 다투기도 많이 했지만, 자신 쪽에서 먼저 사과한 적은 단 한 번도 없었다. 여자 쪽에서 끝내 사과하지 않을 경우, 그 관계는 미련 없이 끊으면 그만이었으니까.

여자에게 어떻게 사과해야 할지 모르겠다며 동생이 도움을 청해오자, 로렐은 기가 차다는 듯이 한숨을 푹 내쉬었다.

"일단 가서 비싼 선물을 해줘. 보석이든, 꽃이든, 드레스든, 아스텔이 가장 좋아하는 것으로. 물론 그것만으로 바로 마음이 풀리진 않을 거야."

"그래서."

"그다음엔 미안하다, 욱해서 심한 말을 하긴 했지만 진심으로 한 말은 아니었다, 제발 용서해 달라고 손이 발이 되도록 싹싹 빌란 말이야. 원한다는 건 뭐든 다 들어줘. 정 네가 꼴 보기 싫다고 하면 죽는 시늉이라도 하라고. 어려운 것도 아니잖아?"

"그게 다야?"

세이지가 당혹스러워하자 로렐은 자신이 더 황당하다는 표정을 지으며 그를 마주 보았다.

"넌 대체 사과를 뭐라고 생각하는 거야?"

"정말 그렇게만 하면 화해할 수 있다고?"

"몰라. 용서하고 말고는 아스 마음이겠지."

로렐은 심드렁하게 대답하며 소파에 벌렁 드러누웠다. 타이밍 나쁘게도 그새 차와 파이가 준비되었는지, 똑똑 하고 노크하는 소리가 들렸다.

도무지 쉴 틈을 주지 않는다며 투덜거리던 로렐은 소파에서 억지로 몸을 일으키고는 문 너머에 있을 메이드에게 들어오라고 대답했다. 테이블 위에 차와 파이를 차려놓은 메이드가 다시 집무실에서 물러나자, 그는 기다렸다는 듯이 잔에 차를 따르고는 각설탕을 세 개나 집어넣었다.

"요새 일이 하도 힘들어서 세 개는 넣어야 버틸 만하더라."

"그러니까 내가 도와준대도."

"넌 가서 어떡해야 아스한테 용서받을 수 있을지 사과할 말이나 고민해 보도록 해."

로렐은 그 뒤로 백작으로서의 업무라든가, 미뤄진 결혼식에 대한 한탄 등을 늘어놓으며 쉴 새 없이 떠들어댔다. 세이지는 그의 말에 적당히 대꾸하며 고개를 끄덕이면서도 머릿속으로는 줄곧 아스텔에게 줄 선물을 고민하고 있었다.

아스텔은 그가 생일선물로 준 귀걸이를 늘 착용하고 다닐 정도

로 좋아하긴 했지만, 그건 귀걸이 자체가 마음에 들어서 아꼈던
것이 아니다. 세이지가 준 물건이기 때문에 아꼈던 것이다. 세이지
가 그녀에게 미움을 사버린 이상, 어떤 선물을 준다고 하더라도
예전처럼 기뻐할 거라고 확신할 수는 없었다.

저녁 식사를 마친 뒤, 휴게실에서 시간을 죽이던 세이지는 밤이
깊어지자 침실이 있는 사층으로 향했다. 플라티나 메도우로 돌아
온 이후로 아스텔은 단 하루도 그를 찾아오지 않고 있었다.

두 번 다시 꼴도 보기 싫다고 소리 지르던 아스텔의 목소리가
귓가에서 윙윙거리며 울리는 듯했다. 갑자기 속이 답답해졌다.

사층으로 올라온 세이지는 자신의 방 앞에 누군가가 서 있다는
것을 깨닫고 급히 발걸음을 재촉했다. 세이지는 자신이 헛것을 보
고 있는 건 아닌지 의심하며 눈을 깜빡였다.

"기다렸어요."

심중을 읽기 힘든 미소를 지으면서 아스텔이 먼저 말을 건넸다.
틀림없이 세이지가 기억하고 있는 그녀의 목소리였다.

"여긴 대체 무슨 일로……."

"뻔하잖아요."

아스텔은 제이드 체임버에 있었을 당시보다 더 얇은 나이트가
운을 입고 있었다. 이제 5월이라서 그런가. 당혹스러운 기분이 된
세이지는 회피하듯이 눈동자를 옆으로 굴렸다.

"혼자 자기 외로워서 왔어요."

그렇게 말하는 목소리가 얼마나 달큰하던지, 세이지는 그녀를
끌어안고 싶은 충동을 억누르기 위해 필사적으로 노력해야 했다.
하지만 그것과 별개로 아스텔이 왜 그를 찾아왔는지는 여전히 납
득이 가지 않았다.

"넌 분명히 내가 꼴도 보기 싫다고……."

"홧김에 한 말이었어요. 그렇잖아요? 그때 저한테 하셨던 말도 진심이 아니었다는 거 알아요."

그녀는 그렇게 말하며 세이지에게 다가가 팔짱을 꼈다. 그의 팔에 아스텔의 말캉한 가슴이 꽉 밀착되었다. 세이지는 그녀에게서 나는 달콤한 향기에 취해 머리가 어찔해지는 것을 느꼈다.

"제 말이 틀린 건가요?"

"……아니, 아니야."

두 사람은 급히 방문을 닫고 들어가 기다렸다는 듯이 서로에게 매달렸다. 세이지는 머리 한구석에서 그녀에게 먼저 사과해야 한다는 경고의 목소리를 들었지만, 자신의 입술에 닿은 촉촉한 입술의 감촉에 오래 지나지 않아 전부 잊어버리고 말았다.

일주일간 거리를 두었던 것이 무색할 정도로, 두 사람은 빠르게 욕정에 충실했던 일상으로 돌아갔다. 세이지는 침대 위에서 다소 소극적으로 굴었던 아스텔이 몰라보도록 적극적으로 변한 모습에 놀라움을 감추지 못했다.

아스텔이 적극적으로 변한 것은 비단 침대 위에서만이 아니었다. 그녀는 제이드 체임버에서 세이지가 그랬듯, 단둘이 있을 수 있는 곳이라면 어디에서라도 그를 유혹했다. 세이지는 때때로 자신이 아직 그녀에게 사과하지 않았다는 사실을 떠올렸지만, 아스텔과 함께하는 쾌락의 물결에 한바탕 휩쓸리고 나면 늘 까맣게 잊어버리기가 일쑤였다.

아니, 어쩌면 사과 같은 걸 하지 않더라도 아스텔은 이미 그를 용서한 것일지도 모른다. 그녀가 여전히 세이지를 미워하고 있다면 이렇게 매일같이 그에게 안기고 있을 리가 없었다.

세이지는 마침내 아스텔이 자신을 완전히 용서한 것이라고 믿게 되었다. 아스텔은 단 한 번도 세이지의 앞에서 그날의 일을 들먹이지 않았으며, 그에게 사과를 요구하지도 않았다. 낙관에 빠진 세이지는 태평하게도 로렐에게 아스텔과 결혼하게 해달라고 부탁할 궁리를 하기 시작했다.

아버지가 죽은 후에도 두 사람은 법적으로 남매라는 관계로 엮여 있는 상태였다. 비록 절차가 다소 복잡하고 사람들의 시선도 따가울 테지만, 세이지는 어떤 어려움을 감수하고서라도 아스텔을 자신의 아내로 삼고 싶었다. 아스텔이 무릎 위에서 꼬물대는 어린 것을 보듬고 있는 광경을 더 이상 괴로운 마음으로 상상하지 않아도 되는 것이다.

✤

눈 깜짝할 새에 5월 말이 되었다. 늦봄이라기보다는 초여름에 가까운 시기가 되자, 아스텔은 틈만 나면 덥다고 하며 가까운 시냇가로 산책을 나가곤 했다. 그녀는 그 장소가 퍽 마음에 들었는지, 간단한 요깃거리나 좋아하는 책을 챙겨가기도 하고, 예쁜 조약돌이나 새의 깃털 따위를 주워오기도 했다.

"오늘은 물총새의 깃털을 주워왔어요. 근처에 둥지를 틀었나 봐요."

"벌써 그럴 때가 되었나."

"가보신 적이 있나요?"

"여름만 되면 거기서 종일 놀았는걸. 오늘이야말로 물총새를 잡아오겠다며 매일 새총을 들고 갔지. 한 번도 성공하진 못했지만."

그에게도 어린 시절이 있었다는 게 믿기지 않는다며 아스텔이 웃었다. 그녀가 웃는 모습을 가만히 지켜보던 세이지는 아스텔의 앞머리를 제치고는 맨 이마에 입술을 가져다 댔다. 아스텔은 그의 품에 안긴 채 낯간지러운 것처럼 몸을 꼼지락댔다.

"같이 가고 싶어요."

"남들이 이상하게 보지 않을까?"

"조금 멀리 가면 되지 않을까요? 이왕이면 다른 곳으로……."

그렇게 말하던 아스텔은 갑자기 좋은 생각이 난 것처럼 눈을 빛냈다.

"강가로 뱃놀이를 하러 가요."

"뱃놀이?"

"양부님께서 살아 계셨을 때처럼요. 정말 즐거웠어요."

세이지는 뱃멀미 때문인지 아스텔의 제안에도 좀처럼 내키지 않는 표정을 짓고 있었다. 그의 그런 반응을 이미 예상했던 아스텔은 좀 더 은근한 목소리로 세이지를 설득하기 시작했다.

"일단 로렐 오라버니께 셋이 함께 가자고 하는 거예요. 로렐 오라버니라면 분명 바빠서 못 갈 거라고 하실 테고, 그럼 저희 단둘이 가더라도 이상하게 보는 사람도 없을 거예요."

"……나랑 같이 가봤자 재미없을 텐데."

말은 그렇게 했지만 세이지는 조금 흔들리는 기색이었다. 아스텔은 그 틈을 놓치지 않았다.

"단둘이 가는데 즐겁지 않을 리가 없잖아요."

"……."

"아니면 저랑 같이 가고 싶지 않은 건가요?"

그녀는 짐짓 토라진 체하며 반대로 돌아누웠다. 입에서 나오는 새침한 목소리와 달리, 입꼬리는 정반대로 치켜 올라가 있었다.

"싫으시면 어쩔 수 없죠. 그냥 한번 말씀드려 본 거예요."

"아스텔."

"전 괜찮아요. 에밀리와 함께 가면 되니까요."

아스텔은 그렇게 말하면서 침대에서 일어나더니 벗어둔 나이트 가운을 걸치기 시작했다. 등 뒤에서 세이지의 다급한 목소리가 그녀를 붙들었다.

"내일 형에게 얘기할게."

"……."

"같이 가자."

다시 돌아선 아스텔은 활짝 웃으면서 세이지의 뺨에 입을 맞췄다. 세이지는 알 수 없는 꺼림칙함에 사로잡혔지만, 아스텔의 웃는 얼굴을 보며 애써 마음을 가라앉혔다. 로렐의 조언이 아니더라도 그는 아스텔이 바라는 것이라면 되도록 뭐든 들어주고 싶었다. 다른 누구도 아닌, 자신이 사랑하는 아스텔이니까.

고개를 숙인 아스텔이 달콤한 목소리로 그의 귓가에 대고 속삭였다.

"너무 기대돼요."

다음 날, 세이지는 아스텔과 했던 약속대로 로렐을 찾아갔다. 일은 한결 줄었지만 여전히 집무실에서 살다시피 하고 있는 로렐은 때아닌 세이지의 방문에 몹시 기뻐했다. 로렐의 책상 위에 수북이 쌓여 있는 서류 더미를 본 세이지가 이마를 찡그렸다.

"대체 뭐하느라 여태 그렇게 바쁜 거야?"

"그냥 좀 할 일이 많아서. 이젠 올해 안에만 장가갈 수 있으면 소원이 없겠다."

로렐은 그렇게 대답하며 온갖 유명 휴양지의 이름이 적혀 있는 서류들을 슬쩍 치웠다.

"성과는 좀 있었어?"

"성과라니?"

"지난번에 나한테 상담했던 그거."

로렐의 말에 세이지는 한동안 잊고 있던 그때의 일을 떠올렸다. 분명히 그는 아직 아스텔에게 사과의 말을 전하지 않았었다. 하지만 지금 와서 말을 꺼냈다가 괜히 긁어 부스럼을 만드는 것은 아닐까. 갑자기 죄지은 사람의 심정이 된 세이지는 차를 마시는 척하며 대답을 얼버무렸다.

"일단은 뭐, 대충."

"흐음."

기묘한 시선으로 세이지의 얼굴을 살피던 로렐은 이내 알았다는 듯이 고개를 끄덕여 보였다. 기분 탓인지 세이지는 오늘따라 형이 불편하게 느껴졌다.

"그래서, 오늘은 또 무슨 일이야? 네가 차나 마시자고 찾아온 건 아닐 테고."

"……역시 들켰나."

"내가 너랑 하루 이틀 알고 지내냐."

찻잔을 다 비운 세이지는 최대한 아무렇지도 않은 척하며 입을 열었다.

"아스텔이 뱃놀이를 하러 가고 싶대."

"뱃놀이라."

"형이랑 셋이서 같이 가자고 하던데."

"셋이서? 그럴 리가……."

이상한 소릴 들은 것처럼 눈썹을 찌푸리던 로렐은 세이지와 눈이 마주치자 갑자기 입을 다물었다.

"뭐가 이상해?"

"아니, 뭐……. 아스가 너랑 단둘이 가고 싶었나 보네."

로렐은 그렇게 말하면서 씩 웃었다. 생각지도 못하게 정곡을 찔린 세이지는 무심코 시선을 돌려버리고 말았다.

"둘이 잘 다녀와. 난 한동안 바빠서 못 가니까. 가서 또 졸거나 하지 말고."

"최대한 노력해 볼게."

로렐과의 용건이 끝나자마자 세이지는 도망치듯 집무실을 빠져나왔다. 계속 로렐과 이야기를 나누다 자신도 모르는 사이에 쓸데없는 소리까지 털어놓게 될까 봐 걱정이 든 것이다. 아스텔과의 결혼 허락을 받기 위해서는 언젠가 말해야 했지만, 그녀가 자신의 청혼에 응하기 전까지는 당분간 보류해 둬야 했다.

전대 델플린드 백작이었던 데이빗이 사망하면서 그가 구입했던 요트는 의붓딸인 아스텔의 소유가 된 상태였다. 아스텔은 델플린드를 가로지르는 엘마 강을 따라 만 하루 동안 뱃놀이를 즐길 계획을 세웠다. 엘마 강의 상류에 매어둔 요트를 정비하는 동안, 그녀는 매일같이 강가로 나가 요트를 구경하곤 했다. 세이지와 단둘이 하는 뱃놀이가 기대되어 잠도 오지 않는다며 아스텔이 웃었다.

"비가 안 왔으면 좋겠네요."

"비가 내리면 다음 날로 미루면 돼. 강물이 불어나서 좀 위험할 수도 있겠지만."

"그렇군요."

강물이 불어날 수도 있다는 말에 아스텔은 기묘하게 눈을 빛냈다. 세이지는 그녀의 눈빛에 알 수 없는 불안감을 느꼈지만 애써 기분 탓으로 치부해 버렸다. 그것이 어떤 후폭풍을 몰고 올 것인지 전혀 예상하지 못한 채.

❖

말이 씨가 되기라도 한 것처럼 약속한 날이 되자 아침부터 비가 왔다. 오전에만 잠깐 내리고 그칠 것 같았던 비는 시간이 흐를수록 기세가 거세지는 바람에, 아스텔은 어쩔 수 없이 뱃놀이 일정을 다음 날로 미뤄야 했다.

다음 날은 무척 다행스럽게도 비가 그쳤다. 시골 처녀처럼 머리를 길게 땋고 밀짚모자를 쓴 아스텔은 들뜬 얼굴을 한 채 배 위를 쉴 새 없이 쏘다녔다.

밝은 햇빛 아래에서 수수한 리넨 드레스를 입은 그녀는 평소와는 사뭇 다르면서도 청초한 아름다움을 뽐내고 있었다. 세이지는 오늘따라 아름다워 보이는 아스텔에게서 쉽사리 눈길을 떼지 못했다. 세이지의 시선을 의식한 것처럼 아스텔이 밀짚모자를 꾹 눌러쓰며 물었다.

"혹시 안 어울리나요?"

"아니."

"빈말로 하는 소리는 아니구요?"

아스텔은 그렇게 말하면서도 웃으면서 세이지의 손을 잡았다. 그는 잠시 망설였지만 곧 강하게 그녀의 손을 마주 잡았다.

세이지는 멀미를 극복하기 위해 이스텔과 함께 부지런히 갑판 위를 돌아다녔다. 하지만 그런 노력이 무색하게도 배가 출항함과 동시에 눈꺼풀이 점점 무거워지기 시작했다.

"어제 잠을 충분히 못 주무셨나 봐요."

세이지의 눈이 반쯤 감기자 그를 지켜보고 있던 아스텔이 미묘한 웃음을 지었다. 세이지는 고집스럽게 고개를 가로저었다.

"아니, 괜찮아."

"하나도 괜찮아 보이지 않는걸요, 뭘."

아스텔은 그렇게 말하며 그를 갑판 위의 일광욕 의자로 이끌었다. 세이지를 일광욕 의자에 앉힌 아스텔은 그에게 무릎 담요를 덮어주고는 잘 자라는 듯이 가슴을 토닥거렸다. 세이지가 의문스러운 눈길을 보내자, 옆자리에 앉은 아스텔은 턱을 괸 채 방긋 웃으며 그를 마주 보았다.

"일어나실 때까지 계속 곁에 있을게요."

"모처럼 놀러 나왔는데⋯⋯."

"시간은 충분히 많잖아요. 저는 괜찮아요."

세이지는 아스텔에게 미안함을 느꼈지만 시간이 흐를수록 무섭도록 감겨오는 눈꺼풀은 그도 어찌할 도리가 없었다. 오래 지나지 않아 그는 눈을 완전히 감은 채 고른 숨소리를 내기 시작했다.

살랑거리는 바람이 이따금 아스텔의 머리카락과 세이지의 뺨을 부드럽게 어루만지고 스쳐 지나갔다. 멀리서 지저귀는 새소리와 배가 물살을 가르는 소리 외에는 아무것도 들리지 않는, 평화로운 정적에 휩싸인 초여름의 오후였다.

한참 말없이 세이지를 지켜보던 아스텔이 불쑥 입을 열었다.

"⋯⋯주무세요?"

"⋯⋯."

"주무시는 척하는 건 아니죠?"

세이지로부터 대답이 돌아오지 않는 걸 확인한 뒤, 아스텔은 머리에 쓰고 있던 밀짚모자를 가만히 그의 얼굴 위에 올려놓았다. 갑자기 불어 닥친 서늘하고 강한 바람에 가지런히 땋은 머리카락이 어지럽게 뒤흔들렸다.

자리에서 일어난 아스텔은 신고 있던 구두를 가지런히 벗어놓고 갑판 가장자리의 난간을 향해 발걸음을 옮겼다. 인형처럼 아름답지만 무표정한 얼굴에 물방울 하나가 뺨을 타고 주르륵 흘러내렸다. 수도원에서 세이지를 처음 만난 이후로 지금까지 겪었던 모든 일이 주마등처럼 뇌리를 스쳐 지나갔다. 예전에 이곳에서 세이지 와 나눴던 대화도 함께.

"그렇게 위험한가요?"
"매년 인명사고가 일어나."

이것이 아스텔이 선택한 마지막 방법이었다. 그녀는 알트만 가 문에서 벗어나고 싶었다. 알트만 가문에 얹혀서 사는 것도, 알트 만의 성을 지니고 살아가는 것도 전부 지긋지긋했다. 죽어서도 그 들의 땅에 묻히고 싶지 않았다. 처음부터 존재하지 않았던 사람 처럼, 아무런 흔적도 남기지 않고 깨끗하게 사라져 버리고 싶었 다. 그리고 그런 극단적인 방법을 선택함으로써 그의 가슴에 평생 나을 수 없는 잔인한 상처를 남겨주고 싶었다.
당신이 그 세 치 혀로 날 죽인 거라고, 죽을 때까지 두고두고 잊 지 못한 채 죄책감에 몸부림치도록.
그걸 위해서라면 지옥에 떨어져도 고통스럽지 않을 것 같았다.
어제 비가 내렸던 탓인지 불어난 강물이 출렁거리며 때때로 난 간을 넘어 튀어 올랐다. 난간을 짚은 아스텔은 잠시 고개를 떨군 채 치밀어 오르는 울음소리를 억지로 눌러 삼켰다. 온몸에 증오 라는 이름의 독이 깊게 배어들어 타오르는 기분이었다. 전에는 미 처 몰랐던 감정이었다.
누군가를 원망하는 것이, 이토록 고통스러운 일이었다니.
한참을 소리 죽여 울던 아스텔은 뒤에서 들려오는 인기척에 반 사적으로 고개를 돌렸다. 어느새 일어난 건지 눈을 크게 부릅뜬 세이지가 미동도 하지 않은 채 그녀를 지켜보고 있었다. 목이 졸린 듯한 괴로운 목소리로 그가 말했다.

"이게 무슨……."

아스텔은 눈물로 젖은 얼굴을 한 채 환하게 웃었다.

다행이다. 자신의 마지막을 그가 똑똑히 지켜보게 되어서.

"보시는 대로예요."

"장난치지 마."

"이게 장난치는 걸로 보여요?"

"대체 왜 이런 짓을 하는 거야?"

세이지는 아스텔이 여차하면 뛰어내릴까 봐 걱정이 되었는지 당혹스러워하면서도 섣불리 움직이지 못했다. 칼자루를 쥐고 있는 쪽은 아스텔이었다.

아스텔의 입술이 천천히 위아래로 움직였다.

"당신 곁에 있고 싶지 않으니까."

"……!"

"당신 곁에 있느니 지옥불에 떨어지는 편이 더 나아!"

그 말에 비로소 마법에 풀리기라도 한 것처럼, 세이지가 자리에서 벌떡 일어났다. 아스텔은 그를 기다려 주지 않은 채 곧바로 난간 위에 한쪽 다리를 걸쳤다.

"당신이 죽을 때까지 고통스러워했으면 좋겠어."

아스텔의 망막 너머로 세이지가 달려오고 있는 모습이 흐릿하게 비쳤다. 이제 미련이라고 할 만한 것은 아무것도 없었다.

눈을 감은 그녀는 난간을 쥐고 있던 손을 놓고는 그대로 강물 위에 몸을 던졌다.

3. 성장통

아스텔은 천천히 눈을 떴다. 눈을 갓 떴을 때는 흐리게 보였던 시야가 시간이 흐르면서 조금씩 또렷하게 보이기 시작했다.

그녀가 누워 있던 곳은 플라티나 메도우도, 제이드 체임버도, 하다못해 수도원도 아닌 낯선 방이었다. 기억에 존재하지 않는 좁고 협소한 방 안을 둘러보며 눈썹을 찡그리던 아스텔은 급작스럽게 엄습한 두통에 머리를 감싸 쥐었다.

"아야……."

두통은 끔찍했지만 그녀가 막연하게 상상했던 지옥불의 고통과는 거리가 멀었다. 여기가 어딘지는 몰라도 지옥이 아니라는 것만큼은 확실했다.

지옥에 떨어지지 않았다는 건 자신이 아직 죽지 않았다는 의미와도 일맥상통했다. 아스텔은 이대로 안도해야 할지, 아니면 다시한 번 자살 시도를 해야 할지를 심각하게 고민하기 시작했다.

"어라?"

아스텔이 누워 있는 방의 문이 노크도 없이 갑자기 열리더니 낯선 노인이 빼꼼 고개를 들이밀었다. 아스텔과 눈이 마주친 노인은 화들짝 놀라더니 다급한 목소리로 누군가를 불렀다.

"해르! 아가씨께서 일어나셨다!"

노인이 부르는 해르가 누구일까. 아스텔의 궁금증은 오래 지나지 않아 해결되었다. 활짝 열린 문 너머로 아스텔이 잘 알고 있는 사람이 곧바로 모습을 드러낸 것이다.

"일어나셨군요, 아가씨."

"……모리슨."

아스텔의 가정교사였던 해리엇이었다. 그녀의 모습을 보자마자 맥이 탁 풀린 아스텔은 저도 모르게 눈물이 왈칵 치솟았다. 아스텔의 눈가에 맺힌 눈물에 놀란 해리엇이 그녀에게 다가와 어깨를 도닥여 주었다. 그 손길이 얼마나 따뜻했는지, 아스텔은 더욱 서글퍼져 한 번 더 울고 말았다.

아스텔이 눈을 뜬 곳은 해리엇이 자신의 노부모를 모시고 사는 집이었다. 상류층의 가정교사는 고용주의 집에서 함께 거주하는 것이 일반적이었으나, 외동딸인 그녀는 늙은 부모를 봉양하기 위해 플라티나 메도우로 들어가는 것을 사양했다고 했었다.

"아가씨께서는 닷새 동안이나 눈을 뜨지 못하셨습니다. 다들 얼마나 걱정했는지 모릅니다."

"닷새나 지났다고요?"

해리엇과 마주 앉아 퀼트를 만들던 아스텔은 자신이 닷새나 잠들어 있었다는 말에 깜짝 놀라고 말았다. 해리엇은 혼자 만들겠다며 극구 사양했지만, 아스텔은 책만 읽기도 따분하니 자신에게도 소일거리를 달라고 계속해서 고집을 피웠다. 결국 그녀의 고집을 꺾지 못한 해리엇은 아스텔에게도 바늘과 천 조각들을 내주었다.

"의사는 괜찮다고 했지만……, 계속 깨어나질 않으셔서 도련님께서 걱정을 많이 하셨습니다."

도련님, 이라는 말에 아스텔의 손이 우뚝 멈추었다. 애써 외면하려 했던 대상이 해리엇의 입으로 언급되니 몹시 마음이 어지러웠다. 하지만 자신의 마음이 어지러운 것과는 별개로 짚고 넘어갈 것은 확실히 짚고 넘어가야 했다.

"한 가지만 물어봐도 될까요, 모리슨?"

"말씀하십시오, 아가씨."

"절 여기로 데려온 사람이 누군가요?"

아스텔의 질문에 해리엇은 입을 다물고 꿰매고 있던 바느질감을 놓았다. 안경 너머로 회갈색의 눈동자가 복잡한 시선으로 아스텔을 지켜보고 있었다. 해리엇은 오래 지나지 않아 다시 입을 열었다.

"아가씨의 둘째 오라버니이십니다."

❖

강기슭으로 아스텔을 끌어낸 세이지는 축 늘어진 그녀에게 인공호흡을 하고 물을 토하게 했다. 6월이라 상황이 한결 낫긴 했지만, 물에 빠졌다가 건져진 아스텔은 피부가 얼음장처럼 차가웠다.

이대로 죽는 건 아닐까. 파랗게 질린 아스텔의 입술을 보면서 두려움에 사로잡힌 그가 몸을 덜덜 떨었다.

"아스텔."

"……."

"제발, 눈 좀 떠줘."

아스텔이 죽을지도 모른다는 가정을 하는 것만으로도 미칠 것 같았다. 할 수만 있다면 제 목숨을 대신 주고서라도 아스텔이 살길 바랐다. 그녀가 존재하지 않는 이 세상에서 더 이상 어떻게 살아갈 의미를 찾으란 말인가.

뺨을 몇 번 두드리자 꾹 닫혀 있던 아스텔의 눈꺼풀이 희미하게 경련하기 시작했다.

"으……."

"아스텔!"

자신의 이름을 외쳐 부르는 소리에 반응한 것처럼 아스텔의 눈이 번쩍 떠졌다. 초점 없는 시선이 황망하게 허공을 헤맸다. 세이지는 아스텔의 턱을 붙잡아 자신을 똑바로 바라보게 했다. 잠시 멍하니 세이지의 얼굴을 올려다보던 그녀는 뒤늦게 그를 알아본 듯 몸을 움찔하더니 그의 손을 찰싹 쳐냈다.

"시, 싫어……."

"아스텔."

"제발, 저리 가……."

아스텔은 세이지를 힘없이 밀치면서 그에게서 도망치려는 것처럼 땅바닥을 굴렀다. 그녀는 몸에 힘이 들어가지 않는 듯 흙바닥에 엎어진 채 끙끙거리면서도 세이지가 있는 반대편을 향해 기었다. 미처 다 토하지 못한 물이 이제야 올라왔는지 입에서 비린 물이 왈칵 쏟아졌다.

보다 못한 세이지는 아스텔의 몸을 일으켜 안았다. 제대로 걷기는커녕 기지도 못하던 아스텔은 어디에서 그런 힘이 났는지 거세게 몸부림치며 세이지에게 저항했다.

"놔……, 놔……!"

"아스텔!"

"나, 난……, 창녀가 아니야……!"

자신은 창녀가 아니라는 아스텔의 절규에 세이지는 그대로 얼어붙은 듯 굳어버리고 말았다. 세이지에게 여전히 붙들린 상태인 그녀는 계속해서 고개를 거칠게 흔들며 어깨를 들썩거렸다.

"꼴도 보기 싫어……, 당신도, 당신 형도……."

"그게 무슨……."

"제발, 돌아가기 싫어……. 돌아가고 싶지 않아……."

아스텔은 고장 난 축음기처럼 돌아가기 싫다는 말만 반복하면서 울부짖었다. 그녀를 붙들고 있던 세이지의 손에서 천천히 힘이 빠져나가기 시작했다. 로렐과 아스텔이 제게 했던 말들이 번갈아 가며 머릿속에서 떠올랐다.

"원한다는 건 뭐든 다 들어줘. 어려운 것도 아니잖아?"

"당신 곁에 있느니 지옥불에 떨어지는 편이 더 나아!"

그가 어떤 선택을 해야 하는지는 너무나도 자명했다. 자신의 품 안에서 여전히 저항하고 있는 아스텔을 내려다보며, 세이지가 힘없이 중얼거렸다.

"나는……."

세이지의 품 안에서 계속 몸부림치면서 울던 아스텔은 오래 지나지 않아 탈진한 것처럼 정신을 잃고 말았다. 기절한 아스텔이 아직 숨을 쉬고 있는 것을 확인한 세이지는 축 늘어진 그녀를 안은 채 일어섰다.

아스텔이 자신을 싫어하는 것은 충분히 이해할 수 있지만, 형인 로렐에게까지 혐오를 비친 것은 심상치 않은 일이었다. 세이지는 로렐에게 뱃놀이 권유를 하러 갔던 날, 아스텔이 그럴 리가 없다며 형이 의아해했던 것을 기억하고 있었다. 자세한 내막은 아직 알 수 없지만 두 사람 사이에 어떤 갈등이 존재했다는 것만큼은 확실해 보였다.

우선은 아스텔을 데리고 플라티나 메도우로 돌아갈 수 없는 만큼, 그녀를 믿고 맡길 수 있는 곳을 따로 찾아야 했다. 그에게는 무척 다행스럽게도 아스텔이 하루 일정으로 뱃놀이를 계획해 뒀기 때문에, 내일까지는 다른 사람들의 의심을 사지 않은 채 움직이는 것이 가능했다.

세이지는 제이드 체임버에 있었을 무렵, 아스텔이 델플린드에 있는 가정교사에게 편지를 보냈던 것을 떠올렸다. 마음이 급해진 그는 강가에 정박된 배 쪽으로 서둘러 발걸음을 옮겼다. 젖은 옷을 걸치고 있는 아스텔은 정신을 잃은 상태에서도 추운 듯이 몸을 덜덜 떨고 있었다. 그의 품 안에서 떨고 있는 아스텔을 더욱 힘주어 끌어안으며 세이지는 이를 갈았다.

아스텔의 옷을 갈아입힌 세이지는 배의 운전자에게 지금까지 있었던 일을 아무에게도 말하지 않도록 당부한 뒤, 한숨 돌릴 틈도 없이 그녀를 업은 채 마을에 있는 병원을 찾아갔다. 병원에서 의사가 아스텔을 돌보고 있는 사이, 그는 아스텔의 가정교사였던 해리엇 모리슨이 사는 곳을 수소문하여 알아냈다.

세이지는 날이 밝기까지 기다리는 대신 곧바로 해리엇의 집으로 찾아가는 편을 택했다. 혹시 모를 상황을 대비하려면 목격자는 적으면 적을수록 좋았다. 그는 두터운 담요를 덮어쓴 아스텔을 안은 채 서둘러 병원을 나섰다.

해리엇의 집은 마을과 제법 떨어져 있는 곳에 위치해 있었기 때문에 아스텔을 숨겨놓기에는 안성맞춤인 장소였다. 말을 빌린 세이지는 아스텔이 깨지 않도록 조심하며 해리엇의 집으로 향했다.

말을 몰던 세이지는 문득 고개를 들어 눈앞에 펼쳐진 들판의 정경을 바라보았다. 밤의 이슬을 머금은 들판이 달빛을 받아 마치 별이 내린 것처럼 반짝거리고 있었다. 그의 품에 기댄 채 잠들어 있는 아스텔을 내려다보던 세이지는 충동적으로 입을 열었다.

"깼어?"

"……."

"아직 자는 건가."

아스텔은 여전히 대답이 없었다. 그는 아스텔의 뺨을 어루만지고 싶은 충동을 억누르기 위해 말고삐를 힘껏 움켜쥐었다.

"……미안하다."

저도 모르게 흘러나온 사과의 말에 놀란 세이지는 급하게 숨을 들이켰다. 혹시 아스텔이 깨어 있는 것은 아닌지 긴장되어 심장이 쿵쿵거리며 뛰었다. 하지만 다행인지 불행인지 아스텔은 여전히 묵묵부답인 채 아무런 대꾸도 하지 않았다.

"네가 이 지경이 된 건 나 때문이겠지."

고작 이 한 마디가 뭐라고 그렇게 말하기가 어려웠던 걸까. 아스텔은 계속해서 대답이 없었지만 그는 그 편이 오히려 마음이 편했다. 만약 그녀가 무어라 대꾸했다면, 자신은 분명 말을 더 잇지 못했을 테니까. 떨리는 목소리로 그가 계속해서 말을 이었다.

"사실 처음부터 알고 있었어. 내가 사랑받지 못한 건 네 잘못이 아니었다는걸. 그건 어디까지나 아버지와 나 사이의 문제였는데."

차가운 밤바람이 휘몰아치자 이슬 맺힌 들풀들이 이리저리로 뒤흔들렸다. 이슬에 반사된 달빛이 들풀의 흔들림에 따라 산란(散亂)하며 그의 시야를 어지럽혔다. 아스텔이 몸을 떨자 세이지는 그녀가 추워하지 않도록 담요를 더욱 단단히 둘러씌웠다.

"그걸 알면서도 난 줄곧 화풀이할 대상을 찾고 있었지. 이제 갓 여덟 살이 된 어린아이처럼 말야."

목이 멘 그는 잠시 격앙된 감정을 가라앉히기 위해 심호흡을 했다. 눈에 무언가가 맺힌 것처럼 시야가 뿌옇게 보여 그는 손등으로 거칠게 눈가를 문질렀다.

"……뭔가 더 하려던 말이 있었던 것 같은데 생각이 나질 않네. 하지만 더 말해봤자 변명만 될 것 같으니까 그만둘게. 그냥……, 네가 어딜 가서든 마음 편히 지냈으면 좋겠다. 여기서 있었던 일들은 전부 잊고, 그렇게 계속 살다가……."

왜 이렇게 목소리가 자꾸 떨리는 걸까.

"……언젠가 먼 훗날에 네가 날 다시 떠올려도, 더 이상 아파하지 않았으면 좋겠다."

그는 잠시 말없이 품 안의 아스텔을 내려다보았다. 이제 머지않아 자신의 눈이 닿지 않는 곳으로 떠나보내야 할 그녀를.

이윽고 쓴웃음을 지으며 세이지가 다시 말을 이었다.

"……미안. 역시 다른 남자랑 행복해지라는 말만큼은 해줄 수 없을 것 같아."

자신이라는 남자는 어째서 마지막까지 이렇게 못나게 구는 걸까. 스스로 생각해도 미련하고 한심해서 도무지 견딜 수가 없었다. 아스텔의 말대로 그가 그 자신을 사랑할 수 있게 되려면 좀 더 시간이 필요하지 않을까.

다시 고개를 든 세이지의 시야 멀리에 자그마한 집 한 채가 들어왔다. 틀림없는 해리엇의 집이었다. 마음이 급해진 세이지는 타고 있는 말을 재촉하듯 박차를 가했다.

해리엇의 집 앞에 도착한 세이지는 곧장 말에서 내린 뒤, 급하게 현관문을 두드리기 시작했다. 자정이 다 되어가는 늦은 시간에 이만저만 민폐가 아니었다.

"지금이 대체 몇 신지 알기나……?!"

짜증스러운 목소리로 투덜거리며 문을 열던 해리엇은 현관에 서 있는 알트만 가문의 차남을 발견하고는 몹시 놀란 표정을 지었다. 그녀는 세이지의 품 안에 안겨 있는 아스텔을 보고 심상치 않은 일이 벌어졌다는 것을 짐작한 모양이었다.

"도련님께서 이런 곳에는 무슨 일로 오셨습니까? 그리고 아가씨께서는 대체……."

"피치 못할 사정이 있어 찾아왔다. 다른 사람에게는 비밀로 하고 당분간 아스텔을 맡아주었으면 좋겠군. 비용이라면 내가 충분히 지불하도록 하지."

"이유를 말씀해 주실 수는 없는 겁니까."

"……지금 당장은 곤란하다. 돌아가는 상황을 봐서 결정하도록 하겠다."

해리엇은 들릴 듯 말 듯 한 소리로 작게 한숨을 내쉬고는 때마침 비어 있던 손님방을 세이지에게 내주었다.

손님방의 침대 위에 아스텔을 눕혀놓은 세이지는 여전히 차갑기 그지없는 그녀의 손을 꼭 붙잡았다. 물에서 갓 건져 냈을 때 이후로 아스텔은 여태 정신을 차리지 못하고 있었다.

"제발……, 이번에야말로 네가 원하는 건 뭐든 들어줄 테니까."

아스텔이 무사히 눈을 뜰 수만 있다면 이제 두 번 다시 그녀를 만날 수 없게 된다고 해도 좋았다. 그녀가 빨리 정신을 차릴 수 있기를 간절히 기도한 세이지는 피곤한 몸을 이끌고 곧바로 아스텔이 누워 있는 손님방을 나왔다. 해리엇은 시간이 너무 늦었으니 잠시 눈이라도 붙이고 가라고 세이지를 설득했지만 그는 천천히 고개를 가로저어 보였다.

"아침까지 시간을 지체했다간 아스텔이 여기 있다는 게 곧장 발각될 거다. 그럼 모든 것이 무용지물이 되겠지."

"도련님……."

"조만간 다시 만나도록 하지."

세이지는 뒤도 돌아보지도 않은 채 곧바로 해리엇의 집을 빠져나갔다. 그에게는 아직 플라티나 메도우로 돌아가서 해야 할 일이 남아 있었다.

세이지는 해가 뜨기 전에 플라티나 메도우에 도착했다. 그는 저택의 사람들에게 한밤중에 자다가 일어나보니 아스텔이 온데간데없이 사라져 있었다고 증언했다.

플라티나 메도우는 아스텔이 강에서 실종되었다는 충격적인 소식으로 순식간에 발칵 뒤집혔다. 아스텔이 사라졌다는 소식을 뒤늦게 전해 들은 엘레노어는 그 자리에서 바로 혼절하고 말았다. 로렐은 두 사람이 뱃놀이를 떠났던 엘마 강으로 수색대를 보냈지만 끝끝내 어디에서도 그녀의 흔적을 찾지 못했다.

엘마 강의 하류는 바다와 연결되어 있었으므로 수영을 하지 못하는 사람이 빠졌을 경우, 빠진 사람은 그대로 바다까지 흘러가버릴 가능성이 컸다. 더군다나 아스텔이 실종되기 하루 전에 비가 왔던 탓에 강물이 불어나 그만큼 물살도 빨라진 상태였다. 로렐은 냉정하게 아스텔이 아직 살아 있을 리가 없다고 판단했다.

사흘 뒤, 플라티나 메도우에서는 전대 델플린드 백작의 양녀였던 아스텔 조지아 알트만의 시신 없는 장례식이 치러졌다. 아스텔이 해리엇의 집에서 눈을 뜨기 하루 전의 일이었다.

로렐은 아스텔이 난간에 매달린 채 강을 구경하다가 실족사한 것으로 추측된다고 발표했지만, 그녀가 자살했음을 의심하는 사람들도 더러 존재하기는 했다. 그들 대부분은 아스텔이 양부를 잃은 슬픔을 견디지 못해 극단적인 선택을 한 것이라고 생각하며 꽃다운 나이에 세상을 떠난 그녀를 안타깝게 여겼다. 오직 한 사람, 아스텔이 도움을 청했던 엘레노어만이 그녀가 다른 이유로 자살했을 것이라고 믿었다. 엘레노어는 가슴을 치며 아스텔에게 미안하다고 통곡하다가 탈진하기까지 했다.

"전부 내 탓이야."

뒤늦게 정신을 차린 엘레노어가 힘없는 목소리로 중얼거렸다.

"그 아이가 도움을 청했을 때 도와줬어야 했는데. 내가, 내가 그 애에게 매정하게 굴었던 탓에……."

다시 감정이 복받쳐 오른 듯 부들부들 떨던 그녀는 다시 손으로 얼굴을 가리고 울기 시작했다.

"그때 내가 아스텔을 도와줬더라면 죽지 않았을 것을! 내가 그 아이를 죽인 것이나 다름없어……!"

엘레노어는 장례식에서 하루 종일 울다가 기절하는 것을 반복했다. 세이지는 자신의 탓으로 아스텔이 죽은 것이라며 통곡하는 고모를 보면서 죄책감을 느꼈으나, 그렇다고 해서 그녀가 살아 있다는 사실을 섣불리 발설할 수는 없었다.

장례식은 끝났지만 아스텔이 사용하던 방은 그녀가 지내고 있었을 당시 그대로 보존해 둔 상태였다. 세이지는 무언가에 홀린 것처럼 그녀의 방으로 향했다. 아스텔은 뱃놀이를 떠나기 전날 밤, 이곳으로 세이지를 유혹하여 함께 밤을 보냈었다.

그녀는 그날 대체 어떤 심정으로 자신에게 안기고 있었던 걸까.

황망하게 아스텔의 침대를 바라보던 그는 갑자기 무언가를 떠올린 것처럼 방 여기저기를 뒤지기 시작했다. 아스텔의 방 구석구석을 이 잡듯 뒤지던 세이지는 한참 애쓴 끝에 마침내 자신이 원하던 것을 찾아냈다. 바로 아스텔의 일기장이었다.

그녀의 지극히 개인적인 부분을 엿본다는 죄책감은 분명히 존재했다. 하지만 세이지는 아스텔이 로렐에 대해 언급했던 것이 못내 마음에 걸렸다. 로렐에게 직접 묻는다면 그는 아스텔이 살아 있다는 걸 눈치챌 것이 분명했다. 그렇다고 해서 아직 정신을 차리지 못한 아스텔에게 무슨 일이 있었냐고 물어볼 수도 없는 노릇이었다. 그녀에게 묻는다고 해도 답을 알려줄 것 같지도 않았지만.

아스텔의 일기장을 마구 넘기던 세이지는 자신이 언급된 부분을 발견하고는 반사적으로 손을 멈추었다. 그의 떨리는 시선이 가지런하게 늘어서 있는 아스텔의 글씨를 빠르게 훑기 시작했다.

에델력 797년 11월 3일

오늘은 제법 특이한 손님이 수도원을 방문했다. 수도원의 후원자인 백작님의 차남이라고 하는데, 어쩌다 보니 내가 안내역을 맡는 바람에 정신이 하나도 없었다. 우리 부모님에 대해 뭔가 알고 있는 사람인 걸까. 그와 다시 만날 수 있을지 궁금하다.

에델력 797년 11월 9일

지난번의 손님이 이번에도 수도원에 찾아왔다. 원장님의 요청으로 함께 티타임을 갖게 되었는데 도중에 실수로 차를 엎지르고 말았다. 그때를 생각하면 아직도 손발이 마르는 기분이다. 첫인상은 조금 무서웠는데 생각보다 다정한 사람인 모양이다.

참, 그 손님이 가기 전에 어머니의 것과 똑같은 펜던트를 내게 주었다. 역시 우리 부모님과 관련이 있는 사람인가 보다. 나를 찾아온 이유도 그 때문인 거겠지. 조금 기분이 싱숭생숭하다.

에델력 797년 11월 12일

그 사람이 다시 수도원에 왔다. 놀랍게도 그의 아버지와 함께 말이다. 두 사람은 누가 봐도 부자지간이라고 한눈에 알아볼 수 있을 정도로 빼닮았다.

내 예상대로 그의 아버지가 내 부모님과 관련이 있는 사람이었다. 어머니와 아버지 두 분 모두와 막역한 친우지간이었다고 한다.

언젠가 나를 저택으로 초대하고 싶다고 하는데 예의상 한 말일까, 아니면 진심으로 한 말일까. 만약 정말로 초대된다면 그 사람과도 다시 만날 수 있겠지. 그래도 큰 기대는 하지 않으려고 한다.

에델력 797년 11월 19일

저녁 식사가 끝나고 원장님이 날 호출하셨다. 지난주에 뵈었던 백작님이 날 양녀로 삼길 원한다고 하신다. 마음이 어지럽다. 원장님께는 생각할 시간을 달라고 말씀드렸다.

에델력 797년 11월 20일

백작님의 양녀가 되기로 결심했다. 원장님께도 말씀드렸더니 기뻐해 주셨다. 백작님에게 입양된다면 내게도 가족이 생기는 거겠지. 그 사람은 내 오라버니가 될 테고…….

에델력 797년 11월 28일

이 일기를 쓰고 있는 지금은 사실 28일이 아니라 29일이다. 약을 먹고 잠깐 눈을 붙인다는 게 자정을 훌쩍 넘겨 버리고 말았다.

아, 뭐라고 말을 해야 할까. 그 사람에게 내 존재 자체를 부정당하는 말을 들어버렸다. 내 둘째 오라버니가 된 그 사람 말이다. 아직도 손이 떨리는 기분이다. 난 이제 어떡해야 할까.

에델력 797년 11월 30일

오늘은 내 새 고모님이 되신 분을 만났다. 말수가 좀 많은 편이긴 하지만 좋으신 분 같다. 고모님과 오랫동안 무슨 얘길 나누긴 했는데 사실 기억나는 내용은 별로 없다.

......이제 그 사람을 오라버니라고 지칭해도 되는 건지 모르겠다. 벌써 몇 번이나 오라버니라고 부르지 말라는 말을 들었는지 모른다. 오늘도 그 사람 때문에 꼴사납게 울어버리고 말았다.

페이지가 넘어갈수록 세이지는 숨이 턱턱 막혀왔다. 그녀가 쓴 글자 하나하나가 그의 눈을 찌르는 기분이었다. 그럼에도 불구하고 그는 아스텔의 일기를 읽는 것을 멈출 수 없었다. 세이지에게는 자신이 경솔히 내뱉은 말로 아스텔이 어떤 상처를 입었는지 알아야 할 의무가 있었다.

일기 속의 아스텔은 세이지의 말에 항상 상처 입으면서도 한결같이 그에 대한 호감을 저버리지 않고 있었다. 아무리 눈먼 사람이더라도 알 수 있을 것이다. 그녀가 자신에게 어떤 마음을 품고 있었는지.

세이지는 그녀의 일기를 통해 아스텔이 로벨리아와 어떤 대화를 나눴고, 그녀가 어째서 갑자기 자신을 피했었는지 알게 되었다. 맥이 탁 풀리는 기분이었다. 어쩌면 이렇게 어리석을 수 있을까. 숨도 쉬지 못한 채 페이지를 계속 넘기던 세이지는 마침내 아스텔이 그의 생일에 썼던 일기를 발견했다.

에델력 798년 3월 10일
양부님께서 체렌시아로 가버리셨다. 그 사람에게 생애 최고의 선물을 주고 싶었는데……. 가슴이 너무 아프다. 바보짓이라는 걸 알면서도 그에게 몸을 허락했다. 그가 나를 사랑했다면 이렇게까지 아프진 않았을 텐데.

아스텔은 이 내용을 적은 페이지에 해리엇에게 미처 보내지 못했던 편지들을 끼워뒀다. 그와 관계를 지속하며 알게 모르게 입었던 마음의 상처나 고민 같은 것들.

그는 까맣게 모르고 있었다. 그녀가 매일 밤 스스로 그를 찾아왔으니까 괜찮을 거라고, 사실은 그로 인해 고통스러워하고 있었을 거라고는 전혀 생각하지 못했었다.

에델력 798년 5월 3일
이제 더 이상 그를 사랑하지 않기로 결심했다. 알트만의 모든 것이 혐오스럽기만 하다. 죽어서라도 떠날 수 있다면 그렇게 하고 싶다. 지긋지긋하다.

막혀 있던 둑이 허물어지듯, 그의 눈에서 눈물이 쏟아지기 시작했다. 여덟 번째 생일 이후로 단 한 번도 울어본 적이 없던 그가 십오 년 만에 처음으로 눈물을 흘린 것이다. 그의 아버지의 장례식에서조차 나오지 않았던 눈물이었다.

왜 좀 더 일찍 그녀의 마음을 헤아리지 못했던 걸까. 자신이 좀 더 일찍 그녀에게 사과했다면, 아스텔이 그에 대한 마음을 완전히 놓아버리고 목숨을 버리려 하진 않았을지도 모르는데.

세이지는 격렬한 후회로 밤새 통곡하다가 아스텔의 방에서 기절하듯이 잠들었다. 꿈에서도 그는 아스텔에게 끝내 사과하지 못했다는 죄책감에 몸부림쳐야 했다. 이제 모든 것을 되돌리기엔 너무 늦어버리고 만 것이다.

4. 라그랑시아로

전대 델플린드 백작의 양녀가 예기치 못한 사고로 사망했다는 소식은 오래 지나지 않아 수도인 엘버린에까지 전해졌다. 올해 데뷔한 데뷔탕트들 중 가장 큰 화제를 몰고 다녔던 아스텔이었던 만큼, 그녀의 사망은 많은 사람에게 큰 충격을 가져다주었다. 그것은 오키드 하우스에 드나드는 여인들에게 있어서도 예외는 아니었다.

아스톤 백작부인이 한숨을 쉬며 말했다.

"정말 안타까운 일이에요. 이제 막 꽃피우기 시작할 나이에……."

"아직도 믿을 수가 없어요. 그녀가 세상을 떠났다니."

"그녀가 오키드 하우스에 왔던 날이 엊그제 같은데……."

로레인은 맞은편에 앉아 있는 로벨리아의 눈치를 보며 입을 열었다.

"햄스워드 후작 영애의 시누이가 될 뻔한 아가씨였는데 많이 서운하겠군요."

"……전부 지나간 얘기랍니다."

로벨리아가 가라앉은 목소리로 대답했다. 그녀는 직접 아스텔의 죽음에 대한 유감은 표하지 않았지만 평소보다 유난히 말수가 적었다. 살롱에 모인 여인들은 다들 로벨리아가 아스텔의 죽음을 애도하여 색이 어두운 드레스를 입고 온 것이리라 짐작했다.

"어쩌다 그녀에게 그런 불행이 닥친 걸까요."

"어쩌면 불행이 아니었을지도 몰라요."

브리짓의 예기치 못한 발언에 모두가 일제히 그녀를 주목했다. 그녀는 자신을 향해 쏟아지는 시선에 아차 한 기색이었지만 이미 뱉어놓은 말을 주워 담을 수는 없는 노릇이었다.

"그게 대체 무슨 말씀인가요? 웸블리 자작 영애."

"……이건 어디까지나 소문이지만."

브리짓은 사람들의 눈치를 보며 조심스럽게 목소리를 낮추었다.

"델플린드 백작 영애가 사망한 이유가 사실은 사고가 아니었다는 말이 있어요."

"그 소문이라면 저도 알아요. 양부께서 돌아가신 슬픔을 이기지 못해 델플린드 백작 영애가 자살하셨다는……."

건너편에서 그녀의 말을 듣고 있던 브래드포드 남작 영애가 아는 체를 하자, 브리짓은 마구 고개를 저으며 자리에서 벌떡 일어났다.

"제가 들은 소문은 그런 게 아니에요! 자살이 아니라 타살이라고 했다구요!"

"타살……?"

"델플린드 백작 영애가 다른 누군가에게 살해당했다는 말인가요?!"

"웸블리 자작 영애, 대체 어디서 그런 말을 들은 거죠?"

오키드 하우스의 응접실은 삽시간에 충격의 도가니에 빠졌다. 비록 친근한 사이는 아니었다 해도 그녀들이 알고 있는 아스텔은 누군가에게 살해당할 정도로 깊은 원한을 살 만한 인물이 아니었다. 대체 누가 무엇 때문에 그렇게 상냥하고 품행 단정한 그녀를 죽였단 말인가.

조금 의기양양한 표정이 된 브리짓이 계속해서 말을 이어나갔다.

"저도 누구에게 들었는지는 말씀드릴 수 없어요. 하지만 듣고 나니 나름대로 납득이 가더라구요. 그럴 만한 동기도 충분하구요."

"대체 범인이 누군가요? 어째서 델플린드 백작 영애를 살해했다는 거죠?"

"이미 짐작하고 계신 분도 있을 거예요. 그때 델플린드 백작 영애와 동행했던 유일한 인물이 누구였는지 떠올려 보면……."

브리짓이 지목한 범인이 누구인지 깨달은 여인들의 얼굴이 일제히 새파랗게 질렸다. 그때까지 말없이 브리짓의 말을 듣고 있었던 로벨리아는 더 참지 못하고 자리에서 벌떡 일어났다.

"웸블리 자작 영애. 방금 영애께서 하신 말씀이 어떤 파문을 불러올 수 있는 발언인지 알고 있는 건가요?"

"이, 이건 그냥 소문이잖아요……! 전 델플린드 백작님의 아우분이 범인이라고 말하려는 게……!"

응접실은 순식간에 찬물을 끼얹은 것처럼 침묵에 휩싸였다. 여인들은 심각한 분위기에 차마 나설 엄두를 내진 못 했지만, 브리짓이 제시한 타살설에 대해 좀 더 자세한 이야기를 듣고 싶어 했다. 이윽고 그들 중 한 명이 용기를 내어 브리짓의 말을 거들기 시작했다.

"맞아요! 웸블리 자작 영애께선 그저 바깥에서 들었던 소문에 관해 얘기하고 계실 뿐이잖아요!"

"저희에게도 알 권리가 있어요! 절대 그분을 의심하려고 하는 게 아니라구요!"

한 명이 나서서 브리짓을 두둔하자 나머지도 기다렸다는 듯이 그녀의 편을 들고 나섰다. 기가 차다는 표정으로 여인들을 둘러보던 로벨리아는 결국 입을 꾹 다물고 다시 제자리에 앉았다.

"그럼 어서 하던 말씀을 마저 해주시죠. 웸블리 자작 영애."

"……말씀드렸다시피 범인으로는 그분이 언급되고 있어요. 델플린드 백작 영애가 조약돌도 아니고 강에 빠졌을 때 분명히 요란한 물소리가 났을 거예요. 구해달라고 소리를 지르셨을 수도 있고요. 정말 사고였다면 델플린드 백작 영애가 물에 빠지는 소리가 났을 때 바로 눈치를 채셨어야 할 테고, 눈치를 챘다면 수영 실력이 뛰어난 그분이 영애를 구하기 위해 뛰어드시는 것이 이치에 맞겠죠. 구하려고 애쓰셨다고 해도 결국은 놓쳤을 가능성이 높긴 하지만요. 하지만 다들 아실 거예요. 사고가 일어났을 당시에 그분이 뭐라고 증언하셨는지."

브리짓의 발언은 허점을 찾기가 어려웠다. 응접실에 모인 이들은 모두 할 말을 잃은 채 서로의 얼굴을 멍하니 마주 보기만 했다.

"……그럼 동기는 무엇이죠?"

"다들 아시겠지만 선대 델플린드 백작께서는 돌아가신 영애를 무척 아끼셨죠."

죽은 백작이 아스텔을 얼마나 애지중지하며 과보호했는지는 사교계에서 모르는 사람이 없을 정도였다. 여인들은 고개를 끄덕이며 브리짓이 이어서 할 말을 기다렸다.

"하지만 정작 친자였던 두 아드님과는 그다지 원만한 사이가 아니었다고 해요."

여인들의 표정에 깨달음의 빛이 깃들기 시작했다. 그들의 머릿속에는 찍어낸 것처럼 똑같은 시나리오가 흘러가고 있었다. 브리짓이 언급한 소문은 그녀들에게 있어 더 이상 단순한 가십이 아니었다.

로벨리아는 살롱이 파하자마자 뒤도 돌아보지 않고 오키드 하우스를 빠져나갔다. 로즈버드 팰리스에 도착한 그녀는 아버지에게 금방 돌아오겠다는 편지 한 장만을 남겨놓고 곧장 짐을 챙겨 기차역으로 향했다. 그녀는 세이지의 입을 통해 모든 진실을 듣기 전까지는 아무것도 믿지 않을 작정이었다.

예상치 못한 손님의 방문에 플라티나 메도우는 다시 시끄러워지기 시작했다. 선대 백작 못지않게 로벨리아를 싫어하던 로렐은 그녀가 찾아왔다는 소식에 펄쩍 뛰었으나, 뜻밖에 순순히 세이지를 만나는 것을 허락해 주었다.

두 사람은 엘버린에서 연애를 했기 때문에 로벨리아는 플라티나 메도우에 방문하는 것이 이번이 처음이었다. 메이드를 따라 세이지가 있는 휴게실로 안내받은 로벨리아는 못 본 사이에 몰라볼 정도로 수척해진 그의 모습에 경악을 금치 못했다.

"이야기는 들었어. 생각했던 것보다 상심이 컸나 보네."

"……상심이라."

그는 산송장이라고 봐도 무방할 정도로 생기가 없는 얼굴이었다. 그녀의 말에 성의 없는 목소리로 대꾸한 세이지는 만사가 귀찮다는 표정으로 창문 밖으로 시선을 돌렸다. 로벨리아는 그런 세이지의 모습을 보며, 어째서 로렐이 그를 만나는 것을 허락해 주었는지 알 것 같다는 생각을 했다.

애써 아무렇지도 않은 체하며 로벨리아가 다시 입을 열었다.

"이상한 소문을 들었어."

"소문?"

"……네가, 그 아이를 죽인 거라고."

말하면서도 로벨리아는 분한 마음에 주먹을 꽉 움켜쥐었다. 세이지는 여전히 미동도 하지 않은 채 그녀의 말을 듣고 있었다.

"귀담아들을 필요도 없는 헛소문이긴 하지만 이대로는……."

"맞아."

로벨리아는 순간 자신의 귀를 의심했다. 그녀는 세이지와 아스텔이 서로에게 어떤 마음을 품고 있는지 알고 있는 사람 중 한 명이었다. 그가 아스텔을 해칠 리가 없다는 건 누구보다도 로벨리아 자신이 가장 잘 알고 있었던 것이다.

"……잘못 들은 것 같은데 다시 한 번 말해줄래?"

"내가 죽인 게 맞다고 했어."

"세이지."

세이지는 비로소 고개를 돌려 로벨리아 쪽을 바라보았다. 그의 텅 비어버린 눈동자에 로벨리아는 가슴이 얼어붙는 듯한 선뜩함을 느꼈다. 로벨리아의 목소리가 떨리기 시작했다.

"……왜, 왜 그랬던 거야? 어째서 다른 사람도 아닌 네가……."

"꼴 보기 싫었으니까. 정말 얄미웠거든. 눈앞에서 없어져 버리면 딱 좋겠다고 생각했었지. 그래서 괴롭혔어. 스스로 죽고 싶다고 생각할 때까지."

그날 세이지가 아스텔에게 내뱉은 모욕적인 말 전부가 진심인 것은 아니었으나 전부 거짓인 것도 아니었다. 그는 아스텔을 사랑했지만 동시에 미워했고, 지켜주고 싶어 했지만 동시에 상처 입히고 싶어 했다. 언뜻 보기에는 모순된 것 같은 감정들이었지만, 그 모두가 한 치의 거짓이나 충돌 없이 그의 마음속에서 공존하고 있었다.

아스텔을 죽인 것은 어느 누구도 아닌 자기 자신이었다. 그가 지금까지 해왔던 차가운 말들과 배려 없는 행동 하나하나가 차곡차곡 쌓여, 마침내 보이지 않는 손이 되어 아스텔을 밀었던 것이다.

그의 메마른 뺨에 한 줄기 물방울이 흘러내렸다.

"……그런데 지금은 하나도 즐겁지가 않네."

"……세이지."

로벨리아는 조용히 그에게 다가가 눈물을 흘리고 있는 세이지의 뺨을 쓸어내렸다. 그녀는 세이지를 사랑하지는 않았지만 특별하게 여기고 있었다. 그런 그의 슬픔을 모른 체할 수는 없었다.

"'위로'해 줄까."

세이지가 그랬듯, 로벨리아도 타인을 위로하는 건 서툴렀다. 따라서 그녀는 남을 위로하는 방법이라고는 한 가지밖에 몰랐다. 세이지는 금방 그녀의 말을 이해하고는 천천히 고개를 저었다.

"지금은 누구도 안고 싶지 않아."

"……그래."

로벨리아는 더 이상 그를 설득하려 하지 않았다. 그저 시간이 언젠가는 그를 치유해 주기만을 바랄 따름이었다.

볼일을 마친 로벨리아는 곧장 플라티나 메도우를 떠나 엘버린으로 향하는 기차에 몸을 실었다. 그녀는 사랑으로 입은 상처는 사랑으로만 치유할 수 있다는 사실을 여전히 믿지 않고 있었다.

❖

알트만 가문으로부터 벗어난 아스텔은 빠른 속도로 회복되고 있었다. 정신을 차린 지 얼마 되지 않아 그녀는 바깥을 산책하기도 하고, 해리엇을 도와 집안일을 자청해서 맡기도 했다.

하지만 언제까지나 그녀에게 얹혀서 살 수는 없었다. 노부모를 모시고 살고 있는 해리엇에게 폐가 될뿐더러, 델플린드에 계속 있다가는 언제 로렐에게 발각될지 알 수 없는 노릇이었다. 델플린드에 있을 수 없는 것과 같은 이유로 엘버린에도 갈 수 없었다. 아스텔은 오랜 고민 끝에 외국으로 떠나고 싶다는 의견을 해리엇에게 전했다.

"……역시 그런 생각을 하고 계셨군요."

"그동안 정말 폐를 많이 끼쳤습니다. 너무 감사했어요."

"떠나시려면 자금이 필요하시겠죠."

해리엇은 적지 않은 돈이 든 봉투를 아스텔에게 내밀었다. 아스텔이 놀란 표정으로 바라보자, 그녀는 쓴웃음을 지었다.

"제가 드리는 돈이 아닙니다. 도련님께서 때가 되면 아가씨께 전해 드리라고 맡겨두신 돈이었죠."

해리엇의 입에서 다시 세이지가 언급되자 시종일관 평온했던 아스텔의 표정이 딱딱하게 굳어버리고 말았다. 분한 얼굴로 입술을 깨무는 아스텔을 지켜보던 해리엇이 조심스럽게 입을 열었다.

"주제넘지만 한 가지만 여쭈어도 되겠습니까."

"……말씀하세요."

"도련님은……, 아가씨에게 있어서 어떤 존재입니까. 그분을 어떻게 생각하고 계십니까."

아스텔은 해리엇을 마주 보았다. 그녀는 지금까지 해리엇에게 적지 않은 도움을 받아왔다. 떨어져 있는 동안에도, 아스텔은 해리엇에게 보내지 못할 편지를 쓰면서 줄곧 그녀를 의지하고 있었다. 그녀에게는 진실을 알 권리가 있었다.

아스텔의 입술이 천천히 움직이기 시작했다.

"……저는 그 사람에게 사랑받고 싶었어요."

"……."

"다른 모든 사람에게 받는 호의와 맞바꿔서라도, 그 사람 한 명에게만 사랑받을 수 있다면 그것만으로 행복할 것 같았어요."

그녀의 대답에 해리엇은 눈을 감은 채 고개를 주억거렸다.

"……그렇군요."

"이제는 다 지난 이야기예요."

해리엇은 더 이상 아스텔에게 아무것도 캐묻지 않았다. 그저 그녀가 원하는 대로 이른 시일 내에 외국으로 떠날 수 있도록 돕겠다고 할 뿐이었다.

방으로 돌아가는 아스텔의 뒷모습을 바라보며 해리엇은 세이지와 나눴던 대화를 떠올렸다. 그는 아스텔이 머지않아 떠날 것을 이미 예상하고 있었다. 그리고 아스텔이 어디로 떠나더라도 자신에겐 알리지 말아달라고 했다. 알게 된다면 분명히 만나러 가고 싶어질 것이라고 하면서.

그로부터 이 주가 더 지나고 마침내 델플린드를 떠나기로 한 날이 되었다. 아스텔은 사람들이 붐비는 시간을 피해 일부러 인적이 드문 새벽에 기차역으로 나왔다. 얼굴을 가리기 위해 보닛을 푹 눌러쓰고 개찰구로 향하던 아스텔은 문득 사교계 시즌을 앞두고 엘버린으로 떠나던 날, 백작 일가와 함께 이곳으로 왔던 일을 떠올렸다. 그날 아스텔이 역장을 만나 인사를 나누었던 입구는 철문으로 굳게 닫혀 있었다.

해리엇은 자신이 외국에서 유학하던 시절에 만난 지인에게 미리 아스텔의 사정을 설명하고 그녀를 돌봐 달라 부탁해 뒀다고 했다. 생각지도 못한 그녀의 배려에 아스텔을 몸 둘 바를 몰라 했다. 해리엇에게는 늘 받기만 하는 것이 미안하고 동시에 고마웠다.

"그동안 정말 폐를 많이 끼쳤습니다, 모리슨. 이 은혜는 언젠가 반드시 갚도록 하겠어요."

"그렇다면 이제부터는 저를 모리슨이 아니라 해리엇이라고 불러 주시길 바랍니다, 아가씨."

"……저야말로 이제 아가씨가 아니니 아스텔이라고 불러주세 요. 해리엇."

해리엇은 만면에 미소를 지으며 아스텔의 손을 꼭 붙잡았다.

"그럼 행운이 따르길 빌겠습니다, 아스텔."

아스텔은 기차가 출발하고 플랫폼에 서있는 해리엇이 점이 되어 보이지 않을 때까지 그녀를 향해 계속해서 손을 흔들었다. 이유를 알 수 없이 코끝이 자꾸 시큰거렸다.

외국으로 향하는 여정은 몹시 길었다. 아스텔은 사흘 내내 기 차에 틀어박힌 채 자다가 깨는 것을 반복했다. 가끔씩 눈을 뜰 때 마다 기차 밖의 풍경은 시시때때로 바뀌어 있었다.

출발한 지 사흘째가 되던 날이었다. 승무원이 외치는 소리에 잠 에서 깬 아스텔은 눈을 비비며 창밖을 바라보았다. 기차 밖으로 스 쳐 지나가는 풍경 중, 언뜻 눈에 띈 간판에 에르나델어가 아닌 외 국어가 적혀 있었다. 아스텔의 심장이 쿵쿵거리며 뛰기 시작했다.

기차는 오래 지나지 않아 마침내 종착역에 멈춰 섰다. 좌석에서 일어난 아스텔은 가방의 손잡이를 단단히 움켜쥐고 탑승구를 향 해 걸어 나왔다. 아스텔이 내민 표를 확인한 여성 승무원이 붙임 성 있는 미소를 지어 보이며 입을 열었다.

"프륀시아에 오신 것을 환영합니다. 마드모아젤."

Chapter IV.
별이 내린 들녘

1. 뒤몽 자작가의 세 남매

멀리서부터 들려오는 종소리에 아스텔은 부스스 눈을 떴다. 간밤에 늦은 시간까지 책을 읽었더니 수면 부족 때문인지 머리가 멍했다.

길게 하품을 하며 침대에서 일어난 아스텔은 세면대에 물을 받아 얼굴을 씻고 옷을 갈아입기 시작했다. 봄으로 접어들면서 해가 일찍 뜨기 시작한 덕분에 불을 켜지 않아도 방 안이 환했다. 방을 나서기 전에 그녀는 부모님의 유품인 펜던트를 챙기는 것을 잊지 않았다.

몸 정돈을 마친 아스텔이 복도로 나오자, 다림질을 마친 옷가지들을 들고 지나가던 여인이 아는 척을 하며 아침인사를 건넸다.

"일어났군요, 마예르 양."

"좋은 아침이에요, 마담."

"간밤에 좋지 못한 꿈을 꾼 건 아닌가요? 눈 아래가 검군요."

여인은 걱정스러운 얼굴로 아스텔에게 뭔가 말을 건넸지만, 말하는 속도가 너무 빨라 이해하기가 어려웠다. 아스텔은 여인이 하는 말 중에 절반만 간신히 알아들었으나, 표정과 제스처를 통해 그녀가 자신을 염려하고 있다는 것 정도는 이해할 수 있었다.

"으음⋯⋯. 어제 도서관에서 빌려온 책이 너무 재밌었거든요. 그래서 계속 읽다 보니⋯⋯."

아직 어휘력이 부족한 아스텔은 자신이 알고 있는 표현을 최대한 동원하여 여인에게 '책을 읽다가 잠을 늦게 잤다'는 말을 전하려 했다. 아스텔이 하려는 말을 금방 이해한 여인은 안심한 듯이 고개를 끄덕였다.

"그렇다면 다행이군요."

"걱정해 주셔서 감사해요."

"천만에요. 오늘은 너무 늦지 않게 자도록 해요."

"네. 명심하겠습니다."

여인이 복도 반대편을 향해 총총걸음으로 사라지자, 아스텔은 서둘러 사용인들이 이용하는 식당으로 향했다. 식당에 들어선 그녀는 그곳에서 자신을 기다리고 있던 익숙한 얼굴을 발견하고는 설핏 미소 지으며 손을 흔들어 보였다.

"카롤린."

"어서 와요, 아스텔!"

"미안. 오래 기다렸어?"

"아니요."

쟁반에 빵과 커피를 담아온 아스텔은 자신이 카롤린이라고 부른 빨간 머리 소녀의 맞은편에 앉았다. 아스텔이 올 때까지 자신 몫의 식사에 손을 대지 않고 있던 카롤린은 그녀가 앉고 나서야 짧게 기도를 마치고 빵에 잼을 바르기 시작했다.

"오늘은 레슨이 있는 날이죠?"

"응."

"아스텔이 보기엔 어떤가요? 둘째 아가씨께 재능이 있어요?"

잼을 바른 빵을 한입 가득 베어 문 카롤린은 눈을 빛내며 아스텔의 대답을 기다렸다. 빵에 버터를 바르고 있던 아스텔은 그녀의 직설적인 질문에 이내 민망한 표정을 짓더니, 들고 있던 빵을 슬그머니 접시 위에 내려놓았다.

"음, 미안. 뭐라고 했는지 못 알아들었어."

"거짓말. 다 알아들었으면서!"

"정말이야."

아스텔은 시치미를 뚝 떼고는 커피를 마시는 척하며 딴청을 피우기 시작했다. 그런 그녀를 미심쩍은 눈길로 바라보던 카롤린은 이내 한숨을 푹 내쉬더니 다시 빵에 잼을 발랐다.

"아스텔이 마르탱 가문의 아가씨에게 피아노를 가르쳤다면서요. 마님은 저희 둘째 아가씨도 왕립음악원에 들어갈 수 있을 거라고 믿고 계신단 말예요."

"할 수 있는 데까지는 해봐야지."

"아, 역시 알아들었잖아요!"

"마르탱 가문이랑 왕립음악원만 알아들었어."

카롤린과 투닥거리며 아침 식사를 마친 아스텔은 읽은 책을 도서관에 반납하기 위해 자전거를 끌고 저택을 나섰다. 오늘의 레슨은 오후 두시부터 시작하기로 되어 있었기 때문에 외출을 하려면 점심시간이 되기 전에 다녀오는 편이 나았다.

아스텔이 프뢴시아에 정착한 뒤로 계절이 일곱 번 지났다. 그녀는 해리엇이 소개해 준 지인의 도움으로 라그랑시아 국적을 취득해 '아스텔 마예르'라는 이름을 갖게 되었다.

'마예르'라는 성은 아스텔의 친모로부터 물려받은 성인 '메이어'를 라그랑시아식으로 발음한 것이다. 아스텔은 친부의 성을 사용하는 것도 잠시 고려해 봤었지만, 결국 어머니의 성을 다시 사용하는 쪽으로 마음을 굳혔다.

죽은 델플린드 백작은 연적이기도 했던 디안의 성을 조지의 딸이 사용하고 있었던 것이 못마땅했을 것이다. 아스텔은 앞으로 백작의 의도와는 반대되는 삶을 살기로 마음먹었다. 어머니의 성을 다시 사용하는 것은 알트만 가문 슬하에 있었던 시절을 부정하기 위함이기도 했다.

라그랑시아 국적을 취득하기는 했으나 본래 에르나델에서 나고 자란 아스텔은 라그랑시아어에 능통한 편은 아니었다. 언어가 서투른 만큼 그녀가 취직할 수 있는 직종도 한정되어 있었다. 세이지가 해리엇을 통해 지원해 준 돈이 넉넉하게 남아 있긴 했지만, 아스텔은 그가 준 돈은 되도록 사용하고 싶지 않았다. 그 돈은 아스텔에게 있어서는 화대나 다름없는 부정한 돈이었다.

허들스턴의 제자로서 갈고닦은 실력을 선보인 그녀는 우여곡절 끝에 중산층 가정의 피아노 교사로 취직하는 데 성공했다. 운이 좋게도 아스텔이 가르친 소녀는 피아노에 제법 재능이 있었다.

아스텔의 제자가 이름 높은 왕립음악원에 입학하게 되자, 수많은 상류층 가문으로부터 러브콜이 쏟아졌다. 아스텔은 고민을 거듭한 끝에 품위유지비를 포함한 의식주 일체를 지원하기로 약속한 뒤몽 자작가로 직장을 옮겼다. 그것이 바로 지지난 주에 있었던 일이다.

아스텔의 새 고용주가 된 뒤몽 자작은 음악에 깊은 조예를 지닌 귀족으로서 그 자신도 실력 있는 오보이스트로 유명하기도 했다. 아스텔은 뒤몽 자작이 내세운 조건도 마음에 들었지만, 자작 본인이 직접 악기를 연주하기도 한다는 점에서 작지 않은 동질감을 느꼈다.

전 고용주였던 마르탱 가문의 대우가 딱히 나쁜 것은 아니었으나, 뒤몽 자작가에서의 생활은 그 당시와 비교하기 어려울 정도로 안정적이고 편안했다. 마르탱 가문에서는 다른 고용인들과 함께 방을 써야 했지만, 이곳에서는 작게나마 아스텔 혼자서 쓸 수 있는 방이 배정되었다. 사용인 전용 식당에서 나오는 식사의 맛도 나쁘지 않았고, 식당에는 언제든 가져다 먹을 수 있도록 수북이 쌓인 쿠키가 배치되어 있었다. 더군다나 저택에 비치된 피아노가 한 대만이 아니었기 때문에 레슨이 없는 날에는 마음껏 피아노를 칠 수도 있었다.

카롤린은 숙소의 옆방을 쓰게 되면서 자연스럽게 친해진 메이드였는데, 워낙 붙임성이 좋고 아스텔을 잘 따라 금세 친자매나 다름없을 정도로 가까운 사이가 되었다. 아스텔이 자신에게 불순한 의도로 접근해 오는 남자 동료들을 물리칠 수 있었던 것도 전부 카롤린 없이는 불가능한 일이었다.

프륀시아 시립 도서관과 이어져 있는 멜락 광장을 향해 페달을 밟던 아스텔은 광장에 모여 있는 노천카페에서 낯익은 뒷모습을 발견하고 문득 발을 멈추었다. 호리호리한 체형에 검은 머리를 지닌 젊은 남성. 떠올리고 싶지 않아도 자연스럽게 세이지를 떠올리게 했다.

뒷모습만 보면 언뜻 비슷해 보이지만 실제로는 다른 사람일 것이다. 아스텔은 프륀시아에서 보낸 이 년 간, 그와 비슷해 보이는 사람을 여러 번 발견했지만, 그중에 진짜 세이지는 단 한 번도 본 적이 없었다.

애써 마음을 가라앉힌 아스텔은 다시 도서관을 향해 페달을 밟

기 시작했다. 이런 곳에서 꾸물거리고 있다가는 희망 도서로 신청
해 둔 신간이 그새 나가 버리고 없을 수도 있었다.

"오래 기다리게 해드려 죄송합니다."

아스텔이 멜락 광장을 벗어날 즈음, 카페의 종업원이 홍차와 샌
드위치를 받쳐 든 채 남자가 앉은 테이블을 향해 다가왔다. 그녀는
손님의 얼굴을 빤히 바라보지 않도록 주의를 기울이며 티포트와
찻잔, 샌드위치를 차례차례로 내려놓았다. 신입인지 유난히 부산
스럽게 이어지는 손짓에 남자의 시선이 티포트를 향해 움직였다.

"앗……!"

테이블 위에 설탕 단지를 내려놓던 종업원은 실수로 티포트를
건드려 쓰러뜨리고 말았다. 새하얀 테이블 위로 티포트에서 쏟아
진 찻물이 빠르게 퍼져 나갔다.

"죄, 죄송합니다……!"

종업원은 허둥지둥 냅킨으로 쏟아진 찻물을 닦아냈다. 남자는
당황한 기색 한 점 없이 종업원이 테이블 위를 정리하는 광경을 물
끄러미 지켜보고 있었다.

"얼른 새것으로 가져다 드리겠습니다. 정말 죄송……."

"……괜찮습니다."

남자는 잠긴 목소리로 대답했다. 불쾌해한다기보다는 어쩐지
감상적으로 들리는 목소리였다.

종업원은 무언가에 홀리기라도 한 것처럼 고개를 돌렸다. 남자
는 그녀의 시선에도 아랑곳하지 않은 채 어질러진 테이블 위만 뚫
어지도록 바라보고 있었다.

✣

뒤몽 자작의 둘째 딸인 미셸 도로테 드 들라크루아는 올해 열다섯 살이 된 소녀로, 귀엽지만 조금 불성실한 데가 있는 아이였다. 재능뿐 아니라 성실함까지 갖췄던 아스텔의 첫 제자와 달리, 미셸은 레슨을 시작한 지 겨우 두 주가 지났을 뿐인데도 연습을 해오지 않았다. 지난 레슨 이후로 한 번도 연습을 안 한 건지 손이 이리저리 튀는 그녀를 보며, 아스텔은 한숨을 내쉬지 않기 위해 인내심을 발휘해야 했다.

"처음부터 다시 한 번 해보도록 하죠."

"죄송해요……."

미셸은 쭈뼛거리며 계속해서 아스텔의 눈치를 보았다. 그런 제자의 모습에 금방 마음이 약해진 아스텔은 크게 개의치 않는다는 듯 살짝 미소를 지어 보였다.

"다음 레슨까지 제대로 연습해 오실 거죠?"

"네, 네!"

아스텔의 반응에 마음이 놓였는지 미셸이 활짝 웃으면서 고개를 끄덕였다. 그러자 기다렸다는 듯이 등 뒤에서 빈정거리는 목소리가 들려왔다.

"선생님한테 거짓말하면 못써, 미셸."

미셸과 이란성 쌍둥이 자매인 클로에였다. 두 자매는 평범한 자매들이 그렇듯 서로 못 잡아먹어 안달인 앙숙이었는데, 미셸은 자신보다 삼십 분 일찍 태어난 클로에를 절대 언니라고 부르는 법이 없었다.

"아니야! 제대로 연습해 올 거야!"

"미셸이 하는 말은 믿지 마세요, 마드모아젤. 쟤 지금 남자한테 푹 빠져서 정신 못 차리고 있거든요."

"클로에!"

미셸은 언니인 클로에의 빈정거림에 불같이 화를 내며 길길이 날뛰었다. 하지만 얼굴이 시뻘게진 걸 봐서는 남자에게 열을 올리고 있다는 말이 사실이긴 한 것 같았다.

"연습 제대로 해올 거란 말야!"

"네가 연습을 해온다고? 차라리 무슈 아르망이 널 좋아하게 되는 편이 더 빠르겠다."

"나 정말 자존심 상해! 절대 용서 안 할 거야!"

"네가 용서 안 하면 어쩔 건데?"

클로에와 미셸이 투닥거리기 시작하자 아스텔은 어찌할 바를 모른 채 두 자매의 얼굴을 번갈아가며 바라보았다. 딸들을 눈에 넣어도 안 아파할 정도로 귀여워하는 뒤몽 자작은 아스텔을 고용하기 전, 아이들을 혼내는 것만큼은 절대 안 된다고 신신당부를 했었던 것이다.

두 자매가 다투는 소리가 점점 커지자 아스텔은 다시 지끈거리기 시작한 이마를 짚었다. 바로 그때였다.

"둘 다 품위 없게 선생님 앞에서 뭐하는 짓이야!"

"오빠!"

두 자매의 오빠인 아벨이 난입하자, 아스텔은 속으로 신에게 감사의 기도를 올리며 성호를 그었다. 뒤몽 자작의 후계자이기도 한 아벨은 들라크루아 가문 내에서 사고뭉치인 두 자매를 통제할 수 있는 유일한 인물이었다.

"오빠! 클로에 좀 혼내줘!"

"아냐, 혼나야 하는 건 미셸이야! 미셸이 연습을 안 해와서 마드모아젤 마예르가 화가 잔뜩 났잖아!"

"그랬어?"

아벨의 시선이 아스텔 쪽으로 향하자 미셸은 울먹거리는 표정으로 아스텔을 바라보았다. 아스텔은 엉겁결에 고개를 저으며 필사적으로 클로에의 말을 부정했다.

"아, 아니요! 저는 딱히 화가 난 건……!"

"미셸, 너 연습 안 해왔구나?"

눈치 빠른 아벨은 미셸을 향해 엄한 눈초리를 보냈다. 찔리는 것이 있었던 미셸은 고개를 푹 숙이고는 풀이 죽은 목소리로 용서를 빌기 시작했다.

"잘못했어요……."

"다음부터 제대로 연습할 거야, 안 할 거야?"

"할 거예요……."

"좋아."

아벨은 미셸의 대답에 만족한 것처럼 그녀의 머리를 쓰다듬어 주기 시작했다. 형제가 없이 자란 아스텔은 그런 두 사람의 모습을 조금 부러운 시선으로 바라보았다.

"미셸이 제대로 연습했는지 선생님한테 물어볼 거야."

"응."

"클로에도. 미셸이 연습 열심히 할 거라고 하니까 믿어줘야 해?"

"……알았어."

클로에는 입술을 삐쭉거리면서도 아벨의 말대로 고개를 끄덕였다. 두 여동생을 잘 타일러 얌전하게 만든 아벨은 아스텔을 향해 머쓱한 미소를 지어 보였다.

"동생들이 사고뭉치라 고생이 참 많으시죠?"

"아, 아뇨. 괜찮습니다."

"미셸은 제가 잘 타일러 두겠습니다."

"천만에요. 덕분에 정말 큰 도움을 받았습니다."

아벨을 향해 연신 고개를 숙이던 아스텔은 여전히 자신의 눈치를 보고 있는 미셸을 향해 다정한 미소를 보냈다. 그제야 마음이 놓인 것처럼 배시시 웃는 미셸의 모습에 아스텔은 미묘한 기시감을 느끼면서도 가슴 한구석이 따스해지는 것을 느꼈다. 다음번 레슨까지 미셸이 연습을 해올지 안 해올지는 여전히 장담할 수 없었지만 말이다.

✣

슬하에 일남 이녀를 두고 있는 뒤몽 자작은 고슴도치도 울고 갈 정도의 팔불출 아버지로 명성이 자자했다. 그는 자신의 세 자녀를 모두 사랑했지만, 그중에서도 특히 막내인 미셸을 가장 귀여워했다.

올해로 열다섯 살이 된 미셸은 아직 어리긴 하지만 빼어난 미모로 어딜 가든 화제의 중심이 되는 아이였다. 비스크 인형 못지않게 매끄러운 피부에 단점을 찾기 어려울 정도로 조형이 잘된 이목구비, 들라크루아 가문 특유의 반짝이는 백금발, 사파이어처럼 짙은 푸른색의 눈동자는 보는 사람으로 하여금 탄성을 자아내게 할 정도로 아름다웠다.

미셸은 근본이 나쁜 아이는 아니었으나, 응석받이로 자란 탓에 조금 버릇이 없다는 것이 몇 안 되는 흠 중 하나였다. 뒤몽 자작은 막내딸의 미모를 자랑할 겸, 그녀에게 최고의 남편감을 구해다 주기 위해 공식 석상에 곧잘 미셸을 데리고 참석하곤 했다. 미셸이 부친인 뒤몽 자작과 공식 석상에 나타날 때마다, 그녀를 장래의 신부 내지는 며느릿감으로 점찍어둔 귀족들은 저마다 아는 체를 하며 뒤몽 자작에게 접근했다.

"오랜만입니다, 뒤몽 자작."

"이거 느베르 백작이 아니십니까."

"요새 통 얼굴 마주할 기회가 없어 얼마나 서운했는지 아십니까."

"어쩌다 보니 그리되었습니다. 미셸, 인사드리렴."

곁에 서 있던 아버지가 눈짓을 보내자 미셸은 스커트 자락을 잡은 채 느베르 백작에게 살짝 고개를 숙여 보였다.

"오랜만에 뵙습니다, 느베르 백작 각하."

결혼적령기인 아들을 둔 느베르 백작은 미셸을 장래의 며느릿감으로 노리는 귀족 중 가장 유력한 인사였다. 그는 날이 갈수록 더욱 아름다워지는 미셸의 모습을 감상하며 흐뭇한 표정으로 고개를 끄덕였다.

"그러고 보니 댁의 둘째 영애가 요새 피아노를 배우기 시작했다고 들었습니다만."

"마르탱 가문의 외동딸을 가르쳤다던 선생을 섭외했답니다. 이제 겨우 스물이 되었다는데 보통 실력이 아니지요. 어디서 교육을 잘 받았는지 몸가짐도 단정하고 기품이 있더군요."

"그런 실력자를 섭외했다니 뒤몽 자작도 보통이 아니십니다그려."

"천만의 말씀입니다. 그나저나 귀하의 아드님께서 요즘……."

이야기가 길어질 조짐이 보이기 시작하자 미셸은 어른들이 대화에 정신이 팔린 틈을 타 슬그머니 자리를 떴다. 어차피 자신은 아쉬울 것이 없었으므로, 더 이상 재미없는 얘기에 맞장구나 쳐봤자 시간 낭비에 불과할 뿐이었다. 느베르 백작가는 분명히 부유한 가문이지만 뒤몽 자작가도 크게 뒤떨어지는 집안은 아니었고, 자신의 신랑감 후보로 내세우고 있는 장남이 워낙 밋밋하게 생겨 썩 내키는 혼처는 아니었다.

모름지기 나 같은 미인을 부인으로 맞이하려면 옆에 나란히 서도 민망하지 않을 만큼 잘생겨야 하는 거 아냐? 생긴 건 넙치같이 생겨 가지고. 미셸은 속으로 투덜거리며 테이블에 놓여 있던 딸기 펀치를 홀짝거렸다.

오늘 참석한 행사는 바스티아 대극장의 준공 축하연으로, 연회장 내에 모인 이들의 대다수는 아버지 또래의 나이 지긋한 사업가들이었다. 눈살을 찌푸리면서 자기 또래의 참석자가 없는지 두리번거리던 미셸은 문득 시야에 들어온 한 낯선 남성의 모습에 숨을 급하게 들이마셨다.

이십대 중반 정도로 보이는 남자는 사십대 이상이 대부분인 연회장 내의 손님 중에 제법 젊은 축에 속했다. 그는 스스로 남자보는 눈이 제법 높다고 자부하는 미셸도 인정하지 않을 수 없을 정도로 잘생긴 미남이었다.

큰 키와 라그랑시아에서는 드문 검은 머리카락이 가장 먼저 시선을 빼앗고, 그다음은 섬세하면서도 결코 여린 인상을 주지 않는 뚜렷한 이목구비가 눈을 붙들어놓았다. 눈동자는 멀리서 봐도 한눈에 알아볼 수 있을 정도로 밝고 선명한 푸른색으로, 겨울의 호수를 연상시키는 아름다운 색이었다. 그나마 아쉬운 점을 꼽자면 조금 여위어 인상이 날카롭고 얼굴에 웃음기가 없다는 것일까.

그의 외모에 혹한 여성이 비단 미셸만은 아니었는지, 젊은 귀부인 여럿이 그에게 말을 붙여보려 애쓰고 있었지만 남자는 여인들에게 눈길 한 번 주려 하지 않았다. 아름다운 숙녀를 닭 보듯 대하는 것은 라그랑시아 남자들에게는 미덕으로 꼽히는 행동이 아니었으나, 미셸은 남자의 그런 태도가 더욱 마음에 들었다.

모름지기 남자란 자신이 사랑하는 여자에게만 다정하면 그만이다. 저렇게 무심한 남자라도 일단 사랑하는 여자가 나타난다면,

그도 분명히 애절하면서도 열띤 시선으로 자신의 연인을 바라볼 것이다.

그 상대가 내가 될 수 있다면 좋을 텐데.

거기까지 생각하던 미셸은 흠칫하며 자신의 뺨을 감싸 쥐었다. 지금 막 처음 본 남자가 아무리 잘생겼기로서니 대체 무슨 생각을 하고 있는 거람. 민망해진 그녀는 속으로 마구 자신을 꾸짖으면서도 이름 모를 남성으로부터 쉽사리 눈을 떼지 못했다.

"갑자기 말도 없이 사라져 버리면 어떡하니, 미셸."

어느새 미셸이 사라진 걸 눈치챘는지 아버지인 뒤몽 자작이 그녀 곁으로 다가왔다. 그는 딸이 슬그머니 사라져 버리는 바람에 상당히 놀란 듯했으나 그녀를 크게 꾸짖지는 않았다. 그제야 간신히 남자에게서 시선을 뗀 미셸이 조금 떨리는 목소리로 물었다.

"아버지, 저기 저 검은 머리 남자가 누군지 아세요?"

"검은 머리라……."

눈을 가늘게 뜨고 연회장 안을 빙 둘러보던 뒤몽 자작은 곧 딸이 지칭하고 있는 남자가 누구인지 알아보았다. 라그랑시아 내에서 검은 머리는 워낙 드물었던 터라 남자는 수많은 참석자 사이에서도 확연하게 눈에 띄었다.

"에르나델에서 온 손님이로구나. 무슨 백작의 동생이라고 했던 것 같은데."

"무슨 백작이요?"

"뭐더라. 데, 델 뭐시기 하는 이름이었는데……."

미셸은 아버지의 멱살을 잡고 빨리 기억해 내라고 윽박지르고 싶은 심정이었으나 마지못해 고개만 끄덕였다. 남자의 이름을 알아내는 데는 실패했지만 아버지의 입에서 나온 정보만으로도 충분히 그가 누구인지 알아낼 자신이 있었다.

에르나델에서 온 귀족, 백작의 동생, D로 시작하는 영지명, 그리고 검은 머리의 젊은 남성. 미셸은 남자의 얼굴을 잊어버리지 않기 위해 그를 다시 한 번 유심히 관찰했다.

그때였다. 자신을 바라보는 집요한 시선을 알아챈 건지 남자가 미셸 쪽으로 고개를 돌렸다. 놀란 미셸은 딴청을 피울 생각도 하지 못한 채 남자를 똑바로 마주 보았다. 길가의 돌멩이를 보듯이 무심한 눈길이 그녀를 스쳐 지나가듯 훑고는 곧 다시 아무 일도 없었던 것처럼 제자리로 돌아갔다.

미셸은 숨도 쉬지 못한 채 그 자리에 여전히 얼어붙어 있었다. 충격적인 일이었다. 자신을 보고도 아무런 반응을 보이지 않는 남자라니.

그것이 미셸의 불같은 첫사랑의 시작이었다.

며칠 뒤, 미셸은 그 남자가 델플린드 백작의 동생이며, 세이지 램버트 알트만이라는 이름을 지녔다는 것을 알아냈다. 그는 형인 델플린드 백작의 사업을 돕기 위해 한 달 전부터 프뢴시아에 와 있는데, 부유한 예술가들이 주로 모여 사는 생상스 가(街)에 거처를 마련한 상태라고 했다.

올해로 스물다섯 살이 된 세이지는 미셸과 정확히 열 살 차였지만, 귀족들 기준으로는 그다지 큰 나이 차도 아니었다. 이미 콩깍지가 낀 미셸에게 있어 나이 차가 많이 난다는 점은 그를 더욱 든든하고 믿음직한 남성으로 보이게 할 뿐이었다. 남자라면 모름지기 여자가 의지할 만한 구석이 있어야 하고말고.

미셸은 세이지의 잘생긴 얼굴도 좋아했지만, 무언가 말 못 할 사연을 품고 있는 듯한 그의 그늘진 분위기에 특히 마음이 끌리는 것을 느꼈다. 우수에 젖은 그의 푸른 눈동자를 떠올릴 때마다 미셸은 자신도 제어할 수 없을 정도로 격렬한 두근거림을 느꼈다.

미셸의 망상 속에 존재하는 세이지는 첫사랑의 여인과 금지된 사랑에 빠져 있었으나, 결국 현실의 벽을 이기지 못해 헤어진 후 그녀를 잃은 슬픔을 극복하지 못하고 있는 남자였다. 수십 권의 로맨스 소설을 두루 섭렵한 바가 있는 미셸은 그런 그의 마음을 치유하고 새로운 사랑이 될 여인이 자신이 될 것이라 믿어 의심치 않았다.

자신의 마음을 빠르게 자각하고 순순히 받아들인 미셸은 아버지인 뒤몽 자작에게 그를 사윗감으로서 어떻게 생각하는지 넌지시 물어보았다. 자국 내의 귀족 남성들을 염두에 두고 있던 뒤몽 자작은 외국인 남성에게 반했다는 딸의 말에 황당한 표정을 지었지만 그가 아주 싫지는 않은 눈치였다.

"그의 형인 델플린드 백작은 엄청난 자산가라고 하지. 라그랑시아어도 매우 유창하게 구사하고."

라그랑시아인들은 자국의 문화와 언어에 매우 큰 자부심을 가지고 있는 국민들이었다. 세이지가 원어민 수준으로 라그랑시아어를 구사한다는 사실은 그런 점에서 매우 높은 점수를 줄 만했다.

"하지만 내 딸을 데려가기엔 영 부족해 보인단 말야."

세이지가 미셸을 신붓감으로 달라고 한 적도 없는데 그는 자신의 딸이 훨씬 아깝다며 썩 내키지 않는 기색을 보였다. 미셸은 유력한 신랑감으로 거론되던 느베르 백작의 장남도 딱히 대단한 신랑감은 아니라며 열심히 아버지를 설득했다. 이 역시 세이지 본인의 의지와는 전혀 관계없는 일인 것은 마찬가지였다.

"남자는 다 여자 하기 나름이에요. 전 그 사람이 마음에 들어요."

"일단 그에 대해 좀 더 알아보고 생각해 보마. 그래도 네가 좋다는 남자인데 어쩌겠니."

"아버지, 사랑해요!"

뒤몽 자작의 긍정적인 대답에 미셸은 뛸 듯이 기뻐하며 아버지의 목을 끌어안고 뺨에 마구 입을 맞추었다. 뒤몽 자작은 이럴 때만 사랑한다고 하기냐고 막내딸에게 핀잔을 주면서도 너털웃음을 지었다.

이틀 뒤, 레슨 시간에 미셸은 구름 위를 걷는 기분으로 손가락을 놀렸다. 기분이 한껏 들뜬 상태라서 그런지 손이 아주 거침없이 움직였다. 미셸이 제대로 연습을 해올 거라고는 생각지 못했던 아스텔은 놀란 얼굴로 그녀를 바라보았다. 뒤에서 입을 삐죽이고 있던 클로에도, 두 동생이 다시 말다툼을 할 것을 염려하여 레슨을 지켜보던 아벨도 내심 놀란 눈치였다.

아스텔은 곁에서 미셸을 지켜보고 있으면서도 자신의 눈과 귀를 믿을 수 없었다. 불성실하고 피아노에 대한 열정도 없어 보이던 미셸에게 설마 이 정도의 잠재력이 있을 줄은 미처 몰랐던 것이다.

잘만 갈고 닦으면 첫 제자였던 샤를로트 못지않은 성과를 낼 수 있는 원석이다. 그렇게 생각하니 두근거리기 시작한 마음이 좀처럼 진정되지 않았다.

"이대로라면 왕립음악원도 꿈은 아니겠군요."

"왕립음악원이라……."

레슨을 마치고 얼굴이 밝아진 아스텔이 그녀를 칭찬하자, 미셸은 눈을 가늘게 뜨고 아스텔의 얼굴을 마주 보았다.

어머니인 뒤몽 자작부인의 등쌀에 못 이겨 피아노를 시작한 미셸은 음악에 딱히 큰 뜻을 품고 있는 것은 아니었다. 왕립음악원에 입학할 수 있다면 좋겠지만 못 들어간다고 해도 큰 상관은 없었다.

음악 공부 때문에 좋아하는 사람과의 결혼이 그만큼 늦어지게 된다면 오히려 손해가 아닐까. 미셸에게 있어 피아노란 딱 그 정도의 의미를 지니고 있었다.

"선생님."

꿈을 꾸는 듯한 목소리로 미셸이 입을 열자 아스텔이 곧바로 대답했다.

"말씀하세요, 아가씨."

"선생님은 사랑을 해보신 적이 있나요?"

미셸의 뜬금없는 질문에 악보를 정리하던 아스텔은 순간 입을 꾹 다물었다. 그녀에게 사랑이란 인생에서 지워 버리고 싶은 트라우마와 같은 것이었다. 처음부터 없었던 일로 만들 수 없다면 머릿속에 남아 있는 기억이라도 없애 버리고 싶은 심정이었다.

미셸의 재촉하는 눈빛에 압박감을 느낀 아스텔은 한숨 섞인 목소리로 마지못한 듯이 그녀에게 대답했다.

"……없다고 한다면 거짓말이겠지요."

그녀의 대답에 미셸뿐 아니라 뒤에 앉아 있던 아벨까지 귀를 기울이기 시작했다. 눈을 동그랗게 뜬 미셸이 아스텔에게 다시 질문했다.

"어떤 사람이었나요?"

"분수에 맞지 않는 상대였죠."

아스텔의 입가에 쓴웃음이 떠올랐다. 돌이켜 생각해 보면 아스텔은 자신이 세이지와 어울리지 않는다고 여겼기 때문에 늘 조바심을 냈고, 수단과 방법을 가리지 않고 그에게 인정받는 것에만 혈안이 되어 있었다.

시작부터가 동등하지 않은 관계였으니 두 사람이 파국을 맞은 건 필연적인 일이었다. 아스텔은 그와 자신이 동등한 관계였다면 그런 식으로 관계를 맺는 일도 없었을 것이라고 생각했다.

"그분을 아직도 사랑하시나요?"

"아니요."

아직도 그 남자를 사랑하냐니, 이 무슨 끔찍한 말이란 말인가. 그녀의 단호한 대답에 어딘가에서 안도감 어린 한숨 소리가 들려왔다. 아스텔은 그 소리를 미처 듣지 못한 채 갑자기 사랑 타령을 하기 시작한 제자를 기묘한 시선으로 마주 보았다. 혹시 지난번 레슨 시간에 클로에가 언급한 '무슈 아르망'이라는 남자 때문일까.

사랑에 빠진 미셸은 어딘가 예전의 자신을 떠올리게 하는 구석이 있었다. 순수하면서도 어리석고, 치기 어리지만 사랑스럽기도 한. 그녀가 사랑하는 남자는 세이지 같은 불한당은 아니었으면 좋겠지만 말이다.

아스텔은 미셸에게 뭔가 도움이 될 만한 조언을 해주고 싶었지만, 첫사랑에 대해 쓰라린 기억밖에 남아 있지 않은 그녀로서는 무슨 말을 해도 초 치는 소리밖에 되지 않을 것 같았다. 그녀는 고심 끝에 미셸의 심기를 거스르지 않을 만한 말을 떠올렸다.

"첫사랑은 보통 실패한다고 하지만 아가씨만큼은 행복한 사랑을 하시길 바라요."

"감사해요. 선생님도 좋은 사람을 만나셨으면 좋겠어요."

미셸은 방싯거리면서 아스텔의 말에 고개를 끄덕여 보였다. 아스텔은 더 이상 누구와도 사랑에 빠지고 싶지 않았으나, 차마 싫다는 말은 할 수가 없어 말없이 웃기만 했다.

레슨이 끝나고 미셸과 클로에가 방을 나가 버리자, 음악실에는 아스텔과 아벨 단 두 사람만 남게 되었다. 잠시 아스텔의 눈치를 보던 아벨이 조심스레 입을 열었다.

"미셸 때문에 많이 불편하셨겠죠. 제가 대신 사과드리도록 하겠습니다."

"아, 아뇨. 저는 괜찮습니다."

미셸의 질문이 안 좋은 기억을 떠올리게 한 것은 맞았지만, 미셸이 아니더라도 아스텔은 저런 질문을 하는 남자들을 몇 번인가 만나본 적이 있었다. 보통 그런 질문을 하는 남자들은 불순한 의도를 품고 접근하는 경우가 대부분이었기 때문에, 차라리 순수한 호기심으로 질문을 했던 미셸이 아스텔의 입장으로서는 백 배쯤 나았다.

"미셸은 제가 따로 잘 타이르겠습니다."

아벨은 아스텔이 더 민망해질 정도로 그녀에게 깍듯이 사과했다. 아스텔은 그가 자신에게 이렇게까지 하는 이유를 알 수가 없었다. 아스텔의 마음이 불편해진 것은 어디까지나 그녀의 개인적인 문제였을 뿐, 미셸의 질문 자체가 예의에 어긋난다고 보긴 어려웠으니까.

"너무 그러지 마세요. 오히려 제가 아가씨께 죄송해지는걸요."

"부모님께서 미셸을 혼내지 않으시니 저라도 대신 그 아이를 혼내야죠. 말이 나왔으니 말입니다만……."

아벨은 조금 망설이는 듯한 기색으로 말을 이었다.

"혹시 다음 주 화요일쯤에 선약이 있습니까? 미셸에 대해 상의드릴 것이 있어서요. 바쁘시다면 다른 날로 미뤄도 괜찮습니다."

"저는 괜찮습니다."

아스텔은 생각지 못한 제의에 눈을 동그랗게 뜨면서도 아벨을 향해 고개를 끄덕여 보였다. 그는 아스텔의 승낙에 안심한 듯이 어렴풋한 미소를 지으며 눈을 접었다.

"그럼 다음 주 화요일에 멜락 광장 중앙에 있는 분수대 앞에서 뵙도록 하죠. 저는 바빠서 이만."

아스텔의 승낙을 받아내자마자 그는 무슨 급한 볼일이 있는지 황급히 피아노 방을 빠져나갔다. 아벨이 자리를 뜨고 나서야 아스텔은 그가 어째서 저택 안이 아닌 외부에서 만나자는 약속을 잡았는지 의문이 들었지만 이미 엎질러진 물이었다. 고개를 갸웃하며 피아노 뚜껑을 닫은 아스텔은 카롤린과의 점심 약속에 늦지 않기 위해 서둘러 피아노 방을 나섰다.

❖

"말도 안 돼!"

그로부터 사흘이 지난 뒤인 목요일 오후였다. 아침까지만 해도 기분이 좋아 보였던 미셸은 아버지인 뒤몽 자작에게 무슨 말을 들었는지 몹시 분개하며 거실에서 펄펄 뛰고 있었다.

"내가 좋아하는 사람이니까 허락해 준다며! 아버지는 새빨간 거짓말쟁이야!"

"포기해, 미셸. 내가 아버지라도 그런 남자는 허락하지 않을 거야."

길길이 날뛰는 동생을 관망하며 지켜보던 클로에는 우아한 자세로 찻잔을 비웠다. 미셸이 분노하는 이유를 알 터가 없던 아스텔이 의문스러운 눈길을 보내자, 클로에는 어깨를 으쓱하며 미셸 대신 그녀에게 친절하게 설명해 주었다.

"아버지께서 미셸에게 무슈 아르망과의 결혼을 허락할 수 없다고 하셨거든요."

"얘기가 다르잖아, 얘기가!"

"뭔가 이상하다고 생각하긴 했지. 그렇게 잘생겼는데 여태 약혼녀도 두지 않았다니."

미셸은 악을 쓰면서 클로에의 말에 즉각적으로 반박했다.

"그는 눈이 높을 뿐이야! 나처럼!"

"억지 좀 그만 부려, 미셸. 아무리 네가 좋아하는 남자라고 해도 이건 사안이 다른 문제야. 다른 것도 아니고 살인을 저지른 남자라잖니."

살인이라는 단어에 놀란 아스텔은 저도 모르게 미셸과 클로에의 얼굴을 번갈아 바라보았다. 미셸은 여전히 기죽는 기색 없이 펄펄 뛰며 클로에를 향해 삿대질했다.

"어디까지나 소문일 뿐이잖아! 그를 시샘한 남자들이 퍼뜨린 헛소문일 게 뻔해! 어디 두고 보라지!"

미셸이 떼를 쓰거나 말거나, 전혀 아랑곳하지 않는 얼굴로 클로에가 다시 부연설명을 이어나갔다.

"그 남자에겐 피가 섞이지 않은 여동생이 한 명 있었는데, 그가 유산을 노리고 여동생을 죽였다는 소문이 있다고 하더라구요. 에르나델에서는 아주 유명한 얘기라고 하던데."

에르나델이라는 말에 잠시 움찔한 아스텔은 애써 태연함을 가장하며 클로에에게 질문을 던졌다. 아르망이라는 성은 낯설었지만, 에르나델의 사교계에 몸담고 있었던 사람이라면 아스텔이 아는 사람과 연관이 있는 사람일 가능성이 있었다. 신경이 쓰이지 않을 리가 없었다.

"믿을 수 있는 소문인 건가요?"

"아버지께서 사람을 시켜서 직접 알아보셨죠. 다른 건 몰라도 여동생이 죽은 건 사실이래요. 뭐, 사실 여부는 알 수 없지만 그 남자에게 어딘가 구린 데가 있는 건 맞는 것 같아요. 여자관계에 대해서도 지저분한 얘기가 많았고."

"전부 다 거짓말이야!"

"작작 좀 하렴, 미셸. 네가 아무리 떼를 써봤자 넌 그 남자랑 결혼할 수 없어. 설령 그 남자가 널 좋아한다고 하더라도 아버지 께서 절대 지참금을 주지 않으실 테니 말야."

차를 다 마신 클로에는 책을 읽으러 가겠다고 하며 거실을 곧장 떠났다. 씩씩거리면서 애꿎은 거실 바닥만 쏘아보던 미셸은 갑자 기 고개를 치켜들더니 홀로 거실에 남아 있던 아스텔에게 바짝 다 가갔다.

"선생님. 저랑 좀 같이 가주세요."

"가다니, 어딜 말씀인가요?"

"아버지가 결혼을 허락해 주실 때까지 가출해 있을 거예요."

아스텔이 놀란 눈으로 그녀를 마주 보자, 미셸은 여전히 분한 마음이 풀리지 않았는지 어깨를 들썩거렸다. 비록 미셸의 보모는 아니지만, 그녀를 가르치는 입장에서 책임감을 느낀 아스텔은 침 착하게 미셸을 설득하려 했다. 아직 말이 능숙하지 않아 좀 더 논 리정연하게 그녀를 설득할 수 없다는 사실이 답답할 따름이었다.

"각하께서 분명 분노하실 거예요. 일단 천천히 상황을 봐가며 설득하시는 편이……."

"아버지는 절대 허락하지 않으실 거라구요! 날 분명 그 못생긴 느베르 백작의 아들한테 시집보낼 심산인 거야!"

느베르 백작의 장남과는 절대 결혼하기 싫다며 악을 쓰던 미셸 은 아스텔이 좀처럼 자신에게 동조해 주지 않자 이를 악물었다.

"어쩔 수 없죠. 선생님께서 같이 가주지 않으신다면 저 혼자라 도 집을 나갈 수밖에요."

미셸은 방금 한 말이 허투루 한 말이 아니라는 걸 증명하려는 듯 곧바로 몸을 돌려 자신의 방으로 돌아갔다. 정말로 가출을 감 행하려는 듯한 미셸의 모습에 아스텔은 적잖이 당황하고 말았다.

만약 홀로 가출한 미셸에게 불의의 사고라도 일어날 경우, 뒤몽 자작은 그녀와 동행하지 않았던 자신에게 책임의 소재를 묻게 될 것이다. 최악의 경우에는 추천장도 받지 못한 채 해고되어, 다른 곳에서도 일자리를 구하지 못하는 상황에 부닥칠 수도 있었다.

지금의 안정된 직장을 포기하고 싶지 않았던 아스텔은 미셸을 붙잡기 위해 황급히 자리에서 일어났다. 우선은 미셸이 혼자 가출하지 않도록 따라가되, 자작에게 별도로 연락을 취하면서 그녀가 집에 돌아가도록 설득하는 편이 나으리라고 판단한 것이다.

모자와 겉옷을 챙겨 나온 미셸이 현관 쪽으로 곧장 발걸음을 옮기자 아스텔은 서둘러 그녀의 앞을 가로막고 섰다. 불손한 빛을 띤 부루퉁한 시선이 어서 비키라는 듯 아스텔의 얼굴로 향했다.

"저도 함께 가겠어요."

"……."

"아가씨만 혼자 보내려니 도저히 마음이 놓이질 않아서요."

미셸은 그제야 서운했던 마음이 풀린 건지 환하게 웃으면서 아스텔을 마주 보았다. 그런 미셸의 마음과는 정반대로 아스텔의 마음은 몹시 무거웠지만, 지금의 그녀에게는 미셸을 따라가는 것 말고는 딱히 다른 선택지가 없었다.

금이야 옥이야 하며 귀하게 자란 미셸은 가출을 하겠다며 호기롭게 나서긴 했으나, 마차를 잡는 방법조차 모를 정도로 세상 물정에 어두운 아가씨였다. 피아노 교사이자 시녀 역으로서 미셸을 따라나선 아스텔은 졸지에 그녀를 대신해 지나가던 삯 마차를 불러 세우는 역할까지 맡게 되었다. 마차에 올라탄 미셸은 조금 신기한 표정으로 수수한 마차 안을 둘러보더니, 어디서 주워들은 건 있는지 마부에게 은화 한 닢을 쥐여주며 행선지를 말했다.

"생상스 가로 가줘."

"손님, 거슬러 드릴 돈이 부족합니다만……."

"제가 대신 드리겠어요."

아스텔은 지갑에서 주석으로 된 동전 세 닢을 꺼내어 마부에게 삯을 치르고는 미셸이 냈던 은화를 건네받아 그녀에게 되돌려 주었다. 그 모습이 미셸의 눈에는 퍽 근사하게 보였는지, 그녀는 눈을 초롱초롱하게 빛내며 맞은편에 앉은 아스텔로부터 눈을 떼려 하지 않았다. 조금 거북한 기분이 된 아스텔은 화제를 전환하기 위해 생각나는 대로 미셸에게 질문을 던졌다.

"생상스 가에 있는 친구분을 찾아가시는 건가요?"

아스텔의 질문에 미셸은 돌연 기습이라도 당한 것처럼 화들짝 놀란 표정을 지었다. 하지만 곧 언제 그랬냐는 듯이 능청스러운 미소를 짓더니 이내 태연하게 고개를 끄덕여 보였다.

"뭐, 그런 셈이에요."

"제가 따라가는 바람에 친구분께 폐가 되지는 않을는지……."

"괜찮을 거예요. 정 곤란하다고 하면 선생님은 집으로 돌려보내 드릴게요."

정말 괜찮은 걸까. 아스텔은 불안감을 완전히 감추지 못한 채 미셸을 마주 보았다. 그녀가 불안해하거나 말거나, 미셸은 속으로 무슨 생각을 하고 있는지 여전히 태평한 얼굴로 웃고 있을 뿐이었다.

2. 우연한 재회

"당신 곁에 있느니 지옥불에 떨어지는 편이 더 나아!"

혐오로 이글거리는 녹색 눈동자가 그를 똑바로 응시했다. 부릅뜬 두 눈에서 흐르는 눈물이 피처럼 붉어 보였다. 난간에 매달려 있는 그녀의 모습이 당장에라도 휘청거릴 것처럼 위태로워 보여, 세이지는 아스텔을 붙잡기 위해 온 힘을 다해 달렸다. 하지만 아무리 달리고 달려도, 그는 한 발짝도 아스텔에게 가까이 다가갈 수가 없었다.

"당신이 죽을 때까지 고통스러워했으면 좋겠어."

이윽고 난간을 잡고 있던 손을 놓아버린 그녀가 강물 위로 몸을 던졌다. 세이지는 미친 듯이 울부짖으며 그녀를 따라 강으로 뛰어

들려 했지만, 무슨 조화인지 온몸이 딱딱하게 굳어 옴짝달싹할 수가 없었다.

거친 물결에 휩쓸린 아스텔의 모습이 삽시간에 흔적도 없이 사라져 버렸다. 무력한 자신은 아무것도 할 수 없었다. 그저 회한과 비탄에 몸부림치며 가슴을 칠 뿐이다.

세이지는 목 놓아 통곡했다. 내가, 내가 널 죽게 했구나. 통곡하고 있는 그의 머릿속에서 누군가의 목소리가 웅웅거리며 들려왔다. 이명(耳鳴)에 묻혀 불확실하게 들리던 그 소리는 차차 또렷한 음성으로 바뀌어 그의 귓가에 선명하게 파고들었다.

"아침입니다. 무슈 아르망."

세이지는 그제야 눈을 뜨고 천장을 올려다보았다. 짹짹거리는 새소리와 밝은 햇살이 창문 틈으로 스며드는, 더러울 정도로 화창한 아침이었다.

침대에서 몸을 일으킨 그는 세면대에 물을 받아 밤새 눈물과 땀으로 엉망이 된 얼굴을 씻었다. 잊을 만하면 되풀이되는 그때의 악몽을 꾸는 것도 이제는 제법 익숙해졌다. 물론 익숙해졌다는 말이 기분 나쁘지 않다는 말의 동의어는 결코 아니지만 말이다. 무엇보다도 그때의 악몽을 꾼 날은 반드시, 라고 해도 좋을 정도로 일진이 사나웠따.

오늘은 어디에도 나가지 않은 채 집에만 틀어박혀 있어야겠다고 다짐하며, 세이지는 빳빳하게 다림질된 셔츠를 몸에 걸쳤다.

✤

아스텔이 알트만 가문을 떠난 후로 해가 두 번 바뀌었다. 그동안 에르나델에서는 참 많은 일이 일어났다.

우선 형인 로렐이 약혼녀 베아트리스와 결혼했다. 아스텔이 베아트리스에게 빌려주기로 했던 '여신의 눈물'은 결국 델플린드 백작부인이 된 그녀의 차지가 되었다. 아스텔을 제법 좋아했던 베아트리스는 그 목걸이를 볼 때마다 눈물짓는 바람에, 결국 결혼식 이후로 한 번도 그 목걸이를 착용하지 못했다.

브라이언에게는 그새 약혼녀가 생겼고, 엘레노어는 아꼈던 이들이 연달아 세상을 떠난 충격 때문인지 신앙생활과 봉사활동에 매진하기 시작했다. 그녀는 세상의 부귀영화도 죽고 나면 전부 소용없는 것이라며 얼굴만 마주치면 염세적인 말들을 늘어놓곤 했다.

하지만 누구보다도 일상이 가장 크게 변한 것은 세이지였다. 그는 사교계 시즌에도 엘버린으로 상경하는 대신 플라티나 메도우의 자기 방에 틀어박힌 채, 죽지 못해 사는 사람처럼 먼 하늘만 응시하며 무기력한 하루를 보내곤 했다.

로렐은 산송장이나 다름없이 변해 버린 동생의 모습에 안타까워하며, 그가 하루빨리 아스텔을 잊을 수 있도록 다른 여자와의 약혼을 주선하려 했다. 하지만 얼마 지나지 않아 로렐은 생각지도 못한 난관에 봉착하고 말았다. 에르나델의 사교계 내에 파다하게 퍼진 한 끔찍한 추문 때문이었다.

소문의 진원지는 확실히 알 수 없었다. 살해의 동기에 대해서도 사람마다 추측이 엇갈렸다. 혹자는 부친의 사랑을 독차지한 의붓동생에 대한 질투였다고 했고, 혹자는 의붓동생의 몫으로 배분된 유산을 가로채기 위한 형제들의 작당질이라고 했다. 분명한 것은 아스텔의 죽음에 세이지가 깊게 연관되어 있을 것이라는 추측이 사교계 내에서 공공연한 사실처럼 떠돌았다는 사실이었다. 아스텔의 장례식 이후로 세이지가 두문불출하며 사교계에 모습을 드러내지 않는다는 사실이 그들의 믿음을 더욱 공고하게 만들었다.

그가 떳떳하다면 어째서 사람들 앞에 모습을 드러내지 않는단 말인가?

그런 소문이 얽혀 있는 상태이니 세이지의 약혼녀가 될 영애를 찾기도 쉽지 않았다. 로벨리아를 둘러싼 스캔들이 터졌을 때도 이보다는 상황이 나았다. 스캔들은 방탕한 여인에게 잘못 걸린 피해자 행세를 할 수 있었으나, 이번 건은 사람을 죽인 가해자로 몰리고 있는 상태였다. 오로지 심증만 있을 뿐이고 확증이라고 할 만한 것은 아무것도 없었지만, 명망 있는 가문이라면 하나같이 세이지와 얽히는 것을 꺼렸다. 그러는 사이 이 년이 훌쩍 지나가 버렸다.

이제 갓 스물다섯 살이 된 세이지는 아직 혼기를 놓친 나이는 아니었지만, 그는 여전히 플라티나 메도우에만 틀어박혀 있었고 평판은 전혀 나아지지 않은 상태였다. 로렐은 자신이 끔찍이 아끼는 동생이 노총각으로 살다 죽길 바라지 않았다. 그에게 무엇이든 환경을 전환할 만한 계기를 마련해 줘야 했다.

고심 끝에 로렐은 일을 핑계 삼아 세이지를 외국으로 보내는 것을 택했다. 그는 자신이 유학을 다녀오기도 했던 인연을 빌어 라그랑시아에 자리를 마련하고 삼 년만 고생해 달라고 세이지를 설득했다. 새 여자를 만나보라는 말에는 일절 반응을 보이지 않던 세이지도 사업을 도와달라는 형의 부탁까지 모른 체하지는 않았다. 그는 결국 이 년 만에 델플린드를 벗어나 프뤼시아로 떠났다.

처음에는 형의 부탁 때문에 어쩔 수 없이 라그랑시아로 온 세이지였지만 의외로 타국 생활은 나쁘지 않았다. 음식도 입에 잘 맞았고 일에 매달려 있다 보면 아스텔을 떠올리며 청승을 떨 만한 여유가 없기도 했다. 시도 때도 없이 접근해 오는 여자들과 아스텔이 등장하는 악몽만 제외하면 델플린드에 있을 때보다 훨씬 살 만했다.

하지만 세이지는 아스텔을 생각하는 빈도가 줄어들고 있다는 사실만으로도 때때로 죄책감을 느끼곤 했다. 그는 자신이 좀 더 죄책감을 느끼고 고통스러워해야 한다고 생각했다. 그래야만 언젠가 아스텔이 자신을 용서해 주는 날이 올지도 모른다고 믿었던 것이다. 그런 의미에서 아스텔이 등장하는 악몽은 괴롭긴 했지만 마냥 싫기만 했던 것은 아니었다.

여하간 그런 사치스러운 고민을 할 여유가 생길 정도로 세이지는 프뤼시아에서 나름대로 잘 적응하고 있었다. 그는 생상스 가에 위치한 호화 아파트에서 하숙하면서 일주일에 네 번씩 멜락 광장 인근의 건축사무소에 출근하여 에르나델어로 된 서류를 번역하고 통역하는 일을 주로 했다. 필요할 경우에는 가끔 사교 행사에 참석해 영업 비슷한 일을 하기도 했다.

세이지는 스스로 미처 자각하지 못하고 있었으나 영업에 제법 소질이 있었다. 특히 상대가 여성일 경우에 더욱 실적이 좋았다. 일뿐만 아니라 사적으로도 그와 가까워지려는 여성들이 적지 않긴 했지만 그는 매번 잊을 수 없는 여인이 있다고 하며 단호하게 선을 그었다.

물론 세이지가 선을 긋는다고 해서 모든 여인이 순순히 그를 단념하는 것은 아니었다. 일을 핑계로 삼아 계속해서 그와의 접점을 만들려는 여자들도 있었고, 최근에는 몇 번인가 사교모임에서 마주쳤던 열다섯 살짜리 소녀까지 세이지를 노리고 있었다.

그는 한때의 치기 어린 감정이리라 치부하고 소녀를 무시하고 있었지만, 그녀는 세이지가 예상했던 것 이상으로 집요한 구석이 있었다. 일주일 전에는 그가 사는 곳을 어떻게 알아낸 건지, 하숙집의 주인인 뒤보아 부인이 그녀가 보낸 편지를 전달해 주기까지 했다. 편지에 담긴 내용은 흔한 사랑 고백이었지만, 편지지에 가지런히 늘어선 글씨들을 보고 있자니 소름이 절로 끼쳤다.

당돌한 시선으로 자신을 바라보던 백금발의 소녀를 떠올리자 문득 잊고 있던 두통이 재발하기 시작했다. 그는 오늘은 역시 외출을 하지 말아야겠다고 다짐하고는 아침 식사를 마치자마자 조간신문을 챙겨 방에 틀어박혔다.

세이지가 거주하는 생상스 가는 부유한 예술가들의 거주지로도 유명한 곳이었기 때문에 낮에 창문을 열어놓고 있노라면 제법 그럴싸한 악기 연주를 감상할 수 있었다. 창가의 안락의자에 앉아 신문을 펼쳐 든 세이지는 어디선가 들려오는 근사한 클라리넷 연주를 감상하며 한가로운 휴일을 즐기고 있었다.

"무슈 아르망. 안에 계십니까?"

문밖에서 들려오는 노크 소리에 그는 퍼뜩 제정신으로 돌아왔다. 하숙집의 주인인 뒤보아 부인의 목소리였다. 세이지가 라그랑시아에 살면서 느낀 몇 안 되는 불만 중 하나는 이 나라 사람들은 '알트만'이라는 성을 '아르망'이라는 혀 꼬인 소리로 발음한다는 점이었다.

"있습니다만, 무슨 일입니까?"

"무슈를 찾아온 손님들이 계십니다."

뒤보아 부인의 대답에 세이지는 불현듯 좋지 못한 예감이 엄습하는 것을 느꼈다. 무엇보다도 오늘은 아스텔이 등장하는 악몽을 꾼 날이었다. 누군지 몰라도 그에게 있어서는 불청객일 확률이 높았다.

"혹시 어떤 손님입니까?"

"젊은 여성 두 분이십니다."

막연하기만 했던 불안감이 점점 실체를 갖추기 시작했다. 남자도 아니고 휴일에 자신을 찾아온 젊은 여성 두 명이라니, 누군지 몰라도 머리 아픈 상대일 게 뻔했다.

"실례지만 부재중이라고 전달해 주십시오."

"무슈를 만날 때까지 기다리겠다고 하십니다."

세이지는 조용히 듣고 있던 신문을 접었다. 아스텔의 꿈을 꾸고도 평안한 하루를 보내길 바랐던 자신이 도둑놈이었다. 그는 최악의 경우, 자신을 두고 치정 싸움을 벌인 여인들이 결판을 내기 위해 찾아왔을 상황을 각오하며 마음을 굳게 먹었다.

"금방 나가보겠습니다."

그는 거울을 보면서 다시 한 번 옷매무새를 확인했다. 자칫하면 여자들의 드잡이질에 휘말려 엉망진창이 될 가능성을 간과할 수 없었기 때문이다.

이 집의 주인이라는 여인이 미셸의 친구를 불러오겠다며 자리를 비우자, 응접실로 안내받은 아스텔은 조금 불안한 기색으로 하숙집의 내부를 훑어보기 시작했다.

그녀는 미셸이 친구의 집으로 찾아가겠다고 하여 단독주택을 상상하고 있었지만, 막상 도착한 건물은 고급스럽긴 하지만 하숙 용도로 사용하고 있는 공동주택이었다. 미셸의 친구라는 사람도 세를 들어 사는 처지일 텐데 미셸뿐 아니라 자신까지 얹혀서 지낼 수 있을 리가 없었다.

"아가씨."

"왜 그러시죠, 선생님?"

"꼭 여기서 신세를 져야 할까요?"

다행스럽게도 아스텔은 떠나기 전에 약간의 돈을 챙겨 온 상태였다. 장기 투숙은 어렵더라도 며칠 정도 깨끗한 숙소에서 묵을 수 있을 정도의 돈은 있었다. 미셸이 잠든 사이에 뒤몽 자작에게 몰래 기별을 전해둔다면, 그녀가 집으로 돌아갈 때까지 자작이 숙식비를 지원해 줄 수도 있었다.

불편한 기색을 감추지 못하고 있는 아스텔을 보며 미셸이 고개를 갸웃거렸다.

"여기가 불편하신 건가요?"

"그게 아니라 아가씨의 친구분께 폐가—."

"무슈 아르망을 모시고 왔습니다."

무슈 아르망이라는 말에 놀란 아스텔은 고개를 돌려 뒤보아 부인의 곁에 서 있는 남자를 바라보았다. 그러고는 이내 그 자리에서 목석이 된 것처럼 딱딱하게 굳어버리고 말았다.

대체, 왜, 이 사람이, 여기에.

꿈에서도 마주치고 싶지 않던 얼굴이었다. 그때의 기억으로 지난 이 년 동안 얼마나 많이 힘들고 괴로워했는데, 죽도록 애쓰고 노력한 끝에 이제야 간신히 과거의 저편으로 묻어둘 수 있게 되었는데, 왜 지금 와서 그가 자신의 앞에 나타난단 말인가.

갑작스레 방 안의 공기가 내려간 것처럼 머리가 차게 식는 기분이었다. 차라리 이 순간이 꿈이라면 좋을 것 같았다.

아스텔의 부릅뜬 시선이 그녀 못지않게 경악한 얼굴의 세이지에게로 향했다. 놀란 두 사람의 시선이 허공에서 부딪혔다. 세이지는 뭐라고 말하려는 것처럼 입을 뻐끔거렸으나, 그보다 미셸의 행동이 좀 더 빨랐다.

"무슈!"

소파에서 벌떡 일어난 미셸은 환하게 미소 지으며 세이지가 서 있는 응접실 입구를 향해 달려갔다. 세이지는 그제야 미셸의 존재를 알아차린 듯, 비틀거리며 제자리에서 한 걸음 물러섰다.

"대체 왜……."

"저 가출했어요!"

"가출이라니⋯⋯."

곤혹스러운 표정이 된 세이지는 아스텔과 미셸의 얼굴을 번갈아 바라보았다. 그는 악몽에 시달리다 못해 환각을 보고 있는 것은 아닌지 순간적으로 제 눈을 의심하기도 했다. 하지만 장밋빛이던 아스텔의 뺨이 순식간에 납빛으로 변한 것으로 봐서는 환각이라기보다는 현실일 가능성이 더 커 보였다.

"마드모아젤. 저기 뒤에 계신 여성분은 누구십니까?"

"아⋯⋯."

세이지의 질문에 미셸의 고개가 간신히 뒤로 돌아갔다. 미셸은 세이지의 관심이 아스텔에게 쏠려 있는 것이 불만인 것처럼 볼을 빵빵하게 부풀리면서도 성실하게 그의 질문에 대답해 주었다.

"제 피아노 교사인 마드모아젤 마예르예요."

"마드모아젤 마예르⋯⋯."

아스텔은 세이지의 시선으로부터 도망치려는 것처럼 슬그머니 고개를 돌렸다. 낭패한 심정이 된 그녀는 머릿속으로 재빠르게 '무슈 아르망'에 대해 주워들었던 정보를 떠올렸다.

피가 섞이지 않은 여동생을 둔 에르나델 출신의 잘생긴 남자. 죽었다는 그의 여동생이 설마 자신을 가리키는 말이었을 줄이야. 그놈의 '아르망'이라는 혀 꼬인 발음 때문에 미처 눈치채지 못했던 것이다.

아스텔이 머리를 굴리는 사이, 세이지 역시 뒤늦게 제정신을 차렸다. 간신히 진정한 얼굴로 돌아온 그는 곧바로 미셸을 향해 시선을 돌렸다. 하지만 떨리는 목소리만큼은 감출 방법이 없었다.

"두 숙녀분께서 이런 곳엔 무슨 일로 오신 겁니까."

"아까도 말씀드렸잖아요. 가출했다고."

"어째서?"

세이지의 눈썹이 치켜 올라가자 아차 싶었는지 미셸이 재빨리 부연설명을 덧붙였다.

"아버지께서 무슈 아르망과의 결혼을 허락하지 않겠다고 하셨거든요."

"결혼?!"

결혼이라는 단어에 눈을 크게 뜬 그는 다시 한 번 아스텔 쪽으로 시선을 보냈다. 여전히 외면하듯이 고개를 돌린 그녀는 좀처럼 세이지 쪽을 보려 하지 않는 상태였다.

이대로 그녀가 오해하도록 내버려 두어서는 안 된다. 오해가 풀린다고 해도 그녀에게 용서받을 수 있는 것은 아니지만 어쨌든 이대로 해명조차 하지 않고 넘어갈 순 없었다. 초조해진 세이지가 빠른 어조로 다시 입을 열었다.

"도대체 언제부터 뒤몽 자작 영애와 제가 결혼을 의논하는 관계가 되었습니까?"

세이지의 대꾸에 턱을 바짝 치켜든 미셸이 적반하장으로 쏘아붙이듯이 대답했다.

"제가 지난주에 보내드린 편지를 읽지 않으셨나요?"

"읽었습니다만 이해가 가지 않아서 그럽니다."

"이상하네요. 제대로 읽어보신 것이 맞나요?"

"지금 그런 것이 중요합니까?"

무심코 고개를 든 세이지는 자신을 혐오스러운 시선으로 바라보는 아스텔과 눈이 마주쳤다. 그녀는 더 이상 참지 못한 채 자리에서 벌떡 일어나 세이지와 시답잖은 언쟁을 벌이고 있는 미셸을 불렀다. 서릿발처럼 차가운 목소리에 세이지의 몸이 움찔 굳었다.

"아가씨."

"왜 그러시나요, 선생님?"

"저는 여기에 계속 있지 못할 것 같습니다."

아스텔은 치밀어 오르는 화를 가라앉히기 위해 천천히 심호흡했다.

"각하께 아가씨께서 무슈 아르망과 함께 계시다고 말씀드리겠습니다."

"그런!"

기겁한 세이지는 엉겁결에 에르나델어로 외쳤다. 하지만 그의 그런 민감한 반응은 아스텔의 오해를 더욱 부채질하기만 할 뿐이었다.

"그럼 저는 이만."

몸을 돌린 아스텔이 그대로 응접실을 빠져나가자 세이지는 다급히 그녀를 따라가려고 했다. 하지만 그는 현관을 채 벗어나기도 전에 미셸에게 다시 붙잡히고 말았다. 미셸은 기묘하게 눈을 번득거리며 세이지에게 마구 질문공세를 퍼붓기 시작했다.

"이게 무슨 일이죠? 무슈, 저희 선생님과 아는 사이인가요?"

세이지가 제자에게 붙잡힌 사이, 하숙집 건물을 빠져나온 아스텔은 치맛자락을 쥐어뜯으며 응접실이 있는 이 층을 올려다보았다. 세이지 때문에 너무나 화가 나서 참을 수가 없었다.

결혼 허락을 받지 못한 미셸은 그의 집에 얹혀 지낼 작정으로 이곳에 찾아왔을 것이다. 여자가 혼자 사는 남자의 집에서 함께 지낸다는 것이 어떤 의미인지 모를 정도로 아스텔은 순진하지 않았다.

미셸이 그런 과감한 결단을 내릴 수 있었던 것은 이미 세이지와 육체관계를 맺었기 때문일 것이다. 그의 난잡한 여자관계에 대해서는 아스텔도 익히 알고 있는 바였으나, 설마 이제 겨우 열다섯 살이 된 소녀에게 손을 댈 정도로 막 나가는 남자일 줄은 미처 몰랐었다. 그것도 다른 소녀도 아닌, 자신의 제자인 미셸에게.

"웃······."

세이지가 미셸을 안고 있는 광경을 무심코 상상해 버린 아스텔은 그에 대한 혐오로 구토감이 치밀어 오는 것을 느꼈다. 최악의 남자라는 건 이미 알고 있었지만 설마 이렇게까지 더러운 남자였을 줄이야.

아스텔은 인근에 위치한 라 마놀리아 호텔에 들러 미셸의 부친인 뒤몽 자작에게 전보를 쳤다. 그녀는 무슨 수를 써서라도 세이지에게로부터 미셸을 떨어뜨려 놓을 작정이었다.

"대답하세요, 무슈. 대체 저희 선생님과 무슨 관계인 거죠?"

미셸은 집요하게 세이지에게 아스텔과의 관계를 캐물었다. 아스텔이 미셸과 자신의 관계에 대해서 무언가를 오해하고 있다는 걸 눈치챈 세이지는 마음이 다급해졌다.

"그건 나중에 기회가 있을 때 천천히 말씀드리도록 하겠습니다."

"나중? 나중이라면 언제 말인가요? 그 말은 저와 다시 만나주시겠다는 말씀인 건가요?"

"세 밀을 잘 들어주십시오, 마드모아젤. 여기서 얌전히 기다려 주신다면 조만간 당신이 보내주셨던 편지에 답장을 드리도록 하겠습니다."

"정말이요? 그럼 기다릴게요."

세이지의 약속에 미셸은 곧바로 해사한 미소를 지으며 고개를 끄덕였다.

간신히 미셸을 달래어 떼어놓은 세이지는 뒤몽 자작에게 전보를 치기 위해 급히 라 마놀리아 호텔로 향했다. 호텔 로비 안에 도착한 그는 생각지도 못하게 아스텔과 다시 마주치게 되었다. 그는 자신을 발견하자마자 표정을 일그러뜨리며 몸을 돌리는 아스텔의 팔을 억지로 붙잡아 세웠다.

"오해야."

"오해라니, 무슨 말씀이시죠?"

"뒤몽 자작 영애와는 그런 관계가 아니야."

아스텔은 그제야 고개를 돌려 세이지의 얼굴을 마주 보았다. 그는 전에 보지 못한 간절한 표정으로 그녀를 바라보고 있었다. 잠시 그를 말없이 바라보던 아스텔은 이윽고 담담한 목소리로 질문을 던졌다.

"저희 아가씨와 결혼할 마음이 없다, 그 말씀인 건가요?"

"그래."

짝하는 요란한 파열음이 호텔 로비에 울려 퍼졌다. 호텔의 일층에 있던 사람들의 시선이 일제히 미모의 금발 여성과 그녀에게 뺨을 맞은 남자가 있는 방향을 향해 쏟아졌다.

"당신은 내가 생각했던 것 이상으로 쓰레기 같은 인간이었어."

여자는 곧 빠른 걸음으로 호텔 로비를 빠져나갔다. 두 남녀가 하는 양을 지켜보던 사람들은 전부 알 것 같다는 시선으로 로비에 홀로 남겨진 남자를 바라보았다. 세이지는 자신이 무엇을 목적으로 호텔에 들렀는지조차 잊은 채 호텔 입구만 멍하니 바라보고 있을 뿐이었다.

오래 지나지 않아 아스텔의 전갈을 받은 뒤몽 자작이 세이지의 하숙집에 들이닥쳤다. 방탕한 사내가 순진한 자신의 딸을 꼬여낸 것이라 믿은 자작의 분노는 이루 다 말할 수 없을 정도로 격렬했다. 남자가 단 한 번도 그의 딸에게 관심을 비춘 적이 없다는 사실은 분노한 아버지에게 있어 그다지 중요한 사실이 아니었다.

"감히 겁도 없이 내 딸을 자기 집으로 끌어들여?!"

"이건 오해입니다, 뒤몽 자작. 우선 따님에게 자초지종을……."

"어디서 책임 전가야?"

분노로 눈이 뒤집힌 뒤몽 자작은 눈에 보이는 게 없어진 건지 세이지의 멱살을 붙잡고 마구 흔들기 시작했다. 자신이 사랑해 마지않는 남자가 아버지에게 멱살을 잡히자, 깜짝 놀란 미셸이 펄쩍 뛰면서 그를 만류했다.

"이게 무슨 짓이에요, 아버지! 그 손 놓으세요!"

"너는 가만히 있어!"

"당장 놓지 않으면 죽을 때까지 아버지를 용서하지 않겠어요!"

딸의 협박에 놀란 뒤몽 자작은 그제야 세이지를 붙잡고 있던 손을 놓았다. 간신히 뒤몽 자작에게서 풀려난 세이지는 비틀거리며 뒤로 물러나다가 엉겁결에 바닥에 엉덩방아를 찧고 말았다. 차마 말로 다 표현할 수 없을 정도로 흉한 꼬락서니였다.

세이지가 겪은 수난에 화가 단단히 난 미셸은 바락거리며 아버지에게 큰소리를 쳐댔다.

"집에 갈게요! 가면 되잖아요!"

"미셸, 한 번만 더 이 집에 얼씬거렸다가는 너도 한 달 동안 외출 금지를 시킬 테니 그리 알도록 해라."

"알겠다구요! 그러니까 빨리 집에 가자니까요!"

미셸은 여전히 화가 풀리지 않았는지 어깨를 들썩거리며 씩씩거렸다. 그녀는 뒤몽 자작을 불러온 장본인인 아스텔을 향해 원망스러운 눈길을 보내는 것도 잊지 않았다.

"저는 선생님을 믿었는데……."

"아가씨……."

"네 선생님에게 뭐라 하지 말거라, 미셸. 마드모아젤이 없었으면 큰일 날 뻔했구나."

아스텔은 차마 미셸을 마주 볼 자신이 없어 고개를 돌렸다. 지금의 그녀는 분명 자신을 원망하겠지만, 이후에 세이지의 더러운 면모를 알게 된다면 미셸도 마음을 달리할 것이라 믿을 뿐이었다.

"이만 돌아가도록 하지."

돌아가겠다는 뒤몽 자작의 말에 세이지는 속으로 안도의 한숨을 내쉬며 자리에서 일어났다. 뒤몽 자작과 아스텔은 응접실을 빠져나가면서도 그에게 곱지 않은 시선을 보내는 것을 잊지 않았다. 미적거리며 응접실의 입구로 걸음을 옮기던 미셸은 뒤늦게 생각났다는 듯이 세이지를 향해 고개를 돌렸다.

"무슈. 저와 약속했던 것은 꼭 지켜주셔야 해요."

"약속이라니?"

"제 편지에 답장을 주기로 약속하셨잖아요."

"아, 그건……."

아스텔의 매서운 시선이 곧바로 세이지의 얼굴로 날아들었다. 세이지는 이마를 짚으며 한숨 섞인 목소리로 대답했다.

"잊지 않겠습니다."

세이지의 대답을 들은 아스텔은 무심코 치맛자락을 쥐어뜯었다. 그녀는 두 사람이 개인적으로 연락을 주고받도록 놔둘 생각이 결코 없었다. 누굴 눈뜬장님으로 알고. 아스텔은 속으로 이를 갈았다.

세이지는 내키지 않는 표정을 지으면서도 세 사람을 건물 입구까지 배웅했다. 그는 마치 비꼬는 것처럼 뒤몽 자작을 향해 정중하게 허리를 굽혀 보였다.

"그럼 안녕히 가시길."

"자네와는 부디 두 번 다시 볼 일이 없었으면 좋겠군."

"저 역시 간절히 바라는 바입니다."

세이지와 뒤몽 자작은 서로에게 가시 돋친 작별 인사를 건네면서도 그들의 바람이 실현되지 못하리라는 사실을 잘 알고 있었다. 뒤몽 자작은 라그랑시아의 사교계 내에서 넓은 인맥을 자랑하는 인물이었고, 세이지의 형은 업계 점유율 1위를 차지하고 있는 시공사인 포콩 펠르랭의 대주주였다. 분명 머지않은 시일 내에 공식 석상에서 다시 마주치게 될 것이다.

세 사람을 배웅하고 돌아온 세이지는 난장판이 된 응접실의 광경에 두통이 재발하는 것을 느꼈다. 앤티크풍의 원목 콘솔은 테이블보와 함께 나동그라져 있었고, 수입품이라는 고급 백자 화병은 산산조각이 난 채 짓이겨진 꽃들과 양탄자 위에 흩어진 상태였다. 하숙집의 주인인 뒤보아 부인이 펄펄 뛰는 모습이 눈앞에 선명히 그려지는 듯했다.

세이지는 치밀어 오르는 울분을 간신히 삭이며, 이럴 줄 알았다면 차라리 집을 비우는 편이 나았을 것이라고 속으로 뇌까렸다.

3. 오해와 미련

세이지는 진심으로 뒤몽 자작가와 더 이상 엮이고 싶지 않았으나, 그것과 별개로 미셸과 했던 약속은 반드시 지켜야 했다. 그는 자신이 답장을 보내지 않을 경우, 미셸이 다시 찾아와 하숙집을 쑥대밭으로 만들어놓을 것이라는 사실을 직감했다. 뒤보아 부인의 이마에 주름살을 늘리고 싶지 않았던 세이지는 저녁 식사를 마치자마자 책상 앞에 앉아 만년필을 집어 들었다.

그는 최대한 정중하고 완곡한 어법으로 그녀의 마음을 거절하는 답장을 쓰고자 마음먹었으나, 막상 '친애하는 미셸 도로테 드 들라크루아 양에게'라고 첫인사를 적고나니 더 쓸 말이 떠오르지 않았다. 세이지의 머릿속에는 이 년 만에 재회한 아스텔의 모습만이 아른거리며 떠다닐 뿐이었다.

세이지는 아스텔과 재회하게 될 경우, 그녀가 간신히 잊고 있었던 옛 상처를 다시 떠올리고 괴로워하리라는 사실을 잘 알고 있었다. 그렇기 때문에 그는 일부러 아스텔이 어디로 떠났는지 해리엇에게 묻지 않았고 알아보려고 하지도 않았다. 그저 언젠가 마음의 상처를 치유한 그녀가 자신을 용서해 주는 날이 오길 바랄 따름이었다.

하지만 간사하게도 막상 그녀와 재회하게 되니 자꾸 미련이 고개를 쳐들었다. 이제 스무 살이 되었을 아스텔은 그의 기억 속에 존재하던 이 년 전의 그녀보다 더욱 아름답게 성장해 있었다. 지금의 아스텔에게 연인이 있을지는 알 수 없었지만, 설령 없다고 하더라도 사방에서 그녀를 노리는 남자들이 득시글거릴 거라는 사실 정도는 충분히 예상할 수 있었다.

분했다. 지척에 사랑하는 여자가 있는데도 그는 다가갈 수도 없이, 다른 남자가 그녀를 채가는 광경을 속수무책으로 바라만 봐야 하는 것이다.

세이지는 갑자기 델플린드가 미치도록 그리워지기 시작했다. 하지만 자신이 눈을 떼면 떼는 대로 어디선가 당장 아스텔을 채갈 남자가 나타날 것만 같아 차마 발걸음이 떨어질 것 같지도 않았다. 그는 아스텔을 데리고 자신의 앞에 나타난 미셸이 원망스러웠다. 차라리 계속 서로의 눈에 띄지 않은 채 떨어져 살았다면, 더 이상 손에 넣을 수 없는 여자 때문에 괴로워할 일도 없었을 텐데.

자정이 가까운 시간이 되도록 아스텔을 떠올리며 고뇌하던 그는 뒤늦게 미셸과 약속했던 답장을 쓰기 시작했다. 아스텔을 가질 수 없다는 절망이 영감이라도 가져다준 건지, 그는 처음보다 어렵지 않게 답장을 써나갈 수 있었다.

친애하는 미셸 도로테 드 둘라크루아 양에게.

영애께서 보내주신 편지는 잘 받았습니다. 송구스럽게도 저처럼 부족한 남성에 대한 띠음을 구구절절이 적어 보내주셨더군요.

죄송하지만 저는 영애께 어울리는 남성이 아닙니다. 저는 영애와 같이 명예로운 여성에게는 어울리지 않는 누추한 과거를 지니고 있습니다. 아버님이신 뒤몽 자작 각하를 비롯하여, 영애를 아끼는 이들이라면 누구든 저와 당신이 맺어지는 것을 원치 않을 것입니다.

영애의 마음은 감사하지만 저는 당신의 과분한 애정에 보답해 드릴 수가 없을 것 같습니다. 머지않아 저 대신 진정으로 영애의 사랑을 받을 자격이 있는 남성이 나타날 것이라고 생각합니다.

드리고 싶은 말씀은 아직 많으나, 편지가 길어질 듯하여 이만 줄이도록 하겠습니다. 부디 영애께 어울리는 남성과 행복해지시길 바랍니다.

세이지 램버트 안트만으로부터.

답장을 마친 세이지는 편지지를 곱게 접어 봉투에 넣고 우표를 붙였다. 그는 자신이 작성한 답장이 제법 마음에 들었다. '마음에 둔 여성이 따로 있다'라거나 '여자로 보이지 않기 때문에' 같은 핑계를 댄다면 미셸은 수긍하지 못할 것이 뻔했다. 적당히 자신을 낮춰 자존심을 세워주되, 받아줄 수 없는 책임을 그녀의 가족에게 전가한다면 미셸도 더 이상 그를 골치 아프게 하진 않으리라. 미셸의 부친인 뒤몽 자작은 딸의 들볶음에 당분간 고생할지도 모르겠지만, 세이지에게는 그의 편의를 봐줘야 할 의리도 의무도 존재하지 않았다.

✣

반나절 만에 끝나 버린 미셸의 가출은 처음 예상했던 것 이상으로 큰 파문을 일으켰던 모양이다. 그 몇 시간 사이에 소문이 어디까지 퍼진 건지, 아스텔은 귀환하자마자 한숨 돌릴 틈도 없이 동료들에게 곧장 끌려가야 했다.

아스텔을 위협하듯이 빙 둘러싼 뒤몽 자작가의 고용인들은 그녀가 알아들을 수 없는 속도로 떠들며 마구 질문공세를 퍼부어대기 시작했다. 아스텔 입장에서는 미치고 팔짝 뛸 노릇이었다.

"무슈 아르망을 만나고 온 거죠? 소문대로 미남이던가요?"

"나리께서 정말로 무슈 아르망에게 손찌검을 한 건가요? 궁금해 죽겠어요!"

"의리 없이 혼자만 가다니 너무해요! 나도 같이 데려갈 것이지!"

"다들 진정하고, 제발 천천히……."

흥분한 고용인들의 목소리가 점점 높아지자 아스텔은 급히 귀를 막았다. 귀를 막았는데도 사방에서 들려오는 목소리가 얼마나 큰지, 머리가 다 핑글핑글 돌 정도였다. 바로 그때였다.

"지금 다들 뭐하는 짓이에요! 아스텔이 당황스러워하잖아욧!"

동료들에게 둘러싸인 채 이러지도 저러지도 못하고 있는 아스텔을 구출해낸 것은 다름 아닌 카롤린이었다. 카롤린은 백마 탄 왕자처럼 당당한 자태를 뽐내며 고용인 전용 숙소에 있는 아스텔의 방으로 그녀를 데려갔다.

"정말 고마워, 카롤린. 덕분에 살았어."

"천민에요, 이스텔. 사람들한테는 제가 단단히 일러놓을게요."

아스텔이 식당에 갔다가 다시 붙들릴 것을 염려한 카롤린은 저녁 식사를 그녀의 방까지 손수 가져다주었다. 아스텔은 카롤린의 친절에 몸 둘 바를 몰라 하며 그녀에게 연거푸 감사의 말을 전했다.

"카롤린, 너한텐 항상 도움만 받는 것 같아. 나도 너에게 뭔가 답례를 해야 할 것 같은데……."

"에이, 뭘 바라고 한 건 아닌걸요. 그나저나 무슈 아르망이 소문대로 그렇게 잘생겼나요? 아가씨가 절절맬 만큼?"

버터 바른 빵을 씹고 있던 아스텔은 카롤린의 질문에 돌연히 사레가 들리고 말았다. 멀쩡하던 아스텔이 갑작스레 사레가 들려 콜록거리기 시작하자 놀란 카롤린은 급히 등을 두드리며 그녀에게 물을 건네주었다.

"미안해요, 혹시 제가 실례되는 질문을 한 건가요?"

"아니, 괜찮아. 분명 잘생긴 남자인 건 사실이야. 정확히는 '아르망'이 아니라 '알트만'이라고 발음하는 게 맞지만."

라그랑시아인들이 '알트만'이라는 성을 '아르망'이라고 발음하는 것이 내내 거슬렸던 아스텔은 일부러 그 부분을 강조하여 알려주었다. 고개를 갸웃거리며 '알트만'이라고 몇 번 중얼거리던 카롤린은 '아르망'보다는 입에 잘 붙지 않는다며 민망한 미소를 지었다.

"솔직히 전 차이를 잘 모르겠던데. 아스텔은 잘 아는 모양이네요. 에르나델에 있다 와서 그런가?"

"으응. 뭐 그렇지……."

아스텔은 물을 마시는 척하며 표정을 숨기기 위해 슬쩍 고개를 숙였다. 그런 그녀의 모습을 지켜보던 카롤린의 눈빛이 기묘하게 반짝거렸다. 눈치가 빠른 카롤린은 돌직구로 아스텔에게 질문을 던졌다.

"아스텔, 에르나델에서 무슈 아르망과 만난 적이 있군요?"

"아르망이 아니라 알트만이라니깐……!"

카롤린의 유도심문에 넘어간 아스텔은 뒤늦게 자신의 실수를 깨달았으나 이미 늦은 뒤였다. 소 잃고 외양간 고치는 격이었지만 아스텔은 낭패한 심정으로 애원하기 시작했다.

"미안, 카롤린. 염치없는 부탁이지만 내가 그 남자를 안다는 사실은 부디 비밀로 해줬으면 좋겠어. 아가씨께서 안다면 가만히 있지 않으실 거야."

"물론이고말고요, 아스텔. 반드시 비밀로 부쳐 줄게요."

카롤린은 불안해하는 아스텔을 안심시키며 등을 토닥거려 주었다. 하지만 카롤린의 말과 달리, 그녀의 회청색 눈동자는 장난스러운 빛으로 반짝거리고 있었다.

바로 다음 날, 아스텔은 아침 식사가 끝나기가 무섭게 고용주인 뒤몽 자작에게 호출되었다. 아스텔은 카롤린이 자신이 했던 말을 자작에게 고해바쳤다는 걸 뒤늦게 눈치챘지만 이미 엎질러진 물이었다. 무거운 마음으로 자작의 집무실 앞에 선 아스텔은 한 번 깊게 심호흡한 뒤, 떨리는 손으로 문을 노크하기 시작했다.

"누구인가?"

"아스텔 마예르입니다."

"들어오게."

아스텔이 들어오자 뒤몽 자작은 기다렸다는 듯이 책상에서 일어나 그녀에게 앉을 자리를 권해주었다. 뒤몽 자작에게 고용되기 전에 면접을 봤던 날 이후, 처음으로 방문하는 자작의 집무실이었다.

아스텔은 자작이 내어준 자리에 앉으면서도 긴장된 표정을 차마 감추지 못했다. 먼저 입을 연 것은 역시나 뒤몽 자작 쪽이었다.

"내가 오늘 무슨 일로 자네를 불렀는지 알고 있을 거라고 믿네."

"알고 있습니다. 무슈……, 아르망에 대해 확인하고 싶은 것이 있어서 부르신 거겠죠."

"잘 알고 있군."

자작은 흡족한 얼굴로 고개를 끄덕이며 아스텔의 맞은편에 앉았다. 아스텔은 무심코 고개를 숙이지 않기 위해 안간힘을 쓰면서 뒤몽 자작을 향해 억지 미소를 지어 보였다.

"각하께서 확인하고 싶은 것이 어떤 것입니까?"

"단도직입적으로 묻겠네. 무슈 아르망이 사람을 죽였다는 소문이 사실인가?"

예상은 했지만 막상 그에 대한 질문을 듣게 되니 심장이 쿵쾅거리며 뛰기 시작했다. 아스텔은 그 소문에 대해 세이지에게 약간의 죄책감과 통쾌함을 동시에 느끼고 있었다. 본의 아니게 살인자라는 오명을 씌우게 된 것은 미안하지만, 그는 실제로 그녀의 마음을 죽이지 않았다. 세이지가 지금과 같은 추문을 몰고 다니게 된 것은 그가 자초한 일이기도 했다.

"그것까지는 저도 알 수 없습니다. 제가 에르나델을 떠난 뒤의 일이라서요."

아스텔은 사실이라고 대답하고 싶은 충동을 애써 억누르며 최대한 진실에 가까운 대답을 내놓았다. 의식하지 않으려고 해도 손이 자꾸만 떨리는 기분이었다.

"죽었다는 그의 여동생은 만나본 적이 있는가?"

뒤몽 자작은 아스텔로 하여금 비명을 지르고 싶게 만드는 질문을 잘도 골라 내놓았다. 침착하자. 오로지 그 말만 되뇌며 아스텔은 마음속으로 성호를 그었다.

"있습니다."

"그와의 관계는 원만한 편이었나?"

"여동생은 그를 잘 따랐습니다."

아스텔은 세이지의 태도가 어떠했는지는 가타부타 쓸데없는 말을 덧붙이지 않았다. 이미 지난 과거 때문에 간신히 아물어가고 있는 상처를 굳이 들쑤실 필요는 없었다.

하지만 자작의 질문에 대답하면 할수록, 세이지를 향한 경멸이 어제 일처럼 생생하게 되살아나는 기분이었다. 한 여자가 스스로 목숨을 끊으려 할 지경이 되도록 괴롭히고 농락했었던 주제에, 여전히 그 못된 버릇을 고치지 못하고 순진한 여자들을 건드리고 있었다니. 한때 그런 남자를 사랑했던 자신이 한심스럽게 느껴질 정도다.

비록 제멋대로고 불성실한 구석이 있다고 해도 미셸은 자신의 소중한 제자였다. 그런 그녀가 세이지처럼 파렴치한 남자에게 농락당하도록 내버려 둘 수는 없었다.

"무슈 아르망과 다른 여자들에 얽힌 소문들은?"

드디어 올 것이 왔다. 아스텔은 세이지와 엮인 여자들에 대해 자신이 알고 있는 사실들을 하나둘씩 털어놓기 시작했다.

"……무슈 아르망은 절친한 대학 선배의 약혼녀를 가로채고 결투 신청을 받은 적이 있습니다."

"허어……."

아스텔의 대답에 뒤몽 자작은 심란한 표정을 지었다. 하지만 이것만으로 자작의 결심을 굳히기엔 부족했다. 아스텔은 오키드 하우스에서 주워들었던 소문까지 낱낱이 끄집어냈다. 뒤몽 자작이 세이지를 사윗감으로서 부적격한 남자로 여기게 하도록.

"뿐만 아니라 그는 동시에 여러 여인과 만남을 가지기도 했습니다. 사교계 내에서도 소문이 자자했죠."

"……도저히 안 되겠군."

뒤몽 자작은 기가 차다는 듯이 고개를 절레절레 흔들었다.

"미셸이 그토록 원하는 남자라니 가능하면 그 아이 뜻을 존중해 주려 했건만."

"아가씨와는 격이 맞지 않는 남성입니다."

아스텔은 스스로가 놀랄 정도로 차가운 목소리로 대꾸했다. 다행히 자작은 아스텔의 그런 반응에도 아무런 의문을 품지 않았다.

"자네의 조언 덕분에 마음을 확실히 정할 수 있었네. 후에 사례하도록 하지."

"딱히 보답을 바라고 드린 말씀은 아니었습니다. 저야말로 나리의 결정에 도움이 되었다니 무척 기쁩니다."

"정말 고맙네. 다만 한 가지 당부해 두고 싶은 것이 있는데…….오늘 여기서 나눈 얘기는 당분간 아무에게도 말하지 말아줬으면 하는군."

"물론입니다."

카롤린의 독단적인 행동으로 잠시 당황한 것은 사실이지만, 뒤몽 자작과 나눈 대화는 결과적으로 유익한 것이 되었다. 이제 그는 무슨 수를 써서라도 세이지와 미셸의 결혼을 저지하려 할 테니까.

"좋아, 이만 나가봐도 좋네."

"감사합니다."

자작을 향해 공손히 허리를 숙인 아스텔은 빠른 걸음으로 집무실을 빠져나갔다. 그녀는 집무실을 나오자마자 초조한 표정을 한 채 근처 복도를 어슬렁거리던 카롤린과 딱 마주치고 말았다. 얼굴이 백지장처럼 하얗게 질린 카롤린은 쩔쩔매며 아스텔에게 사과하기 시작했다.

"미안해요. 나리께서 아스텔을 부르실 줄은 정말 몰랐어요."

"카롤린."

"정말 죄송해요. 저는 마담 르그랑께만 말씀드렸던 건데……."

"괜찮아. 카롤린."

"정말 두 번 다시는……. 네?"

카롤린은 생각지도 못한 아스텔의 대답에 눈을 부릅뜬 채 멍하니 그녀를 바라보았다. 놀란 카롤린과는 대조적으로 아스텔은 매우 침착한 미소를 띠며 카롤린을 마주 보고 있었다.

이윽고 아스텔이 다시 입을 열었다.

"덕분에 자작님과 유익한 대화를 나눴거든."

"유익한 대화라구요……?"

"응. 하지만 이런 일이 계속 일어나면 곤란하니까, 앞으로는 약속을 꼭 지켜줬으면 좋겠어."

카롤린의 눈에 눈물이 그렁그렁 맺히기 시작했다. 그녀는 힘차게 고개를 끄덕이며 아스텔에게 다짐하듯 큰 목소리로 대답했다.

"네. 꼭 지킬게요!"

아스텔은 카롤린의 대답에 만족한 것처럼 생긋 웃으며 그녀의 머리를 쓰다듬어 주었다. 자작과의 면담이 무사히 해결된 지금, 그녀에게 남은 일은 오직 한 가지뿐이었다.

✤

푸아리에 가(街)를 도는 집배원은 매일 오후 세 시 십 분경에 뒤몽 자작가에 들러 들라크루아 가문 앞으로 도착한 우편물들을 우편함에 넣어둔다. 카롤린을 통해 집배원이 방문하는 시간을 알아낸 아스텔은 두 시 사십 분부터 뒷문 근처에서 서성거리며 집배원이 오기만을 기다렸다. 카롤린의 말대로 세 시 십 분이 가까워지자, 멀리서부터 유니폼을 갖춰 입은 집배원이 마차를 끌며 다가오는 모습이 보였다.

볼 일을 마친 집배원이 다음 목적지를 향해 떠나는 광경을 지켜본 아스텔은 곧바로 우편함을 뒤져 자신이 원하던 것을 찾아냈다. 바로 세이지가 미셸에게 보내기로 약속했던 답장이었다.

아스텔은 편지 봉투에 나란히 적혀 있는 세이지의 이름과 미셸의 이름을 확인하고는 마른침을 삼켰다. 자신이 하고 있는 일이

떳떳한 행동이 아니라고 의식해서 그런지 자꾸만 손이 떨리고 있었다. 그녀는 세이지가 미셸에게 보낸 편지를 품에 감춘 뒤, 아무 일도 없었던 것처럼 숙소에 있는 자신의 방으로 돌아갔다.

세이지의 답장을 방에 감춰둔 아스텔은 당장은 편지를 꺼내 읽어볼 엄두를 내지 못했다. 그녀의 목적은 세이지의 답장이 미셸의 손에 들어가지 않는 것뿐이고, 편지의 내용이 궁금한 것은 아니었기 때문이다.

하지만 막상 편지를 감춰놓자 시간이 흐를수록 그가 미셸에게 무어라 썼을지 내용이 신경 쓰이기 시작했다. 아스텔은 알트만 가문 슬하에 있었을 적에도 그에게 편지를 받아본 적이 없었다. 딱 한 번 받아본 편지는 대필이었기 때문에 그가 쓴 것이 아니었고, 그나마 편지에 가장 근접한 것이 생일선물로 받은 귀걸이에 들어 있던 짤막한 메시지 하나뿐이었다.

그는 대체 미셸에게 뭐라고 써서 보낸 걸까.

오로지 그 생각만이 아스텔의 머리를 온통 점령한 채 계속해서 떠나려 하질 않았다. 얼마나 편지에만 정신이 팔려 있었는지, 저녁 시간에도 내내 카롤린의 말을 한 귀로 듣고 한 귀로 흘리고 있었을 정도였다.

"아스텔, 무슨 일 있었어요?"

"……응? 미안해. 뭐라고 했는지 제대로 못 들었어."

"오늘 하루 종일 이상해요. 내내 딴생각만 하고 있는 것 같고. 혹시 어디 아프거나 한 건 아니죠? 무슈 블레즈에게 한번 봐달라고 부탁할까요?"

"아픈 건 아니야. 걱정하게 해서 미안해."

카롤린의 염려스러운 표정에 아스텔은 양심의 가책을 느꼈다. 그녀도 설마 아스텔이 미셸의 편지를 가로챌 거라 생각해서 집배원이 방문하는 시간을 알려주진 않았을 테니까.

식사를 마친 뒤, 아스텔은 카롤린의 시선을 한껏 의식하며 방으로 돌아갔다. 문을 닫자마자 편지의 위치를 확인한 아스텔은 편지가 무사히 숨겨져 있는 것을 확인하고는 가슴을 쓸어내렸다.

아스텔은 잠을 이루기 위해 침대에 누워서도 계속 세이지가 보낸 편지만을 생각했다. 편지 봉투의 겉면에 쓰여 있던 세이지의 이름이 머릿속에서 계속 빙글거리며 떠돌았다. 숙소의 복도에 놓인 괘종시계가 세 번 뎅뎅거리며 울리는 소리가 어렴풋이 들려왔다. 이대로는 편지의 내용을 확인할 때까지 잠도 잘 수 없을 것 같았다.

결국 그녀는 더 이상 참지 못하고 침대에서 몸을 일으켰다. 그리고 마침내 세이지가 보낸 편지의 봉투를 뜯었다.

친애하는 미셸 도로테 드 들라크로아 양에게.

영애께서 보내주신 편지는 잘 받았습니다. 송구스럽게도 저처럼 부족한 남성에 대한 마음을 구구절절이 적어 보내주셨더군요.

죄송하지만 저는 영애께 어울리는 남성이 아닙니다. 저는 영애와 같이 명예로운 여성에게는 어울리지 않는 누추한 과거를 지니고 있습니다. 아버님이신 뒤몽 자작 각하를 비롯하여, 영애를 아끼는 이들이라면 누구든 저와 당신이 맺어지는 것을 원치 않을 것입니다.

영애의 마음은 감사하지만 저는 당신의 과분한 애정에 보답해 드릴 수가 없을 것 같습니다. 머지않아 저 대신 진정으로 영애의 사랑을 받을 자격이 있는 남성이 나타날 것이라고 생각합니다.

드리고 싶은 말씀은 많으나, 편지가 길어진 듯하여 이만 줄이도록 하겠습니다. 부디 영애께 어울리는 남성과 행복해지시길 바랍니다.

세이지 껄버트 안트만으로부터.

아스텔은 입술을 깨물었다. 그녀는 세이지는 미셸을 가지고 놀기 좋은 상대로 여길 뿐, 진심으로 대할 리가 없을 것이라고 줄곧 믿어왔었다.

하지만 기분 탓일까. 미셸에게 쓴 편지에서는 그의 진심이 묻어나고 있는 것처럼 느껴졌다. 자신의 과거를 밝히는 부분은 미셸이 자신을 경멸할까 봐 두려워하는 것처럼 보였고, 다른 남자와의 행복을 비는 부분은 그녀를 진심으로 사랑하지만 현실의 벽에 부딪쳐 놓아주는 것처럼 애절하기 그지없었다.

아니, 아니다. 세이지는 어느 여자에게도 결코 진심을 줄 남자가 아니다. 아스텔은 그렇게 생각하며 술렁이는 마음을 애써 억눌렀다.

여자를 유혹하는 말이라면 백 가지도 넘는 레퍼토리를 알고 있을 그였다. 표면상으로는 그녀를 거절하는 듯한 이 편지를 받아본다고 해서 미셸이 순순히 그를 포기할까. 오히려 친부인 뒤몽 자작을 사랑의 방해물로 여기며 세이지에 대한 집착을 더욱 불태우고도 남을 것이다. 이것은 따지자면, 치밀하게 계산된 유혹의 편지에 더 가까웠다.

어찌할 바를 모르던 아스텔은 일단 증거를 인멸해야 한다는 생각에 세이지의 편지를 불태웠다. 불꽃에 휘감긴 채 순식간에 재로 변해 사라지는 편지를 바라보며 아스텔의 눈동자도 따라서 흔들리고 있었다.

이걸로 전부 끝이다.

편지를 전부 태운 아스텔은 침대에 다시 누웠지만 잠은 여전히 오지 않았다. 편지의 내용을 확인하고 나면 후련해질 줄 알았건만, 자작에게 그런 일을 당하고도 뻔뻔하게 구는 세이지가 괘씸해 더욱 화가 나기만 했다.

세이지를 향한 그녀의 증오는 시간이 흘러도 사그라들 줄 모른 채 나날이 거세지기만 하고 있었다. 어쩌면 죽을 때까지 용서할 수 없을지도 몰랐다.

진정하자. 아스텔은 눈을 감고 억지로 다시 잠을 청했다. 내일은 아벨과의 약속이 있는 날이었다. 아벨은 그녀가 뒤몽 자작가에서 일하는 한, 앞으로도 많은 신세를 지게 될 인물이었다. 그런 그와의 약속이 있는 날에 깜빡 졸기라도 하는 결례를 범하고 싶진 않았다.

한참 동안 잠을 이루지 못한 채 침대 위에서 뒤척이던 아스텔은 창밖이 어스름하게 밝아지기 시작할 무렵에야 간신히 잠에 빠져들었다. 그녀는 그때까지도 자신이 어째서 세이지를 용서하지 못하고 있는지 미처 깨닫지 못하고 있었다.

4. 아벨과의 데이트

아스텔은 결국 그날 아침에 늦잠을 자고 말았다. 카롤린은 아스텔이 평소의 그녀답지 않게 늦잠을 잔 이유를 궁금해하는 기색이었지만, 지은 죄가 있기 때문인지 차마 물어볼 엄두가 나지 않는 듯했다.

조금 늦은 아침을 먹은 뒤 단정한 외출복으로 갈아입은 아스텔은 아벨과의 약속을 지키기 위해 멜락 광장으로 향했다. 화창하게 갠 하늘 아래에서 선선하게 부는 바람을 쐬고 있다 보니 어젯밤의 꿉꿉했던 감정들도 조금씩이나마 희석되는 듯했다.

평일 오후의 멜락 광장은 가족 단위로 몰려나오는 시민들에게 점령당하는 주말에 비해 제법 한산한 편이었다. 아벨보다 약속 장소에 먼저 도착한 아스텔은 분수대 근처의 벤치에 앉아 그가 나타나기를 기다렸다. 약속을 했을 당시에 아벨이 미셸에 대해 상의할 것이 있다고 말했던 터라 그가 오늘 어떤 말을 할지 제법 긴장이 되었다. 부디 세이지에 대한 이야기는 아니어야 할 텐데.

아벨이 언제쯤 도착할지 기다리며 주위를 두리번거리던 아스텔의 시야에 문득 신기한 것이 포착되었다. 분수대 건너편에서 한 사내가 기묘한 소음을 내는 기계로부터 무언가를 쉴 새 없이 뽑아내고 있었다. 구름처럼 몽실몽실한 생김새를 하고 있는 달콤한 냄새의 솜뭉치였다.

"저게 마음에 드십니까?"

"네. 네?!"

어느새 다가왔는지 그녀의 등 뒤에 아벨이 서 있었다. 화들짝 놀란 아스텔은 급히 자리에서 일어나 그를 향해 꾸벅 고개를 숙여 보였다.

"죄송합니다, 도련님! 오신 줄도 미처 모르고……."

"아닙니다. 저야말로 마드모아젤을 기다리게 해드려 죄송스러울 따름입니다."

아벨은 멋쩍은 미소를 짓더니 손가락으로 아스텔이 구경하고 있던 솜뭉치를 가리켰다.

"사과의 표시로 저걸 사드리려고 하는데요."

"아, 저는 괜찮……."

"싫으십니까?"

아벨의 직설적인 질문에 아스텔은 차마 싫다는 말을 하지 못한 채 입을 꾹 다물고 말았다. 그는 아스텔이 스스로 입을 열 때까지 대답을 재촉하지 않은 채 계속해서 그녀를 지켜보고 있었다. 결국 그의 집요한 시선에 항복하듯이 아스텔이 먼저 입을 열었다.

"싫지 않습니다."

"그럼 잠시만 기다리십시오."

아스텔이 그렇게 대답할 줄 알았다는 것처럼 아벨은 활짝 웃었다. 아벨이 예의 솜뭉치를 사러 간 사이, 아스텔은 조금 복잡한 시선으로 그의 뒷모습을 바라보았다. 그는 마차를 타면서 은화를 내밀었던 미셸과 달리, 제법 능숙한 폼으로 솜뭉치의 값을 치르고 거스름돈을 돌려받았다. 이윽고 커다란 솜뭉치를 든 아벨이 아스텔을 향해 빠른 걸음으로 다시 다가오기 시작했다.

"이걸 솜사탕이라고 부르더군요."

아벨은 그렇게 말하며 들고 있던 솜사탕을 아스텔에게 건네주었다. 얼결에 아벨로부터 솜사탕을 받아들고 어쩔 줄 몰라 하던 아스텔은 그가 시범을 보인 대로 솜사탕을 약간 뜯어 입에 넣어보았다. 혀끝에서 솜사탕이 순식간에 사르르 녹으며, 입안에 단맛이 퍼져 나가는 놀라운 식감에 아스텔은 신기한 것처럼 눈을 동그랗게 떴다.

"이제야 보기 좋은 표정이 됐군요."

"네……?"

"아까까지만 해도 마드모아젤께서 얼마나 우울한 표정을 짓고 있었는지 알고 계십니까."

그의 말에 아스텔은 자신도 모르게 손으로 자신의 뺨을 쓸어보았다. 어젯밤에 세이지의 편지를 불태우며 괴로워했던 것이 아직까지 표정으로 드러나 있을 줄은 전혀 몰랐다.

"뭔가 근심거리라도 있었던 겁니까?"

마치 그녀의 마음을 꿰뚫고 있는 것 같은 말이었다. 아스텔은 잠시 주저했으나 곧 가라앉은 목소리로 그에게 대답했다.

"……별일 아니에요."

"그렇군요."

아벨은 진심으로 아스텔의 말을 믿는 것 같지는 않았으나 더 이상 그녀를 추궁하려고 하지는 않았다. 아스텔은 그의 그런 태도가 진심으로 고마웠다.

"일단 여기서 계속 서 있는 것도 뭐하니 근처에서 차라도 한잔 하시는 건 어떨지요."

"……."

"이야기가 조금 길어질 수도 있으니까요."

그는 그렇게 말하면서 아스텔을 향해 붙임성 있는 미소를 지어 보였다. 그 미소를 보며 차마 싫다고 말할 엄두가 나지 않았던 아스텔은 어쩔 수 없이 아벨을 향해 천천히 고개를 끄덕였다.

바로 그 시각, 포콩 펠르랭의 사무실에서 근무 중이던 사원들은 점심 식사를 하기 위해 멜락 광장 인근에 있는 레스토랑으로 향하고 있었다. 다른 사원들보다 조금 늦은 시간까지 사무실에서 미적거리던 세이지는 뒤늦게 자신도 점심을 먹기 위해 멜락 광장으로 향하기 시작했다.

그는 형식상으로는 포콩 펠르랭의 임직원으로 일하고 있었으나, 시쳇말로 낙하산이라고 불리는 인사였기 때문에 사내의 인간관계에 구애될 필요가 전혀 없었다. 다른 직원들 역시 귀족이자 대주주의 동생인 세이지를 대하기 어려워했으므로, 그들은 서로 멀지도 가깝지도 않은 적당한 거리를 유지하며 같은 사무실에서 일하고 있었다.

세이지에겐 최근 단골이 된 식당이 있었다. 식당의 이름은 메종 드 쏘바종으로 어떤 메뉴든 두루 맛있지만 특히 그라탱이 일품인 가게였는데, 세이지는 그곳에서 후식으로 내주는 초콜릿 수플레를 가장 마음에 들어 했다.

그는 평소에 단것을 썩 좋아하는 편은 아니었으나, 메종 드 쏘바종의 초콜릿 수플레를 맛본 뒤로 항상 그것만 찾을 정도로 그

가게의 요리장의 실력에 심취해 있었다. 어째서 그 정도의 실력자가 귀족가가 아닌 일반 식당에서 일하고 있는 건지 궁금해질 정도였다. 요리장의 실력이 대단한 만큼 가게는 항상 사람들로 붐볐기 때문에, 여유 있는 식사를 즐기기 위해서는 다른 사람들보다 조금 일찍 가거나 늦게 가야 했다.

평소대로 메종 드 쏘바종에 들러 늘 앉던 야외 테이블에 앉으려던 세이지는 건너편에 위치한 카페에서 익숙한 뒷모습을 발견했다. 그는 순간 자신이 왜 이곳에 왔는지조차 망각한 채 자리에서 벌떡 일어났다. 단골손님인 세이지가 오늘도 찾아온 것을 알고 물과 메뉴판을 가져오던 웨이트리스는 그가 자리에서 다시 일어나자 의아한 표정으로 세이지를 바라보았다.

"잠시."

가게 사이에 놓인 관목 울타리 뒤에 숨은 세이지는 숨을 죽인 채 아스텔과 함께 차를 마시고 있는 남성을 면밀히 관찰하기 시작했다. 뒤몽 자작가의 특징인 백금발에 짙은 푸른색 눈동자. 몇 번인가 공식석상에서 마주친 적이 있는 뒤몽 자작의 장남 아벨 레니에 드 들라크루아였다.

"이 가게의 명물은 뭐니뭐니 해도 마들렌이지요. 저희 가문의 요리장에게도 만들어보라고 했는데도 도저히 비슷한 맛을 못 내더군요."

"과연 그럴 만한 맛이네요. 레시피가 궁금해질 정도인걸요."

"마드모아젤께서는 과자를 만들 줄 아십니까?"

"몇 가지 간단한 것들뿐이지만요."

"굉장한 능력자시군요."

세이지는 이 뒤에 이어 나올 말을 바로 짐작하고 주먹을 꽉 쥐었다. 아니나 다를까, 그가 예상했던 말이 곧바로 아벨의 입에서 튀어나왔다.

"기회가 된다면 꼭 한번 먹어보고 싶습니다."

아벨의 뻔뻔스러운 대사에 세이지는 이를 갈며 두 사람의 주위에 다른 사람이 없는지 돌아보았다. 세이지가 알고 있는 바에 따르면 아스텔은 미셸의 피아노 교사이긴 했으나 아벨의 교사는 아니었다. 동생의 교사라는 사실을 제외하면 이렇다 할 접점도 없을 두 사람이 어째서 단둘이 이런 시간에 이런 장소에 나와서 시시덕거리고 있단 말인가.

세이지는 자신의 머릿속에 떠오른 가정을 애써 부인하려 했다. 그가 처음 떠올린 가정대로 두 사람이 이미 연인관계가 되었다면, 지금보다는 좀 더 친근하고 편한 태도로 이야기를 나누고 있었을 것이다. 지금의 아벨은 아스텔에게 흑심을 품고 있는 것이 분명했지만, 그녀가 불편해하지 않을 정도의 거리를 유지하며 깍듯한 태도로 대화를 이끌어나가고 있었다. 세이지는 애써 마음을 가라앉히며 어떡해야 아스텔이 저 자리를 벗어나려 할지 고민하기 시작했다. 그때였다.

"잠시 실례하겠습니다."

신이 그를 도운 것인지 아벨이 아스텔에게 양해를 구하며 자리에서 일어났다. 곧 돌아오겠다는 말만을 남긴 채 아벨이 자리를 비우자, 홀로 남은 아스텔은 마시던 찻잔을 내려놓고는 아까 남겨뒀던 솜사탕을 다시 뜯어 먹기 시작했다. 손가락에 붙어 끈적거리는 것이 조금 성가시긴 했지만, 입안에서 사르르 녹는 식감이 묘한 중독성을 가지고 있었다.

"이런 곳에서 뭘 하고 있는 거지?"

등 뒤에서 들려오는 익숙한 목소리에 아스텔은 솜사탕을 뜯고 있던 손을 딱 멈추었다. 그녀는 자신의 귀를 의심하면서도 천천히 고개를 돌려, 딱딱한 표정의 세이지를 마주 보았다. 솜사탕 덕분에 조금 나아졌던 기분이 순식간에 엉망이 되고 말았다.

"그런 당신이야말로 여긴 어쩐 일이죠?"

아스텔은 간밤에 불태운 편지를 떠올리고는 잠시 주춤했지만, 자신이 편지를 빼돌렸다는 사실을 세이지가 알고 있을 턱이 없었다. 그녀는 애써 어깨를 펴며 가시 돋친 목소리로 세이지의 말을 맞받아쳤다. 세이지는 아스텔의 그런 반응을 전혀 예상하지 못했던 건지 작게 혀를 차면서 이마를 찡그렸다.

"네 제자는 뒤몽 자작의 막내딸이지 아들이 아닐 텐데."

"전 들라크루아 가문에 고용된 사람이에요. 경우에 따라 도련님과 이야기를 나눌 수도 있는 거고요."

"내가 준 돈은 어떻게 하고 남의 밑에서 일을 하고 있는 거지?"

내가 준 돈. 무신경한 세이지의 발언에 아스텔은 더 참지 못하고 자리에서 일어났다. 아스텔이 어떤 마음으로 그가 줬던 돈을 쓰려 하지 않았던 건지, 무신경한 세이지는 전혀 짐작도 하지 못하는 듯했다.

"당신이 제게 줬던 화대를 말씀하시는 건가요?"

세이지는 아스텔이 사용한 '화대'라는 표현에 급격히 얼굴빛을 달리했다. 몹시 큰 충격이라도 받은 것처럼 눈을 부릅뜨는 그를 보며 아스텔은 내심 속이 시원해지는 것을 느꼈다.

"화대라니, 어떻게 그런 소리를……."

"당신이 그 돈을 화대라고 생각하지 않으면서 줬다는 사실이 저는 더 놀라운데요. 제가 당신에게 다리를 벌린 대가로 받았던 돈이 화대가 아니라면 또 뭐란 말인가요?"

그는 잠시 할 말을 잃은 듯이 입을 꾹 다물었다. 이 년 동안 꾹꾹 눌러 참아왔던 서러움과 분노가 한꺼번에 떠오르기라도 한 듯 아스텔은 천천히, 하지만 또렷한 목소리로 말을 이었다.

"당신이 줬던 화대 따위, 마음 같아서는 한 푼도 쓰고 싶지 않았어요. 여기 정착하면서 부득이하게 조금 쓰긴 했지만, 그것도 조만간 전부 돌려 드릴 테니 염려하지 마세요. 아주 열심히 저축했거든요. 받았던 액수 그대로 당신 얼굴에 뿌려주는 날만 꿈꾸면서 모아왔으니까."

아스텔은 등을 펴고 천천히 심호흡했다. 그녀는 세이지에게 한 푼만큼의 부채감도 느끼고 싶지 않았다. 타이밍 적절하게 그가 나타나 준 덕분에 받았던 돈을 그대로 돌려줄 수 있게 된 것이 다행일 따름이었다. 그에게 받았던 돈을 다 갚고 나면, 알트만 가문 아래에 있었던 시절로부터 진정으로 벗어나 스스로 우뚝 설 수 있게 될 것 같았다.

"할 말이 더 없다면 이만 사라져 주시지 않겠어요? 전 당신 얼굴을 볼 때마다 기분이 참 더러워지거든요."

"……네가 무슨 생각을 하든 그건 네 자유긴 하지만."

아스텔이 말하는 내내 잠자코 듣기만 하던 세이지는 그녀가 입을 다물고 나서야 간신히 입을 열었다.

"화대라니 얼토당토않은 소리야. 난 널 창녀로 취급한 적도 없고, 너에게 준 돈 역시 그런 의미로 줬던 것이 아니었어. 그 돈은 본래 너에게 가야 마땅했던 돈이야. 아버지께서 네게 물려주셨던 유산의 일부니까."

죽은 백작의 유산이라는 말에 아스텔은 잠시 눈빛이 흔들렸다. 하지만 그녀는 오래 지나지 않아 다시 마음을 다잡았다.

"인형 놀이의 대가로 받은 돈도 화대와 다를 바가 없는걸요. 전 그분의 유산을 받아야 할 이유가 전혀 없어요. 제 부모님은 조지 라이언과 다이아나 메이어 단 두 분뿐이에요. 그분들이 물려주신 것이 아니라면 저와는 하등 관계없는 돈이죠."

아스텔은 죽은 백작이 조지의 대용품으로 자신을 아꼈다는 사실을 잘 알고 있었다. 아스텔이 조지가 아닌 다이아나를 닮았어도 백작이 그녀를 양녀로 삼으려 했을까. 답은 죽은 백작에게 묻지 않아도 명약관화했다.

세이지는 복잡한 시선으로 아스텔을 응시했다. 그가 한때 아버지의 사랑을 두고 질투했던 아스텔은 백작의 애정이 한낱 인형 놀이에 불과했을 뿐이라고 단언하고 있었다. 그는 자신이 그 사실에 안심하는 건지 자괴감을 느끼고 있는 건지 전혀 알 수가 없었다.

아스텔은 그의 시선을 외면하듯 눈을 내리깔았다. 이러고 있는 사이에 아벨이 돌아오면 뭐라고 둘러대야 할지 생각하자니 수면 부족 상태의 머리가 다시 지끈거리며 아파졌다. 피곤한 표정으로 이마를 짚으며 아스텔이 다시 입을 열었다.

"전 진심으로 당신 가문과 더는 얽히고 싶지 않아요. 돈은 조만간 갚을 테니 제발 제 앞에서 사라져 주세요. 영영 사라져 주신다면 더 감사하겠고요."

"……."

"아니면 제가 먼저 사라질까요?"

"……아니."

아스텔에게는 몹시 다행스럽게도 세이지는 더 이상 그녀의 말에 반박하거나 억지를 부리는 대신 조용히 몸을 돌렸다. 멀어지는 세이지의 뒷모습을 지켜보며 안도의 한숨을 내쉰 아스텔은 다시 테이블에 앉아 솜사탕을 뜯기 시작했다. 기분 탓인지 아무리 먹어도 물리지 않을 것 같던 솜사탕이 달기만 하고 영 맛이 없었다.

세이지가 사라진 뒤, 오래 지나지 않아 아벨이 다시 돌아왔다. 생각보다 늦어지긴 했지만 세이지와 언쟁을 벌이고 있을 때 돌아오지 않은 것이 아스텔로서는 천만다행이었다.

"너무 오래 기다리게 해드려 죄송합니다. 오늘따라 마드모아젤께 결례만 끼치는 것 같군요."

"그렇게 오래 기다린 편도 아니었는걸요. 저는 괜찮습니다."

"양해해 주셔서 정말 감사합니다."

두 사람은 그 뒤로도 여러 가지 화제에 관해 이야기를 더 나누었다. 아벨은 유난스러울 정도로 아스텔에 대해 많은 것들을 질문했다. 그녀가 좋아하는 음식, 색상, 음악, 뒤몽 자작가에 오게 된 경위 등 시시콜콜하면서도 별것 아닌 것들.

"피아노를 어디서 배우셨습니까?"

"어머니께서 피아노 교사 일을 하셨어요. 설마 저도 이 일을 직업으로 삼게 될 줄은 생각지도 못했지만요."

아스텔은 어머니인 디안이 유명 피아니스트였다는 사실을 알았지만, 자신이 그녀의 딸이라는 사실이 알려지면 제 과거를 캐려들 사람이 나타날 것을 우려했다. 전성기의 디안은 얼마나 대단한 인물이었던 건지, 그 짧은 활동기 동안 그녀의 이름이 이곳 라그랑시아에까지 알려져 있었던 것이다.

아스텔은 프뢴시아의 한 공연장에서 우연히 발견한 다이아나의 초상화를 떠올렸다. 긴 은발에 요정 같은 미모를 지닌 디안의 초상화를 보자, 오랫동안 잊고 있었던 어머니의 얼굴에 초상화의 얼굴이 위화감 없이 덧씌워졌다. 이제 아스텔은 부모인 조지와 디안의 얼굴을 확실히 기억할 수 있었다.

"마드모아젤의 재능은 어머니를 닮은 모양이군요."

아부와도 같은 아벨의 너스레에 아스텔은 작게 웃으며 고개를 숙였다. 어머니의 재능을 물려받은 것 같다는 칭찬은 일찍이 공작부인에게도 들은 적이 있었지만, 디안의 진짜 실력에 비하면 햇병

아리나 다름없는 재능이었다.

"어머니의 재능에 비하면 전 아무것도 아니죠. 아직 살아 계셨으면 절 많이 부끄러워하셨을 거예요."

"아뇨. 틀림없이 자랑스러워하셨을 겁니다. 저희 미셸에 비하면……."

화제가 돌고 돌아 마침내 미셸에 대한 이야기가 나오자 아벨의 표정이 조금 어두워졌다.

"아버지께서는 어릴 적부터 미셸을 너무 오냐오냐하며 키우셨죠. 클로에도 예뻐하셨지만 필요할 때는 가끔 혼내기도 하셨는데, 미셸은 날이 갈수록 버릇이 없어지는 것 같아서 걱정입니다."

"그래도 아가씨께서는 수업도 잘 따라오고 계신걸요. 딱히 큰 문제를 일으키신 적도 없는 것 같고……."

"천만에요."

아벨은 조금 근심 어린 표정으로 고개를 저어 보였다.

"얼마 전의 가출 사건도 아버지의 훈육 방식이 조금만 달랐더라면 일어나지 않았을 일이었죠."

이번만큼은 아스텔도 남의 일처럼 편하게 이야기할 수가 없었다. 갑자기 죄지은 사람의 심정이 된 아스텔은 고개를 푹 숙이고 말았다.

"제가 아가씨를 제대로 보살피지 못해 죄송스러울 따름입니다."

"그건 마드모아젤의 잘못이 아닙니다."

"전 그때 아가씨를 막을 수 있는 유일한 사람이었죠."

아스텔은 나지막하게 한숨을 내쉬었다.

"너무 자책하실 필요는 없습니다. 설령 마드모아젤이 말리셨더라도 그 아이는 어떻게 해서든 가출을 시도했겠죠."

"하지만……."

"그렇다면 이건 어떻습니까. 만약 미셸이 또다시 마드모아젤에게 억지를 부리는 일이 생기면 곧바로 제게 말씀해 주십시오. 제가 책임지고 그 아이를 막도록 하겠습니다."

"번거로우시지 않겠어요?"

말은 그렇게 했지만 아스텔은 한결 밝아진 얼굴로 아벨을 마주 보았다. 그녀의 표정이 환해지자 그 역시 흡족해진 듯 미미한 미소가 입가에 걸렸다.

"저 역시 미셸의 가족인 만큼 그 아이를 돌볼 책임이 있는 사람입니다. 오빠로서 당연히 해야 하는 일인 것을요."

"정말 감사합니다, 도련님."

아스텔은 거듭해서 아벨에게 감사의 말을 전했다. 부친의 맹목적인 애정을 등에 업은 미셸은 천하에 무서울 것이 없는 천방지축이었지만 오빠인 아벨에게만큼은 함부로 대들지 못했다. 어떤 의미에서는 아벨이야말로 뒤몽 자작가의 진정한 실세라고 봐도 무방한 것이다.

대화를 마친 두 사람은 마차를 타는 대신 걸어서 저택으로 돌아갔다. 뒤몽 자작저와 멜락 광장은 걸어서 십오 분밖에 되지 않는 거리에 위치하고 있었으므로, 산책이나 할 겸 조금 걷자는 아벨의 제안에 아스텔 역시 동의했다. 두 사람이 나란히 함께 나타나자 때마침 정원에서 장미 묘목에 물을 주고 있던 클로에와 미셸은 놀란 토끼 눈이 되어 아벨과 아스텔을 번갈아 바라보았다.

"어……. 오셨어요?"

"클로에랑 미셸이구나. 아버지께서는 아직 돌아오지 않으셨니?"

"응……. 그나저나 무슨 일 있었던 거야?"

"왜 둘이 같이 와?"

자매인 클로에와 미셸의 얼굴에는 두 사람이 어디서 뭘 하다 온 건지 궁금해 죽겠다고 똑같이 쓰여 있었다. 아스텔이 이상한 소문이 퍼질 가능성을 염려하고 있다는 것을 눈치챈 아벨은 그녀 대신 나서서 적당한 말로 둘러댔다.

"돌아오는 길에 우연히 마주쳤어."

"우연? 정말로?"

"거짓말 아냐?"

"그게 아니면 뭐겠어?"

아벨이 어깨를 으쓱해 보이자 클로에는 김샜다는 표정으로 입술을 삐죽거렸다. 자신을 훑어보는 미셸의 눈빛이 갑작스레 부담스러워진 아스텔은 피곤하다는 핑계를 대면서 급히 그 자리를 빠져나갔다. 뒤에서 세 남매의 시선이 제 등을 찌르는 것처럼 따끔거리는 기분이었다.

"아스텔, 밖에서 무슨 일 있었어요?"

"아니, 아무 일도."

"다행이네요. 오늘은 아스텔이 웬일로 늦잠을 잤길래 걱정했거든요."

아스텔은 카롤린의 말을 듣고 나서야 오늘 바깥에서 세이지와 마주쳤던 일을 떠올렸다. 아벨과 한참 시간을 보내다 보니 어느새 그와 다퉜던 것마저도 까맣게 잊고 있었던 것이다.

뭐, 괜찮겠지. 아스텔은 아벨이 나타난 타이밍이 너무 기가 막혔던 것이 못내 마음에 걸렸지만 애써 마음에 담아두지는 않기로 했다. 당사자에게 물어볼 수도 없는 일을 계속 신경 써봤자 자기 자신만 손해일 뿐이니까.

5. 끝나 버린 첫사랑

"수고하셨어요, 아가씨."

"……."

"아가씨?"

아스텔의 목소리에 퍼뜩 제정신으로 돌아온 미셸은 눈을 깜빡이며 악보와 아스텔의 얼굴을 번갈아 바라보았다. 시계가 자신도 모르는 새에 오후 세시를 가리키고 있는 걸 보니 어느새 레슨 시간이 끝난 모양이었다.

"아가씨는 실력이 느는 속도가 굉장히 빨라요. 가르치는 저도 믿기지 않을 정도네요."

아스텔은 자신의 첫 제자였던 샤를로트를 떠올렸다. 샤를로트도 피아노에 대해서는 수재라고 부를 수 있을 정도로 재능이 있는 아이였는데, 미셸 역시 그녀에 뒤지지 않는 재능을 가지고 있었다. 어쩌면 그녀 이상으로…….

"이제 슬슬 윈필드를 시작해도 될 것 같네요. 일단 가장 쉬운 곡부터 시작해 보도록 하죠."

새 악보책을 가져온 아스텔은 만면에 미소를 띠며 미셸에게 다음 레슨까지 연습해 올 곡을 표시해 주었다. 피아노의 뚜껑을 닫은 미셸은 아스텔이 건네준 악보를 식은 눈동자로 내려다보았다.

"선생님."

침묵하고 있던 미셸이 간신히 입을 열자 아스텔이 시선을 돌려 다시 그녀를 바라보았다. 미셸은 여전히 아스텔에게 눈길을 주지 않은 채 고개를 숙여 악보를 들여다보고 있었다.

"오늘이 몇 월 며칠이죠?"

"4월 26일이죠."

"4월 26일……."

미셸은 화가 난 사람처럼 입술을 꼭 깨물었다. 영문을 알 수 없었던 아스텔은 자신이 무슨 실언이라도 한 것은 아닌지 갑작스레 마음이 불안해지는 것을 느꼈다.

"혹시 무슨 일이라도……."

"……아니요. 감사합니다."

미셸은 악보책을 덮어 보면대에 걸쳐 놓은 뒤, 곧바로 피아노실을 빠져나왔다. 그녀는 복도를 지나가던 사용인들에게 물어물어 우편함이 있는 뒷문 쪽으로 향했다.

"……역시 없어."

미셸은 당장에라도 폭발할 것 같은 기분을 애써 억누르며 우편함을 닫았다. 세이지가 자신에게 보내기로 약속했던 답장이 벌써 열흘이 넘도록 도착하지 않고 있었던 것이다.

사흘째까지는 미셸도 마음의 여유를 가지고 기다리고 있었다. 그런데 나흘이 지나고 닷새째가 되도록 세이지의 답장은 여전히 올 기미가 보이지 않았다. 참다못한 미셸은 일주일째 되는 날부터 직접 우편함을 뒤지기 시작했다. 하지만 세이지가 보낸 답장은 여전히 코빼기도 비추지 않고 있었다.

"에그머니나! 아가씨, 여기서 뭐 하고 계셔요!"

미셸과 이런 곳에서 마주칠 줄은 예상 못 했는지 등 뒤에서 새된 비명이 울려 퍼졌다. 미셸은 급히 고개를 돌려 당혹스러워하는 메이드를 추궁하듯 바라보았다. 길게 땋아 내린 빨간 머리. 아마도 카롤린이라는 이름이었던가.

앙칼진 목소리로 미셸이 카롤린에게 급히 질문했다.

"혹시 네가 우편물을 관리하나?"

"대부분 제가 챙겨오긴 합니다만…… 무슨 일이십니까?"

"최근 일주일 사이에 내 앞으로 온 편지가 없었나?"

"없었…… 던 것 같습니다만……. 아! 느베르 백작가에서 온 티파티 초대장이라면 기억합니다."

눈을 위아래로 굴리며 미셸의 눈치를 살피던 카롤린은 뒤늦게 생각났다는 듯이 환한 미소를 지었다. 그녀로서는 미셸이 누구의 편지를 기다리고 있을지 알 수 없었을 테니 당연한 일이었다.

하지만 미셸이 기다리고 있는 편지는 느베르 백작의 초대장 따위가 아니었다. 그러잖아도 짜증나는 판국에 달갑지도 않은 느베르 백작의 초대장을 떠올리니 더 기분이 좋지 않았다.

설마 내게 거짓말을……. 이를 악문 미셸은 애꿏은 빈 우편함만 노려보다가 급히 몸을 돌려 복도 안쪽으로 뛰어 들어갔다. 뒤에서 당황한 카롤린이 저를 부르는 소리가 들려왔지만 일부러 들은 체도 하지 않았다.

숨을 헐떡이며 자신의 방으로 돌아온 미셸은 급히 드레스룸을 뒤져 모자와 겉옷을 챙겼다. 이대로 가만히 앉아서 기다려 봤자 오지 않는 편지가 뒤늦게 도착할 것 같지도 않았다. 그가 정 답장을 보내줄 생각을 하지 않는다면 자신이 직접 찾아가서라도 답을 들을 작정이었다.

옷을 갈아입은 뒤, 미셸은 무심코 아스텔을 부르려고 하다가 곧바로 마음을 바꿨다. 그녀는 아스텔이 아버지에게 고자질하여 지난번의 가출이 물거품으로 돌아간 것을 기억하고 있었다. 만약 이번에도 아스텔을 데려간다면 그녀는 다시 뒤몽 자작에게 연락을 취할 것이 분명했다.

결국 미셸은 자신 혼자서 세이지를 찾아가기로 결심하고 저택을 나섰다. 다행스럽게도 미셸은 지난번에 아스텔이 어떻게 마차를 잡고 요금을 치렀는지 기억하고 있었다. 때마침 삯 마차가 지나가는 것을 발견한 그녀는 아스텔이 그랬던 것처럼 손을 흔들어 마차를 잡았다. 자신이 손을 흔드는 것을 본 마부가 마차가 멈춰 세우자, 속이 울렁거릴 정도로 가슴이 두근거리며 뛰기 시작했다. 마치 모험을 떠난 이야기 속의 주인공이 된 기분이었다.

"생상스 가로 가줘."

마부는 미셸이 내민 주석 동전 세 개를 받아 챙기고는 곧장 말을 출발시켰다. 미셸은 여전히 두근거리는 가슴을 애써 진정시키며 창문 너머로 색색의 꽃으로 화려하게 꾸며진 거리를 둘러보았다. 이제 곧 축제가 다가오고 있기 때문인지 길을 지나가는 사람들의 얼굴이 하나같이 들뜬 모양새였다.

마차는 오래 지나지 않아 생상스 가에 도착했다. 마차에서 내린 미셸은 곧장 세이지가 묵고 있는 하숙집을 찾아가 벨을 울렸다. 현관문 너머로 사람의 인기척이 들리더니 지난번에도 본 기억이 있는 중년 여성이 모습을 드러냈다.

여성은 현관 밖에 서 있는 미셸을 발견하자마자 노골적으로 반갑지 않아 보이는 기색을 드러냈다. 그녀가 애지중지하던 도자기가 뒤몽 자작 때문에 박살났으니 반갑지 않은 것도 당연했지만.

사근사근했던 첫 만남 때와는 정반대인 딱딱한 목소리로 여인이 물었다.

"이번에는 무슨 일로 오셨습니까."

"무슈 아르망을 만나러 왔어요."

"그분은 오늘 집에 안 계십니다."

여인은 그러니 당장 꺼지라는 듯한 눈빛으로 미셸에게 고갯짓했다. 그녀의 냉대에 화가 치밀어 오른 미셸은 이를 꽉 악물었다.

"정말인가요? 혹시 무슈께서 제가 찾아오면 부재중이라고 전해달라고 했던 건 아닌가요?"

"거짓말이 아닙니다. 오늘은 일을 하러 가셨으니까요."

미셸이 좀처럼 떠날 생각을 하려 하지 않자 여인은 다시 현관문을 닫으려 했다. 오늘은 어떻게 해서든 세이지를 만날 작정으로 찾아온 미셸은 억지로 몸을 비집고 들어가 여인 앞에 버티고 섰다.

"무슈가 일하고 있는 곳이 어딘가요?"

"······멜락 광장 인근에 있는 포콩 펠르랭의 사무실입니다."

그녀가 원하는 대답을 들려줄 때까지는 이곳을 떠나지 않으리라는 사실을 직감한 뒤보아 부인은 결국 미셸에게 세이지가 일하고 있는 사무실의 주소를 알려주었다. 세이지에게는 안된 일이었지만 그녀는 또다시 집 안의 가구와 도자기가 박살나는 것을 결코 원하지 않았다.

뒤보아 부인이 적어준 포콩 펠르랭의 주소를 받아 든 미셸은 다시 마차를 잡았다. 이미 한 번 직접 마차를 잡아본 경험이 있어서 그런지 두 번째는 더욱 수월했다.

"여기, 이 주소로 가줘."

미셸이 포콩 펠르랭의 사무실 주소가 적힌 쪽지를 내밀자 마부는 알겠다는 듯이 고개를 끄덕였다. 거리가 멀지 않은 덕분에 이번에는 동전 두 개만 내어도 되었다.

"무슨 일로 오셨습니까? 마드모아젤."

1층 로비에 들어서자 안내 데스크에 앉아 있던 여직원이 방긋 웃으며 미셸에게 말을 걸었다. 안내 데스크로 다가간 미셸은 여직원이 내민 방명록에 이름을 적고는 세이지의 모습을 찾아 주위를 두리번거렸다. 세이지가 이곳에 있다는 말을 듣고 찾아왔지만 어디에도 그의 모습은 보이지 않았다.

"무슈 아르망을 찾아왔어요."

"무슈 아르망께서는 지금 외근 중이십니다. 두 시간만 더 기다려 주시겠어요? 아니면 용건을 말해주시면 무슈가 오신 다음에 전해드리겠습니다."

"두 시간은 못 기다려요. 당장 와달라고 해주세요."

"마드모아젤……."

여직원의 얼굴에 난처한 미소가 떠올랐다. 미셸은 여직원의 그런 난처한 표정에도 아랑곳하지 않은 채 강경한 어조로 말했다. 그녀는 이미 참을 만큼 참고 기다릴 만큼 기다렸다. 더 이상은 참고 기다리고 싶지 않았다.

"당장 무슈 아르망에게 연락하세요. 뒤몽 자작의 둘째딸인 미셸 도로테 드 들라크루아가 답장을 받으러 직접 찾아왔다고!"

두 시간은 기다려야 돌아온다던 세이지는 여직원이 뭐라고 전갈을 보낸 건지 이십분 만에 모습을 드러냈다. 그는 일층 로비의 현관 앞에 버티고 서 있던 미셸을 발견하고는 눈매를 가늘게 좁혔다. 세이지의 곱지 않은 시선에 미셸은 잠시 어깨를 움찔거렸으나,

그가 적반하장으로 나오고 있다고 생각하니 고개가 저절로 치켜올라갔다.

기분 나쁠 정도로 깍듯한 태도로 세이지가 물었다.

"마드모아젤께서 이런 곳에는 무슨 일로 오셨습니까?"

"아무것도 모르는 척 시치미 떼지 말아요. 저와 약속했던 답장은 어떻게 된 거죠?"

"열흘 전에 이미 발송했습니다."

미셸은 뻔뻔스러울 정도로 즉각적인 그의 대답에 대놓고 코웃음을 쳤다. 세이지의 말대로라면 그녀는 이미 일주일 전에 그가 보냈던 답장을 읽었어야 했다. 하지만 그녀의 손에 들어온 것은 여전히 아무것도 없지 않은가.

"거짓말하지 말아요."

"거짓말이 아닙니다."

"제가 그렇게 우스워 보였나요? 약속을 해놓고 지키지 않아도 뒤탈이 없어 보일 만큼?"

무시당했다는 분노 때문인지 미셸의 목소리는 조금 떨리고 있었다. 세이지는 고개를 숙여 미셸과 시선을 맞추었다. 이대로 돌려보낸다고 해서 순순히 돌아갈 것 같지 않은 표정이었다.

"마드모아젤."

어느새 익숙해져 버린 한숨이 새어 나왔다. 세이지는 노골적으로 지친 표정으로 앞머리를 쓸어올렸다.

"일단 자리를 옮기는 편이 좋겠습니다. 자세한 이야기는 거기서 하도록 하지요."

"……."

"답장으로 보내드렸던 내용에 대해서도 말씀드리겠습니다."

내내 묵묵부답이던 미셸은 그제야 반응을 보였다. 세이지는 안내 데스크에 있던 여직원에게 접객실이 아직 비어 있는지 물었다. 자리에서 일어난 여직원은 두 사람을 곧장 이층에 있는 접객실로 안내했다. 조금 단출하긴 하지만 소파나 테이블 같은 가구들을 비롯하며 바닥에 깔린 러그나 커튼까지 하나같이 고급품들로만 채워놓은 공간이었다.

미셸을 접객실의 소파에 앉힌 세이지는 자신도 맞은편에 앉으며 그녀를 향해 고개를 까딱해 보였다.

"차를 내오라고 할까요?"

"말씀해 주시기로 했던 것만 말해주세요. 답장은 어떻게 된 거죠?"

"아까도 말씀드렸다시피 열흘 전에 이미 보냈습니다. 아직 받지 못하셨다니 별도로 증빙해 드릴 수 있는 수단은 없습니다만."

"그걸 말이라고 하시나요?"

"집배원이 분실했거나 누군가가 가로챘을 수도 있겠죠."

확증은 없었지만 세이지는 자신을 탐탁잖게 여기는 뒤몽 자작이 답장을 가로챘을 가능성을 염두에 두고 있었다. 결국 우려하던 대로 일이 흘러가 버린 것은 유감이었으나, 이렇게 된 바에야 미셸과 직접 결판을 내는 것도 나쁘진 않았다. 이미 수많은 여인에게 이별을 고한 바가 있었던 그에게 있어서는 그다지 어려운 일도 아니었다. 물론 그렇다고 해서 성가시지 않다고 한다면 거짓말이겠지만.

"저는 당신의 마음을 받아들일 수 없습니다."

이미 마음을 결정한 만큼 입에서 튀어나가는 말은 가차 없을 정도로 가감이 없었다. 미셸의 매서운 눈초리가 세이지의 얼굴을 향해 쏘아진 벌침처럼 날아들었다.

"어째서죠?"

답장에서 썼던 대로 자신의 과거를 들먹이며 가족들이 용납하지 않을 것이라는 핑계를 댈 수도 있었다. 세이지는 이미 수많은 여인과 많이 만나보기도 했고, 헤어져 보기도 했다. 이제 겨우 열다섯 살밖에 되지 않은 미셸을 구워삶는 것은 어린아이 손목 비트는 것만큼 쉬운 일이었다.

하지만 입을 열려던 순간, 세이지는 갑작스레 자기 자신조차 설명할 수 없는 기이한 충동에 사로잡혔다. 비유하자면 마치 신앙을 부인해야 하는 상황에 처한 종교인과 같은.

과연, 내게는 종교나 다름없는 셈인가. 세이지는 속으로 씁쓸한 웃음을 띠었다. 눈앞에서 아스텔의 환영이 아른거리는 듯했다. 환영 속의 아스텔은 성녀처럼 거룩하고 신성하기만 해서.

무언가에 홀린 것처럼 그가 대답했다.

"사랑하는 여인이 있기 때문입니다."

무릎 위에 가지런히 놓여 있던 미셸의 손이 순간 움찔거렸다. 그녀는 손을 들어 세이지의 뺨을 때리는 대신, 진득할 정도로 집요한 시선으로 그의 표정을 훑었다. 분하게도 미셸은 그에게서 거짓말을 하는 기색을 찾아볼 수가 없었다.

"마드모아젤 마예르를 말씀하시는 건가요?"

튀어나간 질문은 밀 그대로 조건반사와 같은 것이었다. 세이지가 이런 대답을 할 것이라고 줄곧 예상이라도 했던 것처럼.

미셸은 지난번의 만남에서 세이지가 자신보다 아스텔을 먼저 신경 썼던 것을 줄곧 마음에 두고 있었다. 그리고 그를 대할 때면 유달리 감정적으로 반응하던 아스텔의 모습도 함께.

그는 아무런 대답도 하지 않았지만, 미셸은 세이지가 눈빛과 태도를 통해 자신의 질문에 대답하고 있음을 금방 깨달았다.

대체 뭣 때문에. 그녀는 분한 마음에 이를 앙다물었다.

"금발이 취향인가 보죠?"

"취향이라."

미셸의 어설픈 도발에도 그는 별 감흥 없는 목소리로 대답했다.

"대충 그런 걸로 해두겠습니다."

"성의 없는 대답이군요."

"이유 같은 건 그다지 중요한 것이 아니니까요."

이유 같은 것은 중요하지 않다. 왜냐하면 그녀를 사랑하고 있다는 사실 자체가 가장 중요한 것이니까. 예전의 세이지는 금발을 끔찍하게 싫어했다고 말한들, 그녀가 믿어주기는 할까?

미셸은 그 말에 숨겨진 의미를 온전히 이해하지는 못했지만, 은연중에 깨달을 수 있었다. 자신은 절대 이 사람의 마음을 돌려놓을 수가 없다는 걸.

"……당신은 정말 멍청해."

그래서 하다못해 마음의 상처라도 주고 싶었다.

"그렇게 잘났다는 듯이, 대단한 사랑이라도 하는 것처럼 고고한 척 굴지 말아요. 선생님은 당신을 아주 끔찍하게 싫어하거든요. 무슈도 기억하고 있을 거예요. 당신 얼굴을 보자마자 선생님이 화를 내면서 돌아가겠다고 했던걸."

세이지는 미셸의 말에 아무런 반박도 하지 않았다. 그저 자신이 감내해야 하는 일종의 종교적 고행이나 시련이라도 되는 것처럼, 수행자 같은 태도로 묵묵하게 받아들이고 있을 따름이었다. 미셸에게는 그런 세이지의 모습이 더욱 재수 없게만 보였다. 그를 좋아했던 자신의 마음조차 부정하고 싶어질 정도로.

"그거 알아요? 지금 선생님은 우리 오빠랑 잘되고 있다는 거."

충동적으로 내뱉은 허풍 섞인 도발이었지만 이번만큼은 세이지도 무던히 넘기지 못했다. 내내 가라앉아 있었던 그의 눈동자가 흉포한 빛을 품기 시작하자 미셸의 입꼬리가 꿈틀거렸다. 그가 어떤 식으로든 반응을 보이면 조금은 속이 시원해질 줄 알았건만, 막상 다른 남자와 잘되고 있다는 도발에 넘어오니 배알이 꼬이는 기분이었다.

"둘이 얼마나 다정하고 보기 좋은지 몰라요. 서로한테 죽고 못 살거든요. 잠시라도 안 보이면 보고 싶어서 어쩔 줄 몰라 한다구요."

미셸의 말에 세이지는 일주일 전에 자신이 목격했던 아스텔과 아벨의 모습을 떠올렸다. 모르는 사이에 두 사람이 벌써 그런 관계로 발전한 것일까. 가족들이 전부 알 정도로 공공연한 사이로. 얼마나 깊은 사이가 된 걸까. 어쩌면 결혼까지 생각할 정도로…….

"……언제부터."

세이지의 빈손이 아무것도 없는 허공을 움켜쥐었다. 당장에라도 누군가 때려죽일 듯한 난폭한 시선이 미셸을 응시했다. 아무리 천하의 미셸이라고 하더라도 그 눈빛을 정면으로 받으면서 나불댈 정도로 간이 크진 않았다.

"그건……."

세이지의 눈치를 보던 미셸은 어물쩍 그의 시선을 넘기며 입을 다물었다. 미셸이 입을 다물자 두 사람뿐인 접객실 안은 순식간에 정적에 휩싸였다.

세이지는 한동안 말이 없었다. 눈을 대록거린 미셸은 흉흉한 빛을 머금고 있던 그의 눈동자가 서서히 가라앉고 있는 광경을 지켜보았다. 그는 어딘가 허탈해 보이기도 하고, 또 어딘가 서글퍼 보이기도 했다. 지금의 미셸에게는 그런 그의 모습에 안타까움을 느낄 만한 심적 여유는 존재하지 않았지만.

"바래다 드리도록 하겠습니다."

끝도 없이 이어질 듯했던 상념이 마침내 일단락된 건지 세이지가 먼저 입을 열었다. 이제 더 이상 이곳에 버티고 있을 이유가 없어진 미셸 역시 세이지의 그 말에 안도감을 느꼈다.

세이지는 정중한 태도로 미셸을 건물 앞으로 바래다주고는 마차를 잡아 삯까지 자신이 대신 내주었다. 마차가 출발하기 직전, 세이지는 미셸을 똑바로 바라보며 말했다.

"앞으로는 찾아오지 마십시오."

회유나 부탁도 아닌 일방적인 통보였다. 이제 두 번 다시 찾아와도 만나주지 않겠다는. 미셸은 그에 질세라 강한 어조로 대답했다.

"오지 않을 거예요."

이제 당신을 만나러 올 이유가 사라졌으니까. 무감정한 시선이 허공에서 맞부딪치다가 곧 제자리로 되돌아갔다. 마치 아무 일도 없었던 것처럼.

"그럼 안녕히 가십시오."

마차는 곧바로 출발했다. 마차의 좌석에 등을 기댄 미셸은 창밖을 통해 노을로 붉게 물든 하늘을 바라보았다. 그녀는 세이지가 여전히 마차를 배웅하며 서 있을지 궁금했지만, 막상 그가 남아 있지 않다면 너무 비참한 기분이 될 것 같아 애써 돌아보고 싶은 충동을 억눌렀다.

정말 운도 지지리 없었지. 어쩌다가 그날 하필 눈이 마주쳐서.

하지만 미셸에게 위안거리가 전혀 없는 건 아니었다. 오늘 밤은 그 남자도 잠을 이루지 못할 것이 분명하니까. 괴로운 사람은 자신 혼자만이 아니다. 그걸 생각하면 아주 조금은 속이 시원하기도 했다.

이왕 이렇게 된 거 아스텔과 아벨이 정말로 잘된다면 쌤통일 텐데. 어느새 무거워진 눈꺼풀을 닫으며 미셸이 중얼거렸다.

"어디 잘생긴 남자 없나."

귀가한 미셸은 곧장 아버지인 뒤몽 자작에게 불려가 꾸지람을 들었다. 뒤몽 자작은 자신이 당부한 지 보름도 채 지나지 않아 미셸이 제 말을 어겼다는 사실에 작지 않은 실망감을 드러냈다.

"미셸. 이번만큼은 나도 그냥 넘어갈 수 없구나."

사뭇 근엄해 보이는 표정을 지은 채 자작이 말했다.

"지난번에 내가 뭐라고 경고했는지는 기억하고 있겠지."

"……."

"미셸?"

미셸은 여전히 묵묵부답인 채 아무런 대꾸도 하지 않았다. 딸과 아무런 소득 없는 대치를 이어나가던 자작은 오래 지나지 않아 성대한 한숨을 내쉬었다.

"전에 말했던 대로 앞으로 한 달간은 외출 금지다."

"……네."

울거나 용서를 비는 대신 묵묵히 고개를 끄덕인 미셸은 자작이 더 당황스러워할 정도로 고분고분한 태도를 보였다. 미셸이 예상 외로 얌전하게 나오자 마음이 약해진 자작은 한결 누그러진 목소리로 설교를 이어나갔다.

"미셸, 지금까지 내가 널 너무 오냐오냐하면서 키웠던 것 같아 나도 후회가 든다. 하지만……."

자작이 설교를 이어나가는 사이, 미셸은 미지근한 눈동자로 자신의 구두코를 내려다보고 있었다. 그녀에게는 지금 모든 것이 시시했다. 세이지가 이제 자신의 남자가 될 수 없게 되었는데 그깟 한 달 외출 금지가 다 뭐란 말인가.

시시할 정도로 짧은 설교가 끝난 후, 방으로 돌아가던 미셸은 자신을 기다리고 있던 이를 발견했다. 바로 아스텔이었다.

"아가씨."

카롤린에게 전후 사정을 들은 건지 그녀는 전에 없이 창백한 얼굴로 미셸을 바라보고 있었다. 자신을 막지 못해서 일이 벌어지게 했다는 책임감을 느끼고 있는 걸까. 지금 와서는 아무래도 상관없는 일이지만.

"무슨 일이에요?"

"죄송합니다."

무엇이 죄송하다는 걸까. 아스텔은 뭐가 그렇게 미안한 건지 그저 죄송하다며 미셸에게 거듭 사과의 말을 건넬 뿐이었다. 마치 세이지가 무엇 때문에 미셸의 마음을 거절했는지 알고 있는 사람처럼.

"선생님."

미셸의 부름에 아스텔의 시선이 그녀에게 와 닿았다. 미셸은 불현듯 궁금해졌다. 무슈 아르망이 선생님을 좋아한대요. 그래서 내 마음을 못 받아주겠대요. 그렇게 말한다면 과연 그녀는 어떤 표정을 지을까.

하지만 막상 입에서 튀어나온 말은 엉뚱한 질문이었다.

"저희 오빠 어떻게 생각해요?"

"도련님을……, 말씀이신가요?"

"그럼 제가 말하는 오빠가 달리 누가 있겠어요?"

미처 생각해 보지도 못한 질문이었는지 아스텔은 어쩔 줄을 몰라 했다. 조금은 세이지에게 불리한 대답이 나오길 기대하며 질문했던 미셸이 김이 다 샐 정도로.

"죄송합니다. 아직 깊게 생각해 본 적이……."

"그래요? 그거 유감이네."

미셸은 그렇게 말하며 어깨를 으쓱했다. 그녀의 대답에 아스텔의 진녹색 눈동자가 휘둥그레졌다.

"잘 생각해 봐요. 우리 오빠, 제법 괜찮은 남자거든요."

혼란스러워하는 아스텔을 복도에 홀로 남겨둔 채, 미셸은 자신의 방으로 돌아갔다. 사랑하는 여자가 있다는 세이지의 대답과 아스텔의 죄송하다는 말이 번갈아가며 머릿속에서 메아리쳐댔다. 아주 징글맞은 한 쌍이었다.

자작은 방에서 나오지 말라는 지시는 내리지 않았으나, 미셸은 그날 저녁 내내 방 안에만 틀어박혀 있었다. 좀처럼 식욕이 돋지 않은 것도 있었지만, 오늘만큼은 더 이상 아스텔의 얼굴을 보고 싶지 않기도 했다.

밤이 되어 침대에 누운 미셸은 빨리 잠이 오길 기도하며 속으로 양을 세기 시작했다. 세이지와 아스텔의 얼굴을 한 양들이 너른 들판을 어지럽게 뛰놀았다. 아무리 평범한 양의 얼굴을 떠올리려고 해도 평범한 양이 어떻게 생겼는지조차 기억나지 않았다.

미셸은 비몽사몽간에 양들을 쫓아 달리면서 계속해서 양의 수를 세었다. 한 마리, 두 마리, 세 마리……. 들판을 얼룩덜룩하게 수놓은 검은 양과 금빛 양들.

양들은 달리는 속도가 빨랐다. 미셸은 번번이 열 마리를 넘기지 못하고 양의 수를 처음부터 다시 세어야 했다. 지칠 대로 지친 미셸이 양 세는 것을 포기할 때쯤이 되어서야 그녀는 간신히 두 사람에게 해방되어 꿀같이 달콤한 잠에 빠져들 수 있었다.

6. 5월의 무도회

뒤몽 자작이 처음 선언했던 것과 달리, 미셸의 외출 금지령은 결국 그 절반인 이 주일 만에 해금되었다. 자작은 미셸이 이 주 동안 충분히 반성하는 모습을 보였으며, 고분고분히 처벌에 따랐다는 점을 참작하여 용서해 주겠다며 큰 아량이라도 베푸는 것처럼 말했다.

미셸의 일탈에 어느 정도 책임감을 느끼고 있던 아스텔은 설교가 이어지는 내내 자작의 집무실 앞에서 서성거렸다. 굳게 닫힌 집무실 문 너머로 자작이 틀에 박힌 설교를 늘어놓는 소리가 장황하게 흘러나오고 있었다.

"알겠느냐, 미셸. 두 번 다시 이런 엉뚱한 짓을 저질러서는 안 된다."

"……."

"나라고 해서 이렇게 널 혼내고 싶어 혼내는 것이 아니다. 네가 바른 어른으로 자라길 바라기 때문에 이러는 거란다."

다행스럽게도 자작은 금세 마음이 약해졌는지 오래 지나지 않아 설교를 끝마쳤다. 자작이 이만 가봐도 좋다고 말하자 시무룩한 표정의 미셸이 종종걸음으로 집무실을 빠져나왔다.

"아가씨."

집무실을 나와서도 고개를 숙이고 있던 미셸이 그제야 간신히 아스텔을 바라보았다. 잠시 망설이던 아스텔은 이내 어색한 미소를 지어 보이며 미셸을 향해 바짝 다가섰다.

"외출 금지가 예정보다 빨리 해금되어서 다행이네요."

"딱히 그렇지도 않아요."

미셸은 심드렁한 목소리로 대답했다.

"아버지는 순수한 마음으로 절 용서하신 게 아녜요. 제가 외출하지 못하면 파티에도 데려갈 수 없으니까 그런 거죠."

"아가씨……."

"이만 가볼게요."

아스텔이 무어라 채 말을 잇기도 전에 미셸이 먼저 몸을 돌렸다. 전과 달리 미묘하게 벽을 치는 듯한 태도에 아스텔은 차마 미셸을 붙잡을 엄두도 내지 못했다.

아스텔은 제자와 이대로 멀어질 깃을 염려해 전전긍긍했으나, 미셸은 금방 언제 그랬냐는 듯 그녀를 잘 따랐다. 도리어 딴사람이 된 것처럼 얌전하게 굴고, 연습도 예전과 달리 성실하게 잘 해오기까지 했다. 그새 무슨 심경의 변화라도 일어난 건지 클로에가다 궁금해할 정도였다.

잘하면 미셸이 내년 안으로 왕립음악원에 입학하는 것도 가능하겠다고 판단한 아스텔은 뒤몽 자작 부처와 상의하여 미셸의 레슨 시간을 조금 더 늘리기로 했다. 미셸의 빠른 실력 향상에 두 부부는 역시 선생을 잘 들인 것 같다며 기쁨을 감추지 못했다.

"아가씨의 성장 속도는 저도 믿기지 않을 정도더군요. 요새는 연습도 착실하게 잘 해오시고요."

"그렇다면……. 정말 가능한 건가? 우리 미셸도 마르탱 가문의 장녀처럼……."

"아직 확답하기는 어렵지만 저는 긍정적인 방향으로 생각하고 있습니다."

"어머나."

아스텔의 대답이 썩 기꺼웠던 듯, 뒤몽 자작부인의 얼굴에 웃음꽃이 활짝 피었다.

"대신 좀 더 진도를 빠르게 나가야 할 것 같습니다. 일주일에 네 번씩, 레슨 시간도 한 시간 정도 더 늘리고요."

"나야 그쪽으로는 문외한이니 뭐 할 일이 있겠는가. 전문가인 자네가 잘 알아서 할 것이라고 믿네."

자신들의 딸도 왕립음악원에 입학할 수 있을지도 모른다는 꿈에 부푼 두 부부는 내내 싱글벙글하면서 아스텔의 말에 고개를 끄덕였다. 씀씀이가 큰 자작은 일이 잘 진행된다면 보너스를 세 배로 인상하여 지급하겠다는 각서까지 작성했다. 대신, 미셸을 설득하는 일은 선생인 아스텔이 직접 알아서 해결해야만 했다.

아스텔은 그 길로 바로 미셸의 방을 찾았다. 재능에 비해 열정이 부족한 제자를 설득하려니 막막한 마음이 앞서긴 했지만, 자작부인이 설득하는 것보다는 자신이 설득하는 편이 나을 것 같았다.

"아가씨, 잠시 레슨에 대해 드릴 말씀이 있는데요."

"들어오세요."

미셸의 방은 그 나이대 소녀에게 어울리는 사랑스러운 가구와 소품들로 가득 차 있는 공간이었다. 창가에 놓인 제라늄 화분과

레이스 커튼, 캐노피가 달린 침대와 새하얀 업라이트 피아노. 침대 옆의 사이드 테이블에는 메이드들이 매일 갈아주는 꽃병이 놓여 있었고, 건너편에 있는 드레스룸에는 색색의 드레스가 용도별로 가지런히 걸려 있었다.

문득 알트만 가문 슬하에 있던 시절의 제 방을 떠올린 아스텔은 쓸데없는 생각을 떨쳐 버리기 위해 주먹을 꾹 쥐었다. 침대에 앉아 있던 미셸이 의아한 듯한 시선으로 아스텔을 바라보았다.

"무슨 용무로 절 찾아오셨나요?"

"마님과 이야기를 나눴답니다. 아가씨의 레슨에 대해서……."

잠시 머뭇거리던 아스텔은 어렵사리 뒷말을 이어나갔다.

"아가씨의 실력이 제법 빨리 늘고 있어서, 잘하면 내년 중에 왕립음악원에 입학하는 것도 가능하겠다는 생각이 들었거든요."

"내년이라구요?"

"네. 대신 진도를 빠르게 나가려면 지금보다 레슨 시간을 늘려야 하는데……."

"흐음……."

레슨 시간이 늘어났다는 반갑지 않은 소식에도 불구하고 미셸은 의외로 별다른 반응을 보이지 않았다. 미셸의 반발을 예상하고 그녀를 실득할 준비를 하고 있던 아스텔은 그녀가 너무 순순히 고개를 끄덕이자 자신이 하려는 말의 의미를 제대로 전달하지 못한 것은 아닌지 도리어 걱정이 들었다.

"앞으로 수요일과 주말을 제외하고 일주일에 네 번 레슨을 하게 될 거예요. 하루에 두 시간씩이요. 괜찮으시겠어요?"

"상관없어요."

심드렁한 표정으로 손을 흔들거리던 미셸은 갑자기 기묘한 시선으로 아스텔의 얼굴을 훑기 시작했다. 그녀는 혼자 세이지를 만나고 돌아왔던 날 대체 무슨 대화를 나눴던 건지, 종종 이런 알 수 없는 눈빛으로 아스텔을 관찰하곤 했다. 아스텔은 미셸의 시선에 알 수 없는 꺼림칙함을 느꼈지만, 그렇다고 쳐다보지 말라고 하는 것도 유난스럽게 구는 것 같아 애써 아무렇지 않은 척하며 입을 열었다.

"제 얼굴에 뭐라도 묻었나요?"

"아니요."

미셸은 그제야 아스텔로부터 눈을 뗐다. 미셸의 시선으로부터 간신히 해방된 아스텔은 속으로 안도의 한숨을 내쉬면서 고개를 돌렸다.

내가 더 나은데……. 등 뒤에서 미셸이 의미를 알 수 없는 말을 중얼거렸지만 아스텔은 미처 듣지 못한 채 자리에서 일어났다. 어찌 되었든 가장 큰 난항이라고 예상했던 미셸의 동의를 구했으니 무척 다행스러운 일이었다.

"선생님. 혹시 다음 주 금요일 저녁에 한가하신가요?"

미셸의 뜬금없는 질문에 아스텔은 다시 그녀 쪽으로 시선을 향했다. 무슨 생각을 하고 있는지 의뭉스러운 미소를 띤 미셸은 아까와는 사뭇 다른 시선으로 아스텔을 바라보고 있었다.

"딱히 예정된 약속은 없습니다만……."

"그렇구나. 잘 알겠어요."

미셸은 흡족한 표정을 지으며 아스텔을 향해 손을 흔들어 보였다. 이만 볼일은 끝났으니 잘 가란 인사였다.

묘한 기분에 사로잡힌 아스텔은 고개를 갸웃거리면서도 피아노실을 나섰다. 그녀는 다음 날이 되어서야 미셸이 했던 질문의 의미를 알 수 있었다.

"실례합니다, 마드모아젤."

다음 날 오후, 도서관에서 빌린 책을 반납하고 돌아온 아스텔은 현관에서 자신을 기다리고 있던 아벨과 마주쳤다. 평소의 그답지 않게 조금 긴장된 얼굴을 한 아벨은 다급히 아스텔에게 다가서며 말을 이었다.

"잠시 괜찮으십니까?"

아벨은 그렇게 말하면서 복도 쪽을 향해 고갯짓을 해 보였다. 앉을 곳을 권하지 않는 것으로 봐서 그리 긴 대화는 아닌 것 같았다.

"네."

두 사람은 인적이 드문 복도 쪽으로 자리를 옮겼다. 무언가 말하려는 것처럼 입을 빼끔거리던 아벨은 잠시 마른세수를 하더니 어렵사리 서두를 꺼냈다.

"미셸이 말하길 마드모아젤께서 다음 주 금요일 저녁에 예정된 일정이 없다고 하셨다더군요."

"그렇습니다만."

아스텔이 의아한 표정을 지은 채 고개를 끄덕이자, 그가 급히 말을 이었다.

"혹시 아직 그 말이 유효하다면……. 그날 열리는 무도회에서 제 파트너 역할을 해주실 수 있겠습니까."

"무도회요?"

"마르탱 가문에 계셨을 당시에 참석하신 적이 있다 들었습니다."

아벨의 말을 듣고 아스텔은 속으로 작게 혀를 찼다. 부인이 급성위궤양으로 쓰러졌을 때 딱 한 번 임시로 가주의 파트너 역할을 한 적이 있었는데, 그 사실이 아벨의 귀에 들어갔을 줄은 몰랐던 것이다.

"설마 아직 파트너를 못 구하신 건가요?"

"조금 창피한 얘기지만……. 그렇습니다."

아스텔은 아벨의 말에 잠시 망설였다. 그녀는 되도록 사교계에서 눈에 띄는 행동은 하고 싶지 않았다. 현재 라그랑시아에 와 있는 세이지와 마주치게 될 확률이 없지 않을뿐더러, 그가 아니더라도 에르나델의 사교계에 몸담고 있었던 인사가 자신을 알아볼 가능성도 무시할 수 없었기 때문이다.

"……."

"역시 어려우신 모양이군요."

"도련님, 저는……."

"마드모아젤께서 곤란하시다면 어쩔 수 없지요. 귀한 시간을 빼앗아 죄송합니다."

아스텔의 석연치 않은 반응을 거절의 의미로 판단한 듯, 그는 씁쓸한 표정을 지으며 곧장 몸을 돌렸다. 막 떨어지려는 그의 발걸음을 아스텔의 다급한 목소리가 붙잡았다.

"드레스가 없는데 괜찮으시겠어요?"

아벨의 놀란 시선이 아스텔 쪽으로 향했다. 충동적으로 아벨을 붙잡아 버린 아스텔은 속으로 아차 싶었으나 이미 엎질러진 물이었다. 아벨이 한결 밝아진 목소리로 말했다.

"미셸에게 부탁하도록 하겠습니다. 마드모아젤과 키가 비슷하니 조금만 손을 보면 될 겁니다."

"아가씨께서 불쾌해하지 않으실까요."

아스텔의 질문에 아벨이 뜻 모를 미소를 지었다. 그가 조금 웃음기 섞인 목소리로 대답했다.

"그 아이라면 아마 쌍수를 들고 환영할 겁니다."

아벨의 말에 아스텔은 반신반의하면서도 미셸을 찾아갔다. 미셸은 그녀의 방문을 마치 예상이라도 했던 것처럼 반가운 얼굴로 아스텔을 맞이했다.

"도련님께서 무도회에 파트너로 참석해 달라 부탁하시더군요."

"정말인가요? 그래서, 참석하겠다고 응하셨고요?"

"……네. 다만 제가 무도회에 입고 갈 드레스가 없어서……."

"그거라면 저한테 맡기세요."

미셸은 아벨이 말한 대로 흔쾌히 자신의 드레스를 빌려주겠다고 했다. 콧노래를 부르며 자신의 드레스룸을 뒤지기 시작한 그녀는 제법 즐거워 보이기까지 했다.

"선생님께는 역시 짙은 색이 잘 어울려요. 제가 잘 어울릴 것 같은 드레스를 몇 벌 봐뒀어요."

"아가씨."

아스텔은 미셸이 이렇게까지 적극적으로 나오는 이유를 알 수가 없었다. 자신의 질문에 그녀가 고개를 돌리자, 잠시 머뭇거리던 아스텔은 용기를 내어 미셸에게 질문했다.

"제게 이렇게까지 해주시는 이유가 뭔가요?"

"선생님은 오빠의 파트너니까요. 가서 사람들한테 멋지게 보여야 하잖아요."

"하지만……."

미셸의 대답에도 이스텔은 어딘가 석연치 않음을 느꼈다. 불현듯 그녀는 미셸이 세이지를 만나고 돌아왔던 날, 아벨을 어떻게 생각하느냐고 자신에게 물었던 것을 떠올렸다.

설마……. 아스텔은 무심코 자신의 치맛자락을 쥐어뜯었다.

"선생님이 생각하고 계시는 게 맞을 거예요."

황망한 시선이 짙은 푸른색의 눈동자와 마주쳤다. 미셸은 어깨를 으쓱하며 다시 드레스룸에 걸린 드레스를 뒤적거렸다.

"이건 그냥 제 개인적인 바람일 뿐이지만요. 오빠 생각은 어떨지 저도 알 수 없죠."

"어째서……."

"전 선생님을 제법 좋아하거든요. 선생님이 우리 식구가 되는 것도 괜찮다고 생각해요. 라그랑시아는 그런 면에서 나름대로 자유로운 편이니까요. 물론 남자가 귀족일 경우에 한해서지만."

자신 같은 귀족가의 여인들은 남자들처럼 선택권이 많지 않다며 미셸이 투덜거렸다. 그녀는 이윽고 찾고 있던 드레스를 발견했는지 가볍게 환호성을 질렀다.

"너무 부담 갖지 마세요. 오빠가 선생님께 아직 고백한 것도 아니라면서요. 그냥 한 번 고려 정도는 해달라는 말씀이죠. 의외로 오빠도 별생각 없을 수도 있고."

"어차피 전부 내 추측에 불과한 얘기니까 너무 염려하지 않아도 돼. 마음에 들지 않으면 확실하게 거절하면 되고. 고모님도 네가 싫다는 상대를 굳이 강요하시진 않을 거야. 무엇보다도 아버지께서 가만히 있지 않으실걸."

그 언젠가 로렐이 자신에게 했던 말이 미셸의 목소리와 겹쳐 들리는 듯했다. 과연 그 말대로일까. 아스텔은 미셸의 말에 반박하고 싶은 충동을 느꼈지만, 그녀가 곧바로 드레스를 꺼내오는 바람에 말을 꺼낼 겨를이 없어졌다.

미셸은 아스텔의 눈동자 색과 같은 짙은 녹색의 드레스를 두 벌 꺼내오더니 번갈아가며 그녀의 목 아래에 대보았다. 그녀의 안목으로 봐도 어떤 것이 나은지 고르기가 쉽지 않았는지 미셸의 고운 아미가 미미하게 찌푸려졌다.

"둘 다 잘 어울리네……. 선생님은 어느 쪽이 마음에 드세요?"

아스텔은 조금 어색한 기분으로 거울에 비친 자신의 모습을 바라보았다. 거울 속의 아스텔은 그녀의 마음을 대변이라도 하듯 의미를 알 수 없는 표정을 지으며 거울 바깥에 있는 아스텔을 마주보고 있었다.

두 사람이 선뜻 드레스를 고르지 못하고 있던 와중, 방 바깥에서부터 문을 똑똑 노크하는 소리가 들려왔다.

"누구시죠?"

"나야, 미셸."

미셸의 언니인 클로에의 목소리였다. 늘 클로에와 투닥거리기만 하던 미셸은 드물게 반색을 하며 문 건너편에 있을 클로에를 향해 큰 목소리로 대답했다.

"클로에! 마침 잘 왔어. 빨리 들어와."

"미셸, 네가 웬일로……어머, 마드모아젤. 이런 곳에 계셨군요."

클로에는 미셸과 함께 거울 앞에 서 있는 아스텔을 발견하고 곧바로 환한 미소를 지었다. 그녀는 미셸이 자신을 반긴 이유를 그새 짐작했는지 제법 들뜬 얼굴을 한 채 두 사람을 향해 빠르게 다가왔다.

"언니 생각에는 어느 쪽이 더 잘 어울리는 것 같아?"

"글쎄, 내 생각에는…….''

아스텔과 두 드레스를 번갈아 살펴보던 클로에는 이윽고 무슨 생각을 했는지 씩 입꼬리를 끌어올렸다.

"마드모아젤에게는 신체적 장점을 최대한 살릴 수 있는 디자인이 나을 것 같아."

"그게 무슨 소리야?"

"잘 봐봐. 여기…….''

클로에는 고개를 갸우뚱하는 미셸을 향해 깊게 파인 네크라인을 손가락으로 슬쩍 쓸어 보였다. 클로에의 의중을 금세 눈치챈 미셸은 아스텔이 드레스에 대해 가타부타 말을 꺼내기 전에 고개를 끄덕이며 나머지 드레스 한 벌을 드레스룸에 걸어 넣었다. 평소에는 항상 아웅다웅하는 주제에 이럴 때만 손이 척척 맞는 자매였다.

"드레스는 일단 침모한테 맡겨두자. 안 맞는 부분은 미리 손을 좀 봐둬야 할 테니까."

"알겠어."

알트만 가문을 떠나면서 귀족의 지위를 버린 아스텔에겐 더 이상 화려한 드레스와 장신구가 필요하지 않았다. 그렇기 때문에 지금의 아스텔은 무도회용 드레스뿐만 아니라 이렇다 할 장신구도 지니고 있지 않은 상태였다.

미셸은 이미 드레스를 빌려주기로 했으므로, 아스텔이 착용할 장신구는 미셸의 언니인 클로에가 대신 빌려주기로 했다. 그녀는 이왕이면 드레스의 빛깔과 잘 어울리는 보석이 낫겠다고 하며 올리브빛의 페리도트 목걸이를 골라 아스텔에게 보여주었다.

"마드모아젤. 페리도트가 무엇을 상징하는 보석인지 알고 계신가요?"

"아니요."

아스텔이 고개를 가로젓자 클로에의 입가에 걸린 미소가 한결 짙어졌다.

"바로 부부의 행복을 상징하는 보석이랍니다."

마드모아젤도 언젠가 행복한 가정을 꾸리셨으면 좋겠어요. 그렇게 말하며 클로에가 속삭였다. 직설적으로 말하지 않았을 뿐, 그녀 역시 미셸과 같은 생각을 하고 있는 것이 분명했다.

아스텔은 점점 자신과 아벨을 엮으려 드는 들라크루아 가문의 사람들이 부담스러워지기 시작했다. 아벨이라는 남자에 대해 호오를 논한다면 분명 호에 속했지만, 세이지와의 관계에서 큰 상처를 입은 바가 있는 아스텔은 이성과의 만남에 최대한 신중을 기하고 싶었다. 아니, 더 솔직하게 말하자면 연애나 결혼이라는 것 자체를 하고 싶지 않았다. 그런 아스텔의 마음을 아는지 모르는지, 두 자매는 그저 방실방실 웃으며 그녀의 뒷모습을 계속 바라볼 뿐이었다.

눈 깜짝할 사이에 시간이 흘러 약속했던 무도회 날이 다가왔다. 춤추는 것을 좋아하는 라그랑시아인들은 사교계 시즌만 되면 이런저런 구실로 화려한 춤판을 벌이곤 했는데, 그중에서 가장 규모가 큰 것이 축제 첫날마다 프륀시아 시청에서 주최하는 무도회였다.

카롤린의 도움을 받으며 치장을 시작한 아스텔은 오랜만에 다른 사람이 뒤에서 매어주는 코르셋을 착용했다. 라그랑시아는 체렌시아와 더불어 대륙의 유행을 선도하는 나라라는데, 여기서도 빌어먹을 코르셋이 아직 유행하고 있다니 다른 나라들의 상황은 어떨지 능히 짐작이 가고도 남았다.

"아스텔, 제법 숨을 잘 참네요."

"······그럴 만한 사정이 있었어."

"내친김에 한 번만 더 크게 숨 들이마시고요. 당길게요!"

"흡!"

카롤린은 인정사정없이 코르셋의 끈을 꽉 당겼다. 아스텔은 익숙한 압박감에 숨을 헐떡거리면서도 배에 힘을 꽉 주었다. 알트만 가문에 있던 시절에는 이런 끔찍한 걸 대체 어떻게 매일 착용하고 다녔는지 신기할 정도였다.

아스텔은 드레스를 착용하고 나서야 클로에가 말한 '신체적 장점'이라는 것이 무엇인지 깨달았다. 목걸이를 강조할 수 있도록 가슴팍이 노출된 드레스는 부담스러운 장식은 적었지만 그만큼 착용한 사람의 가슴 크기가 여과 없이 드러났다. 잠시 멍하니 아스텔의 가슴 부근을 바라보던 카롤린은 얼굴을 붉히며 어쩐지 수줍게 들리기까지 하는 목소리로 속닥거렸다.

"시선 강탈이 장난 아니네요."

"카롤린, 이것 좀 어떻게 안 될까? 너무 민망해."

"전 괜찮다고 생각해요."

"내가 괜찮지 않아."

그렇다고 해서 아가씨께서 빌려주신 드레스에 제가 손을 댈 순 없는 거잖아요, 라고 중얼거리며 카롤린이 곤란한 표정을 지었다. 끙끙거리며 한참 애꿎은 거울만 노려보던 아스텔은 결국 어쩔 도리가 없어 한숨을 푹 내쉬었다.

"너무 상심하지 말아요, 아스텔. 춤을 추고 있으면 파트너에게 가려져서 보이지 않을 거예요."

하지만 함께 춤을 추고 있는 파트너에겐 정면으로 보이겠지. 카롤린은 근심에 찬 아스텔을 격려하기 위해 온갖 위로의 말을 건넸지만 애석하게도 지금의 그녀에게는 한 마디도 와 닿지 않았다.

채비를 마친 아스텔은 저녁 여덟 시가 되자 무도회장으로 출발하기 위해 현관 앞으로 나왔다. 미리 그곳에서 아스텔을 기다리고 있던 자작의 두 딸은 그녀가 나타나자마자 눈을 반짝이며 드레스 차림을 한 아스텔을 향해 온갖 낯간지러운 찬사를 늘어놓기 시작했다.

"세상에, 마드모아젤! 정말 눈이 부시도록 아름다워요!"

"어쩜! 선생님을 보다가 다들 눈이 멀어버리는 거 아닐까요?"

"아가씨……."

자매들의 찬사 속에 존재하는 아스텔은 아름다움의 천사였으며, 두 나라를 망하게 한 경국지색의 현신이었다. 두 자매는 모두 감탄스러운 눈길로 아스텔의 가슴팍을 집요하게 응시했다. 그녀들의 시선에 수치심을 느낀 아스텔이 어깨를 움츠리며 한발 물러서자, 클로에와 미셸은 간신히 아스텔의 가슴에서 눈을 떼고는 그녀를 향해 가증스러운 미소를 지어 보였다.

"예상했던 대로 제가 빌려드린 목걸이가 참 잘 어울리네요."

"맞아요. 클로에에게 이런 안목이 있을 줄은 몰랐다니까요."

두 자매가 서로 자신은 목걸이를 보고 있었을 뿐이라고 우겨대니 아스텔의 입장에서도 할 말을 찾기가 어려웠다. 기껏 드레스와 보석을 빌려준 자매들에게 뭐라 따지기도 어려운 터라, 아스텔은 하는 수 없이 두 자매와 함께 정문 앞에 세워진 마차 쪽으로 발걸음을 옮겼다.

마차 안에서 먼저 그녀들을 기다리고 있던 아벨은 아스텔의 드레스 차림을 보고 놀란 듯이 눈을 크게 떴다. 그가 동생들을 향해 곱지 않은 시선을 보내자, 두 자매는 거울을 보는 척하며 딴청을 부렸다.

아벨이 한숨 섞인 목소리로 그녀에게 대신 사과했다.

"죄송합니다, 마드모아젤. 제 동생들이 장난을 친 모양이군요."

"아뇨. 저는 괜찮……."

"동생들은 제가 나중에 혼내도록 하겠습니다."

아벨은 자신이 입고 있던 재킷을 재빨리 벗어 아스텔의 어깨에 걸쳐 주었다. 얼결에 아벨이 건네준 재킷을 걸친 아스텔은 자신의 뺨이 어느새 희미하게 붉어졌다는 사실조차 눈치채지 못했다. 아스텔 대신 그녀의 붉어진 얼굴을 발견한 자매들은 그새를 참지 못해 서로 옆구리를 쿡쿡 찌르며 알 수 없는 말을 속닥거렸다.

마차는 이윽고 프륀시아 시청 인근에 위치한 시립 무도회장을 향해 출발했다. 아스텔은 차창 너머로 가스등의 창백한 불빛이 어둠에 물든 시내를 비추고 있는 광경을 지켜보았다. 오랜만에 참석하는 무도회가 어쩐지 전혀 기대되지 않았다.

❖

화려한 샹들리에의 불빛 아래에서 쌍을 지은 남녀 여럿이 크게 원을 그리며 빙글빙글 돈다. 웅장한 오케스트라의 연주를 배경으로 삼삼오오 모인 이들의 웃음소리가 섞여들었다가 흩어지길 반복했다. 무도회에 참석한 수백 명의 남녀가 자신의 파트너와 팔짱을 낀 채 제각기 춤을 추거나 정담을 나누고 있는 가운데, 파트너 없이 홀로 참석한 한 남자가 발코니에 서서 와인잔을 기울이고 있었다.

"와주셨군요, 무슈 아르망."

"빅토르 후작부인."

"설마 정말로 파트너 없이 혼자 오실 줄은."

세이지는 빅토르 후작부인이라고 지칭한 잿빛 머리의 여성을 향해 슬쩍 고개를 돌렸다. 그녀는 세이지가 파트너 없이 나타난 것이 제법 의아하다는 듯한 반응을 보였으나, 정작 그녀 역시 남편인 빅토르 후작은 어디에 뒀는지 홀로 나타난 상태였다.

빅토르 후작부인은 로렐과 같은 포콩 펠르랭의 대주주 중 한 명이었고, 그녀의 남편 빅토르 후작은 프륀시아의 시장을 역임하고 있는 인물이었다. 후작부인은 세이지에게 사적인 이유로 접근하는 부류의 여인이 아니었기 때문에 세이지 역시 그녀와 자리를 함께하는 것을 거북해하지 않았다.

세이지는 손에 들고 있던 잔을 둥글게 돌렸다. 푸른 눈동자가 잔 안의 기포들이 천천히 떠오르는 광경을 물끄러미 응시했다. 잠깐의 침묵 끝에 그가 다시 입을 열었다.

"금방 돌아갈 생각이니까요."

"모처럼의 무도회인데 즐기다 가시지."

"제겐 여기 참석하는 것도 일입니다."

농담인지 진담인지 알 수 없는 말을 던지며 세이지가 어깨를 으쓱해 보였다. 부채로 입가를 가린 채 소리 없이 웃던 여인은 그의 곁에 가까이 다가서면서 짓궂은 목소리로 물었다.

"뒤몽 자작의 둘째 따님과 한판 하셨다고 들었습니다만."

"소문 한번 빠르군요."

"요새 사람들이 모이기만 하면 그 얘기만 하고 있으니까요."

본의 아니게 라그랑시아에서도 스캔들의 주인공이 된 그는 허탈한 미소와 함께 남아 있던 와인을 단번에 입으로 털어 넣었다. 달착지근하면서도 톡 쏘는 맛의 스파클링 와인이 찌릿한 자극을 남기며 목구멍 너머로 흘러들어 갔다.

"이제는 전부 지나간 이야기입니다."

세이지는 자신이 마지막으로 보았던 미셸의 눈빛을 기억하고 있었다. 두 번 다시 찾아오지 않겠다며 으름장을 놓던 그녀의 목소리도 함께.

빅토르 후작부인은 잠시 감상에 젖은 듯한 세이지의 옆얼굴을 주목하여 바라보고 있었다. 내심 미셸이 그의 사랑을 쟁취하게 되리라고 여겼던 그녀는 그런 세이지의 모습을 가볍게 보아 넘기지 않았다.

"서운하지는 않습니까?"

세이지는 단호한 목소리로 그녀의 질문을 부인했다.

"그럴 리가요."

이제라도 해방될 수 있어서 얼마나 다행인지 모른다. 그는 미셸의 부친인 뒤몽 자작이 자신의 하숙집에 쳐들어와 가구와 도자기들을 박살냈던 것을 여전히 기억하고 있었다. 중요한 거래처 사람들을 만나고 있던 도중, 미셸이 갑작스럽게 나타나는 바람에 대형계약이 불발로 끝난 것까지도.

세이지의 곁에서 발코니의 아래를 내려다보고 있던 빅토르 후작부인의 눈빛에 돌연히 이채(異彩)가 돌기 시작했다. 그녀는 백합과 독수리의 문양이 새겨진 마차를 발견하고는 장난기 섞인 목소리로 중얼거렸다.

"호랑이도 제 말 하면 온다더니."

빅토르 후작부인의 말에 세이지는 미간을 모은 채 마차에서 내리고 있는 뒤몽 자작의 두 딸을 지켜보았다. 세이지가 지켜보고 있다는 걸 눈치채지 못한 건지, 두 자매는 떠들썩한 웃음소리를 내며 무도회장의 입구를 향해 발걸음을 옮기고 있었다.

"뒤몽 자작 영식은 파트너와 함께 왔나 보군요."

뒤이어 마차에서 내리는 두 사람의 모습을 발견한 세이지는 무심결에 발코니의 난간을 움켜쥐었다. 아벨의 에스코트를 받으며 한 금발의 여성이 마차에서 내리는 광경이 그의 시야에 들어왔다.

아스텔이다. 그녀가 아벨과 함께 무도회장에 나타났다.

세이지는 빈 와인잔을 꽉 그러쥔 채 곧바로 몸을 돌렸다. 난간에서 물러난 그가 급히 무도회장 쪽으로 발걸음을 옮기자 빅토르후작부인이 의아한 표정을 지었다.

"갑자기 무슨 일입니까?"

"잠시 급한 용무가 생각났습니다."

그는 급한 용무가 무엇인지 미처 설명할 새도 없이 곧장 사람들

틈으로 모습을 감추었다. 졸지에 홀로 남겨진 빅토르 후작부인은 당혹스러운 표정으로 발코니 아래를 다시 내려다보았다. 오래 지나지 않아 다시 커튼이 열리더니 이번에는 세이지 대신, 그녀의 남편인 빅토르 후작이 모습을 드러냈다.

"무슈 아르망과 함께일 줄 알았더니 혼자 있었구려."

"여보."

그제야 고개를 돌린 후작부인이 조금 누그러진 미소를 지으며 말을 이었다.

"방금 급한 용무가 생각났다고 하더군요."

"급한 용무라."

빅토르 후작은 아내에게 들고 있던 잔 하나를 건네고 가볍게 서로의 잔을 부딪쳤다. 잔을 단숨에 비운 뒤, 제법 기분이 좋아진 얼굴로 그가 너털웃음을 지으며 말했다.

"오늘 같은 날은 좀 쉬어도 될 텐데 참 부지런한 친구야."

금요일 밤을 맞은 무도회장은 춤추는 남녀들이 뿜어내는 열기로 가득했다. 마르탱 부인의 대타로 무도회에 참석한 뒤로 거의 일 년 만에 무도회장을 방문한 아스텔은 조금 복잡한 눈빛으로 연회장의 전경을 바라보았다.

화려한 조명과 알록달록한 드레스의 향연, 감미로운 음악, 사람들이 제각기 떠들며 웃는 웃음소리. 전부 이 년 전에 버리고 온 그 시절을 떠올리게 하는 것들.

이제 더 이상 연관될 일이 없을 거라 믿고 지냈는데. 아스텔은 쓴웃음을 지으며 어깨에 걸치고 있던 재킷을 아벨에게 돌려주었다. 어딘가 근심 어린 듯한 시선이 그녀의 얼굴을 조심스럽게 훑었다.

"괜찮으시겠습니까?"

"괜찮고말고요. 춤도 전부 기억하고 있어요."

왈츠, 미뉴에트, 폴카, 볼레로……. 모두 플라티나 메도우의 휴게실에서 세이지에게 배웠던 것들이다. 아스텔은 아래로 내려가려는 입꼬리를 억지로 추켜올렸다. 그녀는 더 이상 알트만 가문에서 보냈던 시절에 삼켜지지 않기로 했다. 그러기 위해서는 언제까지고 도망칠 수만은 없었다.

아스텔은 심호흡을 한 뒤 정면을 향해 고개를 치켜들었다. 무도회에 참석한 사람 중 몇 사람은 그녀가 있는 쪽을 바라보고 있었지만, 대부분의 사람은 각자 춤을 추거나 대화를 나누는 등, 서로 자기 할 일에 몰두하고 있었다.

그녀에게는 이 정도의 분위기가 딱 좋았다. 델플린드 백작 영애라는 호칭에서 벗어난 아스텔은 더 이상 사람들에게 주목받는 존재가 아니었다. 오늘만큼은 아무것도 의식하지 말고 아벨의 파트너 역할에만 집중하자. 아스텔은 그렇게 생각하며 아벨이 이끄는 대로 무도회장에 참석한 이들 사이에 섞여 들어갔다.

이윽고 사분의 삼박자의 익숙한 춤곡이 무도회장 안에 울려 퍼지기 시작했다. 아벨의 팔에 자신의 것을 걸친 아스텔은 박자에 맞춰 능숙하게 스텝을 밟았다. 아벨은 그 자신이 아스텔에게 파트너 신청을 하고도 그녀의 춤 실력은 미처 예상하지 못했는지 놀란 표정으로 아스텔의 얼굴을 마주 보았다.

"대단한 실력이로군요."

"딱히 칭찬을 들을 만한 실력은 아닌 걸요."

"춤을 어디에서 배웠습니까?"

그의 질문에 아스텔은 한동안 침묵을 지켰다. 아스텔의 표정이 심상치 않다는 걸 눈치챈 아벨은 뒤늦게 수습하려는 듯이 그녀를 향해 어색한 미소를 지어 보였다.

"불편하시다면 말씀하시지 않아도 됩니다."

"……오라버니께 배웠어요."

아스텔은 고민 끝에 '오라버니'에게 춤을 배웠다고 대답했다. 그 당시의 자신은 세이지의 의붓동생이기도 했으니 완전히 거짓말을 한 것은 아닌 셈이었다.

"마드모아젤에게 오라버니가 있었군요."

"지금은 없지만요."

이제 아스텔과 세이지는 남매도 뭣도 아닌 관계였다. 그녀는 더 이상 세이지의 동생이 되고 싶지도 않았다. 하지만 그런 아스텔의 대답을 아벨은 다른 의미로 오해한 것 같았다.

"……제가 쓸데없는 질문을 한 것 같군요."

"천만에요."

죄책감 어린 표정을 짓고 있는 아벨을 향해 아스텔은 가볍게 고개를 저어 보였다. 세이지와 자신이 남매로서 지낼 수 없게 된 것은 아벨과 하등 관계가 없는 일이었다. 물론 그렇게 된 경위에 대해 그에게 구구절절이 설명할 수는 없는 노릇이지만.

첫 곡이 끝나고 두 번째 춤을 추기 시작할 때쯤, 무도회에 참석한 이들의 시선이 하나둘씩 두 사람을 향해 모여들기 시작했다. 그들의 대다수는 특히 뒤몽 자작 영식의 파트너인 금발 미녀를 주목하여 관찰하고 있었다.

몇몇 이들은 그녀가 마르탱 가문에 몸담고 있었던 미모의 피아노 교사라는 것을 금방 알아보았지만, 대다수의 사람은 무도회장에 혜성처럼 나타난 미인의 정체를 쉽사리 예상하지 못했다. 그들은 제각기 머리를 맞대고 쑥덕거리며 아벨과 그의 파트너가 어떤 관계일지-친구일지, 연인일지, 혹은 약혼녀일지- 추측에 추측을 거듭

했다.

아스텔은 세 번째 곡이 끝난 뒤에야 많은 이들이 자신과 아벨을 주목하고 있다는 사실을 눈치챘다. 돌연히 알 수 없는 거북함을 느낀 그녀는 사람들의 시선으로부터 도망치듯이 클로에와 미셸이 있는 곳으로 발걸음을 옮겼다.

"역시 최고로 아름다웠어요. 마드모아젤."

"정말 한 폭의 그림 같은 광경이었어요."

아스텔이 다가오자 두 자매는 해바라기처럼 환한 미소를 지으며 그녀를 향해 종알거리기 시작했다. 사람들은 정체를 알 수 없는 미녀에게 아벨의 여동생들이 친근하게 말을 걸고 있는 광경을 눈여겨 지켜보고 있었다.

"미셸."

무도회장을 두리번거리던 클로에가 돌연히 무엇을 발견했는지 사람들이 모여 있는 곳을 향해 손가락질하며 미셸을 불렀다. 미셸의 곁에 서 있던 아스텔은 무심코 클로에가 가리키는 방향을 향해 고개를 돌렸다. 그리고 이쪽을 향해 흉흉한 시선을 쏘아 맞히는 사람과 눈이 마주쳤다. 저도 모르게 숨이 턱하고 막혀온다.

"무슈 아르망."

빠른 걸음으로 그들을 향해 걸어오던 세이지는 별안간 우뚝 멈춰 서더니 미셸에게 따라오라는 듯이 까딱거리며 고갯짓했다. 자석에 이끌리듯 아스텔의 시선이 미셸에게로 향했다. 무표정한 얼굴로 세이지를 마주 보던 미셸은 이윽고 하는 수 없다는 듯 어깨를 으쓱해 보였다.

"다녀올게요."

"아가씨."

아스텔은 무심코 미셸의 손목을 꽉 붙잡았다. 놀란 눈동자가 허공에서 마주치자 그녀가 얼른 고개를 가로저었다. 당장에라도 꺼질 듯한 불안한 목소리로 아스텔이 말했다.

"가지 마세요."

"오래 안 걸릴 거예요."

"하지만……."

"금방 돌아올게요. 불안하면 오빠한테 손이라도 잡아달라고 하시거나요."

아스텔의 어깨 너머로 굳은 표정을 짓고 있는 아벨을 슬쩍 바라보며 미셸이 킥킥 웃었다. 그녀는 세 사람을 향해 아무렇지도 않은 듯이 손을 흔들어 보이고는 앞장서서 걷는 세이지를 따라 발코니 안으로 들어갔다.

두 사람 다 대체 무슨 생각을 하고 있는 거지? 아스텔은 세이지와 미셸이 모습을 감춘 발코니의 입구를 바라보며 입술을 꽉 깨물었다. 한동안 잔잔했던 그녀의 내면에 급작스레 풍랑이 이는 듯했다.

세이지는 미셸이 발코니 안으로 들어선 것을 확인한 뒤 곧바로 입구에 달려 있던 커튼을 쳤다. 커튼을 치자 무도회장 안을 가득 메우고 있던 빛과 소음 대신 어둠과 정적이 발코니 위로 내려앉았다.

미셸은 자신을 향해 돌아서는 세이지를 마주 보며 피식 웃었다. 사위가 어두워 그의 얼굴은 전혀 보이지 않았지만, 세이지가 어떤 표정으로 자신을 보고 있는지 느낌상 알 것 같았다.

"갑자기 무슨 일로 절 부르신 거죠? 앞으로는 찾아오지 말라고 했던 건 제가 아니라 무슈 쪽이 아니었나요?"

그가 자신을 부른 이유를 짐작하고 있으면서도 짐짓 모르는 체

시치미를 뗀다. 아니나 다를까. 뿌드득하고 이를 가는 소리에 이어 세이지의 분노한 음성이 귓가에 생생하게 파고들었다.

"뭐하자는 짓거리야."

세이지는 더 이상 미셸에게 경어를 사용하지 않았다. 미셸 역시 그의 말투가 변했다는 사실을 곧바로 인식했지만 그런 시시한 문제로 그의 말을 걸고넘어지지는 않았다. 왜냐면 경어 같은 것보다 재밌는 트집거리가 얼마든지 더 있었으니까.

"주어를 정확하게 말씀해 주시지 않겠어요? 저는 에르나델식 어법에는 영 익숙하지 않거든요."

"무슨 속셈으로 아스텔을 데려온 거지?"

"대체 언제부터 무슈와 선생님이 이름을 부르는 사이가 된 건가요? 약혼녀도 아닌 숙녀의 이름을 함부로 입에 담다니 신사답지 못하군요."

부채로 입가를 가린 미셸은 그에게 들으란 듯이 키득거리는 웃음소리를 냈다. 그녀는 자신에게 늘 무심하기만 했던 세이지가 아스텔 때문에 안절부절못하는 모습이 짜증나면서도 동시에 즐거웠다. 더도 말고 덜도 말고 딱 자신이 짜증난 만큼 그도 기분을 잡쳐 준다면 더할 나위 없이 즐거워지리라.

"뭐, 아무래도 좋아요. 애석하게도 선생님을 이곳으로 데려온 사람은 제가 아니에요. 저희 오빠였죠."

어둠 속에서도 세이지가 무도회장 안쪽으로 고개를 돌리는 기척이 어렴풋이 느껴졌다. 이렇게나 알기 쉬운 남자인데 왜 자신은 그의 본질을 진작 꿰뚫어보지 못한 걸까. 미셸의 입가에 어느새 웃음이 사라졌다.

"그럼 저 천박한 디자인의 드레스를 고른 것도 네 오빠란 남자의 안목이다, 그건가?"

"천박한 디자인이라뇨. 어쩜 그런 경망스러운 소릴."

"저 가슴팍을 훤히 드러낸 디자인이 천박하지 않다면 점잖은 디자인이라는 건가?"

"저건 제 드레스예요. 본래 저렇게까지 흉부가 눈에 띄는 드레스는 아니지만……."

미셸은 헛기침하며 잠시 뜸을 들이다가 말을 이었다.

"선생님의 신체 조건이 다른 사람과는 조금 차이가 있어서."

"……."

"아무튼 그렇다는 거죠. 모처럼 곱게 꾸민 선생님이 무슈 앞에서 오락가락하고 있다고 마음이 들뜨신 모양인데, 엉큼한 마음일랑 곱게 접어두도록 하세요. 전에도 말씀드렸잖아요? 선생님은 저희 오빠랑 잘되고 있는 중이라고."

한편, 금방 돌아오겠다던 미셸이 십 분이 넘도록 모습을 드러내지 않자, 아스텔은 안절부절못하며 커튼이 쳐진 발코니를 향해 계속 시선을 보냈다. 두 사람이 커튼 너머로 모습을 감춘 지 이제 고작 십 분이 지났을 뿐인데 그녀에게는 그 십 분이 마치 한 시간처럼 길게만 느껴졌다.

둘 다 왜 이렇게 이야기가 길어지는 걸까. 대체 무슨 이야기를 하고 있는 거지? 설마 대화가 아니라 다른 걸 하고 있는 건…….

발코니 안에서 벌어지고 있을 행위를 상상한 아스텔의 안색이 파르라니 창백하게 변모했다. 설마 이런 곳에서……. 아닐 거야. 아니겠지. 아스텔은 속으로 아닐 거라고 중얼거리며 애써 불안한 마음을 진정시키려 했지만, 시간이 흐를수록 그녀의 마음은 진정되기는커녕 점점 더 예민하고 거칠어져 가기만 했다.

"마드모아젤, 어딜 가시나요?"

아스텔이 자리를 뜨려 하자 눈치 빠른 클로에가 그녀를 붙잡았다. 잠시 어물거리던 아스텔은 어색한 미소를 지으며 자신을 붙든 클로에를 향해 고개를 돌렸다.

"중요한 물건을 잃어버렸거든요."

"중요한 물건이라 하심은?"

"저희 부모님의 유품인 펜던트예요."

잃어버렸다는 펜던트는 아스텔이 멀쩡하게 지니고 있는 중이었지만, 그녀는 자리를 뜨기 위해 유품을 잃어버렸다고 거짓말을 했다. 아무리 마음이 급하더라도 미셸과 무슈 아르망이 이상한 짓을 벌이고 있을까 봐 확인하러 간다는 말은 차마 할 수 없지 않은가.

"어머, 그렇다면 큰일이네요. 제가 같이 찾아드리도록 하겠어요."

"저도 같이 찾아드리겠습니다, 마드모아젤."

"괜찮습니다. 어디에 있는지 알 것 같거든요."

아스텔은 펜던트를 찾는 걸 도와주겠다며 나서는 남매를 향해 손사래를 쳐 보인 뒤 급하게 발코니가 있는 쪽으로 발걸음을 옮겼다. 두 사람이 있는 발코니로 다가갈수록 점점 커지는 심장 소리가 마치 팀파니 주자 옆에 서 있기라도 한 것처럼 시끄럽게 울려 퍼지고 있었다.

헐떡거리며 미셸과 세이지가 있는 발코니 앞에 도착한 아스텔은 두 사람이 무슨 대화를 나누고 있는지 커튼 쪽으로 귀를 가져다 댔다. 커튼 너머로 미셸이 키득거리는 듯한 웃음소리와 의미를 알 수 없는 중얼거림이 들려왔다.

"―남자가 적당한 선에서 물러날 줄 모르면 보기 추하다구요."

"그게 무슨―."

아스텔은 있는 힘껏 커튼을 걷어냈다. 발코니에 서 있던 미셸과 세이지가 놀란 얼굴로 그녀를 향해 고개를 돌리는 모습이 보였다. 다행스럽게도 두 사람은 제대로 옷을 갖추어 입고 있는 상태였다. 아스텔은 날카로운 시선으로 세이지의 얼굴을 바라보며 두 사람이 서 있는 발코니 쪽으로 발걸음을 내디뎠다.

"저희 아가씨에게 대체 무슨 짓을 하고 계셨던 거죠?"

"무슨 짓이라니?"

"시치미 떼지 말아요."

세이지로부터 미셸을 보호하려는 듯이 아스텔이 두 사람 사이를 가로막고 섰다. 졸지에 미셸을 추행한 범죄자로 취급당한 세이지는 어처구니가 없다는 표정으로 아스텔을 마주 보았다.

"아무 짓도 하지 않았어."

"그런가요? 그렇다면 남들 눈이 닿지 않는 이런 장소를 굳이 택해서, 여태 단둘이 나누고 있던 비밀 이야기가 대체 뭐죠?"

"그건……."

말문이 막힌 세이지는 아스텔의 뒤에 서 있는 미셸을 향해 도와달라는 듯한 눈빛을 보냈으나, 이런 상황에서 미셸이 그를 위해 순순히 협조해 줄 리가 만무했다. 아스텔이 고개를 돌리자, 미셸은 아스텔의 등 뒤에 꼭 달라붙은 채 울먹거리는 표정으로 도리질했다.

"말할 수 없어요."

"그게 무슨……."

"말한다면 무슈 아르망께서 틀림없이 절 죽이려고 하실 거예요."

아스텔의 오해를 풀기는커녕, 더욱 부채질하기만 하는 미셸의 발언에 세이지는 무심코 주먹을 꽉 쥐었다. 미셸이 꺅, 하는 소리를 내며 아스텔에게 더욱 꽉 매달리자, 아스텔은 자신의 등에 매달린 미셸을 감싸 안으며 세이지를 향해 경멸스러운 시선을 보냈다.

"당신이라는 사람은 정말이지……."

"이건—."

"가당찮은 변명 집어치우시죠."

화를 내면서도 내내 조곤조곤하기만 하던 아스텔의 말투가 돌연히 서리 낀 칼날처럼 차갑고 날카로워졌다. 아스텔이 화내는 모습을 처음으로 본 미셸은 순간 자신이 연기를 하고 있었다는 사실조차 잊어버린 채, 그녀가 화내는 모습을 멍하니 올려다보았다.

"항상 그렇게 애먼 사람 마음을 가지고 놀기만 하지. 정말 지긋지긋해. 당신은 예전부터 그런 사람이었어."

격하게 치밀어 오르는 감정을 억누르듯 아스텔의 입매가 팽팽하게 당겨졌다. 그녀의 입가에 간신히 떠오른 것은 잔인하리만치 싸늘하게 얼어붙은 냉소였다.

"—이 년 전이나 지금이나 한결같은 불한당이라고."

아스텔은 어느새 미셸과 관계없이 세이지에 대한 자신의 사적인 감정만으로 그를 몰아세우고 있었다. 뒤에 선 미셸이 그녀의 옷깃을 잡아당기며 진정하라는 듯 아스텔을 불렀으나, 분노에 휩싸인 아스텔은 일부러 미셸의 말을 듣지 못한 체했다. 머리로는 세이지가 책망당할 짓을 저지르지 않았다는 사실을 알고 있었지만, 그럼에도 그를 용서하고 싶지 않은 마음이 더 컸기 때문이다.

"선생님—."

"제 말이 틀린 건가요? 이래도 변명할 말이 있다면 한번 해보시죠."

"마드모아젤."

급작스럽게 그들의 대화에 끼어든 다른 사람의 목소리에 아스텔의 몸이 설핏 굳었다. 아스텔은 순간 자신의 귀를 의심하면서도 천천히 몸을 돌려 어느새 발코니의 입구까지 다가와 서 있는 아벨의 모습을 바라보았다.

잠시 할 말을 잃은 것처럼 멍하니 아스텔을 마주보던 아벨은 아스텔의 어깨 너머로 자신을 지켜보고 있던 세이지와 눈이 마주치자, 간신히 제정신으로 돌아온 듯 목을 가다듬었다.

"⋯⋯염치없게도 두 분의 대화에 함부로 끼어들어 죄송합니다."

"천만에요."

그의 말에 대답한 사람은 아스텔이 아닌 세이지였다. 아벨의 갑작스러운 등장에 충격을 받은 아스텔은 여전히 정신을 차리지 못한 채 그 자리에 우두커니 서 있을 뿐이었다.

"슬슬 돌아가 보는 편이 나을 것 같습니다."

아벨은 그렇게 말하며 아스텔의 곁에 바짝 붙어 있던 미셸을 향해 눈짓을 해 보였다. 한시라도 빨리 이 자리를 벗어나고 싶었던 미셸은 이만 돌아가자는 오빠의 말에 반색하며 아스텔의 드레스 자락을 쿡쿡 잡아당겼다.

"이만 가요, 선생님."

아스텔은 미동도 하지 않은 채 제자리에 서 있는 세이지 쪽으로 시선을 보냈다. 그는 아스텔과 눈이 마주치자마자 그녀의 시선으로부터 도망치려는 것처럼 고개를 돌려 버렸다. 아스텔이 좀처럼 자리를 뜰 기색을 보이지 않자, 조바심이 난 미셸이 그녀를 재촉하듯 다시 입을 열었다.

"안 가실 거예요?"

"⋯⋯돌아가겠습니다."

세 사람의 그림자가 발코니로부터 멀어지자 이제 어둠 속에 남은 것은 세이지 혼자가 되었다. 그를 혐오스럽게 바라보던 아스텔의 시선과 아벨의 등장에 삽시간에 허물어지던 그녀의 표정이 자꾸만 세이지의 뇌리에서 반복되었다.

애꿎은 밤하늘만 하염없이 노려보던 세이지는 이윽고 세상이 꺼질 듯한 깊은 한숨을 내쉬었다. 아스텔이 더 이상 그의 여자가 될 수 없다는 건 머리로는 잘 알고 있었지만, 그 사실을 구태여 제 눈으로 직접 확인하고 싶지는 않았다.

잠시 후 발코니 아래로부터 마차가 떠나가는 소리가 들려왔다. 보나마나 뒤몽 자작가의 마차겠지. 아스텔 때문에 참석한 무도회가 아니었음에도 불구하고 막상 그녀가 떠났다고 생각하자 맥이 탁 풀리는 기분이었다.

한 시간 만에 십년은 늙은 것처럼 피곤해진 세이지는 빨리 하숙집으로 돌아가 침대에 몸을 누이고 싶은 충동에 사로잡혔다. 지금이라면 아무 꿈도 꾸지 않고 아주 깊은 잠에 빠져들 수 있을 것 같은 기분이 들었다.

세이지는 밤하늘의 별들을 술벗 삼아 몇 번이고 잔을 비웠다. 시간이 흐르고 흘러 빅토르 후작이 인사불성이 된 그를 발견할 때까지, 세이지는 시간 가는 줄도 모르고 아스텔에 대한 것만을 계속해서 생각했다.

7. 아스텔의 마음

    무도회에 다녀온 뒤로 아스텔을 대하는 미셸의 태도는 몰라보도록 순종적으로 변모했다. 누울 곳을 보고 발을 뻗는 타입인 미셸은 아스텔이 한 번 화를 내면 얼마나 무서워질 수 있는 사람인지 알게 된 후로 몸을 사리기 시작했다. 미셸의 태도가 변한 이유를 어렴풋이 짐작한 아스텔은 자신이 그녀 앞에서 추태를 보인 것이 아닌지 사뭇 걱정되었으나, 그때의 일을 굳이 다시 언급하는 것도 긁어 부스럼이 될 것 같아 차마 말을 꺼낼 수가 없었다.

    아스텔을 대하는 태도에 가장 큰 변화를 보인 사람은 누가 뭐래도 미셸이었지만 그녀 외에도 태도가 달라진 사람은 한 명이 더 있었다. 바로 미셸의 오빠인 아벨이었다.

    무도회에 다녀오기 전까지의 아벨은 종종 동생들과 함께 차 마시기를 권유하거나 밖에서 우연히-정말로 우연인지 아닌지는 알 수 없지만- 마주칠 때마다 목적지까지 동행하기를 자처하곤 했으나,

그날 이후로는 마주치는 일이 부쩍 줄어든 상태였다. 하지만 레슨 때문에 꾸준히 얼굴을 봐야 하는 미셸과 달리 아벨은 그저 마주 치는 일이 줄어들었을 뿐이라, 아스텔은 그에 대해 의구심을 가지 면서도 확신을 가지지 못하고 있었다. 더군다나 미셸과 그녀 또래 인 귀족 영애들의 합동 연주회 일정이 잡히는 바람에 그에게까지 일일이 신경을 쓸 겨를이 없기도 했다.

아스텔의 머릿속에서 점점 잊혀 가던 아벨의 존재를 다시 일깨 워 준 사람은 다름 아닌 미셸이었다. 무도회로부터 열흘가량이 지 난 어느 날, 여느 때처럼 레슨을 마치고 난 뒤 악보를 정리하던 그 녀는 갑자기 머뭇거리며 곱게 접힌 쪽지 하나를 내밀었다.

"이게 뭔가요?"

"오빠가 보낸 거예요."

아스텔이 쪽지를 건네받자마자 미셸은 곧바로 부리나케 피아노 실을 빠져나갔다. 얼결에 피아노실에 홀로 남은 아스텔은 조금 당 황스러운 기분으로 아벨이 보냈다는 쪽지를 펴보았다. 쪽지 안에 는 단정한 글씨로 아래와 같은 내용이 적혀 있었다.

> 마드모아젤과 긴히 나누고 싶은 이야기가 있습니다. 바쁘시지 않다면 이번 주 수요일에 전에 만났던 장소에서 뵈었으면 합니다.
>
> 아벨 레니에 드 뒬라크루아.

미셸의 레슨 시간을 알고 있는 아벨이 직접 찾아오는 대신 쪽지 를 보냈다는 건 그가 작정하고 아스텔에게 일방통보를 한 것이나 다름없는 일이었다. 아스텔의 고용주는 아벨이 아닌 그의 부친인 뒤몽 자작이었으므로 그의 요구에 응해야 할 의무는 없었으나, 그 와 별개로 그가 긴히 나누고 싶다는 이야기는 조금 신경이 쓰였다.

아벨에게 답장을 써야 할지 잠시 고민하던 아스텔은 결국 답장을 쓰지 않는 쪽으로 마음을 굳혔다. 아벨부터가 아스텔에게 편지도 아닌 쪽지로 궁색한 일방통보를 한 상태인데, 거기에 일부러 답장까지 한다는 건 조금 우스워 보일 것 같기도 했다.

아벨이 쪽지로 통보했던 수요일이 되자 아스텔은 전에 그와 만나 함께 차를 마신 적이 있던 카페를 찾아갔다. 카페에 도착한 아스텔은 이곳에서 세이지와 언쟁을 벌였던 일을 떠올리고 기분이 언짢아지는 것을 느꼈지만, 그녀 자신의 평판을 고려하자면 차라리 여기서 만나는 편이 저택 안에서 이야기를 나누는 것보다 낫긴 했다.

"이쪽입니다, 마드모아젤."

카페에는 아벨이 먼저 와서 그녀를 기다리고 있었다. 지난번과 달리 야외 테이블이 아닌, 실내 안쪽의 인적 드문 자리에 위치한 테이블이었다. 아벨의 맞은편에 자리 잡은 아스텔은 거의 보름 만에 보는 그의 얼굴이 조금 수척해져 있다는 사실을 깨닫고 놀란 기분이 되었다. 밤새 잠을 자지 못한 것처럼 초췌한 표정을 짓고 있던 아벨은 이윽고 웨이트리스를 불러 얼음물을 한 잔 주문했다.

"마드모아젤께서는 어느 걸 주문하시겠습니까."

"저는 괜찮아요. 그것보다……."

주문을 받은 웨이트리스가 주방 쪽으로 향하는 것을 확인한 뒤, 아스텔이 목소리를 낮추어 질문을 던졌다.

"그동안 무슨 일이 있었던 건가요? 갑자기 절 부르신 이유는 대체 뭐죠?"

이마를 짚은 아벨은 아스텔의 질문에도 잠시 아무런 대답도 하지 않았다. 얼마 지나지 않아 쟁반을 든 웨이트리스가 테이블에 얼음물을 놓고 가자, 그는 갈증이 나는 듯 차가운 얼음물을 단번에 들이켰다.

"마드모아젤께서 무슈 아르망과 이야기를 나누시던 모습을 보았습니다."

"저도 알고 있어요."

그날 발코니에 아벨이 갑작스럽게 나타나는 바람에 세이지와의 대화를 방해받지 않았었나. 아스텔이 의아한 시선으로 그를 바라보자, 다시 뜸을 들이던 아벨은 이윽고 내키지 않는 말투로 말을 이어나갔다.

"보름 전의 무도회 일을 말씀드리는 것이 아닙니다. 이곳에 처음 왔던 날을 말씀드리는 겁니다."

아스텔은 조용히 숨을 들이 삼켰다. 아벨이 말하고 있는 것이 언제 적에 있었던 일인지 그녀는 단박에 알아들을 수 있었다. 바로 이 카페에서 아벨이 자리를 비운 사이에 세이지와 언쟁을 벌였을 때를 말하는 것이다.

그때의 아벨은 세이지가 떠난 뒤에야 다시 모습을 드러냈었다. 예상보다 돌아온 시간이 늦어지기도 했고 너무나 타이밍이 좋았다. 하지만 세이지와 말다툼을 하고 있는 광경을 목격하고 그가 떠날 때까지 기다린 뒤에 나타났다고 한다면 아귀가 들어맞았다.

"제가 감히 마드모아젤께 먼저 여쭈어도 되겠습니까."

긴장감으로 목이 바짝 마른다. 그가 어떤 질문을 하려고 하는지 알 수 있을 것 같았다. 아스텔은 뒤늦게 자신도 음료를 시키지 않았던 것을 후회했다. 마실 것이라도 있었으면 지금 이 순간 이렇게까지 목이 타지는 않았을 텐데.

"……말씀하세요."

"마드모아젤과 무슈 아르망은 어떤 관계입니까."

마음 같아서는 아무것도 아닌 관계라고 대답하고 싶었다. 하지만 그리 대답한다고 해도 아벨은 쉬이 납득하지 않을 것이 분명했다. 그는 이미 아스텔과 세이지가 충돌하는 광경을 두 번이나 목격하지 않았나.

조금 떨리는 목소리로 아스텔이 아벨에게 되물었다.

"그 대답을 꼭 해야 하나요?"

"예."

"이유가 뭐죠?"

아벨의 건조한 시선이 아스텔의 얼굴을 천천히 훑었다. 그녀는 그 순간 자신이 했던 질문의 답을 알 것 같다는 생각이 들었다. 오히려 진작 깨닫지 못한 것이 이상할 정도로 강렬한 깨달음이었다.

"제가 마드모아젤을 마음에 담고 있었기 때문입니다."

아스텔은 버릇처럼 치맛자락을 꽉 움켜쥐었다. 어쩌자고 이런 미련한 질문을 해가지고서는. 차라리 모르는 채로 지내는 것이 더 나았을 것을.

"제 마음에 대한 답을 달라는 것이 아닙니다. 제가 질문했던 것에 대한 답을 주시기 바랍니다."

숨이 턱 막혔다. 자신을 마음에 품었다는 말을 한 이에게, 내가 내 입으로 직접 그 말을 해야 하나? 그렇게 잔인한 짓을?

아스텔은 어떻게 대답해야 아벨이 상처를 덜 받을 수 있을지 고민했다. 하지만 그녀의 대답이 늦어지면 늦어질수록, 그는 그 나름대로의 결론을 내고 괴로워할 것이 분명했다.

아벨의 목울대가 움직이는 광경이 시야에 들어왔다. 그는 신경질적으로 반쯤 녹은 얼음물을 다시 입안으로 털어 넣었다.

"그는—."

아벨의 시선이 다시 아스텔을 정면으로 바라보았다. 도저히 저 시선으로부터 도망칠 엄두가 나질 않는다. 도망칠 수 있을 것 같지도 않다. 아스텔은 결국 본질에서 회피한 대답을 내놓고 말았다.

"제 오라버니였어요."

"……그에겐 지금 여동생이 없다 들었습니다만."

"맞아요. 그래서 '오라버니'가 아니라 '오라버니였던' 거죠."

아스텔의 입가가 파르르 떨렸다. 불안한 시선이 안착할 곳을 찾지 못한 채 이리저리 움직였다. 정말 끔찍하다. 저렇게 두려운 시선 앞에서 도망칠 재간도 없이 앉아 있어야만 한다니. 차라리 저 유리잔 안에 들어 있는 얼음처럼 녹아서 흔적도 없이 사라져 버리고 싶은 기분이다.

아스텔이 그렇게 고뇌하는 사이, 아벨이 다시 입을 열었다.

"그의 죽었다는 여동생이 설마……."

"맞아요. 저예요."

"그럼 그 소문이 거짓이었다는 것도 알고 있었겠군요."

아벨은 매우 담담한 목소리로 아스텔로 하여금 양심의 가책을 느끼게 하는 말을 내뱉었다.

"왜 말하지 않았습니까? 무슈 아르망은 살인자가 아니라고."

"저도 직접 만나기 전까지는 '무슈 아르망'이 그인 줄 몰랐어요. 에르나델에서는 그의 성을 '아르망'이라고 발음하지 않아요."

"하지만 직접 만나게 된 뒤로는 알았겠죠."

손바닥에 땀이 차오른다. 이 자리에 계속 앉아 있는 것조차 너무나 버겁다. 대체 어쩌자고 여기 나왔던 걸까. 처음부터 오지 말았어야 할 것을.

"어째서 숨기고 있었습니까?"

"……그에 대해 언급하려면 제 과거에 대해서도 부연설명을 해야 해요. 전 그 시절에 대해 누구에게도 말하고 싶지 않았어요. 제게는 전부 잊고 싶은 시절의 이야기니까."

"그게 전부입니까?"

마치 그녀의 마음을 전부 꿰뚫어보고 있는 것 같은 말투로 아벨
이 말했다. 아스텔이 고개를 들자, 언뜻 보면 검은색으로 보일 정
도로 짙은 푸른색의 눈동자가 그녀의 눈을 들여다보고 있었다.

"그게 무슨……."

"제가 아까 말씀드리지 않았습니까. 전 두 분이 나누신 대화를
들었다고."

아스텔의 낯빛이 창백하게 질렸다. 세이지와의 언쟁은 에르나델
어로 나눈 대화였기 때문에 제삼자가 알아들었을 가능성은 미처
염두에 두지 않았었다.

하지만 그것이 아스텔의 착각에 불과했다면? 화대라느니, 다리
를 벌린다느니 하는 대화를 아벨이 전부 듣고 이해했었다면?

"두 분은 진정으로 단순한 남매지간에 불과했던 겁니까?"

그는 이미 확신을 가지고 묻고 있는 것이다. 이런 상황에서 거
짓말을 해봤자 신빙성 있는 말로 받아들여질 것 같지도 않았다.

아스텔은 더 이상 아벨에게 진실을 감출 수 없었다. 어떤 거짓말
을 하더라도 그의 앞에서는 낱낱이 파헤쳐져 드러날 것만 같았다.

"설령 맞다고 대답하더라도 분명 믿지 않으시겠지요."

떨리는 목소리로 아스텔이 말했다.

"말씀하신 그대로예요. 전 무슈 아르망과 남매이기도 했지만,
그 이상의 관계를 맺은 사이이기도 했어요."

아벨의 눈동자에 고통스러운 빛이 서리는 광경이 눈에 들어왔
다. 자신이 그를 상처 입힌 것이다. 아벨에 대한 죄책감으로 가슴
이 타들어 가는 것 같았다.

"그를 사랑했군요."

"이제 전부 지나간 이야기예요."

아벨이 입에 올린 '사랑'이라는 단어에 아스텔은 격렬한 거부감

을 표시했다. 다른 사람이라면 몰라도 그와 자신 사이에는 애정이라는 것이 존재할 수 없었다. 세이지는 그녀에게 사랑이라는 감정을 품은 적이 없었으며, 아스텔은 한때 세이지를 사랑했으나 이제더 이상은 그를 원하지 않았다.

사랑이라니, 그것만큼 둘 사이에 기만적인 단어가 따로 존재할수 있을까.

"아니."

그가 고개를 저었다. 아벨은 여전히 아스텔의 진심을 믿어주려하지 않았다. 아스텔은 무심코 자신의 아랫입술을 꽉 깨물었다.

"당신은 여전히 그를 사랑하고 있습니다."

"그런……!"

발작이라도 하듯 그녀가 거친 숨소리를 토해냈다. 여전히 세이지를 사랑한다는 아벨의 말은 아스텔에게 있어 모욕이나 다름없는 발언이었다.

모독감을 느낀 아스텔은 더 이상 참지 못한 채 자리에서 분연히일어났다. 그런 그녀를 바라보는 아벨의 눈동자에는 이미 굳건한확신의 빛이 깃들어 있었다.

"아무리 도련님이라고 하더라도 지금 그 발언은 용서할 수 없어요. 부디 거두어주세요."

"사실 적시에 의한 모독 행위라는 겁니까?"

"무슈!"

아벨은 여전히 자신의 말을 철회할 생각이 없어 보였다. 그는 유리잔 속에서 이미 완전히 녹아버린 얼음물을 남김없이 들이켰다.

"마드모아젤."

빈 잔을 내려놓은 그가 다시 입을 열었다.

"당신은 무슈 아르망이 미셸과 맺어지기를 원치 않습니다. 그렇기 때문에 그가 살인자라는 불명예스러운 오명을 뒤집어쓰는 것을 일부러 묵과했죠."

"아니……!"

"그리고 당신은 미셸과 그가 단둘이 있는 것을 불안해했습니다. 안 그렇습니까? 그래서 물건을 잃어버렸다는 거짓말까지 해가면서 두 사람이 있는 곳을 찾아갔죠."

"그건 그 남자가 아가씨에게 몹쓸 짓을 저지를까 봐 감시하기 위한 거였어요!"

아스텔의 필사적인 항변에도 불구하고 그는 여전히 그녀의 말을 믿어줄 생각이 없는 것처럼 고개를 가로저었다. 무슨 말을 해도 통하지 않는다. 그 사실을 직감한 아스텔은 발작적으로 자신의 치맛자락을 움켜 뜯었다.

아스텔은 분했다. 그리고 진심으로 억울했다. 이제 아벨이 마음의 상처를 입을지도 모른다는 것은 그녀에게 있어 더 이상 중요한 문제가 아니었다. 그가 자신이 여전히 세이지를 사랑한다고 믿고 있다는 사실이 화나고 고통스러울 따름이었다.

이 이상 덧붙일 말이 떠오르지 않는 건지 아벨이 자리에서 일어났다. 하지만 아스텔은 이대로 그를 보낼 수 없었다. 어떻게든 그녀에 대한 아벨의 살못된 믿음을 바로잡아 줘야 했다.

마음이 급해진 아스텔은 가지 말라는 듯이 아벨의 옷깃을 잡아당겼다. 아벨의 시선이 그녀에게로 향하자 아스텔이 급하게 고개를 가로저어 보였다.

"가지 마세요."

"제가 가지 않으면 무엇이 달라집니까?"

"저는 그 사람을 사랑하지 않아요."

부디 아벨이 자신의 말을 믿어주길. 아스텔은 부질없는 소망이라는 걸 알면서도 간절한 마음을 담아 그를 바라보았다. 잠시 말 없이 그녀를 바라보던 아벨의 입술이 달싹거렸다.

"그렇다면 미셸이 아닌 다른 여성과 그가 맺어진다면 그때는 묵과하실 수 있습니까?"

"……!"

"미셸이 아니더라도 무슈 아르망을 원하는 여성은 많습니다. 일을 핑계 삼아 사적으로 그에게 접근하려는 여자만 추려봐도 두 손으로도 다 꼽을 수 없을 정도지요. 무슈 아르망이 불한당이기 때문에 미셸과의 결혼을 반대하고 있는 거라면, 반대로 마드모아젤과 하등 관계없는 여인이 그와 맺어질 경우엔 묵인하시겠습니까?"

아스텔은 그의 말에 아무런 대답도 하지 못했다. 큰 충격이라도 받은 듯 눈을 부릅뜬 아스텔을 지켜보던 아벨은 이윽고 자신의 옷깃을 잡고 있는 그녀의 손을 억지로 떼어놓았다.

"그럼 안녕히."

짧은 인사만 남긴 뒤 아벨은 그대로 자리를 떠났다. 홀로 남겨진 아스텔은 여전히 미동도 하지 않은 채 제자리에 서서 빈 유리잔만 바라보고 있었다. 머릿속에는 아벨이 제게 했던 말만이 뱅글거리며 어지럽게 맴돌고 있었다. 자신에게 무슨 일이 일어났는지, 자신의 진짜 마음은 뭔지조차 알 수가 없었다. 완벽한 혼란에 사로잡힌 아스텔은 이윽고 무너지듯이 다시 자리에 주저앉고 말았다.

✛

"당신은 여전히 그를 사랑하고 있습니다."

아벨이 제게 했던 말이 뇌 내에서 메아리치듯이 무한 반복된다.

아니야. 난 그를 사랑하지 않아. 아스텔은 아벨의 말을 부정하려는 것처럼 고개를 저었다. 하지만 아벨의 목소리는 끈질기게 그녀에게 따라붙었다.

"그렇다면 미셸이 아닌 다른 여성과 그가 맺어진다면 그때는 묵과하실 수 있습니까?"

두 손이 부들부들 떨린다. 아스텔은 손으로 귀를 막았지만 아무런 소용이 없었다. 왜냐하면 이 목소리는 그녀의 귀가 아니라 머리를 통해 들려오고 있으므로.

제발, 제발 날 좀 가만히 내버려 둬요. 지금까지 충분히 괴롭혀 왔잖아요. 도대체 내가 얼마나 더 힘들어해야 만족하겠어요?

꼴도 보기 싫었다. 뒤몽 자작가의 사람들도, 세이지도 전부 자신의 눈이 닿지 않으로 곳에 사라져 줬으면 했다. 그들이 사라져 주지 않는다면 자신이라도 대신 사라지고 싶은 심정이었다.

이윽고 아스텔은 눈을 번쩍 떴다. 새벽빛으로 물든 방 안은 여전히 컴컴하지만 어둠에 익은 눈이 익숙한 방의 전경을 확인한다. 꿈이었구나. 한숨을 쉬며 다시 눈을 감고 잠을 청한다. 하지만 시계이 초침이 움직이는 소리가 너무 시끄러워 잠을 잘 수가 없다.

속으로 한참 양을 세던 아스텔은 방 안이 어렴풋이 밝아지기 시작하자 더 이상 억지로 잠을 청하는 것을 포기하기로 했다. 이불을 젖히고 몸을 일으켜 펜던트를 챙기고 얼굴을 씻었다. 끔찍할 정도로 평소와 똑같은 하루의 시작이었다.

아침 식사를 마치고 도서관으로 향하려던 아스텔은 현관에서 우연히 아벨과 다시 마주치게 되었다. 아벨은 평소와 다름없이 옅은 미소를 지은 채, 그녀를 향해 다정한 목소리로 인사말을 건넸다.

"안녕하십니까. 마드모아젤."

"……안녕하세요, 도련님."

아스텔은 만감이 교차하는 것을 느끼며 자신에게 인사를 건네오는 아벨을 바라보았다. 신경 쓰지 않으려고 해도 멀리서 자신과 그의 모습을 지켜보는 두 자매의 시선이 거슬려 견딜 수가 없었다.

"도서관에 가시는 겁니까."

"네. 혹시……."

"그럼 잘 다녀오시기 바랍니다."

아벨은 아스텔의 말을 가볍게 묵살하고는 곧장 차를 마시기 위해 응접실로 향했다. 교묘하게 말을 가로막힌 아스텔은 이내 헛웃음을 지으며 도망치듯 자작저를 나섰다. 쓸데없는 오지랖을 부리려고 했다가 도리어 무안만 당한 것 같아 민망하기가 그지없었다.

그날 이후로 아벨은 마치 아무 일이 없었던 것처럼 다시 아스텔을 대하기 시작했다. 그것이 얼마나 감쪽같았는지, 두 사람의 관계를 두고 자매들이 여전히 김칫국을 마시고 있을 정도였다.

하지만 차이는 분명히 존재했다. 그는 더 이상 아스텔에게 동생들과 함께 차 마시기를 청하지 않았고, 바깥에서는 우연으로라도 마주치는 일도 일어나지 않게 되었다. 그 미묘한 차이로 아스텔은 그가 자신에 대한 마음을 정리했거나, 혹은 정리하기로 마음먹은 것일 거라고 추측했다. 그 점에 대해서만큼은 아스텔은 여전히 아벨에게 약간의 죄책감을 안고 있었다.

문제는 세이지에 대한 발언이었다. 그는 그날 이후로 더 이상 세이지에 대한 마음을 자각하라며 아스텔에게 윽박지르지는 않았으나, 이미 자기 나름대로 결론을 내려버린 것이 분명해 보였다. 더욱 화가 나는 건 그에게는 그런 자신의 생각을 철회하거나 정정할 마음조차 없어 보인다는 사실이었다.

내 마음은 내가 가장 잘 알아. 아스텔은 그렇게 생각하며 아벨의 태도에 반발심을 가졌다. 하지만 시간이 흐르면 흐를수록, 자신의 생각이 과연 맞는 것인지 의구심이 들기 시작했다. 무엇보다도 자신은 아벨이 던졌던 마지막 질문에 대해 여전히 확신을 가지고 대답할 수가 없었다. 아니, 솔직하게 말하자면 결코 용납할 수 없는 기분이었다.

내가 아직도 그 남자를 사랑한다고? 그 생각을 하면 지금도 손이 떨려온다. 아벨의 말이 사실이라면 호구도 이런 호구가 있을 수 없었다. 자신을 노리개 취급하고 모욕감을 줬던 그 남자를 여전히 사랑한다니, 차라리 죽을 때까지 누구도 사랑하지 못한다고 하는 편이 나을 것 같았다.

아스텔이 자신의 마음을 인정하기 어려운 것과 별개로, 그녀는 간혹 아벨의 발언에 흔들리고 있는 저를 발견하고 있었다. 가끔, 아주 가끔이지만 라 마뇰리아 호텔에서 마주쳤을 때 그가 제게 보여줬던 눈빛을 떠올릴 때면 더욱 그러했다.

하지만 백번 양보하여 그에게 미련을 가진 건 사실이라 쳐도, 그것은 사랑이라기보다 아직 완전히 떨쳐 내지 못한 과거의 그림자에 더 가까운 것이었다. 아스텔은 그 사실이 끔찍하도록 마음에 들지 않았다. 그것은 자신이 이 년 전으로부터 여전히 벗어나지 못했다는 방증이기도 했으므로.

세이지에 대한 생각으로 마음이 답답해질 때마다 아스텔은 가장 친근한 벗인 피아노로 도피하곤 했다. 처음에는 아버지의 곡이기도 하면서 익숙하기도 한 맥켄지의 곡을 연주했지만, 손 가는 대로 건반을 누르고 있다 보면 어디서도 들어본 적 없는 새로운 멜로디가 흘러나오기도 했다.

아스텔이 연주하는 곡에 가장 먼저 흥미를 보인 사람은 다름 아닌 미셸이었다. 그녀는 어디서도 들어본 적이 없는 곡을 아스텔이 연주하는 것을 적잖이 신기하게 여겼다.

"처음 듣는 곡이네요. 굉장히 좋은데, 누구의 곡인가요?"

"이건…… 작곡가가 쓴 곡이 아니에요. 그냥 저 혼자……."

"선생님이 작곡하신 곡이라고요?"

아스텔의 대답에 미셸은 믿을 수 없다는 듯이 큰 목소리로 되물었다. 아스텔은 밀려드는 부끄러움에 눈썹을 살짝 찡그리면서도 그녀의 말을 구태여 부정하려 들지는 않았다.

"작곡…… 이라고 하기에는 좀 거창하지만, 굳이 표현하자면 그렇게 되겠죠."

"굉장해요. 선생님이 작곡도 다 하실 줄 안다니. 혹시 이 곡 말고 다른 곡은 또 없나요?"

"그렇게 많은 건 아니지만요."

"들려주세요."

드물게 음악에 흥미를 보이는 제자의 부탁에 아스텔은 머뭇거리면서도 지금까지 작곡한 곡을 전부 들려주었다. 아스텔의 곡을 전부 들은 미셸은 훌륭하지 않은 곡이 하나도 없다면서 그녀로서는 드물게 진지한 표정을 지었다.

"선생님, 혹시 본격적으로 작곡을 하실 생각은 없는 건가요? 전부 좋은 곡들인데 저만 듣기엔 너무 아까운 것 같아요."

"아직 진지하게 생각해 보진 않았어요. 처음부터 작곡을 하겠다고 마음먹고 시작한 것도 아니었고요."

"처음부터 작곡을 하려고 쓴 곡이 아니었다고요? 그럼 어떻게 곡을 지으신 거죠?"

"그건……."

아스텔은 곤혹스러운 미소를 지으며 눈을 굴렸다. 그녀 자신도 기분 전환 겸 도피용으로 연주하던 곡이 새로운 음악이 될 줄은 생각지도 못했었으니까.

"그냥 기분 전환으로 손 가는 대로 쳐 본 것뿐이에요."

"손 가는 대로 피아노를 치면 다 그렇게 되나요? 제가 치면 이상한 불협화음만 나올 것 같은데."

미셸은 그런 비결이 있다면 자신도 좀 알고 싶다면서 한숨을 푹푹 내쉬었다. 그 비결이 차마 세이지라고는 말할 수 없었던 아스텔은 얼버무리는 듯한 웃음을 지으며 천천히 피아노 뚜껑을 닫았다.

그러고 보니 그 남자에겐 아직 갚아야 할 빚이 있었지. 아스텔은 지친 머리로 멍하니 생각했다.

만약 갚아야 할 돈을 전부 돌려주고 그와의 채무관계를 완전히 정리하고 나면, 이 미련과 고뇌로부터도 해방될 수 있을까. 적어도 지금과 같은 부채감을 안고 있는 상태보다는 훨씬 나을 것 같았다.

더 이상 생각하기에 지쳐 버린 아스텔은 이른 시일 내에 세이지를 다시 찾아가기로 마음먹었다. 깔끔하게 돌려줄 것은 전부 돌려주고 이제 두 번 다시 만나지 않도록 하자. 그렇게 영영 서로 만나지 않은 채 계속 시간이 흘러가다 보면, 언젠가는 진정한 의미에서 그에게서 벗어나 자신만의 길을 갈 수 있게 될 것이다.

❖

세이지가 묵고 있는 하숙집의 주인인 뒤보아 부인은 꽃을 매우 사랑하는 여인이었다. 그녀는 사흘에 한 번씩 인근에 위치한 꽃시장에서 구입한 꽃들로 집 안을 장식하는 것을 즐겼는데, 특히 5월은 그녀가 좋아하는 작약이 제철인 시기였다.

꽃시장에서 연분홍빛의 작약을 한 아름 구입한 뒤보아 부인은 콧노래를 흥얼거리며 집으로 돌아가는 마차에 몸을 실었다. 마차 안에 가득 찬 작약의 싱그러운 향기가 그녀의 마음까지 덩달아 젊게 만들어주는 듯했다. 마침 얼마 전에 새로 구입하여 응접실에 놓아둔 화병에 꽂으면 매우 잘 어울릴 것 같았다.

마차에서 내린 뒤보아 부인은 자신의 집 현관문 앞에서 금발의 한 젊은 여성이 서성거리고 있는 광경을 발견했다. 설마 이번에도 무슈 아르망을 찾아온 여인인 걸까. 대수롭지 않게 생각하며 발걸음을 옮기던 그녀는 방문객의 얼굴을 알아보고는 곧 딱딱하게 얼굴을 굳혔다. 지난번에 뒤몽 자작을 불러와 응접실을 엉망으로 만들어놓은 데 일조한 피아노 교사였던 것이다.

"기다렸답니다, 마담."

아스텔이 붙임성 있는 미소를 지으며 뒤보아 부인을 향해 다가섰다. 오늘의 그녀는 다행스럽게도 다른 혹을 매달고 오진 않았지만, 뒤몽 자작에게 당한 것이 있던 뒤보아 부인으로서는 여전히 아스텔이 마뜩잖게만 보였다.

"마드모아젤이 여기엔 무슨 일로 오신 겁니까?"

찾아온 이유는 대강 짐작이 갔지만 그녀는 딱딱한 목소리로 일부러 질문을 던졌다. 염치가 있다면 더 이상 찾아오지 말아야 하는 것 아니냐는 의미의 완곡한 어법이었다. 잠시 눈을 크게 뜨던 아스텔은 이윽고 눈을 살짝 접으며 아무 일도 없었던 것처럼 뒤보아 부인을 향해 빙긋 웃어 보였다.

"무슈 아르망을 만나러 왔어요."

"무슈 아르망은 지금 여기에 안 계십니다. 그분을 만나려면 포콩 펠르랭의 사무실로 가시는 편이 더 빠를 겁니다."

아스텔을 상대하기 귀찮았던 뒤보아 부인은 지난번의 미셸처럼 그녀 역시 세이지의 직장으로 보내 버릴 마음을 먹었다. 하지만 아스텔은 그녀의 제자와는 달리 쉽사리 넘어가질 않았다. 조금 곤혹스러워 보이는 미소를 지으면서 그녀가 대답했다.

"포콩 펠르랭이라면 이미 다녀왔어요. 오늘은 외근 중이라 사무실로 돌아가는 대신 밖에서 곧바로 퇴근할 거라고 하더군요."

뒤보아 부인은 미셸에게 당한 사람이 자신만이 아니라는 사실을 간과한 것이다. 아스텔을 쫓아낼 구실을 찾지 못한 뒤보아 부인은 결국 어쩔 수 없이 그녀를 응접실에 다시 들여놓았다. 물론 만약의 사태를 대비하여 새로 산 화병을 치워놓는 것도 잊지 않았다.

"여기서 기다리십시오. 무슈께서 돌아오시면 마드모아젤이 기다리고 있다고 말씀드리도록 하겠습니다."

"감사합니다. 저, 무슈 아르망은 언제쯤 돌아오시나요?"

"그건 저도 알 수 없답니다. 무슈 아르망은 돌아오는 시간이 불규칙한 편이어서요. 오래 기다리기 곤란하시다면 그냥 돌아가셔도 좋습니다."

"아, 아닙니다. 여기서 기다리도록 하겠습니다."

아스텔의 대답이 기대했던 것과 달랐는지 뒤보아 부인은 노골적으로 아쉬운 표정을 지으며 응접실을 빠져나갔다. 응접실에 홀로 남은 아스텔은 가방 안에 넣어둔 돈 봉투가 제대로 있는 것을 확인하고는 안도의 한숨을 내쉬었다.

뒤보아 부인은 아스텔에게 그 흔한 다과조차 내어주지 않았지만, 뒤몽 자작이 저지른 짓을 떠올려보면 아스텔을 들여보내 준 것만으로도 감사해야 할 일이었다. 처음으로 이곳에 방문했을 당시와 비교했을 때 조금 달라져 있는 응접실 풍경을 둘러보며 아스텔은 양심의 가책을 느꼈다.

아스텔은 소파의 등받이에 몸을 기댄 채 천장을 멍하니 올려다보았다. 세이지는 밖에서 무슨 일을 하고 돌아다니는 건지 해가 슬슬 저물어갈 시간이 되도록 하숙집에 돌아오질 않았다.

설마 이번에도 여자를 만나고 있는 걸까. 삐딱하게 생각하며 아스텔은 조금씩 무거워지는 눈꺼풀을 지탱하려 안간힘을 썼다. 오늘은 예상했던 것 이상으로 발품을 팔아 노곤해졌기 때문인지 금방 졸음기가 몰려왔다.

수마(睡魔)에게 저항하려는 헛된 시도를 하던 아스텔은 오래 지나지 않아 천근만근이 된 눈꺼풀의 무게에 결국 굴복하고 말았다. 그녀는 자신도 모르는 새에 깊은 잠속으로 빠져들었다.

마치 물속을 허우적거리듯 꿈나라 안을 유영(遊泳)하던 아스텔은 귓가에 웅웅거리는 알 수 없는 소리에 몸부림을 쳤다. 시끄러워. 잠결에 그렇게 어린아이 같은 투정을 부렸던 것도 같았다.

아스텔은 고개를 마구 젓던 중, 무의식중에 익숙한 냄새가 나는 곳으로 얼굴을 묻었다. 따뜻한 온기가 그녀를 푹 감싸는 느낌이 들었다. 그녀는 버릇처럼 입술을 빠끔거렸다. 이윽고 따뜻하고 물컹한 것이 입안으로 들어왔다. 전부 그녀에게 익숙한 감각이었다. 몸 안의 심지에 서서히 불이 붙는 듯한 기묘한 감각이 느껴졌다.

"으응……."

점점 숨쉬기가 힘들어진 아스텔은 바르작거리면서 몸부림을 치기 시작했다. 놔줘. 그렇게 웅얼거리자 그녀의 입술에 달라붙어 있던 것이 다급하게 떨어졌다. 뭔가로부터 간신히 해방된 아스텔은 헐떡거리며 결핍되어 있던 산소를 급히 들이마셨다. 그리고 곧바로 어둠 속에서 자신을 바라보고 있던 파란 눈동자와 눈이 마주쳤다. 온몸에 소름이 돋았다.

잠이 덜 깨어 몽롱하던 머리에 급작스레 피가 확 쏠렸다. 방금 무슨 일이 일어난 건지 깨달은 순간, 나가는 것은 말보다 손이 먼저였다. 자신의 손바닥이 더 얼얼할 정도로 힘껏 세이지의 뺨을 후려친 아스텔은 그의 가슴팍을 밀치며 자리에서 벌떡 일어났다.

"이게 무슨……!"

그는 아무런 저항도 하지 않은 채 아스텔이 밀치는 대로 바닥에 풀썩 주저앉았다. 잠든 여자에게 손을 대다니, 대체 이 남자는 어디까지 밑바닥을 보여줘야 속이 시원해질 작정일까. 속이 부글부글 끓는다.

경멸스러운 시선으로 세이지를 내려다보던 아스텔이 이윽고 차가운 목소리로 말했다.

"당신이 방금 무슨 짓을 했는지는 잘 알고 계시겠죠?"

"……."

"당신이란 사람은 정말……."

세이지는 벙어리라도 된 것처럼 아무 말도 하지 않은 채 고개를 숙였다. 평소에는 잘만 나불대는 주제에 이럴 때만 침묵을 고수하는 것이 어처구니가 없을 따름이었다. 꽉 쥔 아스텔의 주먹이 분노로 부르르 떨렸다.

"이게 무슨 돈인지는 당신도 잘 알리라 믿어요."

아스텔은 바닥에 나뒹굴고 있는 가방을 낚아채 들고는 챙겨왔던 돈 봉투를 꺼내 그의 면전에 던졌다.

"돌아가겠어요. 이제 두 번 다시 내 앞에 나타나지 말아요."

이스텔은 비뚤어진 미소를 지으며 빠른 걸음으로 응섭실을 빠져나갔다. 아주 조금이지만 속이 후련해지는 기분이었다.

홀로 남은 세이지는 아스텔이 계단을 내려가는 소리에 간신히 제정신으로 돌아온 것처럼 자리에서 일어났다. 아무리 아스텔이 무방비한 상태였다고 하더라도 자신이 그녀에게 손을 댔다니 믿을 수가 없었다. 떨리는 손가락이 타액으로 젖은 입술을 훑었다.

바로 몇 분 전까지만 해도 이곳에 아스텔의 것이 닿아 있었다.

욕정에 취해 사방천지도 구분 못 하는 짐승 같았던 이 년 전처럼, 그녀의 달콤한 입술을 마음껏 취한 것이다. 아스텔이 떠난 뒤 죄악감에 고통스러워하던 지난 이 년 간, 꿈에서조차 겪지 못했던 일이었다. 갑자기 머리 한구석이 어찔해지는 기분이었다.

처음에는 단순히 잠들어있던 아스텔을 깨울 생각뿐이었다. 하지만 무방비하게 자신의 품에 파고들어 유혹하듯이 입술을 벌리는 그녀의 모습에 그는 너무나 쉽게 이성을 잃고 말았다.

하지만 그런 같잖은 변명이 자신이 저질렀던 행동에 면죄부를 줄 수 있는 것일까. 모든 것은 순간의 충동을 억제하지 못했던 자신의 탓이었다. 결국 자신은 이 년 전의 그 날로부터 전혀 성장하지 않은 것이다. 치밀어 오르는 자기혐오로 인해 세이지는 갑작스레 구토감이 이는 것을 느꼈다.

"윽……!"

발작처럼 도진 구토감에 그는 화장실로 달려가 토악질을 해댔다. 한순간의 충동을 자제하지 못하고 본능을 따라 행동한 대가가 이것이다. 속에 있던 것을 몽땅 게워낸 세이지는 앞으로 평생 아스텔에게 용서받지 못할 것이라는 사실에 깊은 절망감을 느끼며 천천히 눈을 감았다.

뒤몽 자작가로 귀환하는 마차 안에서 아스텔은 손등으로 입술을 박박 문질렀다. 아까까지 제 입안을 희롱하던 혀의 감촉이 여전히 생생하게 남아 있는 기분이었다.

아스텔은 술렁거리는 가슴을 애써 억누르며 입술을 잘근잘근 씹었다. 다른 남자도 아니고 세이지를 만나러 간 주제에 자신이 그렇게 무방비하게 행동했다는 사실이 믿기질 않았다. 맙소사. 더 끔찍한 점은 그것이 심지어 기분 좋기까지 했다는 사실이었다.

알트만 가문을 떠난 뒤로 벌써 이 년이란 시간이 흘렀지만 둘은 여전히 서로의 몸에 대해 너무나 잘 알고 있었다. 그나마 키스로 끝났다는 것이 불행 중 다행이라고나 할까. 만약 거기서 더 나아가 몸까지 섞어버렸다면 이건 뺨을 때리는 것으로 끝날 문제가 아니었으리라.

사용인 숙소에 있는 자신의 방으로 돌아온 아스텔은 거울에 비친 제 모습을 바라보았다. 조금 부풀어 있는 입술에 흐트러진 머리카락, 상기된 뺨, 열기를 띤 눈동자. 앞으로는 영영 볼 일이 없을 줄 알았던 '여자'의 얼굴을 하고 있는 자신이었다.

혼란스러웠다. 고작 입맞춤 한 번에 이 년 동안 잊고 있었던 관능에 다시 눈을 떠버렸다는 것부터, 그 입맞춤이 증오하고 있던 남자의 비신사적인 행동에서 비롯되었다는 것까지. 무엇 하나 충격적이지 않은 일이 없었다.

그녀는 세이지에게 혐오감을 느끼는 것과 동시에, 그가 자신을 아직도 여자로 보고 있었다는 사실에 안도감을 느끼고 있었다. 이런 상황에서 자신이 더 이상 아벨의 말을 부정할 자격이 있는 걸까. 아벨이 아닌 누가 보더라도 분명 믿을 수 없을 것이다.

나란 여자는 정말 배알도 없는 게 아닐까. 다른 사람도 아니고 하필이면 날 짓밟았던 그 남자에게 미련을 갖고 있다니. 아스텔은 그렇게 생각하면서 자조적인 미소를 지었다. 세이지가 지금의 자신을 보면 대체 뭐라고 생각할지 궁금했다. 아무리 잠결이었다고 하더라도 밀어내기는커녕 스스로 달라붙을 정도였으니 내심 쉬운 여자라고 생각했을지도 모른다.

이 년 동안 그토록 꿈에 그리던 청산을 마쳤는데도 그와 자신의 관계는 여전히 정리되지 않았다. 오히려 더 꼬였으면 꼬였지.

아스텔은 탄식과 같은 한숨을 내뱉으며 램프의 불을 끄고 침대에 누웠다. 이젠 뭘 어떡해야 좋을지, 자신이 진짜로 원하는 것이 뭔지조차 알 수가 없었다. 자신이 으름장을 놓은 대로 세이지와 영영 만날 일이 없다면 또 모를까.

다음 날은 레슨이 없는 날이었기 때문에 아스텔은 다시 피아노실에 틀어박혀 피아노를 쳤다. 하얗고 가는 손가락이 움직일 때마다 아름다운 선율이 이어지며 전에 없었던 새로운 곡을 만들어가고 있었다.

한창 피아노 연주에 몰두하고 있던 아스텔은 문득 느껴지는 인기척에 손가락을 멈추고 뒤를 돌아보았다. 언제 들어와 있었던 건지 뒤몽 자작이 사뭇 놀란 표정을 지은 채 그녀를 주의 깊게 지켜보고 있었다.

"미셸에게 들은 대로군."

"나리……."

놀란 아스텔은 허둥거리며 급히 자리에서 일어났다. 아스텔이 연주하고 있던 곡이 도중에 끊기자, 뒤몽 자작은 저가 더 놀란 표정으로 그녀를 급히 제자리에 앉게 했다.

"계속 연주해도 괜찮소. 방해해서 미안하네."

"혹시 폐가 되는 건 아닌지……."

"오늘은 레슨이 없는 날 아닌가. 휴일에도 선생이 연습에 매진하는 것은 나쁜 일이 아니지. 미셸에게 좋은 본보기가 될 수도 있는 것이고."

뒤몽 자작은 그렇게 말하며 차분히 목을 가다듬었다.

"그나저나 방금 그 곡은 자네가 작곡한 곡인가?"

"어설픈 곡이긴 하지만…… 제가 지은 것은 맞습니다."

"흐음."

자작이 진중한 얼굴로 고개를 끄덕이자 아스텔은 어찌할 바를 모른 채 고개를 푹 숙였다. 아스텔은 자신의 곡을 객관적으로 평가하기 어려웠기 때문에, 음악에 조예가 깊은 자작이 어떤 평가를 내릴지 전혀 예상할 수가 없었다.

"정식으로 작곡을 배운 적은 있나?"

"없습니다."

아스텔의 대답에 뒤몽 자작은 놀란 듯 눈을 크게 떴다.

"놀라운 일이군. 이 곡 외에도 다른 곡들이 더 있지 않은가?"

"알고 계십니까?"

"미셸에게 들었네."

설마 미셸이 자작에게 제가 쓴 곡에 대해 말했을 줄이야. 아스텔의 놀라움이 채 가시기도 전에 자작이 다시 질문을 이어나갔다.

"혹시 악보를 만들어두진 않았나?"

"딱 한 곡뿐입니다만⋯⋯."

"한번 보여줬으면 하는군."

잠시 망설이던 아스텔은 결국 가장 처음으로 완성한 곡의 악보를 가져와 자작에게 건넸다. 자작은 머릿속으로 곡을 연주하듯 악보를 진지하게 훑어보더니, 이내 감탄 어린 시선으로 아스텔을 바라보았다.

"믿을 수 없는 완성도야."

"그만한 칭찬을 들을 정도는 아닙니다."

"천만에. 기성 작곡가들과 비교해도 뒤처지지 않을 정도네."

자신의 안목은 틀림없다고 장담하며 자작이 제법 진지한 표정을 지었다. 정작 그 말을 들은 아스텔은 어디론가 사라져 버리고 싶을 정도로 부끄러웠지만.

뒤몽 자작은 연신 감탄의 탄성을 내뱉으며 악보를 뒤적였다. 그는 아스텔의 곡이 제법 마음에 들었는지, 곡에 대해 이것저것 많은 것들을 질문했다.

"이 곡의 제목은 뭔가?"

"아직 제목을 붙이지는 않았습니다. 사실 악보로 만들어야겠다는 생각도 최근에야 하게 된 것이라서요."

아마 미셸과 얘기를 나누지 않았다면 악보로 정리할 일도 없었을 것이다. 그렇게 생각하니 사뭇 묘한 기분이 들었다.

"악보로 만들 생각이 없었다니?"

"그냥 손 가는 대로 가볍게 쳐 본 곡이었으니까요."

"다른 작곡가들이 들으면 다들 놀랄 얘기군. 난 작곡을 해본 적이 없지만 작곡이 그렇게 쉽게 되는 작업이 아니라는 건 안다네. 대체 언제부터 곡을 짓기 시작한 건가?"

"그건……."

아스텔은 천천히 눈을 내리깔았다. 작곡을 시작한 계기가 된 세이지를 떠올리니 자연스레 어젯밤에 있었던 일이 생각났다.

분노, 배신감, 허탈함, 미련, 자조, 그 모든 감정이 버거울 정도로 자신을 짓눌러 와서.

"……그다지 오래되진 않았습니다."

갑자기 제가 만든 악보가 꼴도 보기 싫어졌다.

"한번 본격적으로 작곡을 시작할 생각은 없는가?"

생각지도 못한 자작의 제안에 아스텔은 적잖이 당황스러운 기분이 되었다. 곧바로 대답할 말이 떠오르지 않아 잠시 어물거리던 그녀는 이윽고 더듬거리며 말을 이어나갔다.

"당분간은 아가씨를 봐 드리는 일에 전념하고 싶습니다."

"하긴, 내가 자네를 고용한 이유도 그것이었지."

뒤몽 자작은 아스텔의 대답에도 일리가 있다는 듯이 고개를 주억거렸다. 하지만 미련이 완전히 사라지지는 않았는지 계속 아쉬운 기색을 보였다.

"그래도 작곡을 계속할 마음은 있는 거겠지?"

"딱히 그만둘 이유도 없으니까요."

"그렇군……."

다시 아스텔의 악보를 들여다보던 자작은 갑자기 무슨 생각을 한 건지 급히 자리에서 일어났다. 잠시만 기다려 달라는 자작의 말에 아스텔은 얼떨떨해하면서도 고개를 끄덕였다.

뒤몽 자작은 오래 지나지 않아 명함 한 장을 든 채 다시 피아노실로 돌아왔다. 그는 어린애처럼 들뜬 표정으로 아스텔에게 들고 있던 명함을 건네주었다.

"혹시 르메트르를 아는가?"

"라그랑시아에서 가장 큰 악보사가 아닙니까."

"잘 알고 있군. 마침 그곳 대표와 내가 서로 아는 사이라네."

아스텔은 명함에 적힌 르메트르의 이름과 주소를 멍하니 내려다보았다. 자작이 어떤 의도로 이 명함을 건네준 건지 알 수 있었기 때문에 기분이 더 얼떨떨하기만 했다.

"제 곡은 그만한 가치가……."

"당장 찾아가라는 말은 아니네. 더군다나 자네의 곡이 그만한 가치가 있는지 아닌지는 그 친구가 알아서 판단할 문제 아닌가."

자작의 말은 틀린 데가 없었다. 설령 자작이 아스텔의 곡을 높게 평가하더라도 르메트르 대표의 평가는 그와 다를 수도 있으니까.

다만 자작은 아스텔에게 하나의 가능성을 열어준 것일 뿐이다. 언제든 아스텔이 준비되었을 때, 그녀가 생각하던 길 외에 이런 길을 선택할 수도 있다고.

과연 내가 그 길을 갈 수 있을까. 아버지가 그랬던 것처럼, 내게도 그럴 수 있는 재능이 있을까.

아스텔은 불현듯 눈시울이 붉어지는 것을 느끼며 뒤몽 자작이 건네준 명함을 소중히 챙겨 넣었다. 내내 얼어붙어 있던 가슴에 숯불을 올려놓은 것 같은 기분이었다.

"감사합니다."

"감사는 후에 일이 잘되었을 때 해도 늦지 않네. 그때는 날 위한 헌정곡을 지어줬으면 좋겠군."

아스텔이 기운 빠진 얼굴로 웃자, 뒤몽 자작은 마침내 볼일을 끝낸 듯 홀가분한 표정으로 피아노실을 나섰다. 홀로 남은 아스텔은 자작이 남기고 간 르메트르의 명함을 천천히 쓸어보았다.

"응원해 주세요."

아스텔은 품에서 펜던트 두 개를 꺼내 손에 쥐었다. 손바닥에 들린 펜던트가 익숙한 무게만큼 친숙한 안정감을 주었다. 지금 이 순간만큼은 세이지에 대한 고민도 아스텔을 괴롭히지 못했다.

아스텔은 조만간 나머지 곡들도 악보로 만들어야겠다고 결심하며 자리에서 일어났다. 빠른 걸음으로 피아노실을 나서는 그녀의 입가에는 오랜만에 진심 어린 미소가 걸려 있었다.

✤

포콩 펠르랭의 전무이사인 위고 앙드레는 자신의 일에 매우 열정적인 사람이었다. 그는 십이 년 전에 포콩 펠르랭에 일반 사원으로 입사한 이래, 승승장구하며 거듭된 승진 끝에 전무이사 자리까지 거머쥔 입지전적인 인물로 모든 사원들의 존경을 받았다.

매사에 성실한 성품을 가진 그는 인맥만으로 회사의 요직을 차지하는 낙하산 인사들을 가장 혐오하곤 했는데, 그런 의미에서 세이지는 그가 가장 경계하는 인물 중 한 명이었다. 대주주인 로렐 브랜든 알트만의 하나뿐인 동생, 에르나델 출신의 귀족 도련님, 경력자도 아닌 주제에 주 사 일 근무라는 파격적인 근무 조건까지. 마치 그림으로 그린 듯한 낙하산의 표본이 아닌가.

여하간 그는 상기에 언급한 이유로 세이지를 줄곧 눈여겨보고 있었다. 출근 시간도 제대로 지키지 않은 채 시간만 때우다가 퇴근하거나, 최악의 경우에는 출근조차 하지 않는 날이 비일비재할지도 모른다. 다시 말해 업무 성과는커녕, 가장 기본적인 근태조차 제대로 지킬 수 있을지 의심하고 있었던 것이다.

하지만 석 달이 안 되는 기간 동안 세이지를 계속 지켜본 위고는 그런 자신의 생각이 편견에 불과했음을 인정하지 않을 수 없었다. 위고가 직접 지켜본 세이지는 그의 편견과 다르게 무척 성실하고 일에 열정적인 청년이었던 것이다. 그의 출신 때문인지 다른 사원들과 조금 겉돈다는 것이 염려거리이긴 했으나, 일에 대해서는 성실한 편이라 사내에서의 평판도 썩 나쁘지는 않았다. 딱 한 번, 세이지를 짝사랑하는 뒤몽 자작의 둘째 딸이 찾아와서 난동을 부렸던 것만 제외하면 말이다.

그는 마침내 세이지를 자신이 사랑해 마지않는 포콩 펠르랭의 일원으로 여기게 되었다. 위고는 회사 대표로서 참가하는 공식 행사가 있을 때면 항상 세이지를 동행시켰고, 언젠가 그가 그 스스로의 능력으로 자신의 위치까지 오르길 기대하고 있었다. 바로 오늘 아침에 세이지가 제출한 한 장의 서류를 확인하기 전까지.

콧등에 얹힌 동그란 뿔테안경을 고쳐 쓰며 위고가 떨리는 목소리로 물었다.

"대체 무슨 생각이오?"

"보시는 그대로입니다."

"당신은 이곳에 온 지 석 달도 지나지 않은 것으로 알고 있소만."

위고의 물음에 세이지는 쓴웃음을 지으며 책상 위에 놓인 사직서를 내려다보았다. 자신 역시 이렇게 빨리 이곳을 떠나게 될 것이라고는 미처 예상하지 못했던 것이다.

"에르나델로 돌아가려고 합니다. 이미 형님에게도 동의를 받은 상태입니다."

"내가 알고 있기로 당신은 이곳에서 삼 년 동안 일하기로 했었던 것 같은데."

말은 그렇게 했지만 위고는 세이지가 삼 년이 지난 뒤에도 라그랑시아에 남아 있길 바라고 있었다. 바로 일주일 전까지만 해도 세이지 역시 자신과 같은 생각을 하고 있으리라 믿고 있었는데.

"대체 무슨 사정이 있었던 것이오?"

"사정이라……."

세이지는 혼잣말처럼 중얼거리며 눈을 가늘게 떴다. 그런 그의 모습을 위고는 조마조마한 심정으로 바라보았다. 부디 그가 지금이라도 마음을 돌이켜 이곳에 남겠다고 해주길.

"혹시 직원들 사이에 무슨 다툼이라도 있었던 건……."

"아니요."

조금 피곤한 얼굴로 세이지가 고개를 가로저었다.

"제가 방해가 될 것 같아서 그렇습니다."

"방해라니?!"

그처럼 성실한 직원이 어째서 일에 방해가 된다는 말인가. 위고의 당혹스러워하는 표정을 지켜본 세이지는 뒤늦게 그의 오해를 정정해 주려는 듯이 재빠르게 말을 이었다.

"회사에 방해가 될 거라는 얘긴 아닙니다. 이건 어디까지나 제 개인적인 문제입니다."

위고는 여전히 세이지의 말을 이해할 수가 없었다. 회사 안에서의 문제가 아니라면 어째서 그가 에르나델로 돌아가겠다고 억지를 부리고 있단 말인가.

지푸라기를 잡는 심정으로 위고가 물었다.

"그 개인적인 문제라는 것이 해결될 가능성은 없는 거요?"

"……영영 해결되지 않을 것 같습니다."

한숨 섞인 목소리로 대답하며 세이지는 창밖으로 시선을 돌렸다. 자신의 답답한 기분과는 정반대로 무심한 하늘은 왜 또 이리 해맑기만 한지.

처음부터 이랬어야 했다. 아스텔이 자신으로 인해 어떤 고통을 겪었는지 뻔히 알고 있었으면서도, 구질구질한 미련 때문에 차마 떠날 결심을 하지 못한 채 이곳에서 얼쩡거리고 있었던 것이다. 자신이 빠른 결단을 내리지 못하고 미적대는 바람에 아스텔은 또 얼마나 큰 고통과 분노를 겪었어야 했나.

이제 무엇으로도 세이지의 결심을 되돌릴 수 없다는 사실을 깨달은 위고는 한숨을 쉬며 그가 제출한 사직서를 수리했다. 짧은 기간이었지만 세이지에게 마음을 많이 썼던 만큼, 그가 떠나고 나면 한동안 속내가 허할 것 같았다.

전무실을 나선 세이지는 때마침 용무가 있는지 문 앞에서 서성이고 있던 한 여직원과 마주쳤다. 미셸이 쳐들어왔던 날, 그녀에게 들볶여 세이지를 호출한 안내 데스크의 여직원이었다.

"본의 아니게 이야기를 엿들었습니다. 떠나신다면서요, 무슈."

"그렇게 되었습니다. 그동안 여러모로 폐를 끼쳐드려 실례가 많았습니다."

"천만에요."

여직원은 세이지의 말이 무슨 의미인지 알아챈 듯, 어색한 미소를 지으며 손을 저었다.

"뒤몽 자작 영애에 관한 일이라면 괜찮습니다. 저야말로 그날 미팅 중에 막무가내로 연락을 드려서 죄송했던걸요."

"마드모아젤은 그때 당연한 조처를 하신 겁니다."

"다른 업체도 아니고 트레플과 미팅 중이셨잖아요. 제가 잘만 대처했어도 계약이 불발로 끝나지는 않았을 텐데."

"제가 그 자리에 계속 남아 있었대도 계약이 성사됐을지는 장담할 수 없는 일 아닙니까."

세이지의 거듭된 옹호에 여직원은 그제야 마음이 놓인 눈치였다. 그녀는 세이지가 떠나고 나면 많이 생각날 것 같다면서 쑥스러운 웃음을 짓기도 했다.

"여하간 마음 써주셔서 감사합니다."

사직서가 수리된 후, 세이지는 델플린드로 돌아가기 위해 주변을 하나둘씩 정리하기 시작했다. 우선 회사에서는 그를 대신하여 일할 후임에게 인수인계를 하기 시작했고, 하숙집의 주인인 뒤보아 부인에게는 자신이 이달까지만 머물다 떠날 것이라고 통보했다. 짐을 정리하는 과정에서 델플린드로 가지고 가지 않을 물건들은 버리거나 되팔기도 했다.

다만 아스텔에게 돌려받은 돈이 조금 골치였는데, 세이지는 그녀가 바랐던 것처럼 그 돈을 가질 마음은 전혀 없었다. 굳이 그 돈이 아니더라도 세이지에게는 사망한 부친으로부터 물려받은 재산이 넉넉하게 있었다. 더군다나 정말로 그 돈을 받아버리면 아스텔과 미약하게나마 이어져 있던 무언가가 완전히 끊어져 버릴 것 같은 기분이 들어, 영 돌려받을 마음이 들지 않았던 것이다.

마지막으로 이 정도의 사소한 고집은 부려도 괜찮은 것 아닐까. 세이지는 그렇게 스스로의 행동을 합리화하며 돌려받았던 돈으로 아스텔 명의의 계좌를 개설했다. 그녀가 급하게 돈이 필요해질 경우, 언제라도 찾아서 사용할 수 있도록.

세이지가 에르나델로 돌아간다는 소식은 오래 지나지 않아 라그랑시아의 사교계 내에 파다하게 퍼졌다. 그에게 애지중지하는 귀한 딸을 빼앗길까 봐 늘 전전긍긍하던 뒤몽 자작은 세이지가 떠난다는 소식에 쌍수를 들며 기쁨을 감추지 못했다. 그는 그 소식이 얼마나 기뻤던 건지, 십 년 넘게 마시지도 못하고 소중히 보관하기만 하던 최고급 와인을 개봉하여 축배를 들기까지 했다.

뒤몽 자작의 세 자녀 중, 세이지의 소식을 가장 먼저 접한 것은 장녀인 클로에였다. 짓궂은 클로에는 곧바로 레슨 중인 미셸에게 달려와 아는 체를 하며 그녀를 약 올리려 했다.

"미셸, 들었니? 네가 그토록 좋아하던 무슈 아르망이 고국으로 돌아간다던데."

클로에의 갑작스러운 발언에 매끄럽게 이어져 나가던 피아노 선율이 별안간 뚝 끊겨 버리고 말았다. 말없이 클로에를 바라보던 미셸은 이윽고 대수롭지 않다는 표정을 지으며 악보가 펼쳐진 보면대 쪽으로 고개를 돌렸다.

"이젠 나랑 상관없는 일이야."

"후후, 과연 진심일까?"

"믿든 말든 맘대로 해."

미셸은 의외로 시큰둥한 반응을 보였으나, 곁에서 미셸을 지도하고 있던 아스텔은 클로에의 말을 쉽사리 넘겨들을 수가 없었다. 애써 평정을 가장한 아스텔은 아무렇지 않은 척하며 클로에에게 질문했다.

"무슈 아르망이 떠난다고요? 무슨 일로 떠난다고 하던가요?"

"그것까진 모르겠어요. 뭔가 개인적인 사정이 있다고 하던데."

클로에는 자신도 자세한 이유는 알 수 없다며 어깨를 으쓱해 보였다. 이곳에서 멀쩡하게 직장도 다니고 있던 남자가 갑자기 무슨 이유로 돌아가겠다고 하는 걸까. 아스텔은 입안이 갑작스레 바짝 마르는 것을 느꼈다.

영문을 알 수 없었다. 그녀는 세이지에게 두 번 다시 나타나지 말라고 입버릇처럼 말하곤 했으나, 막상 그 소원이 정말로 이루어지게 되자 마음이 즐겁기는커녕 혼란스럽기만 했다. 그것은 자신이 늘 바라던 '후련함'과는 거리가 먼 감정이었다.

"혹시 언제 떠나는지 알 수 있을까요?"

"그것도 잘 모르겠어요. 마드모아젤께서는 무슈 아르망이 신경 쓰이시는 건가요?"

"아니요."

자신이 말해놓고도 그다지 설득력이 없는 대답이었다. 클로에는 의미심장한 시선으로 아스텔을 바라보았지만, 그 이상으로 집요하게 캐묻는 대신 말없이 피아노실을 빠져나갔다. 거짓말에 소질이 없는 아스텔에게 있어서는 무척 다행스러운 일이었다.

고개를 돌린 아스텔은 다시 미셸과의 레슨을 진행하기 시작했다. 최근의 미셸은 연습량도 늘어나고 레슨 시간에 보이는 집중력도 좋았기 때문에 빠르게 실력이 향상되고 있는 중이었다.

하지만 유감스럽게도 이번에는 미셸이 아닌 아스텔이 레슨에 제대로 집중할 수가 없었다. 이유는 짐작이 갔지만.

"선생님, 괜찮으세요?"

미셸의 걱정스러운 목소리에 아스텔은 자신도 모르는 새 딴생각을 하고 있었다는 사실을 간신히 깨달았다. 지금까지 레슨 시간에 단 한 번도 한눈을 판 적이 없었던 아스텔은 그 사실에 작지 않은 충격을 받았다.

"죄송합니다, 아가씨."

"저는 괜찮아요."

미셸은 아스텔에게 무언가 묻고 싶어 하는 기색이었으나, 차마 물어볼 엄두는 나지 않았는지 달싹거리던 입술을 이내 꼭 다물었다. 아스텔은 양심의 가책을 느끼면서도 미셸의 그런 모습을 일부러 못 본 체했다. 만에 하나 미셸이 용기를 내어 질문을 한다 한들, 자기 자신도 뭐라고 대답해야 좋을지 알 수 없었기 때문이다.

정신 차리자. 아스텔은 이제 일주일밖에 남지 않은 미셸의 합동 연주회를 떠올리며 마음을 다잡았다. 뒤몽 자작 부부에게 그동안 물심양면으로 지원을 받은 것을 생각하면, 아스텔도 이번 연주회를 결코 가볍게 여길 수 없었다.

미셸의 모친인 뒤몽 자작부인은 그녀의 막내딸이 참석하는 합동 연주회에 거는 기대가 매우 컸다. 그녀는 하루가 멀다 하고 피아노실을 들락거리면서 연습을 하고 있는 미셸에게 훈수를 두지 못해 안달이었다. 뒤몽 자작부인이 얼마나 유난을 떨어댔는지, 당사자 미셸은 물론이고 연주회에는 참석하지도 않는 클로에마저 학을 뗄 정도였다.

예의 합동 연주회는 어머니들의 사교 모임에서 우연히 나온 아이디어가 그 시초였으나, 악기를 다룰 줄 아는 딸을 둔 귀부인들이 너도나도 기세하면서 점점 본격적인 계획으로 진행되기 시작했다. 급기야는 연주회가 열리는 장소가 얼마 전에 준공된 바스티아 대극장으로 확정되면서, 이 연주회는 더 이상 일부 귀족 영애들의 취미 활동에 국한된 연주회가 아니게 되었다.

일각에서는 라그랑시아 왕립음악원의 원장이자 클레멘트 여후작인 릴리안 프리실라 드 샤를이 이 합동 연주회를 관람하러 올지도 모른다는 소문이 돌기까지 했다. 그런 상황이니만큼 미셸을 왕립음악원에 입학시키고 싶어 하는 뒤몽 자작부인이 이 행사에 열을 올리고 있는 것도 어찌 보면 당연한 일이었다.

합동 연주회에 관심을 두는 것은 비단 귀족 여인들만이 아니었다. 공연장인 바스티아 대극장이 준공된 이후, 처음으로 열리는 공식 행사로 이 합동 연주회가 낙점되면서, 건축계에 종사하는 관계자들 역시 이 행사에 관심을 보이기 시작한 것이다. 특히 바스티아 대극장은 포콩 펠르랭의 대주주 중 한 명인 델플린드 백작이 거액의 돈을 투자하여 지은 건물이었던 터라, 포콩 펠르랭에 소속된 임직원들에게도 이 연주회의 초청장이 상당수 배부되었다. 그것은 델플린드 백작의 아우인 세이지 역시 예외는 아니었다.

"델플린드 백작께서는 참석하지 않겠다고 하셨소?"

"본래대로라면 참석할 예정이었는데 형수님께서 임신을 하셨다고 하더군요."

델플린드 백작부인의 예상치 못했던 임신 소식에 위고는 제법 놀란 표정을 지었다. 그는 얼떨떨한 얼굴로 세이지와 악수를 나누며 로렐 대신 그에게 축하의 말을 전했다.

"형님께 축하한다고 말씀 전해주시길 바라오."

"물론입니다."

세이지는 본래 연주회 일정보다 일찍 귀국할 예정이었지만, 형인 로렐이 바스티아 대극장의 개장 행사에 참석하지 못하게 되면서 그가 대리로서 참석하게 되었다. 그는 부친인 전대 델플린드 백작의 사망 이후로 단 한 번도 연주회를 관람한 적이 없었다. 아스텔과 둘이 함께 준비했지만, 아버지의 죽음으로 끝내 열지 못했던 연주회 때문이었다.

그러고 보니 이 연주회에는 그녀가 가르치는 뒤몽 자작의 막내딸도 참가한다고 했던가. 제자가 참석하는 행사이니만큼 아스텔 역시 이 행사를 관람하러 올 가능성이 클 것이다. 세이지는 자신의 마음속에서 아스텔과 마주치지 않았으면 하는 생각과 마지막으로 한 번만 더 그녀의 얼굴을 보고 싶다는 생각이 서로 충돌하는 것을 느꼈다. 하지만 아스텔은 자신과 마주치고 싶어 하지 않을 것이라고 생각하니 잠시 술렁거렸던 마음이 금세 가라앉았다. 대체 자신이 무슨 염치로 그녀의 얼굴을 다시 본단 말인가.

쓸쓸한 기분이 된 세이지는 자신이 라그랑시아를 떠난 후에 그녀가 받아볼 수 있도록 아스텔에게 편지 한 통을 썼다. 돌려받은 돈은 그녀의 명의로 개설한 계좌에 입금시켜 놓았으니 좋을 대로 사용하라는 이야기, 마지막까지 제멋대로 굴어서 미안하다는 이야기, 두 번 다시 라그랑시아에는 얼씬도 하지 않을 테니 염려하지 말라는 이야기, 이 년 전의 일에 대해서는 진심으로 뉘우치고 있으며, 앞으로 그녀의 인생에 행운만이 따르길 바란다는 이야기까지.

세이지는 마지막으로 아스텔을 향한 자신의 마음을 고백하는 문구를 적어놓을지 말 것인지 고민에 고민을 거듭했으나 끝내 그 말만큼은 적지 못했다. 이제 와서 사랑한다는 번드르르한 고백을 늘어놓기엔 두 사람 모두 너무 먼 곳까지 와버린 상태였다. 지금까지 자신이 벌인 짓들을 사랑이라는 명목으로 정당화시키려는 의도로 비춰질 가능성도 간과할 수 없었다. 이런 상황에서 사랑한다고 해봤자 아스텔의 혐오감만 더 강해질지도 모른다.

이제 에르나델로 떠나기까지 남은 일자는 닷새뿐이다. 그는 이때까지만 해도 닷새 후에 아스텔과 자신의 관계에 어떤 변화가 일어날지 상상조차 하지 못하고 있었다.

8. 불타는 극장

5월이 막바지에 이르면서 프륀시아의 3대 축제 중 하나인 5월 축제는 바야흐로 절정을 향해 치닫고 있었다. 알록달록한 꽃과 리본들로 화려하게 꾸며진 도심에는 온갖 명소에 관광객들이 몰려들었고, 프륀시아의 시민들 역시 그에 질세라 거리로 뛰쳐나와 이 기간에만 느낄 수 있는 축제 특유의 들뜬 분위기를 마음껏 만끽했다.

프륀시아의 관광 사업이 일 년 중 최대의 호황을 누리곤 하는 이 시기에는 온갖 숙박업체와 공연장, 미술관, 식당들이 문전성시를 이뤘는데, 특히 사람들이 가장 많은 관심을 두는 장소는 주로 오트 피카르디에 몰려 있는 극장가였다.

공연예술의 성지라는 이명으로도 불리는 오트 피카르디는 그 이름에 걸맞게 연극, 오페라, 연주회 등 각종 공연예술이 성행하고 있는 거리로, 특히 연극인이라면 죽기 전에 한 번쯤은 오트 피카르디의 공연장에 서보는 것이 소원이라고 할 정도로 명성이 자자했진. 그런 명소이니만큼, 가장 최근에 세워진 대규모 공연장인 바스티아 대극장에 얼마나 많은 이들이 관심을 가졌는지는 구구절절이 설명할 필요가 없을 것이다.

바스티아 대극장은 수용 인원이 천 명에 육박하는 주공연장 외에도 다섯 개의 중소규모 공연장과 두 개의 전시장, 야외극장, 식당과 커피숍, 기념품점 등을 두루 갖춘 최신 설비의 극장으로, 기획 단계부터 큰 주목을 받은 건축물이었다. 이 극장은 시설뿐 아니라 삼나무 재질의 피복 철골을 이용하여 고전미와 현대미가 함께 조화를 이루도록 설계한 디자인으로 화제가 되기도 했는데, 설계에 참여한 유명 건축가 장 파브레는 이런 위대한 프로젝트에 참여할 기회를 준 델플린드 백작에게 무한한 감사를 바친다는 낯 뜨거운 찬사를 늘어놓을 정도였다.

이러한 연고로 바스티아 대극장 내의 공연장을 대관하기 위해 허다한 공연기획 업체에서 피 튀기는 경쟁을 벌인 것은 어찌 보면 당연한 일이었다. 특히 사람들은 개장일에 맞춰 주공연장인 루아얄 홀을 대관할 업체가 업계 1, 2위를 다투는 공연기획 업체인 에폴라르와 바바르 중, 어느 쪽이 될지 초유의 관심을 기울이고 있었다. 수많은 술집과 커피 하우스에서 갑론을박이 펼쳐지고, 레베크의 뒷골목 으슥한 곳에 위치한 도박집에서는 판돈이 오가기도 했다.

하지만 그런 사람들의 예상은 전부 보기 좋게 빗나가고 말았다. 루아얄 홀에 처음으로 입성하게 될 영예의 주인공이 귀부인들의 모임에서 발족한 합동 연주회로 낙점되는 반전이 일어났기 때문이다. 바스티아 대극장의 관리인인 툴루즈 남작이 라그랑시아에서 둘째가라면 서러워 할 공처가라는 사실을 간과한 것이 가장 큰 패

착의 원인이었다.

　판돈을 걸었던 사람들은 저마다 자신의 예측이 빗나갔음을 아쉬워하거나 혹은 안도하면서 원금을 회수해 갔다. 내기를 했던 도박꾼 중에 지금의 결과를 예상한 이가 단 한 사람도 없었던 탓이었다.

　여하간 이러한 뜻밖의 결과를 빚은 만큼, 예의 합동 연주회는 프륀시아의 시민들로부터 큰 주목을 받고 있었다. 비매품으로 배부되었을 티켓에 어느새 시세라는 이상한 것이 형성되었고, 연주회에 참가하기로 한 귀족 영애들이 호사가들의 입에서 오르내리기 시작했다. 근거라고 삼을 만한 것은 손톱만큼도 없었지만, 왕립음악원의 원장인 클레멘트 여후작이 이 연주회를 관람하기 위해 방문할 것이라는 소문까지 나돌았다.

　여기서 눈도장을 잘 찍어두면 왕립음악원 입학도 꿈은 아닐지도 몰라. 그런 망상과도 같은 믿음이 연주회에 참가하는 영애들과 그녀의 어머니들 사이로 번져 나가고 있었다. 물론 뒤몽 자작부인이라고 해서 이들 사이에 예외가 되진 않았다.

　"미셸, 이건 절호의 기회란다. 네가 거기서 클레멘트 여후작 눈에 들기만 하면 특례로 왕립음악원에 입학하는 것도 가능할지도 모르잖니."

　"엄만 왕립음악원 원장 자리가 애들 장난으로 보여요? 특례 입학이란 말처럼 그렇게 쉬운 게 아니라구요!"

　"애들 장난이 아니라는 걸 아니까 이런 소릴 하는 거 아니겠니! 이런 기회가 아니면 네가 언제 또 클레멘트 여후작 앞에서 연주를 해볼 수 있겠어?"

　뒤몽 자작부인의 밑도 끝도 없는 강짜에 미셸은 더 이상 할 말을 찾지 못했다. 그녀는 입 밖으로 소리 내어 말하지는 않았지만,

그런 어머니를 내심 한심하다는 듯한 눈길로 바라보았다.

막내딸의 반항적인 시선을 금방 눈치챈 뒤몽 자작부인은 눈을 부릅뜨며 미셸에게 잔소리를 하려는 듯이 입술을 빠끔거렸다. 두 모녀 사이에서 오가는 기류가 점점 심상치 않은 기색을 띠기 시작하자, 보다 못한 아스텔이 뒤몽 자작부인과 미셸 사이에 끼어들었다.

"클레멘트 여후작께서 참석하시든, 하시지 않든 이 연주회는 굉장히 중요한 행사예요. 많은 사람이 이번 합동 연주회에 관심을 기울이고 있으니까요. 왕립음악원에 입학할 기회는 이번 연주회가 아니더라도 얼마든지 있고요."

아스텔의 중재에 두 사람의 눈빛이 한결 누그러진 기색을 띠었다. 아스텔은 속으로 안도의 한숨을 쉬며, 이번에는 미셸을 향해 고개를 돌렸다.

"아가씨는 왕립음악원에 들어갈 수 있을 만한 자질을 갖고 계세요. 제가 반드시 아가씨의 재능을 꽃피울 수 있도록 도와드리겠어요."

여전히 부루퉁한 표정을 짓고 있던 미셸은 아스텔의 말에 천천히 고개를 끄덕여 보였다. 하지만 그녀의 얼굴은 여전히 먹구름이 낀 듯 어둡기만 할 뿐, 좀처럼 밝아질 기색을 보이지 않았다.

레슨이 끝난 뒤, 아스텔은 방으로 돌아가 자작곡의 악보를 마저 정리하는 작업을 했다. 만약 이번 연주회에서 미셸이 좋은 결과를 얻게 된다면 자신도 조만간 용기를 내어 르메트르에 찾아가 볼 생각이었다.

악보에 옮겨둔 곡 하나하나에 번호를 붙여가며 순서대로 정리를 해나가던 아스텔은 문득 세이지와 입맞춤했던 다음 날 새로 만들었던 곡을 찾아냈다. 딱히 의식했던 것도 아닌데 멜로디를 떠올리자마자 조건반사적으로 가슴에 불이 붙는 기분이었다.

이미 떠난 사람을 계속 생각해 봤자 무엇한담. 아스텔은 더 이상 세이지를 생각해 봤자 시간 낭비일 뿐이라며 스스로를 다그쳤지만, 한 번 타들어가기 시작한 마음은 좀처럼 사그라들 것 같지 않았다.

공연히 마음이 불안해진 아스텔은 늘 그랬듯이 앞섶 안쪽으로 손을 넣어 부모님의 펜던트를 만지작거렸다. 버릇처럼 펜던트를 쥔 손에 더욱 힘을 주자, 헐거워진 체인의 고리가 풀린 건지 목에 걸려 있던 체인이 스르륵 흘러내렸다.

"고쳐야겠네."

아스텔은 눈썹을 찡그리며 풀린 펜던트가 조지의 것임을 확인했다. 여기서 가까운 세공업자의 공방이 어디였더라. 아스텔이 곰곰이 생각에 잠기려던 찰나, 문밖에서 그녀를 부르는 카롤린의 목소리가 들려왔다.

"아스텔, 저녁 안 먹어요?"

"아니, 먹을 거야."

펜던트를 급히 주머니에 넣은 뒤, 아스텔은 저녁 식사를 하기 위해 곧바로 방을 나섰다. 그녀는 카롤린과 수다를 떨며 저녁을 먹는 사이, 헐거워진 체인의 고리를 고쳐야 한다는 사실을 까맣게 잊어버리고 말았다.

❖

5월의 마지막 날, 오트 피카르디의 거리는 공연을 관람하기 위해 방문한 사람들의 물결로 어지럽게 뒤덮였다. 거리 곳곳에는 수십 명의 노점상이 솜사탕과 츄러스를 비롯한 온갖 주전부리들을 팔았고, 소매치기들은 미꾸라지처럼 인파 사이를 노닐면서 짭짤한 수입을 거두고 있었다.

한산한 곳을 찾기가 더 어려울 정도로 붐비는 극장가 사이에서도 유난히 사람들이 더 많이 몰리는 곳이 있었다. 바로 오늘을 맞아 처음으로 정식 개장을 한 바스티아 대극장이었다. 프뢴시아의 시민들은 소문으로만 무성하던 바스티아 대극장의 실체를 두 눈으로 직접 확인하고 싶어 안달이 나 있었다. 심지어 공연 티켓이 없으면서도 건물 내부를 구경하기 위해 입구 근처를 기웃거리는 사람들도 적지 않았다.

부친의 동행이 아닌 주인공으로서는 처음으로 공식 석상에 나서게 된 미셸은 애써 의연한 척했지만 떨리는 기색을 완전히 숨기지는 못했다. 극장 안에는 미셸과 마찬가지로 연주회에 참석하기로 한 소녀들이 화사한 드레스와 화려한 꽃다발에 둘러싸인 채, 상기된 표정으로 사람들과 인사를 나누고 있었다.

누굴 찾는지 부산스럽게 주변을 살피던 뒤몽 자작부인은 마침내 찾고 있던 사람을 발견한 것처럼 미셸의 어깨를 가볍게 두드렸다. 그녀의 목소리는 마치 딸들 또래의 십대 소녀 시절로 돌아간 것처럼 들뜬 기색을 띠고 있었다.

"미셸, 내가 뭐라고 했니? 저기 와인색 드레스를 입은 짙은 밤색 머리의 귀부인이 바로 글레멘트 여후작이시란다."

아스텔은 뒤몽 자작부인이 가리키는 방향을 향해 고개를 돌렸다. 하지만 그녀의 시선은 클레멘트 여후작이 아닌, 등을 돌린 채 여후작과 이야기를 나누고 있는 검은 머리의 남성에게 사로잡히고 말았다.

이미 에르나델로 돌아간 줄로만 알고 있었는데. 간신히 가라앉혀 놓았던 가슴이 다시 술렁거리기 시작하는 것을 느끼며 아스텔은 아랫입술을 꽉 깨물었다.

"잠시 실례해도 괜찮을까요? 무슈."

뒤몽 자작부인은 우선 눈도장을 찍어둬야 한다고 주장하며, 내켜하지 않는 미셸을 억지로 잡아끈 채 클레멘트 여후작에게 다가갔다. 대화를 나누던 중, 누군가의 난입에 고개를 돌린 세이지는 익숙한 얼굴의 두 모녀와 조금 떨어진 곳에 덩그라니 서 있는 아스텔의 모습을 발견했다.

"저는 괜찮습니다. 자리를 비켜드리겠습니다, 마담."

그는 세 사람이 대화를 나눌 수 있도록 배려한다는 핑계로 곧바로 극장 로비를 빠져나갔다. 아스텔은 그런 세이지의 뒷모습을 눈으로 좇으며 잠시 고민하던 끝에 바람을 쐬고 오겠다는 핑계로 그를 따라나섰다. 아스텔로서는 더 이상 스스로 인생을 꼬는 짓은 하고 싶지 않았지만 어차피 이제 곧 떠나겠다는 사람이었다.

아주 잠깐, 아주 잠깐만 멀리서 지켜보는 것 정도는 괜찮지 않을까.

세이지는 아스텔이 자신을 따라 나왔다는 사실조차 눈치채지 못한 채 먼 하늘을 바라보고 있었다. 어딘가 공허해 보이는 그의 뒷모습을 지켜보고 있자니 말로 표현할 수 없는 감정들이 아스텔의 마음속에서 휘몰아쳤다.

어째서. 어째서 그토록 쓸쓸해 보이는 표정을 짓고 있는 거냐고. 여태껏 이곳에서 잘만 지내다가 갑자기 떠난다는 이유가 뭐냐고. 설마 자신과의 일 때문에 떠나는 거냐고.

한참 동안 먼 곳만을 바라보던 세이지는 슬슬 극장 안으로 들어가려고 하는지 몸을 돌렸다. 멀리서도 자신의 모습을 발견한 그가 눈을 크게 뜨는 광경이 눈에 들어왔다. 아스텔은 충동적으로 먼저 입을 열고 말았다.

"떠난다면서요."

"어떻게……."

"날 바보로 취급하는 것도 정도껏 해둬요."

아스텔의 날 선 목소리에 세이지는 아무 대꾸도 하지 않았다.
아스텔은 그런 그의 모습이 오히려 더 답답하게 느껴졌다.

긍정하는 말이든, 반박하는 말이든, 아무 말이라도 좋으니 제
발 한마디만 했으면.

세이지는 오래 지나지 않아 그녀의 바람대로 다시 입을 열었다.

"모를……, 알아도 신경 쓰지 않을 거라고 생각했어."

"신경 쓰이지 않을 리가 있나요."

무심한 듯 짜증이 섞인 목소리로 아스텔이 대답했다.

"당신이라는 사람이 어지간히도 짜증나게 굴어야지."

"……."

"가서……."

언제 돌아올 거냐는 질문을 하려던 아스텔은 이내 입을 다물었
다. 자신은 이미 충분하고도 넘칠 정도로 그에게 주제넘은 참견을
했다. 이 이상 그에게 꼬치꼬치 캐물어봤자, 자신이 그에 대한 미
련을 여전히 떨쳐 내지 못한다는 방증만 되는 것 같았다.

이제 그만하자. 아스텔은 자신의 결심을 실천에 옮기려는 것처
럼 곧바로 몸을 돌렸다. 하지만 무엇 때문인지 무거워진 발걸음만
큼은 쉽사리 떨어지려 하질 않았다.

리허설이 시작될 시간이 가까워지자 아스텔은 미셸과 함께 그
녀의 앞으로 배정된 대기실로 들어섰다. 세이지와의 대화로 인해
마음은 여전히 심란하기 그지없었으나 지금은 그것보다 더 중요한
일이 있었다.

미셸의 대기실 안은 그녀의 부친인 뒤몽 자작의 지인들이 보낸 꽃들로 온통 꽃 천지가 되어 있었다. 미셸은 대기실을 가득 채운 꽃들 사이에서 느베르 백작이 보낸 화환과 카드를 발견하고는 언제 긴장했었냐는 듯이 이맛살을 잔뜩 찌푸렸다.

"이 아저씨 아직도 포기 안 했나 보네."

느베르 백작이 보낸 편지를 손으로 마구 구긴 미셸은 구겨진 편지를 대기실 바닥에 아무렇게나 내팽개쳤다. 아스텔은 그런 미셸의 행동에 당혹스러워하며 그녀가 아무렇게나 구겨 버려 버린 편지를 주워 쓰레기통에 넣었다.

"아가씨. 쓰레기는 쓰레기통에 버리셔야죠."

"에이. 어차피 치우는 사람이 알아서 치울 텐데요, 뭘."

귀족 가문에서 태어나 금지옥엽으로 자란 미셸은 쓰레기를 버려도 대신 치워줄 누군가가 존재하는 것이 당연한 삶을 살아왔을 것이다. 그런 그녀에게 쓰레기를 함부로 버려서는 안 되는 이유에 대해 설파해 봤자 시간 낭비일 뿐이라 아스텔은 속으로 작게 한숨을 내쉴 따름이었다.

오래 지나지 않아 미셸이 리허설을 할 차례가 다가왔다. 미셸은 다행스럽게도 리허설을 실수 한 번 하지 않은 채 완벽하게 끝마쳤다. 미셸의 리허설을 지켜본 뒤몽 자작부인은 흡족한 표정으로 고개를 끄덕여 보이며 무대 위의 딸을 향해 엄지손가락을 치켜들어 보였다.

시간이 흐를수록 관객석은 연주회를 관람하기 위해 몰려든 사람들로 점차 붐비기 시작했다. 미셸을 비롯하여 연주회에 참가하기로 한 소녀들은 저마다 흥분한 기색을 감추지 못한 채 바글거리는 관객석을 흘끔거리며 쉴 새 없이 조잘거렸다.

오후 두시 정각이 되어 모든 관객이 착석하자, 루아얄 홀의 출입문이 굳게 닫히며 강한 조명이 무대 위를 비췄다. 연주회의 첫 번째 순서를 맡게 된 베르나르 공작 영애가 모습을 드러냄과 동시에 수많은 관객의 박수갈채가 쏟아졌다.

연주를 시작하기에 앞서 관객석을 향해 정중하게 인사를 해 보인 베르나르 공작 영애는 곧바로 무대 중앙에 놓인 피아노에 앉아 손가락을 놀리기 시작했다. 유리구슬이 굴러가는 듯한 맑고 청명한 피아노의 음색이 공연장 안으로 퍼져 나가자, 관객들은 하나같이 넋을 잃은 표정으로 무대 위의 소녀에게 시선을 던졌다.

"세상에, 난 이제 어떡하지? 선생님. 방금 들으셨죠? 저게 취미로 하는 사람의 실력이에요?"

무대 뒤에 서서 베르나르 공작 영애의 연주를 훔쳐보던 미셸은 도저히 그녀보다 잘할 재간이 없다며 펄쩍 뛰었다. 아스텔은 긴장한 미셸의 어깨를 다정하게 도닥여 주며, 기가 죽은 그녀를 격려하기 위해 자신의 경험담을 꺼내 들었다.

"너무 염려 마세요, 아가씨. 아까 보니까 첫 리허설을 완전히 망쳤던 저보다 훨씬 잘하시던 걸요."

"선생님이 실수를 하셨다고요? 도저히 안 믿어져요."

미셸은 놀란 눈동자로 아스텔을 바라보았다. 그녀는 지금까지 단 한 번도 자신의 스승이 연주 중에 손가락을 헛디디거나 더듬거리는 광경을 본 적이 없었다. 그런 선생님이 리허설을 망쳤었다니. 미셸로서는 상상도 할 수 없는 이야기였다.

"저도 사람이니까 당연히 실수를 하죠."

그렇게 말하면서 웃는 그녀의 얼굴은 어찌나 담담해 보이던지, 미셸은 여전히 감탄을 금할 수가 없었다.

"그렇게 실수를 했는데 본 무대는 어떻게 성공시키신 거예요? 떨리지 않으셨어요?"

제자의 순진한 질문에 아스텔의 입가에서 한순간 웃음기가 사라졌다. 하지만 그녀는 오래 지나지 않아 다시 웃는 얼굴로 미셸을 마주 바라보았다. 그것이 비록 인위적으로 만들어낸 부자연스러운 미소라고 할지라도.

"막상 실전으로 들어가니까 그렇게까지 떨리진 않더라고요."

거짓말. 마음속에서 누군가가 속삭이는 소리가 들렸지만 아스텔은 그것을 애써 무시한 채 말을 이어나갔다.

"아가씨께서는 리허설을 완벽하게 해내셨으니까, 틀림없이 그때의 저보다 잘 해내실 수 있을 거예요."

미셸은 그제야 조금 마음을 놓은 것처럼 웃었다. 하지만 여전히 밝은 표정이라고 하기에는 약간 거리가 있는 얼굴이었다.

"선생님도 제가 왕립음악원에 입학하길 바라시나요? 너무 뻔한 질문인가."

아스텔의 시선이 무대를 내다보고 있는 미셸의 뒷모습에 가 닿았다. 늘 철딱서니 없게 굴던 미셸은 오늘따라 진지한 얼굴로 무대 위의 베르나르 공작 영애를 바라보고 있었다.

"가끔 그런 생각을 해요. 왕립음악원은 저보다 훨씬 재능 있고 음악에 열정을 가진 사람들이 가야 하는 곳 아닌가 하고요."

"……."

"이상한 소리 해서 죄송해요. 선생님은 절 왕립음악원에 보내주시려고 계속 노력하고 계시는데."

연주를 마친 베르나르 공작 영애가 자리에서 일어나자, 관객석에서는 다시 한 번 우레와 같은 박수 세례가 쏟아졌다. 세 번째 연주자인 미셸은 여전히 긴장이 풀리지 않았는지, 자신의 차례를 기다리는 내내 가슴 위로 성호를 그으며 입으로는 연신 기도문을 읊조리고 있었다.

"잘하고 올게요."

"힘내세요, 아가씨."

오래 지나지 않아 두 번째 연주자인 슈발리에 남작 영애의 연주가 끝나고 마침내 미셸의 차례가 되었다. 커튼 뒤에서는 긴장된다며 내내 우는 소리를 하던 미셸은 막상 자신의 차례가 되자 굉장히 초연한 자세로 피아노에 앉아 연주를 시작했다.

미셸은 타고난 무대 체질인지-물론 그녀의 미모로 이득을 본 부분도 적지 않겠지만- 청중들의 이목을 단숨에 사로잡았다. 관객석으로 돌아간 아스텔은 곁에 앉은 뒤몽 자작부인이 만족스러운 표정으로 미셸을 바라보는 모습을 숨죽여 지켜보았다. 앞 좌석에 앉은 클레멘트 여후작이 미셸의 연주를 집중하여 감상하고 있는 모습도 함께.

청중들로부터 기립박수를 받은 미셸은 그제야 근심을 온전히 떨쳐 버린 것처럼 환한 얼굴로 웃었다. 무대에서 내려온 미셸이 관객석으로 올라오자, 아스텔은 그녀가 모친인 뒤몽 자작부인의 옆자리에 앉을 수 있도록 자리를 비켜주었다.

"정말 멋진 무대였어요, 아가씨."

"전부 선생님 덕분이에요."

"역시 내 딸이다, 미셸."

연주회가 열리기 직진까지 미셸을 달달 볶이대던 뒤몽 지작부인은 조금 전의 연주에 상당히 감복한 듯, 눈시울을 붉히며 막내딸의 손을 감싸 쥐었다. 미셸은 조금 새초롬한 표정을 지으면서도 그것이 썩 싫지는 않았는지 자신의 손을 잡은 어머니의 손을 꽉마주 잡았다.

두 모녀의 다정한 모습을 부러운 눈길로 지켜보던 아스텔은 이제 얼굴조차 기억나지 않는 자신의 어머니 디안을 떠올렸다. 갑작스레 감상에 빠진 그녀는 버릇처럼 늘 지니고 다니던 펜던트를 찾아 가슴팍을 더듬었다. 하지만 평소와 달리 손에 감기는 체인이 하나밖에 없었다.

"설마……."

아스텔의 등 뒤로 식은땀이 흘러내렸다. 그녀 자신도 모르는 사이에 유품인 펜던트 두 개 중 한 개를 잃어버린 것이다. 대체 어디에서 잃어버린 거지? 아침에 자작저를 나오기 전까지만 해도 분명히 지니고 있었는데. 아스텔은 눈앞이 캄캄해지는 것을 느끼며 좌석 아래를 샅샅이 뒤졌지만, 펜던트는커녕 싸구려 동전 한 닢도 눈에 띄지 않았다.

"선생님, 뭐 하세요?"

미셸의 질문에 아스텔은 간신히 좌석 아래로부터 고개를 치켜들었다.

"잃어버린 물건이 있어서요."

"제가 같이 찾아드릴까요?"

도와달라는 말이 목구멍까지 올라왔지만 아스텔은 곧이곧대로 대답하는 대신 고개를 저어 보였다. 아무리 마음이 급해도 뒤몽 자작부인이 바로 곁에 있는 곳에서, 아가씨인 미셸에게 도와달라고 할 수는 없는 노릇이었기 때문이다.

"저 혼자서 찾아볼게요."

아스텔은 미셸을 향해 애써 웃는 얼굴을 지어 보이고는 황급히 자리를 떴다. 만약 펜던트를 이 극장 내에서 잃어버린 것이 맞다면, 잃어버린 장소는 무대의 커튼 뒤나 미셸의 대기실 두 군데 중 한 곳일 것이다. 우선은 가까운 무대 뒤부터 찾아봐야겠다고 생각하며 아스텔은 바삐 걸음을 옮겼다.

무대 뒤에 도착한 아스텔은 미셸의 차례가 돌아오기 전에 그녀와 대화를 나눴던 커튼 근처를 찾아 헤맸으나, 펜던트는 여전히 눈에 띄지 않았다. 어쩌면 이미 다른 사람이 주워가 버린 건 아닐까. 그렇게 생각하자 순간 머리가 아찔해졌다.

아니, 아직 속단하기엔 일러. 아스텔은 미셸의 대기실을 떠올리며 애써 마음을 가라앉혔다. 어쩌면 미셸이 함부로 구겨 버렸던 쓰레기를 주웠을 때 실수로 떨어뜨린 건지도 모른다. 체인에 달려 있던 고리가 헐거워졌을 때 진작 고쳤어야 했는데.

대기실들이 모여 있는 복도로 향하는 그녀의 발걸음이 점차 빨라졌다. 이제 아스텔에게 남은 희망은 그곳밖에 없었다.

아스텔이 펜던트를 찾아 헤매는 사이, 합동 연주회는 순조롭게 막바지를 향해 달려가고 있었다. 무대 뒤에서 대기하고 있던 앙티브 백작 영애는 자신의 차례가 다가오자 떨리는 가슴을 애써 가라앉히며 무대 위를 휘 둘러보았다. 연주회의 마지막 순서를 자신이 차지한 만큼, 가능한 한 관객들에게 인상적인 연주를 선보이고 싶었다.

무대 이곳저곳을 살피던 앙티브 백작 영애의 눈에 문득 이상한 것이 들어왔다. 바로 무대 위에 설치된 커다란 조명 장치였다. 얼핏 보기에는 평범한 조명 장치 중 하나였지만, 앙티브 백작 영애의 눈에 띈 그것은 당장에라도 폭발할 것처럼 불안하게 흔들리고 있었다.

좋지 않은 예감이 급작스레 엄습하는 것을 느낀 앙티브 백작 영애는 자신의 차례가 다음이라는 것조차 잊은 채 황급히 무대를 내려왔다. 관객들은 마지막 차례를 맡은 앙티브 백작 영애가 나타나길 기대하며 무대를 지켜보았지만, 아무리 기다려도 앙티브 백작 영애는커녕 그녀의 그림자조차 비치지 않았다.

"앙티브 백작 영애……?"

"대체 어딜 가신 거죠?"

연주회의 마지막을 장식해야 할 주인공이 좀처럼 나타나지 않자 당혹감에 휩싸인 관객석이 술렁거리기 시작했다. 갑자기 어디가 아파서 쓰러지기라도 한 건가? 걱정에 휩싸인 몇 명의 관객들이 그녀를 찾아봐야 하는 것 아니냐며 자리에서 일어났다. 그러던 와중, 좌석에 앉아 있던 한 관객이 무대 아래에서 관객석으로 올라오고 있는 그녀의 모습을 발견했다.

"앙티브 백작 영애!"

"여기서 뭘 하고 계신 건가요?"

의문에 찬 관객들의 시선이 일제히 앙티브 백작 영애가 있는 쪽으로 향했다. 계단을 급히 오르며 헐떡거리던 그녀는 떨리는 손가락으로 무대 위에 설치된 조명 장치를 가리켰다. 앙티브 백작 영애가 가리키는 방향을 따라 사람들이 무대 위쪽으로 고개를 돌렸다.

"저기 조명이—."

하지만 앙티브 백작 영애의 말은 끝까지 이어지지 못했다. 말이 채 이어지기도 전에 그녀가 가리킨 조명 장치가 요란한 굉음을 내며 그 자리에서 폭발했기 때문이다.

허공에서 넘실거리던 커다란 불꽃은 곁에 매달려 있던 조명들까지 차례로 집어삼킨 것으로도 모자라, 무대 위로 떨어져 주변에 놓인 것들을 닥치는 대로 사르기 시작했다. 불길로부터 솟아오른 희뿌연 매연이 드넓은 공연장 안의 구석구석까지 빠른 속도로 퍼져 나갔다. 술렁거리던 관객석은 삽시간에 혼돈의 도가니에 빠져 버리고 말았다. 귀가 째질 듯한 비명이 공연장 안을 요란하게 뒤흔들었다.

"불이야!"

무시무시한 기세의 불길이 무대를 넘어 관객석으로 번지자, 루아얄 홀에 모여 있던 관객들은 공연장을 탈출하기 위해 모두 출입구로 몰려갔다. 하지만 천 명에 육박하는 관람객들이 한꺼번에 탈출하기엔 다섯 개밖에 없는 루아얄 홀의 출구는 너무나도 비좁았다. VIP석인 발코니석에 있던 관람객들은 좌석 근처의 비상구를 통해 신속하게 대피할 수 있었지만, 일반 좌석에서 관람하던 관객들에겐 탈출할 수 있는 수단이 루아얄 홀의 출입구 다섯 개밖에 없었던 것이다.

모든 관람객이 침착하게 줄을 서서 탈출하더라도 아슬아슬할 판국에, 저마다 자신이 먼저 탈출하겠다며 출구로 밀려드니 무대 앞 좌석에 있던 관객들의 탈출은 더욱 요원해질 수밖에 없었다. 사람들은 각자 자신의 앞에 있는 사람을 밀치고 밟으며, 자신이 먼저 빠져나가겠다고 귀 아프게 고함을 질러댔다.

"당장 저리 비키지 못해?"

"비키려면 네놈이나 비켜!"

신사 숙녀를 막론하고 앞뒤에 선 사람들끼리 주먹질과 발길질이 오고 갔고, 먹물깨나 먹었다는 사람들 사이에서 입에 담기에도 끔찍한 욕설이 오고 갔다. 루아얄 홀에 모인 관객들은 대부분 중산층 이상의 신분과 재력을 지닌 저명인사들이었으나, 생사를 가르는 절체절명의 순간에도 매너를 찾을 수 있는 교양인은 아무도 존재하지 않았다. 오로지 생에 대한 집착과 본능으로 똘똘 뭉친 야만인들만 존재하는, 그야말로 아비규환이나 진배없는 풍경이었다. 사람들이 저마다 서로 밀치고 밟는 와중에 다른 이들에게 짓눌려 압사당하는 사람도 속출하기 시작했다.

극장에 모인 이들 중에 삶을 포기하려는 사람은 아무도 존재하지 않았지만, 무정한 불길은 인간들의 편의를 전혀 봐주지 않았다. 거센 화염이 주변의 사물들을 하나하나 삼켜가며 내뱉는 유독가스에 사람들은 하나둘씩 질식하여 맥없이 쓰러져 갔다.

미처 탈출하지 못한 사람들은 안에서 빠져나가기 위해 몸부림을 치고 있었으나, 먼저 탈출한 사람들이라고 해서 마냥 희희낙락하며 안도하고 있는 것은 아니었다. 탈출에 성공한 관객 중, 일행과 함께 빠져나오지 못한 이들은 합류하지 못한 일행이 아직 극장 안에 남아 있는 것은 아닌지 전전긍긍하고 있었다. 그들은 극장에서 탈출한 사람들의 무리를 비집고 돌아다니며, 합류하지 못한 일행의 이름을 큰 목소리로 외쳐 불렀다.

"페르난드! 어디 있니, 페르난드!"

"제발 있으면 대답해! 멜리사!"

"혹시 빨간 머리에 키는 이만한 남자 못 보셨나요? 입가에 점이 있구요……."

대다수의 사람은 실낱같은 희망을 완전히 버리지 못한 채 일행을 찾아 헤매고 있었지만, 개중에는 비탄과 절망에 잠겨 울고 있는 사람들도 있었다. 미셸은 어머니인 뒤몽 자작부인과 함께 무사히 극장을 탈출했으나, 미처 데리고 오지 못한 아스텔을 떠올리며 눈가가 짓무르도록 눈물을 그치지 않았다.

"그때 선생님을 보내드리지 말았어야 했는데, 하다못해 연주회가 끝날 때까지만 기다리시라고 말씀드렸더라면……."

"미셸, 그건 네 탓이 아니란다."

"하지만, 저만 아니었어도 선생님이 혼자 남게 되는 일은……."

"그게 대체 무슨 소리지?"

대화에 급작스레 끼어든 한 남성의 목소리에 두 모녀는 목소리가 들려온 쪽으로 일제히 시선을 돌렸다. 낯빛이 창백하게 질린 검은 머리의 남성이 인파를 헤치면서 그들이 있는 곳을 향해 다가오고 있었다.

"누가 극장에 남아 있다고?"

"선생님……, 마드모아젤 마예르가……. 잃어버린 게 있다고 무대 쪽으로 내려가신 이후로……."

푸른 홍채에 싸인 동공이 커졌다가 작아지며 미세하게 경련했다. 부정하고 싶었던 가능성을 미셸의 입을 통해 확인 사살당한 세이지는 연기가 솟아 나오고 있는 극장을 향해 고개를 돌렸다. 굳게 다물린 입술 사이로 뿌드득 이 가는 소리가 흘러나왔다.

"소방대는 아직 오지 않고 뭘 하고 있는 거죠? 우리 그이가 아직 안에 있다구요!"

"조금만 더 기다려 주십시오, 마드모아젤. 소방대가 지금 오고 있으니……."

"조금만 더, 조금만 더! 그래서 대체 언제 온다는 건데요! 네?!"

루아얄 홀에서 화재가 일어났다는 소식은 극장 바깥으로 빠르게 전달되었으나, 사망자가 속출하는 지경에 이르기까지 소방대는 여전히 도착할 생각을 하지 않았다. 개장 당일에 불이 났다는 소식을 접한 구경꾼들이 극장 주변에 빽빽하게 몰려드는 바람에, 소방대가 도저히 진입할 수 없는 지경에 이르렀던 것이다.

소방대가 도착한다고 한들 미처 탈출하지 못한 사람들을 전부 꺼내줄 방도가 있는 것은 아니었지만, 사람들은 그것이 유일한 해결책이라도 되는 것처럼 간절한 마음으로 소방대를 기다리고 있었다. 하지만 이대로 기다리기만 한다면 아스텔은 분명히 목숨을 잃을 것이다. 어쩌면 이미…….

거기까지 생각한 세이지는 더 이상 기다리는 것을 포기한 채 건물 안쪽으로 뛰어들어 갔다. 등 뒤에서 경악한 사람들이 비명을 지르며 만류하는 소리가 들렸지만 그는 돌아보려 하지도 않았다.

아스텔이 존재하지 않는 세상 따윈 살아갈 가치가 없었다. 만약 그녀를 끝내 구출하지 못한다면, 이번에야말로 아스텔이 목숨을 잃은 곳에서 함께 생을 마칠 것이다.

❖

미셸의 대기실로 돌아간 아스텔은 오래 지나지 않아 쓰레기통 근처의 바닥에 떨어져 있던 펜던트를 찾아냈다. 바닥에 깔린 양탄자 때문에 펜던트가 떨어질 때 소리가 나지 않았던 모양이다.

"역시 여기 있었구나……."

아스텔은 안도의 한숨을 내쉬며, 주워든 펜던트를 품 안에 챙겨 넣었다. 내일에야말로 레슨이 끝나는 대로 세공업자를 찾아가 체인의 고리를 고쳐야겠다고 결심하면서.

다시 대기실을 나선 아스텔은 무대와 연결된 통로를 통해 시커먼 매연이 밀물처럼 들어오고 있는 광경을 발견했다. 미셸의 대기실 안으로 들어가기 전까지만 해도 볼 수 없었던 광경이었다. 그녀의 비루한 상상력을 동원해 봤을 때, 이런 곳에서 연기가 나고 있을 만한 이유는 오직 한 가지밖에 없었다.

설마……. 아스텔은 심장이 덜컥 내려앉는 것을 느끼며 다급한 걸음으로 무대 쪽을 향해 다가갔다. 손수건으로 코와 입가를 막았는데도 계속해서 흘러들어 오는 매연 탓에 자꾸만 눈물이 쏟아지고 기침이 나왔다.

간신히 공연장과 이어진 입구까지 다가간 아스텔은 눈앞에 펼쳐진 지옥도의 풍경에 한순간 모든 사고가 정지해 버리는 것을 느꼈다. 무대는 이미 불바다가 되었고, 수백 명의 사람이 개미떼처럼 출구로 몰려들어 서로 밀치고 밟으면서 고함을 지르고 있었다. 입구로부터 멀리 떨어진 곳에 있는 몇몇 사람들은 이미 질식해서 숨이 끊어진 건지 관객석에 축 늘어진 채 미동도 하지 않았다. 악몽에서조차 보기 어려울 정도로 끔찍한 광경이었다.

반사적으로 사람들이 모여 있는 출입구 방향을 향해 달려가려던 아스텔은 자신의 앞을 가로막고 선 불길의 기세에 주춤거리며 자리에서 물러났다. 그녀는 초조한 시선으로 불타는 무대와 공연장의 출구를 번갈아 바라보았다. 목숨이 왔다 갔다 하는 급박한 상황에서 침착한 사고를 하긴 무척 어려웠지만, 여기서 불길을 뚫고 나가 사람들로 빽빽한 출구를 통해 탈출한다는 것은 아무리 생각해 봐도 불가능에 가까웠다.

진로를 바꾸기로 마음먹은 아스텔은 방향을 틀어 자신이 왔던 대기실 쪽을 향해 힘껏 내달렸다. 이미 연기로 자욱해져 한 치 앞도 내다보기 어려운 복도 안에서, 아스텔은 비상구를 찾아 복도의 벽을 더듬거리며 앞으로 계속 나아갔다. 근처에 환풍구가 있는지 웅웅거리는 소리가 울리면서 바람이 이는 것이 느껴졌다. 아주 조금이지만 숨통이 트였다.

복도가 끝나는 지점에 간신히 도달한 뒤, 아스텔은 비상구의 문을 찾기 위해 벽을 열심히 더듬었다. 하지만 아무리 벽을 더듬어봐도 문고리는커녕, 손에 걸리는 것이 아무것도 없었다.

설마 막다른 길이었나. 순간 간담이 서늘해지면서 등에서 식은 땀이 났다. 잠시간은 환풍구 근처에서 버틸 수 있겠지만, 비상구를 끝내 찾지 못한다면 이곳에서 질식사하는 것은 시간문제였다.

내가 죽는다고? 이런 곳에서?

이미 한 차례 목숨을 끊으려 물에 뛰어든 적도 있던 주제에, 막상 이런 곳에서 마음의 준비도 없이 생을 마친다고 생각하니 삶에 대한 미련이 물밀 듯이 밀려왔다. 죽고 싶지 않아. 오직 그 생각만이 아스텔의 머릿속을 온통 지배했다.

"제발 살려줘요……."

들어줄 사람 하나 없이 외따로 떨어진 공간에서 아스텔은 헐떡거리며 나타나지 않는 누군가에게 도움을 청했다. 매연 때문인지, 삶에 대한 미련 때문인지, 눈에서 자꾸만 눈물이 쏟아졌다.

"흑……."

아스텔은 손수건으로 얼굴을 가린 채, 끊임없이 흘러내리는 눈물을 문질러 닦았다. 하지만 아무리 닦고 닦아도, 쏟아지는 눈물은 도저히 멎을 생각을 하지 않았다.

시간이 얼마나 흐른 걸까. 반대편에서 시끄럽게 아우성치던 사람들의 소리가 어느새 뚝 끊겨 들려오지 않았다. 그 사람들이 지금쯤 어떻게 되었을지 생각하지 않으려고 해도 자꾸 생각났다.

이제 정말 끝인 거겠지. 아스텔은 이제 아무리 기다려도 자신을 구하러 올 사람이 없으리란 사실을 받아들일 수밖에 없었다. 아주 만에 하나 누군가가 자신을 찾으러 온다 해도 그때까지 자신이 버틸 수 있을 것 같지도 않았다.

살아날 길을 포기하기가 무섭게 알트만 가문에 입양된 이후로 지금까지 겪었던 일들이 주마등처럼 스쳐 지나갔다. 두 번 다시 꼴도 보고 싶지 않다고 몇 번이나 말했던 주제에, 왜 정작 죽을 순간이 다가오니 그 사람의 얼굴이 보고 싶어지는 걸까.

아니, 사실은 알고 있었어. 내가 어째서 이 순간 당신을 떠올린 건지, 어째서 당신을 보고 싶어 하는 건지.

왜냐하면…….

"나……."

이어지지 않는 말이 아스텔의 입술 사이에서 맴돌았다. 숨이 점점 가빠지고 머릿속이 조금씩 멍해졌다.

아스텔은 허물어지듯이 바닥에 힘없이 주저앉았다. 기분 탓일까. 누군가가 자신의 이름을 외쳐 부르는 소리가 멀리서 울려 퍼지고 있었다.

"아스텔!"

이것도 죽기 전의 환청일까. 아스텔이 너무나 잘 알고 있는 목소리가 생생하게 뇌리에 울려 퍼졌다. 그녀가 이 순간, 너무나 보고 싶어 하던 남자의 목소리.

"아스텔!"

아니, 이건 환청이 아니다. 남자의 목소리가 한 번 더 귀청을 때리고 나서야 아스텔은 그 사실을 간신히 깨달을 수 있었다.

"도, 도와……, 줘……!"

정신이 번뜩 뜨인 아스텔은 마지막으로 젖 먹던 힘을 다해 소리를 질렀다. 너른 복도의 반대편에서 누군가가 달려오는 발걸음 소리가 점점 더 가까워지고 있었다.

아아, 역시 당신이었어.

눈물과 매연으로 흐려진 시야 너머로 익숙한 남자의 실루엣이 비쳤다. 남자는 세상 모든 위험으로부터 그녀를 지켜내겠다는 것처럼 단단한 팔을 뻗어왔다. 아스텔은 남자의 손을 뿌리치는 대신, 그를 향해 두 팔을 내밀었다.

"가자."

남자는 그렇게 말하며 이스텔을 꽉 들어 안았다. 이제 두 사람을 떼어놓을 수 있는 것은 아무것도 없었다.

✢

다음 날, 라그랑시아에서 발행되는 3대 메이저 신문의 헤드라인에는 바스티아 대극장에서 일어난 화재 사건이 일제히 특종으로 실렸다. 신문사들은 포콩 펠르랭의 임원들을 상대로 인터뷰를 따내기 위해 수단과 방법을 가리지 않았으나, 끝내 거절당한 것에 대한 분풀이라도 하듯, 화재에 무방비한 설계와 시공에 대해 신랄하게 물고 뜯는 기사들을 두 면에 걸쳐 게재했다.

사건 당일에 입장했던 천여 명의 관객 중, 삼백 명이 넘는 사망자와 오백 명에 육박하는 부상자가 속출한 이 사건으로 인해 하늘 높은 줄 모르던 포콩 펠르랭의 주가는 유례없는 대폭락을 기록했다. 피해자들과 그들의 가족들은 포콩 펠르랭을 상대로 대규모의 집단 소송을 준비하기 시작했고, 병원들은 극장에서 실려 온 부상자들의 처치로 몸살을 앓고 있었다. 사태가 점점 심각해지자, 로렐은 사건의 수습을 위해 프뤼시아를 직접 방문하겠다는 통지를 포콩 펠르랭 측으로 보내왔다.

대주주인 델플린드 백작이 방문한다는 소식에, 이미 한 차례 폭격을 맞은 포콩 펠르랭의 사무실은 다시 한 번 발칵 뒤집히고 말았다. 델플린드 백작의 하나뿐인 동생인 세이지의 행방이 아직 미궁에 빠져 있었기 때문이다.

"무슈 아르망이라면 아직 돌아오지 않았어요."

하숙집의 주인인 뒤보아 부인은 화재가 일어난 당일 이후로 세이지가 한 번도 집에 돌아오지 않고 있다고 부연설명을 늘어놓았다.

"방에 있는 그의 짐들도 그대로 남아 있어요. 누가 손을 댄 흔적도 없고요."

"혹시 그가 신세를 질 만한 지인은 없습니까?"

"나는 잘 몰라요. 무슈 아르망은 다른 사람을 데려오는 경우가 좀처럼 없었으니까."

거기까지 말하던 뒤보아 부인은 한 발 늦게 생각났다는 듯이 뒷말을 덧붙였다. 그녀는 말을 이어나가면서도 징그러운 것을 떠올리기라도 한 것처럼 몸서리치기도 했다.

"그 자작가 사람들은 논외로 치고 말이죠. 자작부터 시작해서 딸에 교사까지, 하나같이 징글맞은 사람들이었어요."

"······그렇군요. 혹시 나중에라도 무슈 아르망이 돌아오면 연락 부탁드립니다."

"그러죠."

사건 당일에 세이지가 문제의 연주회를 관람한 것은 확실했지만, 그의 좌석은 비상구와 근접해 있었기 때문에 탈출하지 못했을 가능성은 희박했다. 포콩 펠르랭의 전무이사 위고는 화재가 일어났을 당시에 세이지를 목격했다는 이들을 찾아 증언을 요청했다.

그러나 목격자들은 하나같이 입을 모아 믿을 수 없는 진술을 늘어놓았다. 바로 세이지가 불이 난 극장 안으로 다시 뛰어들었다는 것이다. 믿을 수 없는 말이었지만 모든 목격자의 증언이 일치하니 단순한 헛소리로 치부할 수도 없는 노릇이었다.

마음이 급해진 위고는 프륀시아에 위치한 병원을 순회하며, 세이지와 비슷한 인상착의의 환자가 나타나지 않았는지 수소문하기 시작했다. 최악의 경우, 불에 타 신원을 알아보기 어려운 상태의 시신 중에 그가 포함되어 있을 가능성도 무시할 수 없었지만, 위고는 세이지가 살아 있을 가능성을 먼저 염두에 두고 움직이기로 했다. 세이지처럼 앞날이 창창한 청년이 목숨을 잃었다니, 그런 끔찍한 상황은 꿈에서조차 상상하고 싶지 않았다.

❖

건물 안으로 돌아온 세이지는 물에 적신 손수건으로 코와 입을 막고 급히 비상구의 문을 열었다. 루아얄 홀의 출입구는 극장을 탈출하는 관객들로 인해 접근조차 할 수 없는 상태였으므로, 그는 자신이 빠져나왔던 비상구를 이용하여 공연장 안으로 다시 들어가야 했다.

세이지가 앉아 있던 좌석은 발코니석이었던 탓에 그렇지 않아도 끔찍한 극장 내부의 전경이 한눈에 들어왔다. 그는 다시 극장 밖으로 도망치고 싶은 충동을 애써 억누르며, 출입구로 몰려든 무리의 틈에 아스텔이 끼어 있지 않은지 샅샅이 살펴보았다. 하지만 불행인지 다행인지, 출입구 근처에 몰린 사람 중에 아스텔의 모습은 눈에 띄지 않았다.

세이지는 아스텔이 무대 쪽으로 내려갔다는 미셸의 증언을 떠올리며 불길이 타오르고 있는 무대 근처를 바라보았다. 혹시 이미 불길에 휩싸이기라도 한 건 아닐까. 갑자기 숨이 턱 막혀왔다.

바로 그때였다. 무대 근처의 통로에서 아스텔로 보이는 금발의 여성이 고개를 내미는 모습이 세이지의 눈에 포착되었다. 아스텔로 추정되는 여성은 자신의 앞을 가로막은 불길과 사람들로 빽빽하게 막힌 출입구를 번갈아 바라보더니, 몸을 돌려 다시 통로 안쪽으로 모습을 감췄다.

아직 살아 있구나. 한순간 싸늘하게 얼어붙었던 그의 심장이 다시 쿵쿵거리며 맥박치기 시작했다.

아스텔이 움직인 경로를 보아 짐작하건대, 그녀는 대기실의 복도와 이어진 비상구를 이용하여 탈출하기로 한 것이 분명했다. 포콩 펠르랭에서 근무했을 당시에 극장 내부의 설계도를 얼핏 본 적이 있는 세이지는 아스텔이 탈출하려는 비상구 쪽으로 돌아가서 그녀를 데리고 나오기로 마음먹었다.

세이지는 대기실 복도와 이어진 비상구의 위치를 떠올리며 서

둘러 발걸음을 옮겼다. 대기실의 복도 안쪽까지 불이 번지려면 시간이 좀 더 소요되겠지만, 불이 번지기 전에 아스텔이 유독가스에 질식할 가능성도 간과할 수는 없었다.

대기실의 복도와 이어진 통로 안으로 진입한 세이지는 복도 안을 가득 메운 새카만 매연에 가슴이 덜컥 내려앉는 것을 느꼈다. 어느 정도 예상은 하고 있었지만 그가 생각했던 것보다 유독가스가 퍼지는 속도가 더 빨랐다. 더 이상 꾸물거렸다간 아스텔은 정말로 목숨을 잃을지도 모른다.

"아스텔!"

세이지는 목이 터지도록 그녀의 이름을 외치며 한 치 앞도 보이지 않는 복도를 내달렸다. 입을 벌릴 때마다 매연이 기도를 타고 폐 안쪽으로 밀려들었지만, 그는 콜록거리면서도 계속해서 아스텔을 부르는 것을 멈추지 않았다.

"아스텔!"

그때였다. 그의 부름에 응답이라도 하듯, 복도 너머로부터 쥐어짜는 것처럼 희미한 외침 소리가 들려왔다.

아스텔의 목소리다. 세이지는 온 힘을 다해 목소리가 들려오는 방향을 향해 뛰었다. 복도 끝을 향해 점점 다가갈수록, 벽에 기대어 힘없이 주저앉아 있는 인영이 또렷이 눈에 들어오기 시작했다.

"……"

아스텔은 젖은 눈매로 자신을 구하러 온 세이지를 올려다보았다. 그녀는 그새 소리를 지르는 것만으로 진이 다 빠져 버린 건지 더 이상 아무런 말도 하지 않았다.

"가자."

아스텔의 입가에 젖은 손수건을 덮은 세이지는 스스로 일어서지 못하는 그녀를 안아 들었다. 그가 팔을 두르자 잠시 움찔하던 아스텔은 곧 순순히 세이지의 품에 고개를 기대고 목에 팔을 둘렀다.

"조금만 참아."

세이지는 자신이 들어왔던 통로를 향해 바삐 걸음을 옮겼다. 비상구가 있는 방향으로부터 정면으로 매연이 밀려 들어와 눈을 제대로 뜨는 것조차 어려웠지만, 조금만 더 지체하다가는 두 사람 모두 질식해서 쓰러질 것이 분명했다.

비상구 쪽으로 접어든 세이지는 눈앞에 펼쳐진 불바다를 보며 이를 악물었다. 복도에서 아스텔을 찾아 데려오는 사이에 비상구 근처까지 불이 번진 것이다. 불안한 듯이 흔들리는 진녹색의 눈동자가 세이지를 올려다보았다.

"괜찮아."

전혀 괜찮지 않을 상황에서 그는 아무렇지도 않은 것처럼 애써 평정을 가장해 보였다. 아무리 자신이 불안하더라도 아스텔까지 불안하게 만들어서는 안 되었다.

세이지는 아스텔을 고쳐 안으며 그녀가 앞을 볼 수 없도록 자신 쪽으로 고개를 돌리게 했다. 머리카락이나 옷깃이 다소 그슬리는 건 어쩔 수 없지만, 이 불바다를 지나지 않고는 탈출할 수 있는 수단이 없었다. 그는 심호흡을 한 뒤, 고개를 숙인 채 불길 속으로 뛰어들었다.

불의 혓바닥이 날름거리며 아스텔을 감싸고 있는 세이지를 한순간 휘감았다. 살이 익는 듯한 열기가 훅 끼쳐 왔지만, 그는 오로지 비상구의 바깥만을 바라보며 힘껏 내달렸다. 조금만 더 견디면 극장 밖으로 탈출할 수 있었다.

"앗!"

출구까지 고작 서너 걸음밖에 남지 않은 거리에서 불타는 목재가 세이지의 어깨 위로 떨어졌다. 어깨를 끊어내는 듯한 끔찍한 통증에 그는 하마터면 안고 있는 아스텔을 놓칠 뻔했다.

"큭!"

세이지는 초인적인 인내심을 발휘해 아스텔을 놓치지 않고 끌어 안았다. 그리고는 비상구 바깥을 향해 몸을 내던지다시피 뛰었다. 폐 안으로 빠르게 산소가 밀려오며 온몸에 땀이 비 오듯이 쏟아졌다.

"괜찮아요?"

품 안에서 당황한 듯한 아스텔의 목소리가 들려왔다. 아아, 그녀는 무사한가 보구나. 안도감 때문인지 갑자기 전신의 힘이 쭉 빠져나가는 것이 느껴졌다.

후들거리면서 아스텔을 내려놓은 세이지는 이윽고 자리에 풀썩 쓰러지고 말았다. 탈진한 것처럼 손가락 하나 까딱할 기운도 나지 않았고, 화상을 입은 어깨에서는 통증조차 느껴지지 않았다. 몸이 붕 뜨는 듯한 기묘한 부유감이 들면서 머리가 텅 빈 것처럼 멍한 느낌이었다. 곁에서 누군가가 시끄럽게 외치는 소리가 들렸지만 뭐라고 하는 건지 하나도 알아들을 수가 없었다.

좀 쉴래. 혼잣말처럼 중얼거리며 세이지는 무거운 눈꺼풀을 감았다. 눈을 감자 모든 감각이 마비된 것처럼 귓가에서 울리던 이명이 끊어져 버렸고, 이윽고 칠흑 같은 어둠이 그를 한 번에 집어삼켰다.

9. 사랑, 혹은 용서

세이지가 다시 눈을 떴을 때는 이미 한밤중이 된 시간이었다. 방 안을 채운 공기는 가을이 된 것처럼 선선했고, 창밖에서는 멀리서 올빼미 우는 소리가 아련하게 들려오고 있었다.

악몽을 꾼 건가? 그렇게 생각하며 멍하니 천장을 바라보던 그는 기습적으로 되살아난 어깨의 통증에 무심코 비명을 지르고 말았다.

"아악!"

무의식적으로 어깨를 감싸 쥐려던 세이지의 손을 누군가가 재빠르게 잡아 제지했다. 세이지는 어깨로부터 전해져 오는 생생한 통증에 헐떡거리며 자신의 손을 붙든 사람을 향해 고개를 돌렸다. 사위가 캄캄한 탓에 바로 곁에 앉아 있는 사람이 누군지 조차 알아볼 수가 없었다.

"누구……?"

세이지는 그렇게 말하고 나서야 자신이 누워 있는 곳이 뒤보아 부인의 하숙집에 있는 자신의 방이 아니라는 걸 깨달았다. 어깨의 통증과 동시에 되살아난 후각이 사방에서 진동하고 있는 알코올 냄새를 감지한 것이다. 잠시 말없이 그를 지켜보고 있던 누군가가 천천히 입을 열어 대답했다.

"저예요."

아스텔의 목소리다. 정체를 알 수 없는 인물의 등장으로 잠시 긴장하고 있던 세이지는 그제야 간신히 마음을 놓고 주위를 둘러보았다. 강한 알코올 냄새와 침대 주위로 빙 둘러쳐져 있는 하얀 커튼으로 미루어 보아, 그가 누워 있는 곳은 병원일 가능성이 컸다.

"여긴?"

"병원이에요."

그 정도는 세이지도 짐작하고 있었다. 그가 알고 싶은 건 여기가 어디에 있는 병원인지, 이곳에는 어떻게 실려 오게 되었는지 하는 구체적인 사항들이었다.

세이지는 눈을 천천히 깜빡였다. 눈이 어둠에 익게 되어서 그런지 곁에 앉아 있는 아스텔의 얼굴이 희미하게나마 눈에 들어오기 시작했다. 어두워서 또렷하게 보이진 않았지만 그녀는 어쩐지 안도하는 것 같기도 하고, 복잡해 보이기도 한 표정을 짓고 있었다.

"네가 날 여기로 데려온 건가?"

"그럼 저 말고 달리 누가 있겠어요?"

알고는 있었지만 아스텔의 입으로 듣고 싶었을 뿐이다. 질문에 대답하는 아스텔의 말투는 뾰족했지만, 음성은 그에 어울리지 않게 부드러웠다. 어쩌면 그가 원하는 대로 곡해해서 듣고 있을 뿐인지도 모르겠지만.

"두 번 다시 꼴도 보고 싶지 않다고 했잖아."

아스텔은 잠시 아무런 대답도 하지 않았다. 이런 상황에서도 굳이 예전의 일을 들추어내는 그의 말이 기가 막히게 느껴졌던 걸까. 그 침묵의 무게가 그에게는 버거울 정도로 무겁게 느껴져, 세이지는 차마 아스텔의 대답을 재촉하지 못했다.

잠시 간의 침묵 끝에 아스텔이 다시 입을 열었다.

"생명의 은인을 두고 나 몰라라 할 정도로 못돼먹진 않았어요."

생명의 은인이라. 세이지는 그 말이 자신에겐 전혀 어울리지 않는 표현이라고 생각했다. 그는 단순히 자신이 살기 위해서 아스텔을 구했을 뿐이었다. 그녀가 존재하지 않는 세상에선 더 이상 살아갈 수가 없으니까.

수건의 물기를 짜낸 아스텔은 세이지의 이마에 놓인 물수건을 새로 갈아주었다. 이마를 언뜻 스친 손가락의 감촉이 서늘해서 기분 좋았다. 화상을 입은 어깨는 아직 불에 타는 것처럼 고통스럽기 이를 데 없었지만.

"내가 몇 시간이나 잠들어 있었지?"

"사흘 넘게요."

세이지의 놀란 시선이 아스텔이 있는 쪽으로 향했다. 그녀는 대수롭지 않다는 듯한 표정으로 세이지를 마주 보았지만, 목소리에는 감출 수 없는 피곤함이 묻어 있었다.

"이틀 정도 지나고 나니까 과연 몇 시간이나 더 잘까, 끝까지 지켜봐야겠다고 오기가 생기더군요."

"사흘 내내 여기 있었던 건가?"

"네. 당신은 참 손이 많이 가는 환자거든요."

불퉁한 목소리로 아스텔이 대답했다. 그녀는 새 붕대를 꺼내며 대체 구해주러 온 건지, 귀찮게 하러 온 건지 모르겠다는 말도 짧게 덧붙였다.

"어째서 간호사에게 맡기지 않고?"

어쩐지 꺼내는 말마다 의문문이 되고 있었지만, 그는 진심으로 지금의 상황이 이해가 되지 않았다. 어쩌다 보니 생명의 은인이라는 낯간지러운 칭호를 달게 된 건 사실이나, 아스텔이 수고와 번거로움을 감수해 가며 그의 간호를 자청해야 할 이유 같은 건 존재하지 않았다. 이 년 전, 그와의 관계가 최악으로 치닫게 되기 전의 상냥했던 아스텔이라면 또 모를까.

"확인하고 싶은 게 있었어요."

어둠 속에서 아스텔의 녹색 눈동자가 기묘하게 빛났다. 사람의 마음을 어지럽히고 현혹하는, 요요(妖妖)한 빛깔.

저 빛깔에 홀려 그가 지금껏 어떤 미친 짓을 저질러 왔던가.

"너무 궁금해서, 당신이 눈을 뜨자마자 묻지 않고서는 견딜 수가 없겠더라고요."

아스텔은 그렇게 중얼거리며 세이지의 침대 끝에 가볍게 걸터앉았다. 그녀가 이제 와서 자신을 해코지할 일도 없을 터인데, 알 수 없는 긴장감에 마른침이 꿀꺽 넘어갔다.

"당신은 두 번이나 내 목숨을 건져 났죠."

비록 한 번은 내 의지를 거스른 행동이었지만, 하고 아스텔이 강조하여 말했다. 세이지는 계속해서 아스텔이 하는 말에 귀를 기울였다. 눈을 뜬 순간부터 그를 줄곧 괴롭히고 있던 환부의 통증도, 지금만큼은 전혀 의식되지 않았다.

말을 계속 이어나가던 아스텔은 갑자기 내키지 않는 기색으로 작게 한숨을 내쉬었다. 세이지는 침착하게 그녀가 다시 입을 열기만을 기다렸다. 안착할 곳을 찾지 못한 채 방황하던 손이 이윽고 침대 시트를 꽉 그러쥐었다.

"그 대가……, 라고 하긴 좀 뭐하지만. 나 역시 당신에게 무언가 보답을 할 필요가 있다고 느꼈어요. 당신이 진정으로 원하는 것을 선택할 수 있는 기회를."

그가 눈을 뜨지 못하고 있던 사흘 내내, 줄곧 묻고 싶었다. 그때 자신을 구하러 왔던 이유가 뭐였냐고.

아스텔은 지금껏 세이지가 자신을 노리개로 취급했을 뿐이라고 여겨왔었다. 하지만 그가 스스로의 목숨마저 아끼지 않고 자신을 구하러 왔던 순간, 어쩌면 제 판단이 틀렸을지도 모른다는 생각을 처음으로 했던 것이다.

물론 그가 이 년 전의 일을 용서받고 싶다는 의도로, 자신에게 품고 있는 죄책감으로 인해 감행했던 행동이었을지도 모른다. 그렇기 때문에 아스텔은 세이지의 입을 통해 확답을 받아야겠다고 생각했다.

이 년 동안 두 사람을 괴롭혀 왔던 과거의 악연을 완전히 정리하기 위해서라도.

"당신이 바라는 건 내 용서와 사랑 중에 어떤 것이죠?"

쥐 죽은 듯이 고요한 병실 안에서 조용히 숨을 삼키는 소리가 들려왔다. 아스텔은 애써 아무렇지도 않은 척 미소를 지었다. 마치 그에게 대단한 선심이라도 베푸는 것처럼.

"당신이 한 번은 나를 죽였으니, 난 당신에게 두 가지 대가를 전부 줄 순 없어요. 그러니 지금 한 가지를 선택하도록 해요. 당신이 내 목숨값으로 받아갈 대가를."

그제야 두 사람의 시선이 어둠 속에서 마주쳤다. 아스텔은 세이지의 눈을 피하지 않았다. 아니, 사실은 피하고 싶은 것이 본심이었지만.

명분은 세이지에게 선택권을 주겠다는 것이었으나, 아스텔은 내심 속이 타는 것을 느꼈다. 그녀는 자신이 아직도 세이지를 사랑하고 있다는 사실을 더 이상 부인할 수 없었다. 아니라고, 자신을 짓밟았던 남자를 사랑할 수 있을 리가 없다는 아집은 그가 자신의 생명을 다시 한 번 구함으로써 힘을 잃었다. 만약 그가 사랑이 아닌 다른 대답을 선택한다면 얼마나 큰 절망을 느끼게 될지 상상도 할 수 없었다.

제발, 사랑이 아니라는 대답만큼은 하지 말아줬으면.

아스텔의 그런 마음을 알 턱이 없는 세이지는 한동안 아무 말도 하지 않았다. 그는 이 년간 줄곧 아스텔의 용서만을 바라며 그녀에게 참회하는 삶을 살기 위해 노력했다. 그 밖의 사치는 언감생심 꿈도 꾸지 못했었다.

하지만 지금 그녀는 그에게 선택권을 주었다. 그가 내내 소망하던 것과, 감히 엄두조차 내지 못했던 나머지 하나를 양손에 쥔 채, 한 가지만을 줄 수 있으니 직접 선택하라며 달콤하게 종용한다. 사실은 이 모든 것이 연기로, 그를 한참 애태우기만 하다가 둘 다 선택할 수 없도록 거둬가 버린다고 해도 이상하지 않을 상황이다.

굳이 뺨을 꼬집지 않아도 현실이라는 걸 알 수 있었다. 왜냐하면 어깨에 입은 상처로부터 전해지는 고통이, 여전히 죽고 싶을 만큼 저릿하니까.

"난……."

세이지는 차마 말을 잇지 못했다. 하지만 아스텔은 그것만으로도 그의 대답이 무엇인지 알 수 있었다. 다른 대답이었다면, 그는 이렇게 오래 망설이지 않고 그녀에게 곧장 대답했을 테니까.

아스텔의 두 손이 세이지의 양 뺨을 감싸 쥐었다. 시안 블루의 눈동자가 떨면서도 그녀를 물끄러미 응시해 온다. 그의 눈동자를 들여다보던 아스텔이 이윽고 눈을 가늘게 뜨며 웃었다.

"당신은 이미 원하는 것을 선택했어요."

바르르 떨리던 눈동자에 어느새 간절함이 깃들었다. 아스텔은 무척 오랜만에 그가 제법 귀엽다는 생각을 했다.

"나는 당신을 영영 용서하지 않을 테니, 당신은 앞으로 평생 내 곁에서 당신의 죄를 참회하도록 하세요."

그리고는 가장 중요한 말을 덧붙인다.

"―내 남편으로서."

이어진 말에 세이지의 눈가가 천천히 젖어들었다. 절망을 닮은 환희가 온몸 구석구석까지 스며들어 이내 전신의 감각을 앗아가 버린다.

아스텔은 고개를 숙여 세이지의 입술에 자신의 것을 마주 대었다. 맞닿은 입술로부터 미세한 떨림이 번져 나간다. 누가 먼저라고 할 것도 없이 두 사람의 눈꺼풀이 스르르 감겼다.

멀리서 들려오던 올빼미 울음소리마저 어느새 그쳐 버리고 만물이 잠든 듯 온 세상이 고요해졌다. 밤하늘 가운데에 걸린 하현 달이 창가 너머로 두 사람의 모습을 환하게 비추었다.

다음 날 아침, 세이지는 모처럼 이른 시간에 눈을 떴다. 곁에는 밤새 눈을 붙이긴 한 건지 이미 일어난 아스텔이 분주히 소독약과 붕대를 챙기고 있었다.

"일어났어요?"

아스텔은 간밤의 뜨거운 키스가 거짓말이었던 것처럼 무심한 표정으로 세이지를 바라보았다. 하지만 세이지는 그 와중에도 그녀의 귓바퀴가 평소에 비해 미미하게 붉어져 있다는 사실을 금방 눈치챌 수 있었다.

"벌써 깬 거야?"

"요새 잠이 줄었거든요. 물론 길게 자려고 작정하면 얼마든지 실컷 잘 수 있겠지만."

"……미안."

아스텔의 수면 시간을 줄이는 데 상당한 공헌을 한 세이지는 무어라 변명을 하거나 반박하는 대신, 곧장 그녀에게 사과하는 편을 택했다. 잠시 말없이 그를 지켜보던 아스텔은 이내 피식 웃는 소리를 흘리더니 세이지에게 가까이 다가왔다.

"내가 알아서 하는 일이에요. 누군가에게 강요나 협박을 들은 것도 아니고."

"하지만."

"그 얘긴 그만해요. 지금 우리한테 더 중요한 얘기는 그게 아니니까."

"더 중요한 얘기라면……?"

"말이 나온 김에 지금 미리 말해두자면."

아스텔은 세이지의 어깨에 감겨 있던 붕대의 매듭을 천천히 풀기 시작했다. 느릿하지만 야무진 손길이 환부를 최대한 건드리지 않도록 요령 좋게 붕대를 풀어냈다.

"난 알트만 가문으로 돌아갈 생각이 없어요."

아스텔의 당돌한 선언에 세이지는 아무런 반박도 하지 못한 채 고개를 끄덕였다. 세이지의 붕대를 풀어낸 아스텔은 눈도 한 번 깜빡이지 않고 환부를 관찰했지만, 로렐을 떠올리자마자 떫은 것이라도 삼킨 사람처럼 얼굴을 잔뜩 찌푸렸다.

"내가 당신과 결혼하기로 한 것과 알트만 가문으로 돌아가는 것은 별개의 일이에요. 당신이 알트만의 성을 계속해서 쓰든 말든, 그건 당신 자유지만 난 지금의 성을 계속 사용할 거예요."

아스텔은 그에 대해서는 더 이상 일언반구할 필요도 없다는 듯이 입을 꾹 다물었다. 하지만 로렐에 대한 앙금이 여전히 풀리지 않은 건 사실인지, 더러워진 붕대를 쓰레기통 안으로 던져 넣는 손길만큼은 제법 매서웠다.

세이지의 입장에서 말하자면, 그 역시 아스텔의 심기를 거스르는 짓만큼은 되도록 삼가고 싶은 것이 사실이었다. 운이 좋았으니 망정이지, 모든 상황이 제게 유리하도록 맞아떨어지지 않았더라면 아스텔은 영영 자신을 받아들이지 않았을 테니까.

하지만 그렇다고 해서 언제까지나 현실에서 눈을 돌리고 있을 수는 없었다. 로렐이 자신의 동생에 대해 잘 알고 있는 만큼, 세이지 역시 그의 형에 대해 잘 알고 있었던 것이다.

"하지만 형이 머지않아 여기로 찾아오면……."

"마침 그 얘길 해야 했는데 깜빡했네요."

앞머리를 쓸어 올리며 아스텔이 피곤에 찌든 목소리로 대답했다.

"난 당신을 이곳으로 데려왔다는 걸 누구에게도 말하지 않았어요. 만약 당신이 여기 있다는 게 알려지면 당신 형이라는 사람이 만사를 제쳐 놓고 이곳으로 날아올 테니까요."

로렐과는 앞으로도 평생 마주치고 싶지 않다면서 아스텔이 진저리를 쳤다. 세이지는 그녀가 로렐에게 학을 떼는 이유를 잘 알고 있었지만, 자신이 살아 있다는 사실이 알려진다면 늦든 이르든 로렐과 마주치는 것은 피할 수 없는 일이었다.

"그래서 생각을 해봤죠. 어떡하면 당신 형을 떨궈낼 수 있을지."

아스텔은 그렇게 말하며 세이지의 환부에 약을 바르기 시작했다. 약을 발라주는 그 손길이 얼마나 무자비하고 인정사정이 없는지, 세이지는 이를 악물며 비명이 터져 나오려는 것을 간신히 억눌러 참아야 했다.

약을 다 바르고 난 뒤, 아주 조금 부드러워진 시선으로 아스텔이 다시 세이지를 바라보았다.

"난 당신을 죽은 사람으로 만들기로 했어요."

"뭐……."

"마침 극장에 불에 타서 신원을 알아볼 수 없는 시신이 많다고 하더군요."

그녀가 말하는 의미를 깨달은 세이지가 놀란 표정으로 아스텔을 바라보았다.

"진심이야?"

"진심이고말고요. 싫은가요?"

세이지는 곧바로 대답하지 못한 채 멍청하게 입술만 빠끔거렸다. 세이지가 선뜻 대답을 하지 못하자, 아스텔은 눈을 가늘게 뜨며 가차 없는 목소리로 말을 이었다.

"그렇게 형아 없인 못살 것 같거든 당장 당신 형이 있는 곳으로 가버리든가요."

대신 앞으로 평생 내 얼굴은 볼 생각하지 말고요, 하고 아스텔이 잊지 않고 뒷말을 덧붙였다.

✢

위고는 몇 번인가 허탕을 친 끝에 세이지와 흡사한 인상착의의 남성이 입원해 있다는 생 위베르 병원을 방문하게 되었다. 세이지의 행방이 묘연한 지금, 그에게 있어서는 이곳이 마지막 희망이나 다름없는 상태였다.

"사정이 여의치 않다고 하셔서 부득이하게 확인은 해드렸습니다만, 귀사에서 찾고 있는 환자분일 가능성은 낮을 겁니다. 보호자가 있는 환자니까요."

"상관없으니 안내해 주십시오."

위고는 자사의 과실에 대한 사죄의 의미로 환자를 만나겠다며 끝까지 고집을 부렸다. 멋쩍은 얼굴로 머리카락을 긁적이던 의사는 이윽고 들고 있던 차트를 내려놓고는 위고를 병실까지 직접 안내했다.

병실 앞에 도착한 위고는 「리젤 마예르」라는 낯선 이름이 병실 입구의 표찰에 꽂혀 있는 것을 확인했다. 다른 사람의 이름이 적혀있지 않은 걸 봐서는 아마도 1인실인 모양이었다.

"마담, 주치의인 프랑수아입니다."

"들어오세요."

의사가 병실 문을 노크하자 안에서 젊은 여성의 목소리가 들려왔다. 주치의가 마담이라고 부르기에 막연히 나이대가 있는 여성을 상상했던 위고는 갑자기 죄지은 사람의 심정이 되어 병실 안쪽으로 발을 들였다.

"지금은 회진 시간이 아닐 텐데요."

"남편분을 뵙겠다며 방문객이 찾아오셨습니다."

"제 남편을……?"

침대 주위로 쳐 있던 커튼 안쪽에서 금발의 여성이 모습을 드러냈다. 여인은 상류사회 내에서 아름다운 여성을 여럿 접해본 위고조차 깜짝 놀랄 정도의 상당한 미인이었다.

"이분은 누구시죠? 대체 무슨 일로 이이를 찾아오신 건가요?"

마담 마예르의 미심쩍은 시선에 위고는 황급히 모자를 벗어 그녀에게 인사를 해 보였다. 일면식도 없는 손님이 갑작스레 남편을 만나러 왔다고 하니 그녀의 입장에서 의혹이 드는 것도 당연할 것이다.

"포콩 펠르랭의 전무이사인 위고 앙드레라고 합니다."

"포콩 펠르랭……."

여자의 적대감 어린 음성에도 불구하고 위고는 침착함을 잃지 않았다. 기실 그녀의 날 선 반응은 이미 예상하던 바이기도 했다. 앞서 들렀던 병원에서 마주친 환자와 가족들도 지금의 여인과 별다르지 않은 반응을 보였기 때문이다. 그들에게 있어 포콩 펠르랭은 소중한 가족의 목숨을 앗아갈 뻔했던 악마일 테니.

"당신네는 염치라는 걸 모르는 사람들인 건가요? 감히 여기가 어디라고 찾아온 거죠?"

"뭐라 드릴 말씀이 없습니다, 마담."

"알고 있다면 여기서 당장 나가도록 하세요."

위고는 침대의 커튼 너머로 흘깃 시선을 보냈다. 세이지는 기혼자가 아니라는 사실 정도는 위고 역시 알고 있고 있었으나, 미련이 남지 않도록 환자의 얼굴 정도는 확인하고 떠나고 싶었다. 하지만 환자의 부인이라는 여인은 위고가 침대에 다가가도록 호락호락하게 내버려 두지 않았다.

"당장 떠나지 않는다면 경찰을 부르겠어요."

"마담……."

"밤새 앓다가 조금 전에야 간신히 잠든 사람이에요. 그이의 잠을 방해하려 들지 말아요."

여인은 화난 얼굴을 한 채 침대 앞을 가로막고 섰다. 그녀의 찌르는 듯한 시선에 더 이상 버틸 재간이 없어진 위고는 아쉬운 기색으로 침대에서 눈을 뗐다.

"잠든 모습이라도 뵙고 갔으면 합니다만……."

"그이는 화상을 아주 심하게 입었어요. 누구누구 덕분에 말이죠. 그렇게 비위가 좋다면 한 번 보고 가시든지요."

남자의 얼굴을 확인한대도 부인이 으름장을 놓은 만큼 화상을 심하게 입은 상태라면 알아보기도 어려울 것이다. 위고는 이마에서 흐르는 땀을 손수건으로 연신 훔쳤다. 이런 상황에서 그가 계속해서 남편을 보고 가겠다고 고집을 부려봤자 얻을 수 있을 것이 없었다. 설상가상으로 그는 비위가 강한 편도 아니었다.

"병원비에 대해서는 당사에서 차후에 보상하도록 하겠습니다. 부인께 다시 한 번 사과드리겠습니다."

"병원비는 됐으니까 건물이나 제대로 지으시죠. 이래서야 어디고 맘 놓고 드나들겠어요?"

여인의 신랄한 면박에 위고는 쩔쩔매며 곧바로 병실을 떠났다. 위고가 떠난 뒤, 아스텔은 병실에 남은 주치의를 향해 날카롭게 눈을 부라렸다.

"언제부터 병원이 제삼자에게 환자의 신상을 맘대로 팔아먹을 수 있게 된 건가요? 생 위베르도 포콩 펠르랭과 한통속이었던 건가요?"

"진정하십시오, 마담. 포콩 펠르랭 측에서는 이번 화재로 피해를 본 환자들이 있는 병원을 차례대로 순방하고 있다고 합니다. 건물을 부실하게 지은 시공사로서 마땅히 피해자들에게 사과하고 보상해야 할 책임이 있으니까요. 절대로 저희 병원에서 남편분의 신상을 함부로 넘긴 것이 아닙니다."

주치의인 프랑수아는 위고가 세이지를 만날 목적으로 찾아온 것이 아니었다고 거듭 주장했으나, 아스텔은 그의 말을 곧이곧대로 믿지 않았다. 그놈의 보상 때문에 병원비 몇 푼 아끼겠답시고 꾸물거렸다가는 다시 뒷덜미를 잡힐 가능성도 무시할 수 없었다.

위고에 이어 프랑수아도 도망치듯이 병실을 떠나자, 아스텔은 곧바로 커튼을 걷고는 침대 위에 누워 있던 세이지에게 시선을 던

졌다. 위고가 병실에서 서성대는 동안 엉겁결에 잠든 척하고 있던
그는 아스텔이 커튼을 걷자 다시 눈을 떴다.

"아까 의사가 널 마담이라고 부르던데."

"지금 그게 중요한 게 아니잖아요."

"중요해. 결혼 얘기가 나왔던 건 어젯밤이었잖아. 내가 여기에
입원했던 건 나흘 전이었고."

세이지의 지적에 아스텔은 침묵시위라도 하려는 것처럼 입술을
꾹 다물었다. 점점 분위기가 어색해지자 괜한 것을 물었나 하고
세이지가 염려하던 찰나, 영영 입을 벌리지 않을 것 같던 아스텔이
다시 입술을 달싹였다.

"……입원 수속을 밟으려면 어쩔 수 없었어요. 가족이 아니면
보호자가 될 수 없다고 하니까요."

즉, 아스텔은 세이지가 눈을 뜨기 전부터 그와 부부 사이라고
병원 측에 말했다는 것이다. 세이지는 조금 얼떨떨한 심정이 되어
토라진 표정을 짓고 있는 아스텔을 올려다보았다.

"중요한 건 그게 아니에요. 난 당신을 입원시킬 때 당신의 본명
을 대지 않았으니까요."

"그건 또 무슨 소리지?"

"아침에 말했잖아요. 나는 알트만의 이름을 다시 사용하고 싶
지 않다고."

잠시 망설이던 아스텔은 곧 마음을 굳힌 듯 말을 이어나갔다.

"당신은 지금 이 병원에 '리젤 마예르'라는 가명으로 입원한 상
태예요."

10. 영원한 서약

세이지는 무척 다행스럽게도 회복세가 매우 빨랐다. 주치의인 프랑수아는 이토록 아름다운 부인이 정성껏 간호하는데 빨리 낫는 것이 당연하지 않겠냐며 너스레를 떨었다. 세이지의 회복세가 순조로워지자, 아스텔은 자신이 구상해 둔 퇴원 후의 계획을 그에게 솔직히 털어놓았다.

"아무도 모르는 곳으로 떠나서, 같이 살아요."

"⋯⋯."

"그렇게라도 하지 않으면 어떤 식으로든 당신 형과 다시 마주치게 될 거예요. 전에도 말했다시피 난 당신 형이라는 사람과 더 이상 얽히고 싶지 않아요."

아스텔은 세이지에 대한 로렐의 비틀어진 애정을 누구보다도 잘 알고 있는 사람이었다. 그런 그가 이대로 순순히 자신의 동생을 포기할 리가 만무했다. 운 좋게 로렐의 대리인을 따돌리긴 했지만 다시 덜미를 잡힐 가능성도 배제할 수는 없었다.

"어디에서 정착할지는 생각해 뒀어?"

"일단 프륀시아는 절대 안 돼요. 당신을 아는 사람들이 너무 많은 곳이니까. 살려면 아예 다른 도시로 가서 정착해야 해요."

물론 프륀시아에 대한 미련이 전혀 없는 것은 아니었다. 살기에는 수도인 프륀시아만큼 좋은 곳이 없었지만, 이곳에서는 로렐 말고도 세이지를 아는 사람과 마주칠 가능성이 너무 컸다. 홀몸이라면 몰라도 그와 함께하기로 결심한 이상, 어느 정도의 불편은 아스텔도 감수할 수밖에 없었다.

아스텔은 자신이 생각해 뒀던 정착지 후보를 몇 군데 늘어놓았다. 두 사람은 머리를 맞대고 의논한 끝에 프륀시아에서 조금 떨어진 소도시인 셰르랭스를 정착지로 선택했다.

"그나저나 당신, 제법 깜찍한 짓을 했더군요."

"깜찍……?"

"내가 당신에게 돌려줬던 돈."

아스텔의 뾰족한 목소리에 세이지는 반박하거나 변명하는 대신, 먹지 않으려 버티고 있던 약을 입안에 털어 넣는 쪽을 선택했다. 세이지의 목울대가 꿀꺽, 하는 소리를 내며 움직이는 것을 확인한 아스텔은 아까보다는 한결 누그러진 태도로 다시 입을 열었다.

"뭐, 덕분에 길바닥에 나앉을 걱정은 하지 않게 됐으니 이번 한 번만 용서해 주도록 하겠어요."

"……고마워."

"마침 당신 주치의가 사흘 뒤면 퇴원해도 괜찮을 것 같다고 하더라고요."

세이지의 상처가 완전히 아물기까지는 시간이 좀 더 필요했으나 아스텔은 일부러 퇴원을 서둘렀다. 병원비가 아까워서가 아니라

274 **별이 내린 들녘**

로렐이 언제 두 사람을 찾아낼지 모른다는 불안감 때문이었다.

세이지는 형인 로렐을 떠올릴 때마다 입안이 썼지만, 그는 결국 형보다는 사랑하는 여자 쪽을 택하기로 마음을 정했다. 어차피 아스텔을 구해내지 못한다면 극장 안에서 따라 죽을 작정이기도 했으니까.

아스텔은 그새 프륀시아를 떠날 준비를 거의 마친 듯했다. 아스텔이 뒤몽 자작가에 고용되어 있었다는 사실을 잘 알고 있던 세이지는 계속 눈치만 보고 있다가 어렵사리 그녀에게 질문을 던졌다.

"뒤몽 자작가는 어떻게 한 거지? 레슨은……."

"그만뒀어요."

아스텔의 심드렁한 대답에 세이지는 제가 더 놀란 것처럼 눈을 크게 떴다.

"나 때문이야?"

"정확하게 말하자면, 그만뒀다기보다는 그만둘 수밖에 없게 된 거죠."

한숨을 푹푹 쉬던 아스텔은 이내 턱을 괴고 세이지를 물끄러미 바라보았다.

"……알음알음 소문이 다 났어요. 클레멘트 여후작이 둘째 아가씨의 연주를 상당히 인상 깊게 들었던 모양이에요."

"특례 입학인가?"

"특례 입학이라고 하긴 뭐하고……. 일단 내년 입학시험 때까지 계속 지켜보고 싶다고 그분이 왕립음악원 부속연수원에 자리를 내주셨다고 하더라고요. 저보다 더 좋은 선생 밑에서 배우게 됐으니 아가씨께도 잘된 일이죠."

아스텔은 조금 씁쓸한 듯하면서도 홀가분해 보이는 미소를 지었다. 미셸이 속을 많이 썩인 만큼 더 마음을 썼던 제자라 그런지, 잘됐다는 생각이 들면서도 다 큰 자식을 떠나보내는 것 같은 허전함이 들었다.

"셰르랭스에는 가본 적 있어?"

"라그랑시아에 갓 왔을 때, 딱 한 번이요. 정말 멋진 곳이었어요. 해변에 있는 식당에서 먹었던 해산물 요리도 기가 막혔고."

아스텔은 조금 들뜬 표정으로 하루빨리 셰르랭스로 가고 싶다고 말했다. 재회한 이후로 아스텔은 줄곧 냉정하고 도도한 태도로 세이지를 대하곤 했지만, 이럴 때만큼은 어쩐지 이 년 전의 그녀를 떠올리게 하는 구석이 있었다.

아니, 사실 아스텔은 늘상 그에게 다정했다. 그녀는 세이지가 눈을 뜬 이후에도 줄곧 그의 병상을 지키며 간호를 도맡아 하고 있었다. 큰 사고가 일어난 직후라 병원마다 일손이 부족한 상황이라고는 해도, 어린이나 노약자도 아닌 세이지를 위해 지금처럼 온종일 곁에서 병수발을 들어야 할 필요는 없었다. 아스텔은 간병인을 고용할 돈을 아끼기 위할 뿐이라고 둘러댔지만, 세이지는 그것만이 전부가 아니라는 사실을 본능적으로 느끼고 있었다.

아스텔은 세이지에게 '사랑받고 있다'는 실감을 무척이나 받고 싶어 했다. 그녀는 자신이 떠난 이 년 동안, 그가 어떻게 살아왔으며 어떤 감정을 느꼈는지 솔직하게 말해달라고 했다.

"하루도 내 생각을 안 한 적이 없었어."

세이지가 조금 가라앉은 목소리로 말했다.

"미치도록 보고 싶었고, 또 보고 싶지 않기도 했어. 네가 그새 다른 남자를 만나서 행복해졌을까 봐."

"잘도 그런 말을 하네요."

"그렇지. 나도 그렇게 생각해."

어쩐지 기운이 빠진 얼굴로 세이지가 미소를 지었다. 짐짓 엄한

체를 하며 그를 바라보던 아스텔은 저도 모르는 사이에 피식 웃어
버리고 말았다.

"한심하고 뻔뻔한 남자."

"……."

"어쩌다가 이런 남자에게 내가 코가 꿰여서는."

그 말에 세이지는 다시 웃었다. 아까보다는 좀 더 기운을 차린
얼굴로.

✤

사흘 뒤, 예정대로 퇴원한 세이지는 아스텔과 함께 셰르랭스로
향하는 기차에 몸을 실었다. 바닷가에 인접한 도시인 셰르랭스는
수도인 프뤼시아에 비하면 한적한 편이었으나 무척 아름다운 고장
이었다. 기차에서 내린 아스텔은 역 너머로 보이는 바다를 손가락
으로 가리키며 자신의 선택에 만족감을 드러냈다.

"이 지역은 외지인들이 많이 드나들어서 텃세가 없는 편이래요.
프뤼시아만큼은 아니지만 일자리도 많고요. 우리 같은 사람들이
정착하기 좋은 지역이죠."

"우리 같은 사람들 말이지."

"돌아가고 싶어요?"

"그럴 리가."

아스텔과 세이지는 이틀가량 밥품을 팔며 집을 보러 다니는 동
시에 셰르랭스 관광을 즐겼다. 낮에는 해안가의 레스토랑에서 홍
합과 전복이 잔뜩 들어간 해물찜을 먹었고, 저녁에는 잔잔한 파도
소리를 들으며 새하얀 모래사장 위를 걷기도 했다.

두 사람은 이틀째 되던 날에 바닷가가 내다보이는 동네에 위치

한 작은 이층집을 구입했다. 전망이 워낙 좋아 약간의 가격 부담이 있긴 했지만 두 사람 모두 그 집을 가장 마음에 들어 했다.

아스텔은 자신이 구사할 수 있는 모든 어휘를 동원해 가며 집값 흥정에 나섰다. 아스텔이 최선을 다해 고군분투한 결과, 두 사람은 만족스러운 가격에 집을 계약하는 데 성공할 수 있었다.

"네게 그런 재능이 있는 줄은 몰랐어."

"재능이 아니에요. 다 잘 살자고 하는 노력이죠."

살면서 흥정이라는 것을 단 한 번도 해본 경험이 없는 세이지로서는 모든 것이 놀랍기만 했다. 이 년 전까지만 해도 남에게 싫은 내색조차 제대로 못 하던 소녀는 어느새 생활력 강하고 씩씩한 여인이 되어 그의 앞에 다시 나타난 것이다. 하루하루 지금의 그녀를 더욱 많이 알아갈수록 더욱 깊게 사랑에 빠지는 기분이었다.

둘이 함께 살 집을 구한 아스텔은 곧바로 악기상에 들러 자신이 사용할 만한 중고 피아노를 찾아보았다. 어느덧 그녀의 인생에서 피아노는 세이지 못지않게 큰 부분을 차지하고 있었다. 비록 예상치 못한 사고로 계획이 미뤄지긴 했지만, 르메트르를 찾아가 자신의 악보를 보여주겠다는 포부도 여전히 간직하고 있는 상태였다.

두 사람은 집을 구입한 바로 다음 날 오전부터 이사를 하기 시작했다. 간단한 옷가지 몇 벌과 중고 피아노 한 대, 새로 사들인 가구 몇 개를 제외하면 짐이 거의 없었기 때문에 이사는 매우 순식간에 끝나고 말았다.

짐을 옮기는 것은 제법 빨리 끝난 편이었지만 집 안의 묵은 먼지를 털어내고 쓸고 닦는 것은 별개의 일이었다. 청소라는 것을 거의 처음으로 하게 된 세이지는 빗자루 쓰는 법도 제대로 몰라 쩔쩔맸으나 한 번 요령을 익힌 뒤로는 제법 능숙한 폼을 보여주었다.

해가 저물 무렵이 되자 집 안은 처음 들어왔을 때에 비해 몰라보도록 깨끗해져 있었다. 아스텔은 식재들을 사오기 위해 집을 나서기 전에 세이지가 청소한 곳들을 꼼꼼히 둘러보았다.

"혼자서도 괜찮겠어요?"

"이제 거실밖에 안 남았잖아. 나머진 내가 할 테니까 다녀와."

창틀을 닦던 세이지가 느긋하게 손을 흔들어 보이자 아스텔은 비로소 조금 안심한 얼굴로 고개를 끄덕였다.

"그럼 최대한 빨리 다녀올게요."

세이지가 거실을 마저 청소하는 동안, 아스텔은 급히 장을 봐온 뒤 오랜만에 솜씨를 발휘하여 저녁 식사를 만들었다. 새우가 들어간 샐러드와 뇌조수프, 바삭하게 구운 마늘바게트와 크림소스를 곁들인 송어찜 등이 그것이었다.

요령이 좋은 아스텔은 세이지가 청소를 끝내는 시간에 맞춰 요리를 전부 완성했다. 아스텔이 만든 음식이라고는 생일 케이크밖에 먹어본 적이 없던 세이지는 그녀의 요리 솜씨에 놀라움을 금치 못했다.

"맛있어요?"

"맛있어."

턱을 괴고 세이지를 마주 보고 있던 아스텔은 그 말에 비로소 만족한 것처럼 잔잔한 웃음을 띠었다. 마치 말 잘 듣는 어린애를 보는 듯한 시선에 세이지가 몸 둘 바를 몰라 하자, 오해하지 말라는 것처럼 아스텔이 먼저 입을 열었다.

"아니, 당신도 예전에 비해 제법 많이 달라진 것 같아서. 이 년 전이었으면 새침한 말투로 '나쁘지 않군' 같은 재미없는 대답이나 들려줬을 거 아녜요."

세이지는 들고 있던 식기를 조용히 식탁 위에 내려놓았다. 둘 사이에 오가는 것은 목소리 대신 의미심장한 시선. 짧지만 숨 막힐 것 같은 침묵이 식탁 위로 스며들 듯이 내려앉고 있었다.

짧으면서도 마냥 짧지는 않았던 침묵을 깨고 마침내 세이지가 먼저 입을 열었다.

"사람은 변하니까."

"맞아요."

"너도 그렇고."

"당신이 날 이렇게 만들어놓은 거예요."

아스텔의 목소리는 우스갯소리를 하듯 가볍기 그지없었으나 그 안에 내포된 뜻은 결코 가볍지 않았다. 그 사실을 누구보다도 잘 알고 있던 세이지는 그 말에 감히 무어라 대꾸하는 대신, 오묘한 빛이 감돌고 있는 신록의 눈동자를 들여다보았다.

초겨울의 한적한 수도원. 그곳에서 세상의 더러운 것들과 단절된 채 자라고 있던 열일곱 살의 소녀. 누군가에게 호의를 품고 다가가면, 상대방 역시 그와 같은 호의로 답해줄 것이라 믿어 의심치 않았던 시절.

만남, 상처, 배신, 재회.

그리고 이 자리에 함께 마주 앉게 되기까지.

이윽고 세이지의 입이 움찔하면서 다시 벌어졌다. 기분 탓인지 목소리가 떨리고 있는 것처럼 들렸다.

"……식은 올리지 않아도 괜찮아?"

"괜찮아요. 어차피 당신이나 나나, 식에 부를 만한 하객도 없는 처지잖아요. 그냥 교회에 가서 반지만 간단하게 교환해요. 시청에 가서 혼인신고도 하고."

세이지는 손을 뻗어 아스텔의 손을 깍지 껴 마주 잡았다. 그 역시 아스텔을 위해 태어나면서부터 누려왔던 것들을 전부 포기해야만 했지만, 죄 없는 아스텔은 두 번이나 인생을 다시 시작해야 했다. 더군다나 평생 한 번밖에 입어볼 수 없을 웨딩드레스도 포기한 채.

"미안해."

"고작 그런 걸로 미안하다고 하지 말아요."

"알아. 내가 미안하다고 하는 건 단지 결혼식에 국한된 얘기만은 아냐."

잠시 심호흡하던 세이지가 어렵사리 말을 이어나갔다.

"이 년 전에 에르나델에서 있었던 일들, 그 모든 것에 대해 줄곧 사과하고 싶었어. 너무 늦은 말이지만."

아스텔은 천천히 눈을 깜빡이며 세이지를 마주 보았다. 그녀는 애써 평정을 유지하려고 했지만, 자신의 의지와 관계없이 목소리가 떨리는 것까지는 어찌할 수 없었다.

"당신이 보냈던 편지, 이미 받았는걸요."

"알아. 그렇지만 가능하면 내 입으로 직접 말하고 싶었어. 지금이라도 말할 수 있게 되어서 무척 다행이다."

세이지의 말에 아스텔은 결국 눈물을 보이고 말았다. 아스텔의 뺨을 타고 흘러내리는 눈물을 손등으로 닦아주던 그는 젖은 뺨에 입술을 가만히 가져다 댔다. 어깨를 들썩이며 세이지의 가슴팍에 몸을 기댄 아스텔은 이윽고 눈을 스르르 감았다. 열어놓은 창문 틈으로 바람을 타고 소금 냄새가 실려 오는 밤이었다.

눈물로 젖은 뺨 위를 머물던 입술이 이윽고 아스텔의 입술 위에 포개졌다. 바닷바람 때문인지 눈물 때문인지 혀끝에서 조금 짠 맛이 맴돌았다.

세이지는 지금껏 억누르고 있던 갈증을 채우듯이 아스텔의 입술을 집요하게 탐했다. 두 사람의 운명을 바꿔놓은 화재 사고가 일어나기 전, 그녀가 잠든 틈을 타서 입을 맞춘 적은 있었으나 아스텔이 온전히 자신의 마음을 열고 그를 받아들인 것은 실로 이 년 만의 일이었다.

아스텔이 진정으로 마음을 열어줬기 때문일까. 그녀와 입을 맞출 때마다 늘 탐욕스럽게 굴던 그는 집요하지만 조금 느긋한 태도로 아스텔과의 키스를 즐겼다. 조급하지 않게, 그녀도 자신과의 키스로 충분히 만족할 수 있도록.

이윽고 먼저 입술을 떨어뜨린 세이지는 아까보다 조금 더 열띤 눈동자로 아스텔을 바라보았다. 그는 자신의 아내로서 아스텔을 안기를 원했다. 두 사람은 이미 이 년 전에 숱하게 관계를 가졌고 조만간 정식으로 부부가 될 예정이었지만, 세이지가 지금 시점에서 아스텔을 품는다는 건 조금 다른 의미를 지니고 있었다. 그녀가 세이지에게 허락한 것은 부부라는 관계성이었을 뿐, 자신의 몸은 아니었으므로.

세이지의 눈동자에 깃든 욕망을 금방 알아챈 아스텔은 희미한 미소를 지으며 그의 뺨을 쓰다듬었다.

"원해요?"

주어는 생략되어 있었으나 두 사람은 모두 그 말에 함축된 의미를 알고 있었다. 굶주림을 닮은 열망이 조건반사처럼 입 밖으로 곧장 튀어나왔다.

"원해."

"내가 싫다고 한다면요?"

세이지는 끙, 앓는 소리를 내며 눈을 감았다. 이미 달아오를 대로 달아오른 상태라 아스텔이 허락하지 않는다면 뜬눈으로 밤을 새워야 할 테지만, 싫어하는 그녀를 억지로 범한다면 아스텔은 곧장 자신의 곁을 떠나 두 번 다시 만나주지 않을 것이 분명했다.

"참을게."

"당신도 알고 있죠? 방에 놓인 침대는 하나뿐이에요."

침대가 하나뿐이라는 말에 세이지의 숨소리가 조금 더 거칠어졌다. 눈을 꾹 감은 그는 속으로 숫자 열을 셌다. 열까지 센 뒤 다시 눈을 뜨자 짓궂은 표정으로 그를 마주 보고 있는 아스텔의 얼굴이 눈에 들어왔다.

"그래도 참아야지."

"흐음……."

아스텔은 무언가 골똘히 생각에 잠긴 표정으로 입술을 오물거렸다. 신이시여. 세이지는 끓어오르는 욕망을 필사적으로 참기 위해 다시 눈을 감았다.

"그럼 한 번 시험해 봐도 괜찮아요?"

"안 돼!"

세이지의 다급한 음성이 좁은 집 안을 쩌렁쩌렁하게 울렸다. 아스텔과 한 침대에 누워서는 밤새 손끝 하나 대지 못하고 참아야 한다니, 그런 끔찍한 고문을 당했다가는 자신은 하룻밤 만에 말라 죽을 것이 분명했다.

"참을 거라면서요."

"참을 거야. 참을 거지만."

세이지는 다급하게 눈을 굴리며 아스텔로부터 한 걸음 물러났다. 하지만 아스텔은 그가 자신에게서 물러난 만큼 한 걸음을 더 다가갔다.

"그냥 소파에서 자겠어."

"큰일 날 소리 하지 말아요. 당신은 아직 환자잖아요. 소파에 누워서 잤다가는 골병들어요."

"아스텔, 제발."

간절함이 담긴 세이지의 애원에 아스텔은 진심으로 즐거운 듯

소리를 내어 웃었다. 물론 세이지는 하나도 즐겁지 않았지만.

"하나뿐인 남편이 골병들면 큰일 나겠죠."

아스텔의 손이 세이지의 뺨을 감싸 쥐었다. 이마에 이마를 맞댄 채, 시무룩한 표정의 세이지를 지켜보던 아스텔이 손가락으로 그의 뺨을 꾹꾹 눌렀다.

"나는 내 남편을 사랑하는 아내니까, 남편이 아프지 않도록 잘 돌봐줄 거예요."

허락인지 아닌지 알 수 없는 모호한 대답에 세이지의 눈썹이 기묘하게 꿈틀거렸다. 그런 그의 표정 변화를 하나하나 지켜보며 아스텔은 해바라기처럼 화사한 얼굴로 웃었다.

"빨리 침실로 가요."

❖

창문을 통해 환히 비쳐 드는 햇빛에 아스텔은 간신히 눈꺼풀을 들어 올렸다. 눈을 뜨자마자 아직 곤히 잠든 세이지의 얼굴이 시야 안으로 뛰어 들어왔다.

그러고 보니 그와 함께 아침을 맞이하는 것은 처음이던가. 멍하니 생각하며 세이지의 얼굴을 들여다보던 아스텔은 이윽고 찌뿌드드한 몸을 뒤틀며 길게 기지개를 켰다. 간밤에 조금 무리를 했던 건지 허리께가 여전히 뻐근했다.

"깼어?"

옆에서 기지개를 켜는 바람에 잠에서 깬 건지 세이지가 눈을 깜빡거리며 조금 잠긴 목소리로 물었다. 침대에서 몸을 일으킨 아스텔은 흘러내린 이불을 주워 그의 몸 위로 걸쳐 주었다.

"방금 전에요."

"몸은 좀 어때."

"그건 오히려 내 쪽에서 당신에게 물어봐야 할 것 같은데요."

몸도 아직 성하지 않은 세이지는 이제 갓 퇴원한 사람이라고는 믿기지 않을 정도로 정력적인 모습을 보여주었다. 아무리 그가 더 하고 싶다고 보채더라도 적당한 선에서 밀어내야 했던 건 아닐까. 아주 조금이지만 아스텔은 세이지에게 미안한 마음을 느꼈다.

"난 괜찮지만……."

세이지는 뭔가 더 할 말이 있는 사람처럼 계속해서 아스텔의 눈치를 살폈다. 아스텔이 시선을 마주하자 잠시 뜸을 들이던 그가 다시 입을 열었다.

"……괜찮았어?"

"뭘 말인가요?"

"어제 그……."

마른침을 삼키던 세이지는 이윽고 실토하듯이 뒷말을 이었다.

"이 년 만이라. 좋았을지 확신이 안 들어서."

아스텔은 순간 눈을 동그랗게 떴다. 그가 말했던 이 년 만이라는 표현이 자신이 생각한 그 의미가 맞는 걸까. 하지만 설마…….

아스텔의 시선을 무슨 의미로 해석한 건지, 세이지는 조금 자존심이 상한 표정을 짓더니 반대쪽으로 몸을 돌렸다. 하지만 그의 그런 태도는 오히려 아스텔의 추측에 신빙성을 더해줄 뿐이었다.

설마 정말인가? 에르나델의 사교계에서 난봉꾼으로 이름 높던 이 남자가, 이 년 동안 줄곧 아무 여자와도 만나지 않고 금욕을 하고 있었다고?

"정말이에요? 그러니까 방금 말한 의미가……."

놀랐던 것도 잠시, 아스텔은 어깨 너머로 드러난 그의 귀가 빨갛게 물든 것을 발견하고는 따끈한 귓등을 톡톡 두드렸다. 아스텔이 귓등을 두드릴 때마다 어깨를 움찔거리는 것이 제법 귀여웠다.

"대답 안 해줄 거예요?"

그녀의 재촉에 세이지는 끙, 앓는 소리를 내더니 이내 고개를 돌려 등 뒤의 아스텔을 바라보았다. 한참 꾹 다물렸던 입술이 아스텔의 집요한 시선에 항복이라도 한 것처럼 다시 스르르 벌어졌다.

"너랑 떨어진 뒤로 이 년 동안."

"네."

"아무하고도 안 했어."

아스텔은 다시 몸을 돌리려는 세이지의 몸을 억지로 끌어당겨 자신을 똑바로 마주 보도록 했다. 어깨를 들썩이며 웃음기가 섞인 목소리로 그녀가 말했다.

"그 말 정말이죠? 거짓말 아니죠?"

시무룩한 표정을 짓던 세이지는 아스텔의 되물음에 어쩔 수 없이 고개를 끄덕여 보였다. 그런 그의 모습이 어쩐지 귀를 축 늘어뜨린 강아지처럼 귀엽게 보여, 아스텔은 저도 모르게 손을 뻗어 그의 정수리를 슥슥 쓰다듬어 주었다. 가벼운 웃음소리가 햇살처럼 환하게 번져 나갔다.

"참 잘했어요."

느지막한 아침 식사를 끝낸 뒤, 아스텔은 피아노를 들여놓은 방에 들어가 자신이 세이지를 생각하며 지었던 곡의 악보를 펼쳐 놓았다. 조금 낡긴 했지만 조율이 잘 된 피아노에서 맑고 아름다운 가락이 흘러나왔다.

곡이 중반부로 넘어갈 때쯤, 아스텔은 눈을 감은 채 곡을 연주하기 시작했다. 버릇처럼 악보를 펼쳐 놓긴 했지만 이미 전부 외우고 있는 곡이라 악보를 보지 않아도 손가락이 저절로 움직였다.

피아노의 음색을 따라 물들어가듯, 주변의 공기가 다양한 빛깔을 품고 반짝거리며 빛난다. 멀리서 들려오는 파도 소리가 메트로놈 대신 박자를 맞추어 피아노 소리와 함께 어우러졌다. 자연과 인공의 악기가 화합하여 자아내는 하모니가 듣는 사람의 귀를 황홀하게 만들었다.

"처음 듣는 곡인데."

어느새 다가온 건지 세이지가 놀란 음성으로 중얼거렸다.

"혹시 이거……."

"당신 생각이 맞아요."

아스텔은 연주를 중단하는 대신, 손가락을 쉬지 않고 놀리며 차분하게 대답했다. 뒤에서 작은 탄성을 내뱉은 세이지는 아스텔의 옆에 앉아 그녀가 연주를 완전히 끝마치기만을 기다렸다.

"당신 아버지에게 물려받은 재능인 건가."

"아버지의 이름에 누가 되지만 않았으면 좋겠네요."

"틀림없이 자랑스러워하실 거야."

사뭇 비장하기까지 한 대답에 아스텔은 어깨를 들썩이면서 웃었다. 비웃는 것이 아닌, 진심으로 즐거운 마음에서 흘러나오는 웃음이었다.

이 곡을 만들 때까지만 해도 그에게 이걸 들려주게 될 줄은 꿈에도 몰랐는데.

아스텔은 피아노 뚜껑을 덮은 뒤, 자신의 악보를 정리해 새로 구한 맥켄지의 악보 옆에 끼워놓았다. 새삼 그의 곁에서 맥켄지의 악보를 보니 문득 떠오르는 것이 있었다.

"그러고 보니 예전에 당신이 나와 약속했었죠. 함께 합주회를 열자고."

"그랬었지."

"당신은 이제 연주하지 않을 건가요? 바이올린을?"

"내가 사용하던 바이올린은 꽤 고급품이야. 비슷한 걸 구하려면 제법 돈이 많이 들걸."

완전히 똑같은 건 아니더라도 질이 너무 떨어지는 건 사용할 수 없다는 말이었다. 악기를 다루는 사람으로서 그의 고집을 이해할 수 없는 것은 아니기에, 아스텔은 면박을 주는 대신 진지한 태도로 고개를 끄덕였다.

"특별히 허락해 줄 테니까 구해봐요. 당신 마음에 드는 걸로."

"……진심이야?"

"당신을 위해서가 아니라 날 위해서예요. 난 당신의 바이올린 연주를 정말 좋아했으니까. 일단 악기가 갖춰지면 합주는 집에서도 할 수 있지 않겠어요?"

"그럼……."

"대신 터무니없을 정도로 비싼 것은 안 돼요."

어안이 벙벙한 표정을 짓고 있던 세이지는 이내 아스텔을 꽉 끌어안으며 웃음을 터뜨렸다. 아스텔은 그 와중에도 자신이 생각하는 바이올린 가격의 상한선을 못 박아두는 것을 잊지 않았다.

새로 사들일 바이올린은 조만간 다시 알아보기로 한 뒤, 아스텔은 세이지와 함께 시내로 나왔다. 일정이 조금 빠듯하긴 하지만 당장 오늘 올릴 결혼식에서 결혼반지로 사용할 반지를 구하기 위해서였다. 두 사람은 오후 내내 발품을 판 끝에, 한 작은 보석상에서 백금으로 만든 심플한 반지 한 쌍을 구입했다.

날 때부터 귀족이었던 세이지는 아스텔을 위해 귀족으로서 누렸던 모든 것들을 버리기로 마음먹었으나, 금전 감각만큼은 아직 버리지 못한 상태였다. 그는 보석상 내에서 가장 값나가는 다이아몬드 반지를 눈여겨보았지만, 아스텔은 일부러 보석이 달리지 않은 것을 선택했다.

"집이랑 세간 장만한 지 얼마나 됐다고 그래요. 당신 바이올린도 새로 사야 하는데 아껴야 잘 살죠. 그리고 우리한테는 이 정도가 딱 알맞고 어울려요."

"아까는 터무니없이 비싼 것만 아니면 괜찮다며."

"반지랑 바이올린이 같아요? 게다가 당신이나 나나 백수 처지인 건 마찬가지잖아요. 애 낳고 키우다 보면 그나마 남은 돈도 금방 다 바닥나 버릴걸요."

생기지도 않은 아이를 들먹인 것이 제법 효과가 있었는지, 순식간에 꿀 먹은 벙어리가 된 세이지는 아스텔의 말에 순순히 고개를 끄덕였다. 오호라. 이 남자, 이런 종류의 협박에는 약하단 말이지. 뜻밖의 귀중한 정보를 습득한 아스텔은 빛나는 물건을 발견한 까마귀처럼 눈을 반짝였다.

"언제까지 놀고만 있을 순 없다는 거 잘 알겠죠? 나도, 당신도 조만간 일자리를 구해야 해요."

"일자리를?"

어느 정도는 예상했던 발언이었으나, 구직 활동이라는 것을 해 본 적이 없는 세이지로서는 아스텔의 발언이 막막하게만 느껴졌다. 그나마 포콩 펠르랭에서 실무자로서 일해본 경험이 있다는 것이 불행 중 다행일까.

"당신도 추천장이 있으면 좋았을 텐데 어쩌겠어요. 그래도 여긴 일자리가 많으니까 아주 힘들지는 않을 거예요. 정 일자리 구하기가 어렵거든 막노동이라도 하면 되고."

아스텔은 막노동 이야기를 꺼내며 세이지의 얼굴을 빤히 들여다보았다. 갑자기 말문이 막힌 세이지는 아스텔의 시선을 피해 슬그머니 고개를 돌렸다. 그런 세이지의 마음속을 들여다보기라도 한 듯, 아스텔이 은근한 목소리로 그의 대답을 재촉했다.

"일 안 할 거예요?"

"해야지."

"해야지가 아니라 할게."

"……할게."

엎드려 절 받기나 다름없는 대답에도 불구하고 아스텔은 만족한 것처럼 세이지를 향해 웃어 보였다. 등 떠밀리듯이 하겠다는 대답을 하고 나서도 못 미더운 표정을 짓고 있던 그는 아스텔이 웃고 나서야 자신도 따라서 미소를 지었다.

보석상을 나온 두 사람은 곧장 마을에 있는 교회를 찾아가 목사에게 결혼 주례를 서달라 요청했다. 마침 일요일이 아니었기 때문에 두 사람의 부탁을 수용한 목사는 눈 깜짝할 사이에 결혼식 준비를 마치고 식이 치러질 예배당으로 아스텔과 세이지를 안내했다.

두 사람이 이미 각오했듯, 결혼식은 주례를 설 목사와 증인이자 파이프오르간 연주가 역할을 맡을 목사의 아내 외에 하객이 없는 약식으로 진행하기로 했다. 원한다면 식을 조금 늦추고 좀 더 제대로 된 식을 올려도 괜찮다고 했지만 아스텔은 이대로 진행해도 괜찮다며 한사코 식을 속행해 달라고 요구했다.

세이지는 성서의 한 장면을 본떠 만든 스테인드글라스와 그 아래에 선 아스텔을 넋 놓은 채 바라보았다. 아스텔은 웨딩드레스와 부케는커녕 흰옷조차 걸치지 않은 단출한 차림이었지만, 세이지가 지금까지 봐왔던 그 누구보다도 아름다운 신부였다.

세이지의 황홀한 시선을 먼저 눈치챈 사람은 결혼식의 주례를 맡은 목사였다. 신부를 무척 사랑하는 것 같다며 목사가 먼저 말을 걸어오자, 세이지는 머쓱한 미소를 지은 채 고개를 숙였다.

"그녀 없이 그동안 어떻게 살아왔나 저 스스로가 대견할 정도입니다.”

“보기 좋은 한 쌍이로군요.”

목사는 흐뭇한 표정으로 세이지와 아스텔을 번갈아 바라보았다. 뒤늦게 아스텔이 제단 앞으로 돌아오자, 세이지는 기다렸다는 듯이 그녀의 손등에 입을 맞췄다.

“그럼 식을 거행하도록 하겠습니다.”

목사의 엄숙한 선언이 이어진 뒤, 목사의 아내가 성가대석 옆에서 파이프오르간을 연주하기 시작했다. 비록 찬송가를 불러줄 성가대원은 없었지만, 파이프오르간의 웅장한 반주가 제법 그럴싸한 결혼식 분위기를 만들어주었다.

목사는 이제 막 신의 앞에서 정식으로 부부가 될 이들을 위한 기도문을 읊었다. 그 누구보다도 두 사람이 행복하게 살기를 바라는 마음으로, 진심을 담아. 우습게도, 세이지는 아스텔이 빨리 반지를 꺼내라고 눈치를 줄 때까지 이 의식이 자신과 그녀를 위해 치러지는 결혼식이라는 실감을 전혀 느끼지 못하고 있었다.

“그럼 신랑 신부는 서로 반지를 교환해 주시기 바랍니다.”

세이지는 얼떨떨한 상태에서도 착실하게 반지를 꺼내 아스텔의 손가락에 끼워주었다. 아스텔 역시 세이지의 손가락에 반지를 끼웠다. 반지에 장식이 달려 있지 않다는 걸 내심 불만으로 여겼던 세이지는 반지를 직접 교환하고 나서야 이 반지가 두 사람에게 제법 잘 어울린다는 사실을 인정할 수 있었다.

화재 이후로 늘 의연하게 행동하던 아스텔이었지만, 그녀는 세이지가 반지를 끼워줄 때만큼은 약간 손을 떨었다. 세이지는 아스텔의 뺨에 입술을 댔다가 떨어뜨리며 속삭이듯 작은 소리로 물었다.

“긴장한 거야?”

“아니요.”

세이지의 질문에 아스텔의 진녹색 눈동자가 위아래로 움직였다. 깊고도 복잡한 심회가 담긴 음성이 한숨처럼 두 사람의 손등 위로 머물렀다.

"재작년 이맘때 있었던 일들이 생각나서."

짧은 말에 압축된 수많은 기억이 밀물에 밀려오듯이 되살아났다. 마음을 갈무리하는 방법도 모른 채, 각자 서투른 감정을 있는 그대로 부딪쳤던 시절. 한때 남매였으되 남남이었던 두 사람은 지금 여기에 함께 서기까지 얼마나 많은 갈등과 시련을 거쳐야 했나.

반지가 끼워진 손이 강한 힘으로 아스텔의 손을 맞잡았다. 아스텔은 다시 고개를 들어 세이지의 얼굴을 마주 보았다.

"하지만 지금은 함께지."

"네."

"앞으로도 계속 그럴 거고."

놀란 것처럼 눈을 크게 뜨던 아스텔은 이윽고 눈을 접으며 환한 웃음을 지었다. 하지만 그녀의 입으로부터 튀어나온 대답은 세이지가 기대했던 것과 달리 생뚱맞기 그지없는 것이었다.

"전 싫은데요."

"뭐?"

"당신이 나중에라도 나한테 잘하지 않으면 내쫓을 거란 말예요. 병원에서도 말했잖아요. 난 당신을 평생 용서하지 않을 거라고."

아스텔의 당돌한 선언에 세이지는 아무런 반박도 하지 못한 채 그 자리에서 석상처럼 딱딱하게 굳어버리고 말았다. 주례를 서던 목사가 가볍게 헛기침을 하자, 아스텔은 장난스러운 미소를 지으며 자신의 손을 잡고 있던 세이지의 손을 꽉 마주 잡았다.

"그러니 내 사랑이 식지 않게, 앞으로도 열심히 노력하도록 하세요."

그 말이 마법의 주문이라도 된 것처럼 간신히 석상 상태에서 풀려난 세이지는 앞에 선 아스텔을 마주 보았다. 당돌했던 조금 전의 발언과는 달리, 부드러운 그녀의 시선이 자랑스러운 듯 자신과 마주 선 그를 지켜보고 있었다.

아스텔의 입술이 세이지의 뺨에 닿았다 떨어졌다. 반지를 교환한 두 사람이 입맞춤을 나누고 나란히 서자, 목사가 기다렸다는 듯이 다시 입을 열었다.

"신부는 신랑을 자신의 남편으로 맞아 평생토록 아끼고 사랑할 것을 맹세합니까?"

"맹세합니다."

"마찬가지로 신랑은 신부를 자신의 아내로 맞아 평생토록 아끼고 사랑할 것을 맹세합니까?"

교회의 스테인드글라스 아래에서, 빛으로 둘러싸인 아스텔이 그를 마주 보며 웃고 있었다. 마치 처음 만났던 그날처럼, 어떤 근심과 걱정도 깃들지 않은 해맑은 미소로.

하지만 그런 아스텔도 몇 가지 간과한 것이 있었다. 알트만 가문의 피를 이어받은 이가 얼마나 집요하고도 끈질긴 사랑을 하는지, 자신이 사랑하는 사람을 위해서라면 어떤 짓까지 할 수 있는 이들인지 말이다.

세이지는 알트만으로부터 물려받은 이름을 버렸으나, 그의 몸에 흐르고 있는 피는 여전히 알트만의 것이었다. 이제 죽을 때까지 이 손을 놓지 않을 것이다.

"맹세합니다."

에필로그 . 그 남자의 외조 방법

  두 사람에게 있어서는 무척 다행스럽게도, 아스텔은 식을 올린 지 일주일이 채 지나지 않아 한 중산층 가정의 피아노 교사로 취직했다. 보수는 그녀의 첫 직장이었던 마르탱 가문에서 받았던 것보다 적었지만, 레슨 시간이 짧아 부업을 할 수 있다는 것을 감안하면 썩 나쁜 조건은 아니었다.

  좋은 소식은 그것만이 전부가 아니었다. 아스텔이 용기를 내어 들고 간 자작곡의 악보가 좋은 평가를 받아, 르메트르에서 그녀의 곡을 독점하여 출간하고 싶다며 계약 제의를 해온 것이다.

  아스텔은 자신의 정체가 로렐에게 알려질 것을 염려해 '스텔레르'라는 가명으로 르메트르와 계약을 맺었다. 르메트르와의 계약이 성사된 날, 아스텔은 샴페인을 사와 세이지와 함께 조촐한 축하 파티를 열었다. 두 사람은 바로 다음 날 아침에 전부터 별렀던 대로 세이지의 바이올린을 구입하기도 했다.

아스텔은 세이지의 어깨가 완치될 때까지 구직 활동을 보류하는 것을 허락했다. 그 대신, 그는 아스텔이 일을 하러 나간 동안 청소를 하거나 빨래를 개키는 등의 간단한 집안일을 해야 했다. 메이드를 고용할 돈이 있으면 그 돈으로 차라리 저축을 하겠다며 아스텔이 결사반대를 한 까닭이었다.

세이지는 저녁마다 퇴근한 아스텔로부터 기본적인 요리를 배웠다. 그는 결혼 생활을 시작한 이래로 보름 동안 각종 재료를 손질하는 법과 바질페스토를 만드는 방법, 치킨스톡과 베샤멜소스를 끓이는 법, 모카 포트를 다루는 방법 등을 습득했다. 빈말인지 진담인지는 알 수 없으나, 아스텔은 그에게 요리에 제법 재능이 있다며 칭찬을 아끼지 않았다.

실제로 재능이 있는지 없는지의 여부는 차치하고서라도 세이지는 요리하는 것이 제법 재미있다고 생각했다. 요리에 재미를 붙인 그는 아스텔의 요리 강습 시간마다 꼼꼼히 메모까지 해가면서 요리에 대한 학구열을 불태웠다. 세이지가 요리에 흥미를 보이기 시작하자, 아스텔은 함께 장을 보러 가자며 그를 데리고 마을 어귀에 있는 시장으로 향했다.

"요리에 관심이 있다면 재료에도 관심을 두는 게 당연하죠. 신선하고 좋은 재료는 요리의 맛을 더욱 풍부하게 해주니까요."

"그렇구나."

주방이라는 공간과는 담을 쌓고 지내왔던 세이지는 새로이 접하게 된 요리의 세계에 흠뻑 빠져 있었다. 아스텔을 따라 처음으로 시장에 발을 들여놓은 그는 떠들썩하고 어지러운 시장의 풍경에 놀라워하면서도 흥분을 감추지 못했다. 세이지의 손을 꼭 잡은 채 시장 골목을 걷던 아스텔은 새 장난감을 받은 어린아이처럼 눈을 빛내는 그를 곁눈질로 살펴보며 피식 미소 지었다.

"오늘 저녁은 뭘 먹고 싶어요?"

"저녁?"

"같이 장 보러 나왔잖아요. 먹고 싶은 걸로 해줄게요."

먹고 싶은 걸 해주겠다는 아스텔의 말에 세이지는 다시 한 번 주위를 휘 둘러보았다. 매대마다 가득 쌓여 있는 색색의 채소와 과일, 해산물과 고기 등 그의 눈에 들어오는 식재료마다 모두 신선하고 먹음직스럽게만 보였다.

"도저히 못 고르겠는데."

"고르지 못하면 오늘 저녁은 없어요."

"그런……."

아스텔의 농담을 곧이곧대로 받아들인 건지, 세이지는 눈에 띄게 당혹스러워하며 곧바로 제자리에 우뚝 멈춰 섰다. 아스텔이 농담이라며 웃음을 터뜨리고 나서야 그는 다시 안심한 것처럼 그녀를 따라 걸음을 옮기기 시작했다. 아스텔은 때마침 시야에 들어온 채소 가게 쪽으로 발걸음을 옮기며 다시 입을 열었다.

"요새는 토마토가 제철이죠. 양파랑 마늘도 그렇고요. 집에 치킨스톡이 남아 있죠?"

"응."

"그럼 미네스트로니가 좋겠네요. 감자랑 파스타도 좀 넣어서."

요리 실력이 뛰어난 아스텔은 미네스트로니뿐만 아니라 새우와 전복을 사서 해물 그라탱도 함께 만들 계획을 세웠다. 아스텔이 만들어준 음식이라면 뭐든 맛있어 하는 세이지는 자신의 아내를 감탄과 자랑스러움이 뒤섞인 시선으로 바라보고 있었다.

"토마토랑 양파, 감자 주세요. 참, 양송이버섯도 같이요."

후덕한 인상의 가게 주인은 작은 바구니에 소분해 놓은 채소들을 봉투에 담으며 부지런히 주판알을 튕기기 시작했다. 아스텔이

지갑을 꺼내는 사이에 계산을 마친 가게 주인은 곁에 서 있는 세이지의 눈치를 보면서 은근슬쩍 계산해야 할 가격을 높여 불렀다.

"전부 합쳐서 80에탱이오."

"80에탱이라구요? 70에탱으로 해주시면 안 될까요?"

"새댁. 요새 물가가 얼마나 높은지 몰라서 그런 소리를 하는 거요? 다른 가게로 가봐요. 죄다 85에탱은 받겠다고 할걸."

"말도 안 돼요. 분명히 아까 들렀던 다른 가게에선……."

늘 차분하고 야무지던 아스텔은 드물게 흥분한 기색을 보이며 가게 주인을 상대로 언성을 높이기 시작했다. 억양이 서투른 젊은 새댁을 내심 얕본 가게 주인은 남편인 줄 알았던 세이지가 차마 끼어들 엄두를 내지 못하는 것을 보고는 어깨를 편 채 기세등등하게 큰소리를 쳤다.

"새댁. 말하는 걸 보아하니 여기 사람도 아닌 것 같은데, 아무것도 모르는 주제에 괜히 아는 척 나서지나 마시오. 정 그렇게 비싸다고 느껴지거든 내 큰맘 먹고 78에탱으로 해드리지."

가게 주인에게 대놓고 면박을 당한 아스텔은 분한 표정으로 값을 치렀다. 그녀는 얼마나 화가 났는지 어물전에 들러 새우와 전복을 사는 것조차 잊은 채 빠른 걸음으로 시장을 빠져나갔다.

아스텔 대신에 짐을 떠맡은 세이지는 죄를 지은 것처럼 조마조마한 심정으로 그녀의 뒤를 부지런히 따랐다. 아스텔은 그 와중에도 단골이 된 빵집에 들러 바게트를 사는 것만큼은 잊지 않았다.

"아스텔."

"……."

"아스텔."

아스텔은 집요하리만치 말이 없었다. 앞서가던 그녀를 급히 따라잡은 세이지는 아스텔의 앞을 가로막아서며 뒤늦게나마 사과의 말을 건넸다. 화가 잔뜩 난 아스텔은 여전히 못난 남편의 얼굴을 쳐다보려고도 하지 않고 있었다.

"미안해. 아까 보고만 있어서."

"……."

"그 대신이라고 하기는 좀 뭣하지만……."

아스텔이 들고 있던 빵 봉투를 빼앗은 세이지는 따라오라는 듯이 그녀에게 눈짓을 보냈다. 빵 봉투를 빼앗기고도 한동안 제자리에 우두커니 서 있던 아스텔은 이윽고 작게 한숨을 내쉬고는 그를 따라 걸음을 옮기기 시작했다.

"오늘 저녁은 내가 만들게."

"……저녁을 만들겠다고요? 당신이?"

집으로 돌아오는 내내 침묵을 유지하던 아스텔은 저녁을 자신이 만들겠다는 세이지의 말에 간신히 반응을 보였다. 세이지는 사뭇 진지한 표정으로 고개를 끄덕이며 집에 도착하자마자 식재료가 든 봉투를 들고 주방 안쪽으로 성큼성큼 걸어 들어갔다.

"내가 알아서 다 할 테니까 손가락 하나 까딱하지 마."

요리 초보인 남편의 호언장담에 아스텔은 기가 막히면서도 화가 순식간에 눈 녹듯 사라지는 것을 느꼈다. 세이지는 배우는 것이 제법 빠른 편이긴 했지만, 벌써 혼자서 식탁을 차릴 수 있을 정도로 성장했는지 내심 궁금한 것도 있었다.

아스텔은 주방을 기웃거리고 싶은 충동을 애써 억누르며 세이지가 저녁 준비를 마치기만을 기다렸다. 거실을 정리하고 읽다 만 책을 뒤적이는 등 삼십 분가량 시간을 때우자, 드디어 주방으로부터 그럴듯한 냄새가 솔솔 풍겨오기 시작했다.

"다 됐어."

세이지가 차린 식탁 위에는 미네스트로니 외에도 두 번 구워 바질페스토를 바른 바게트, 토마토 카프레제, 치즈를 넣은 오믈렛, 커피 따위가 함께 가지런히 차려져 있었다. 식탁 의자에 앉은 아스텔은 스푼을 들어 미네스트로니가 담긴 그릇을 천천히 저어보았다. 끓일 때 파스타를 너무 빨리 넣었는지 불어터진 파스타가 전부 바스러져 있어 보기에는 썩 좋지 않았지만 냄새만큼은 훌륭했다.

"……어때?"

아스텔이 미네스트로니의 맛을 보고 있는 사이, 세이지는 긴장이 역력한 기색으로 그녀의 얼굴을 조심스레 들여다보았다. 입가를 우물거리며 건더기를 천천히 씹던 아스텔은 이윽고 씹던 음식물을 목구멍 뒤로 삼켰다. 꿀꺽, 하고 목울대가 울리는 소리와 함께 아스텔이 다시 입을 열었다.

"감자가 덜 익었어요."

"……아."

세이지는 풀이 죽은 강아지처럼 시무룩한 표정을 지은 채, 아스텔의 맞은편에 앉아 스푼을 들었다. 그런 세이지의 모습을 유심히 지켜보던 아스텔은 이내 킥킥 웃음소리를 내면서 다시 부지런히 스푼을 놀리기 시작했다.

"—하지만 맛은 제법 괜찮아요."

마지막으로 선심 쓰듯 덧붙인 아스텔의 한 마디에, 세이지는 금세 표정에 활기를 되찾았다. 그는 식사를 마친 뒤, 설거지까지 자신이 전부 맡아서 하겠다고 하며 그릇들을 싹 정리했다.

"다음번엔 더 잘할게."

"기대할게요."

세이지의 기지로 두 부부는 뜻밖에 화기애애한 저녁을 보내게 되었다. 세이지는 설거지를 마친 후에, 짬짬이 길들여 왔던 새 바이올린으로 아스텔에게 근사한 연주를 들려주기까지 했다.

세이지 덕분에 제법 기분이 좋아진 아스텔은 밤새 지치지도 않고 달라붙어 오는 남편을 뿌리치지도 않고 오냐오냐하며 받아줬다. 자신에게 망신을 줬던 채소 가게의 주인을 떠올리면 아직도 괘씸한 기분이 들었지만, 계속 떠올려 봤자 기분만 상할 것이 뻔했기 때문에 애써 기억에서 지워 버렸다.

아스텔이 문제의 채소 가게 주인을 다시 떠올린 것은 그로부터 열흘 뒤의 일이었다. 혼자 산책을 나가는 듯했던 세이지가 어디서 무슨 수를 쓴 건지 일주일 내내 먹어도 다 먹지도 못할 양의 채소를 사 들고 온 것이다. 식탁 위로 어지럽게 굴러다니는 감자와 당근, 단호박과 버섯, 마늘, 브로콜리 등을 보며 아스텔은 놀란 얼굴로 세이지의 얼굴을 바라보았다.

"이것들은 대체 어떻게……."

"내가 이걸 전부 얼마에 사 왔는지 알아?"

이 정도의 채소들을 전부 사 오려면 아무리 흥정을 잘해도 100에탱은 줘야 하지 않을까. 아스텔이 고개를 가로저어 보이자 세이지가 의기양양한 미소를 지으며 말을 이었다.

"전부 합쳐서 68에탱."

"말도 안 돼요!"

"하지만 난 그 가격에 사 왔지."

내체 무슨 수를 썼길래 이만한 양의 채소들을 그렇게 저렴한 가격에 사 올 수 있었을까. 아스텔은 채소에 시들거나 썩은 부분은 없는지 꼼꼼히 살펴봤지만, 세이지가 사 온 채소들은 찌그러진 구석 하나 없이 싱싱하고 큼직하기만 했다.

"대체 어디서 사 온 거죠?"

"당신이랑 같이 시장에 갔을 때 들렀던 그 가게."

"맙소사."

자신이 고작 10에탱을 깎으려고 했다가 망신만 당했던 그 가게에서, 그가 이렇게 터무니없을 정도의 에누리를 받아왔다고? 대체 무슨 수로?

아스텔이 경악으로 물들어 있는 사이, 세이지는 자신이 사 온 채소들을 부지런히 손질하기 시작했다. 반으로 쪼갠 단호박의 씨를 긁어내던 그는 여전히 정신을 차리지 못한 채 멍하니 서 있는 아스텔 쪽으로 고개를 돌렸다.

"한가하면 단호박 수프 만드는 법 좀 가르쳐 줘."

"단호박……, 수프요?"

간신히 제정신으로 돌아온 아스텔은 눈을 깜빡이며 식탁 위에 놓인 재료들을 훑어보았다. 때마침 떨어진 재료를 떠올린 그녀의 눈동자에 반짝 이채가 어렸다.

"……빠진 게 있어요."

"뭐?"

"생크림이 마침 다 떨어졌거든요."

아스텔은 자꾸만 치켜 올라가려는 입꼬리를 애써 억누른 채, 채소를 다듬고 있던 세이지를 억지로 일으켜 세웠다. 세이지는 손질하다가 만 재료들이 어지간히도 신경 쓰이는지 떠밀리듯 현관으로 향하면서도 자꾸만 뒤를 돌아보았다.

세이지를 현관 밖으로 내보낸 아스텔은 5에탱짜리 동전 세 개를 꺼내 그의 손에 쥐여주었다. 그리고는 얼른 현관문을 닫으며 가차 없는 목소리로 그에게 지시를 내렸다.

"얼른 나가서 사와요. 15에탱에."

외전

외전 1. 세상에서 가장 특별한 기념일

최근의 리젤—아스텔과 세이지는 어느새 그를 이렇게 지칭하는 데 익숙해졌다—이 아무래도 수상하다.

변화의 징조는 어느 날 갑자기 예고도 없이 나타났다. 가정에 충실한 남편이던 그가 최근 말도 없이 외출을 한다든가, 평소의 퇴근 시간보다 늦게 귀가하는 일이 부쩍 잦아진 것이다. 잦은 외출도 직장일의 연장선으로 여기던 아스텔이었지만 사태가 장기화되자 그녀 역시 리젤의 행동을 차츰 의심하기 시작했다.

아스텔은 신에게 맹세코 의부증 같은 망상성 장애를 가진 여자가 아니다. 그녀는 교회에서 리젤과 반지를 교환한 이래로 지금까지 단 한 번도 남편의 외도를 의심해 본 적이 없었다.

간혹 임자 있는 남자라는 걸 알면서도 접근하는 여자가 있었던 것은 사실이다. 하지만 열 번 찍어 안 넘어가는 나무 없다며 열을 올리던 여자들도 리젤의 철벽 앞에서는 오래 버티지 못하고 다른 사냥감을 찾아 떠나가곤 했다. 그의 미혼 시절을 기억하는 오키드 하우스의 여인들이 봤더라면 놀란 나머지 그 자리에서 자빠졌을지도 모른다.

하지만 그런 과거의 무용담도 리젤의 외도가 의심되고 있는 지금 상황에서는 전부 무의미한 것이다. 사태는 그가 밖에서 낯선 여자와 만나는 광경을 봤다는 목격담이 들어오면서 본격화되기 시작했다. 심지어 그 목격담이 상당히 여러 증인의 입을 통해 나왔다는 사실이 더욱 망신스럽기 그지없는 일이었다.

아스텔은 신중을 기하기 위해 노력했다. 한쪽으로 편향된 주장만을 듣고 자신의 판단이 기울어지지 않도록, 여러 사람의 증언을 확보하여 보다 중립적이고 객관적인 시선을 갖추기 위해서—.

중립적이긴 개뿔.

"틀림없는 외도예요, 마담."

"마드모아젤."

"한두 사람만 그렇게 느낀 게 아니잖아요. 이건 누가 봐도 명백한 상황이에요. 내 남편이었으면 벌써 머리채 잡았을 거라고요."

빵집의 종업원인 지젤은 이 일이 마치 제 일이라도 되는 것처럼 리젤에 대한 적개심을 불태웠다. 아스텔은 최대한 중립적인 시선을 유지하려 노력했으나, 이렇듯 상황이 일방적으로 흘러가니 사람으로서 마음이 흔들리지 않을 수가 없었다.

"아직 결정적인 증거가 없어요."

"그놈의 결정적인 증거! 그러다 갑자기 내연녀가 집에 쳐들어오기라도 하면 어쩌려고 그래요? 이 남자는 내 남자다! 그러니 이혼해 달라, 뭐 이딴 헛소리가 나올 때까지 가만히 있으려고요?"

"그렇게 되면 그날이 바로 그 남자 제삿날이 될 거예요."

내내 미적지근한 태도를 고수하던 아스텔은 내연녀 얘기가 나오자마자 빠르게 태세를 전환시켰다. 자신이 어떤 각오로 그를 받아줬는데 그딴 파렴치한 짓을 저지르다니. 이승에 미련이 없는 것이 아니고서야 감히 저지를 수 없는 짓 아닌가.

더군다나 최근 '스텔레르'의 곡이 소위 말하는 '대박'이 난 덕분에, 아스텔의 주가는 하루가 다르게 상승하고 있는 상태였다. 르메트르의 대표가 앞으로 나올 그녀의 곡들도 전부 독점하고 싶다며 거액의 계약금을 제시한 게 바로 며칠 전의 일인데, 황금 알을 낳는 거위나 다름없는 아내를 어찌 이리 홀대할 수 있단 말인가.

"아무튼 의심스러운 건 싹이 났을 때 바로 뿌리를 뽑아버려야 해요. 마담은 이제 홑몸도 아니잖아요."

지젤의 말에 아스텔은 씁쓸한 미소를 띠며 아직 태가 나지 않는 아랫배를 흘끔 내려다보았다. 그녀의 말대로 아스텔은 더 이상 홑몸이 아닌 상태였다. 아스텔과 리젤 사이의 첫 아이가 두 달 전부터 그녀의 뱃속에 자리 잡고 있었으니까. 하필이면 임신 사실을 알게 될 즈음에 리젤이 수상한 행동거지를 보이기 시작한 터라 미처 알리지도 못했었다.

하지만 그렇다고 해서 리젤에 대한 믿음을 완전히 저버린 것은 아니었다. 지젤을 비롯하여 주변의 누구도 리젤의 편을 들어주지 않는 상태였지만, 아스텔은 그것이 부부 된 이들 간에 당연히 지켜야 할 도리라고 여겼다.

해명이든, 변명이든, 당사자인 리젤이 하는 말을 직접 들어본 뒤에 판단해도 늦지 않다. 잠시 간의 궁지를 모면하기 위한 거짓말은 결국 탄로 나게 마련이니까.

"반드시 지켜낼 거예요."

반드시 지금의 평화로운 가정을 지켜낼 것이다. 자신을 위해서. 그리고 누구보다도 앞으로 태어날 이 아이를 위해서.

아스텔은 그렇게 결연한 각오를 다졌다.

✤

리젤은 피로로 뻑뻑해진 눈꺼풀을 꾹꾹 누르며 세르랭스로 향하는 막차에 몸을 실었다. 아직 젊다고는 해도 휴일까지 반납하고 하루 종일 발품을 팔았으니 피곤해지는 것도 당연한 일이다.

아스텔은 분명 자신을 의심하고 있을 것이다. 이런 미심쩍은 상황에도 그를 의심하지 않는다면 성녀와 멍청이 둘 중 하나이거나 혹은 둘 다라고 봐도 무방하다. 물론 아스텔은 성녀도 멍청이도 아니지만.

아스텔. 나의 별.

그녀를 떠올리는 것만으로도 가슴 한구석이 뻐근해질 정도로 벅차오른다. 한때 소녀를 갈망하면서 동시에 질투했던 흉한 남자는 더 이상 존재하지 않는다. 잃어버렸던 퍼즐 한 조각을 찾은 것처럼, 사랑에 결핍되어 있던 자신이 그녀로 인해 온전해진 것이다.

리젤은 자신이 직접 공개하기 전까지는 준비하고 있던 것들을 아스텔에게 들키고 싶지 않았다. 그러다 보니 부득이하게 다른 사람들로부터 의심을 사는 짓마저 감수해야만 했다. 일정이 배로 빡빡해진 깃은 두말할 나위도 없다.

그렇지만 후회는 하지 않는다. 아스텔이 느낄 기쁨에 비하면 자신이 지금 받고 있는 의심이나 고생 같은 것들은 지극히 사소한 불편에 불과했다. 리젤은 저도 모르게 입가에 미소를 띠며 기차의 좌석에 등을 기댔다. 차창 밖으로 불빛으로 빛나고 있는 도시의 야경이 빠르게 스쳐 지나간다.

하루라도 빨리 그녀를 놀라게 해주고 싶어 견딜 수가 없다.

염탐의 핵심은 누가 뭐라고 해도 미행이다. 특히 탐문만으로 결정적인 증거를 찾기 어려울 때, 이 단순하고도 위험한 방법은 더욱 효과적으로 빛을 보기 마련이다.

시작은 어디까지나 우연이었다. 레슨이 끝난 뒤 집으로 돌아가던 도중, 잠시 볼일을 보기 위해 우체국에 들른 아스텔은 어딘가 눈에 익은 뒷모습을 발견했다. 검은 머리카락에 큰 키, 오늘 아침에 본 기억이 있는 짙은 갈색의 재킷. 틀림없는 그녀의 남편 리젤 마예르였다.

무심코 리젤을 불러 세우려던 아스텔은 지금껏 계속되고 있는 그의 수상쩍은 행보를 떠올렸다. 미행 같은 변태적인 취미를 즐긴 적은 이전에도 없었고 앞으로도 영영 없을 테지만, 상황이 상황이니만큼 이대로 눈 뜨고 손가락만 빨고 있는 것은 더욱 바보 같은 짓이었다. 결국 마음을 굳힌 아스텔은 행인들 틈에 슬그머니 섞여 들어 그의 뒤를 몰래 밟기 시작했다.

어디론가로 바삐 발걸음을 옮기던 리젤은 오래 지나지 않아 한적한 노천카페 앞에서 멈춰 섰다. 야외 테이블에 앉아 있던 한 젊은 여성이 반색하며 그를 향해 손을 흔들어 보였다.

"여기예요."

아스텔은 약간의 자괴감과 기시감을 동시에 느끼며 근처의 나무 뒤로 몸을 숨겼다. 상대방은 리젤의 첫 여인인 로벨리아와 닮은 구석이 있는 늘씬한 몸매의 미인이었다. 설마…… . 아스텔은 무심코 지젤이 떠들어대던 말을 떠올리고는 이를 악물었다.

"오래 기다리게 해드려 죄송합니다."

"천만에요."

리젤은 평소의 그답지 않은 정중한 어투로 여인과 인사를 나눴다. 어디 나한테도 한 번 그런 목소리로 말해보시지? 아스텔은 속으로 짜증을 내며 그의 뒤통수를 향해 매서운 눈빛을 던졌다. 리젤의 말을 직접 들은 뒤에 판단하기로 마음먹은 것이 바로 어제였는데, 심사가 뒤틀린 탓인지 뭘 해도 그가 곱게 보이지 않았다.

가볍게 인사를 주고받은 두 사람은 리젤이 착석하자마자 곧바로 머리를 맞댔다. 뭔가 중요한 대화를 나누고 있는 것은 확실한데 멀리 떨어져 있기 때문인지 한 마디도 알아듣기가 어려웠다.

대체 뭐라고 하는 걸까. 아스텔은 두 사람의 대화를 엿듣기 위해 테이블 쪽으로 귀를 기울였다. 전부 알아듣는 것은 무리였지만 둘의 대화 사이로 적잖이 충격적인 단어가 드문드문 들려왔다.

"웨딩…… 는……, 하객들도……, 괜찮으시겠어요?"

"교회에서도……, 이제 곧 완성……, 최대한 서둘러서…… 려고 합니다."

"사모님에게는……, 말씀하셨고요?"

"아스텔에게는……, 아직 비밀로……, 조만간……."

단순한 바람이 아니었어? 눈앞이 순식간에 캄캄해지는 것을 느낀 아스텔은 비틀거리는 몸을 지탱하기 위해 곁에 있던 나무를 붙잡았다. 이럴 수는 없다. 자신이 어떤 각오를 가지고 그를 다시 받아줬는데, 세상에 다른 사람이라면 몰라도 그만큼은 결코 자신을 배신해서는 안 되는 건데…….

사람의 본질이란 결코 바뀌지 않는다. 그토록 세상의 쓴맛을 다 맛보고도 여전히 정신을 못 차렸던 결과가 바로 이것이다. 아스텔은 입술을 피나도록 깨물었다. 이제 자신은, 자신의 아이는 어떻게 해야 하나.

"잠시 실례하겠습니다."

리젤은 잠시 볼 일을 보고 오겠다며 자리에서 일어났다. 반쯤 이성을 잃은 아스텔은 충동적으로 그의 앞에 뛰어들었다. 그리고는 바락거리며 큰 목소리로 악을 썼다.

"우리 당장 이혼해!"

"아스텔?!"

리젤은 예상치 못한 아스텔의 난입에 자못 놀란 듯이 눈을 크게 떴다. 그의 외도 상대(?)인 이름 모를 여성 역시 놀란 기색을 감추지 못한 채 리젤의 곁으로 다가섰다.

"사모님이신가요?"

"누가 누구의 사모님이라는 거죠?"

"아스텔, 잠깐만. 이 사람은……."

아스텔이 젖은 눈매로 쏘아보자 리젤은 난감한 표정을 지으며 이마를 감싸 쥐었다. 그녀가 의심하고 화를 내는 것까지는 익히 예상했던 바였지만, 설마 눈물까지 보일 줄은 미처 몰랐던 것이다.

"……내가 잘못했어."

"잘못한 줄 알겠거든 이혼해! 이혼하자고!"

"실례하겠습니다, 사모님."

두 사람의 대화가 도저히 진전될 기미를 보이지 않자 여자가 리젤을 대신하여 아스텔의 앞으로 나섰다. 여자는 천연덕스러울 정도로 싹싹한 미소를 지어 보이며 가방에서 명함 한 장을 꺼내어 아스텔에게 내밀었다.

"저는 '라 그랑드 마리아주'에 소속된 웨딩 플래너, 사라 메르시에라고 합니다."

리젤은 풀이 죽은 목소리로 모든 것을 이실직고하기 시작했다.

그는 아스텔 몰래 결혼식을 준비하고 있었다. 이미 약소하게나마 식을 올리긴 했지만, 일생에 한 번밖에 없을 결혼식을 그런 식으로 치러 버린 것이 늘 미안하고 가슴 아팠다는 것이다.

아스텔에게는 비밀로 한 채 혼자 식을 준비하려니 시작부터 일이 꼬이는 것은 당연한 이치였다. 홀로 어찌할 바를 모른 채 우왕좌왕하던 그는 우연한 기회를 통해 웨딩 컨설팅 업체에 대한 정보를 입수했다. 웨딩 컨설팅이란, 결혼식을 유독 요란하게 치르는 걸 좋아하는 라그랑시아에서 성행하고 있는 특수사업이라고 했다.

"마담 메르시에와 만났던 것도 전부 그 때문이야. 덕분에 도움도 많이 받았고."

"……그렇군요."

기혼녀였구나. 아스텔은 붉어진 얼굴을 가리기 위해 고개를 숙인 채 차를 마시는 척했다. 맞은편에서 리젤이 한숨짓는 소리가 들려왔다.

"미리 솔직하게 말하지 않아서 미안해. 깜짝 놀라게 해주고 싶었는데 오히려 속상하게 만들기만 한 것 같아서……."

"괜찮아요. 나야말로……."

끝까지 믿지 못해서 미안해요. 그 말을 하려고 했는데 도저히 입이 떨어지지 않았다. 부끄러움에 눈물이 핑 돌려던 찰나, 리젤이 손을 뻗어 그녀의 손을 꽉 붙잡았다. 손으로부터 전해져 오는 온기에 안심한 나머지, 저도 모르게 다시 눈물이 나오려고 했다.

"그 말, 이제 철회하는 거 맞아?"

"그 말이라뇨?"

"이혼하자고……."

"자꾸 그렇게 눈치 없는 소릴 했다간 그 얄미운 입을 꿰매놓을 줄 알아요."

아스텔은 여전히 얄미운 소리를 하는 리젤을 향해 곱게 눈을 흘겼다. 그는 그제야 안심이 되었다는 듯 피식 웃으며 아스텔의 손을 더욱 힘주어 잡았다.

"실은 나도 당신에게 비밀로 하던 게 있어요."

"뭔데?"

"한번 맞춰봐요."

아스텔의 짓궂은 도발에 리젤은 끙, 앓는 소리를 냈다. 간단한 힌트라도 준다면 맞춰봄 직했을 텐데, 무작정 맞춰보라는 말만 하니 감도 전혀 오질 않았다.

"힌트라도 하나 알려줄 수 없어?"

"……얼마 전에 병원에 다녀왔어요."

병원을 언급하는 아스텔의 얼굴에 미약한 긴장감이 감돌았다. 놀란 표정의 리젤은 눈을 깜빡거리며 그녀의 손을 꽉 붙잡았다.

"어디 아픈 거야?"

"당장 아픈 건 아니고……, 아파질 예정이라고 해야 할지……."

"아파질 예정이라니?"

리젤의 얼굴에 깃든 혼란스러움이 한층 더 가중되었다. 아스텔은 다시금 뺨이 뜨거워지기 시작한 것을 느꼈다.

"앞…… 으로, 여덟 달…… 만 더, 지나면……."

뒤늦게 아스텔의 말을 이해한 리젤이 눈을 크게 부릅떴다. 아스텔은 치밀어 오르는 부끄러움에 더 말을 잇지 못한 채 두 손으로 얼굴을 가려 버리고 말았다. 당장 할 말이 생각나지 않는 듯 입만 벙긋거리고 있던 리젤은 뒤늦게 아스텔의 손목을 힘껏 움켜쥐었다.

"정말이야?"

"……이게 거짓말하는 걸로 보여요?"

"아니, 아냐. 거짓말 같다는 게 아니라. 그게―."

리젤은 여전히 정신을 못 차린 건지 횡설수설하는 말만 한참 늘어놓았다. 오죽하면 '내가 엄마가 된다는 거 맞지?' 하며 자신의 성별마저 망각한 듯한 헛소리까지 지껄일 정도였다.

"엄마가 아니라 아빠, 겠죠."

"아, 그렇지. 아빠, 아빠. 지금 정신이 하나도 없어서."

"……."

"아스텔."

자신을 부르는 목소리에 아스텔의 고개가 다시 돌아갔다. 이제야 간신히 현실 파악이 끝난 듯, 한결 진지해진 표정의 리젤이 그녀를 힘껏 부둥켜안았다.

"정말 사랑해. 그리고 고마워."

"여보……."

"그동안 정말 많은 일이 있었지만……. 앞으로는 웃는 일만 생기도록 노력할게. 행복해지자. 우리 같이."

같이 행복해지자.

그 말 한마디에 가슴 한구석에서부터 온기가 퍼져 나간다. 아스텔은 코끝이 시큰거리는 것을 느끼며 그의 등에 두른 팔에 더욱 힘을 주었다. 이 사람이 내 남자라고, 누구에게도 넘겨주지 않을 거라고 선언하듯이.

한 달 뒤, 셰르랭스의 한 교회에서는 한 부부의 두 번째 결혼식이 거행되었다. 간소하게 치러졌던 그들의 첫 번째 결혼식과는 달리, 부부의 앞길을 축복하는 하객들이 구름떼처럼 몰려든 성대한 결혼식이었다.

외전 2. 어느 음악가의 회고록

웹스터 거리 7번가의 빨간 벽돌집에 사는 꼬마 월에게는 남에게 말할 수 없는 비밀이 한 가지 있었다. 바로 8번가의 파란 지붕집에 사는 괴팍한 예술가를 실제로 본 적이 있다는 것이다.

파란 지붕집의 예술가는 기인(奇人)이 많기로 유명한 웹스터 안에서도 둘째가라면 서러울 정도의 기인이었다. 월의 어머니인 제시의 말에 의하면, 그는 파란 지붕집에 들어앉은 이래 사년간 이웃 주민 누구에게도 얼굴을 비춘 적이 없는 은둔형 외톨이였다.

꼬마 월이 그 수수께끼에 싸인 예술가를 만나게 된 건 지극히 드문 우연 중의 우연과도 같은 일이었다. 만약 그날, 아버지의 다리가 부러지지 않았거나, 월이 친구들과 놀러 나가거나, 그 여인이 베리 노인네의 약방 앞에서 헤매고 있지 않았다면 월은 평생 그 예술가를 만나지 못했을 것이다.

월의 아버지 덕은 목수였는데, 웹스터에서 망가진 문이나 창틀, 지붕 등을 보수하는 일을 주로 도맡아 하곤 했다. 그날도 이웃집의 지붕을 수리하기 위해 사다리에 오르던 그는 불행히도 밟고 올라가던 사다리와 함께 제 다리마저 부러뜨리고 말았다.

남편의 갑작스러운 사고소식에 놀란 제시는 급히 접골원에서 의사를 불러왔다. 부러진 뼈를 맞추고, 부목을 대는 등 급한 조치를 끝낸 뒤, 제시는 마침 집에서 놀고 있던 아들을 들볶아 약방에 다녀오도록 했다. 월은 옆집의 샘의 꼬드김대로 연을 날리러 가지 않았던 걸 조금 후회하며 9번가에 있는 베리 노인네의 약방으로 향했다.

당시의 월은 겨우 일곱 살이었지만, 웹스터에 사는 주민들의 얼굴 정도는—물론 파란 지붕집의 예술가를 제외하고— 전부 알아볼 자신이 있었다. 다시 말해, 베리 노인네의 약방 근처에서 서성이고 있는 여성은 웹스터의 주민이 아니었다.

"꼬마야, 혹시 이 근처에 사니?"

여인은 물에 빠졌다가 동아줄을 발견한 사람처럼 월을 바라보았다. 나이는 스물 안팎 정도. 길게 늘어뜨린 은발에 요정처럼 가냘파 보이는 미모를 지닌 여인이었다.

좀처럼 외지인을 볼 기회가 없었던 월은 호기심이 가득한 시선으로 낯선 여인을 응시했다. 이 근처에 사냐는 그녀의 질문에 월은 고개를 절레절레 흔들며 순진한 음성으로 대답했다.

"으응, 아니? 7번가에 살아요."

"아니라고? 그럼 여긴 어디니?"

"9번가."

여인의 얼굴에 순간 당혹의 빛이 스쳐 지나갔다. 모르긴 몰라도 9번가에 볼 일이 있어 찾아온 손님은 아닌 모양이었다.

잠시 여인의 눈치를 보던 월은 곧 자신이 9번가에 왔던 목적을

상기하고는 굳게 닫힌 약방 앞으로 달려가 문을 두드렸다. 오래
지나지 않아 문 너머로부터 인기척이 들리더니 가래가 끓는 듯한
거친 노인의 목소리가 들려왔다.

"무슨 일이냐?"

"아빠 다리가 부러졌어요."

"뭐라고? 에잉, 쯧쯧……."

약방의 주인인 베리 노인네는 크게 혀를 차며 곧바로 모습을 드
러냈다. 커다란 매부리코와 굽은 등이 인상적인 노인은 윌과 뒤에
선 낯선 여인을 무덤덤한 시선으로 번갈아 보았다.

"아는 사람이냐?"

"아니."

윌이 고개를 젓자 노인은 곧바로 여인에게서 시선을 거둔 뒤,
약방의 문을 닫았다. 웹스터에서만 사십 년이 넘게 이 약방을 운
영해 온 베리 노인네는 일곱 살배기 윌의 허술한 설명에도 불구하
고 알아서 척척 약을 지었다. 온갖 사기꾼이나 다름없는 가짜 의
사와 약사가 판을 치는 곳이 바로 웹스터였지만, 이곳의 주민 중
누구도 베리 노인네의 실력만큼은 절대 의심하지 않았다.

완성된 약을 받아든 윌이 약방을 나올 때까지도 여인은 약방
앞에 우두커니 선 채 자리를 뜨지 않고 있었다. 윌이 다시 모습을
드러내자, 여인은 잠시 망설이는 듯하더니 윌을 향해 어색해 보이
는 미소를 지어 보였다.

"꼬마야. 혹시 많이 바쁘니?"

윌은 제 일보다 남의 일을 앞세울 정도로 착한 아이는 아니었으
나, 자신이 도울 수 있는 사람을 일부러 외면할 정도로 못된 아이
도 아니었다. 엄마가 시킨 대로 약도 받았겠다, 이렇게 예쁜 누나
를 두고 가기도 찜찜했던 윌은 천천히 고개를 끄덕였다.

"안 바빠요."

여인은 그제야 조금이나마 근심을 거둔 듯, 아까보다 훨씬 밝은 표정으로 웃었다. 월은 가슴 한구석이 간질거리는 것을 느끼며 들고 있던 약 봉투를 더욱 단단히 틀어쥐었다.

자신의 이름을 디안이라고 밝힌 여인은 친구를 만나기 위해 처음으로 웹스터를 방문했다가 길을 잃었다고 했다. 디안은 친구의 이름은커녕 나이나 성별조차 언급하지 않았지만, 희미하게 붉어진 뺨을 봤을 때 남자라는 건 거의 확실해 보였다.

"누나 친구는 8번가에 산다고 했죠?"

"응."

월은 8번가와 연결된 골목으로 앞질러 뛰며 그곳에 사는 주민들의 얼굴을 하나씩 떠올렸다. 늘 낡은 베레모를 쓰고 다니는 시인 웽거, 아이 없이 단둘이 살고 있는 이름 모를 부부 한 쌍, 노부부를 봉양하고 있는 나이 지긋한 과부 한 명, 수전노로 유명한 아치 영감…….

신나게 골목을 달리던 월은 별안간 우뚝 제자리에 멈춰 섰다. 월이 아는 한, 8번가에는 디안의 친구로 추정할 수 있는 남성이 한 사람도 살고 있지 않았다.

"왜 그러니?"

"……."

"월?"

신나서 앞서가던 월이 갑자기 멈추자, 디안은 고개를 갸웃거리며 월의 자그마한 뒤통수를 바라보았다. 아주 잠깐의 침묵 끝에 몰라보게 창백해진 안색의 월이 천천히 디안을 향해 돌아섰다.

"누, 누나…….."

"왜? 혹시 너도 길을 잃은 거야?"

디안은 여전히 영문을 모르겠다는 듯이 월을 바라보았다. 겁에
잔뜩 질린 표정의 월은 덜덜 떨면서도 고개를 힘차게 가로저었다.
파르르 경련하는 월의 입술이 위아래로 달싹이던 찰나였다.

"혹시……."

"다이아나 양."

갑작스레 끼어든 낯선 음성에 월은 파득 몸을 떨었다. 그리고는
언제 나타난 건지, 골목 사이에서 저와 다이아나를 응시하고 있는
금발의 청년을 멍하니 바라보았다.

월과 마찬가지로 청년을 발견한 다이아나는 함박웃음을 지으며
곧장 손을 흔들어 보였다. 분홍빛 입술 새로 새의 지저귐처럼 가
벼운 웃음소리가 흘러나왔다.

"선생님!"

"걱정…… 했습니다. 약속한 시각이 훌쩍 넘었는데……."

남자인지 여자인지 알 수 없는―얼굴을 보면 여자 같기도 한데 목소
리는 분명 남자의 것이었다― 그는 지나칠 정도로 사람의 이목을 끄
는 외모를 지니고 있었다. 이런 외모를 지닌 인물이 근방에서 살
고 있었다면 월이 여태껏 모르고 있을 수가 없었다.

잠시 혼란에 빠져 있었던 월은 이 청년이 8번가의 명물인 파란
지붕집의 예술가라는 사실을 한발 늦게 깨달았다.

"걱정 끼쳐서 죄송해요."

"……괜찮습니다. 그나저나 이 아이는……."

순간 온몸에 전율이 일었다. 대낮에 유령이라도 본 건 아닐까,
무서워했던 것이 무색할 정도로 벅찬 감정이 월의 전신에 몰아쳤
다.

"9번가에서 길을 잃었는데 이 아이가 절 도와줬답니다."

다이아나는 쑥스러운 표정을 지으며 곁에 선 월의 머리를 쓰다

듣어 주었다. 다이아나가 공을 돌린 덕분인지, 파란 지붕집의 예술가는 한결 누그러진 시선으로 윌을 바라보았다.

"착한 아이로구나."

청년의 입가에 희미한 미소가 감돌았다. 짙은 녹색 눈동자가 아치형의 부드러운 호를 그린 눈꺼풀 아래로 사라졌다.

"고맙다."

윌은 터져 나올 것 같은 웃음을 눌러 참으며 청년이 내민 손을 꽉 맞잡았다. 조금 가늘긴 하지만 크고 단단한 손이 윌의 손을 감싸듯이 잡고 흔들었다.

그것이 미래의 메이어 부부와 윌리엄의 첫 만남이었다.

❖

그 일을 계기로 파란 지붕집의 예술가와 안면을 트게 된 윌은 그의 이름이 조지이며, 올해로 스무 살이 되었다는 사실을 차례로 알게 되었다. 그와 처음 만난 날, 윌은 파란 지붕집을 직접 방문하는 호사를 누리기도 했는데, 다이아나는 아틀리에가 아니라 왕궁에 들어온 것 같은 표정이라며 웃음을 터뜨리기도 했다.

파란 지붕집 안에 꾸며진 아틀리에는 좁지만 온갖 예술적 영감을 자극하는 물품들로 가득 채워신 공산이었다. 평범한 복수인 아버지 밑에서 자란 윌은 그곳에서 처음으로 피아노와 붓, 목탄과 물감 등을 만져 보는 진귀한 경험을 해볼 수 있었다. 웹스터에서는 조지 말고도 많은 예술가들이 살고 있었지만, 그 외에는 누구도 자신의 악기나 화구 등을 윌이 만질 기회를 준 적이 없었다.

아틀리에 안에 비치된 물건 중에서 윌의 마음을 가장 강하게 사로잡은 것은 뭐니뭐니해도 피아노였다. 윌이 피아노에 관심을 보이자, 다이아나는 크게 기뻐하며 그에게 간단한 동요 몇 가지를 직접 가르쳐 주기도 했다.

"윌은 제법 재능이 있구나. 나중에 커서 아주 유명한 피아니스트가 될지도 모르겠는걸?"

"정말?"

"그럼. 이 누나는 피아노에 대해서는 절대 빈말을 하지 않아."

다이아나의 말이 진심인지 아니었는지는 알 수 없지만, 그녀가 피아노에 상당한 일가견이 있다는 것만큼은 부정할 수 없는 사실이었다. 가끔은 조지도 자신이 작곡했다는 곡을 직접 연주해 들려주기도 했지만 다이아나만큼 탁월한 실력을 지닌 것은 아니었다. 물론 연주 실력과 별개로, 그의 곡은 한 번 들으면 결코 잊을 수 없을 만큼 아름다웠지만 말이다.

"형은 왜 밖에 안 나가?"

다이아나가 오지 않은 날, 홀로 파란 지붕집을 방문한 윌은 조지가 스케치하던 정물화를 빤히 들여다보고 있었다. 조지는 처음 만난 날을 제외하면 좀처럼 밖으로 나가는 일이 없었기 때문에, 그가 그린 그림에는 풍경화가 한 장도 끼어 있지 않았다.

"나갔으면 좋겠어?"

"응. 형이랑 친구라고 애들한테 자랑하고 싶은데."

"그렇구나."

조지는 조용히 들고 있던 연필을 내려놓았다. 그는 가타부타 말을 덧붙이진 않았지만, 하고 싶은 말이 너무 많아 보이기도 했고 동시에 아무 말도 하고 싶지 않은 것 같기도 했다.

짧은 침묵 끝에 그가 다시 입을 열었다.

"밖에는 이상한 사람들이 너무 많거든."

"이상한 사람?"

"그래."

조지는 다시 입을 꾹 다문 채 스케치북만을 가만히 응시했다. 불편한 침묵이 끝도 없이 계속되자, 홀로 안절부절못하던 윌은 조지의 눈치를 보며 조심스럽게 입을 열었다.

"그럼, 나도 이상한 사람이야?"

윌의 순진한 질문에 조지는 바람 빠진 듯한 웃음소리를 냈다. 가늘지만 단단한 손가락이 윌의 갈색 머리카락을 마구 흐트러뜨렸다.

"아니."

"헤헤."

조지가 다시 연필을 들자 윌은 턱을 괸 채 소파에 쪼그려 앉았다. 흑연이 사각거리며 스케치북을 긁는 소리가 기묘할 정도의 평온감을 느끼게 해주었다.

윌은 피아노를 치며 노는 것을 가장 좋아했지만, 지금처럼 조지가 그림 그리는 모습을 구경하는 것도 좋아했다. 그리고 있던 작약의 스케치가 마무리되어 갈 때쯤, 조지가 뒤늦게 생각났다는 듯이 윌에게 물었다.

"아무한테도 말한 적 없지? 형이랑 아는 사이라고."

"응. 형이 말하지 말랬잖아."

"제대로 기억하고 있구나."

조지는 윌의 대답이 썩 마음에 든 듯, 찬장 위에서 캐러멜을 하나 꺼내 윌에게 쥐여주었다. 그가 주는 캐러멜은 엄마가 이따금 주던 싸구려와 달리, 농후한 크림과 바닐라의 풍미가 일품인 고급품이었다.

조지는 윌에게 늘 다정한 형이었으나 그 밖의 낯선 사람에게는 유난히 배타적으로 구는 경향이 있었다. 윌은 그가 낯선 사람을 경계하는 이유를 알진 못했지만, 그가 자신에게 잘해주는 이유가 다이아나 때문이라는 사실 정도는 알고 있었다. 그 사실을 모르는 사람은 세상에서 오직 한 사람, 당사자인 다이아나밖에 없는 것 같았다.

"너는 정말 좋겠다. 윌."

다이아나는 종종 한숨 섞인 목소리로 중얼거렸다.

"조지는 널 굉장히 귀여워하는 모양이더라. 무릎에 앉혀놓고 피아노도 치고……."

"형도 누나를 좋아해."

윌은 어째서 그녀가 조지의 마음을 알아채지 못하는 건지 의아하기만 했다. 조지는 오로지 다이아나를 맞으러 나갈 때만 이 좁고 어두운 아틀리에를 벗어나곤 했으니까. 다이아나가 공연 때문에 미처 찾아오지 못하는 날이면, 조지는 알게 모르게 낙담한 기색을 보이곤 했다.

하지만 윌이 그렇게 대답할 때마다 다이아나는 더욱 어두워진 표정으로 고개를 저어 보일 뿐이었다.

"누나가 바라는 '좋아한다'는 건 그거랑 전혀 다른 거야. 윌은 아직 어려서 잘 모르겠지만……."

잘 아는데, 하고 윌이 혼잣말로 툴툴대자 다이아나는 웃으며 그의 머리를 쓰다듬어 주었다.

"나중에 어른이 되면 누나 말이 무슨 뜻인지 알게 될 거야."

과연 그럴까. 윌은 어른이 아니었지만, 조지의 마음만은 그녀보다 자신이 더 잘 안다는 확신을 가지고 있었다.

"둘이서 무슨 얘길 그렇게 해?"

"으응, 아무것도 아냐."

다이아나가 필사적으로 말을 돌리는 사이, 윌은 바람이 부는 창문 밖으로 시선을 돌렸다. 이제 조금 있으면 비가 오려는 건지 하늘은 꾸물거리는 잿빛 구름으로 빽빽하게 메워져 있었다.

하루가 다르게 차가워지는 바람은 성큼 다가온 겨울을 예고하는 듯 싸늘하기 그지없었다. 이제 조금만 더 있으면 11월. 윌이 두 사람을 처음 만난 지도 어느덧 한 달이 다 되어가고 있었다.

✤

세 사람에게 '변화'가 찾아온 것은 그로부터 일주일 뒤, 다이아나의 다른 친구라는 청년이 웹스터에 모습을 드러내면서부터였다. 윌은 남자의 모습을 직접 보지는 못했지만, 마부들의 이야기를 통해 그가 검은 머리에 파란 눈을 가졌으며, 키가 크다는 소소한 사실들을 알게 되었다.

경계심이 강한 조지의 성격을 잘 아는 윌은 그가 낯선 사람을 아틀리에에 들였다는 사실을 믿기가 어려웠다. 저 역시 그와 알고 지낸 지 이제 간신히 한 달이 되었지만 그렇다고 해서 놀라운 일이 놀랍지 않은 일이 되는 것은 아니었다.

대체 어떤 사람이길래 조지가 그를 새로운 친구로 받아들인 걸까. 호기심에 사로잡힌 윌은 그가 다시 웹스터를 방문하기만을 오매불망 기다렸다.

윌에게는 다행스럽게도 기회는 오래 지나지 않아 찾아왔다. 남자가 사흘 만에 다시 조지의 아틀리에를 방문한 것이다. 새로운 손님의 등장으로 들뜬 윌이 직접 문을 열어주자, 남자는 황당하다는 표정으로 윌과 조지의 얼굴을 번갈아 바라보았다.

"천하의 맥켄지 선생님이 애 돌보는 일도 하는 줄은 몰랐는데."

남자는 그 한 마디만으로 윌이 세상에서 가장 싫어하는 사람이 되어버리고 말았다. 만약 그때 다이아나가 대신 나서주지 않았다면, 월은 화가 난 나머지 남자를 그대로 받아버렸을지도 모른다.

"데이빗. 괜한 심술부리지 마."

"아니면, 둘 사이에 언제부터 이렇게 큰 애가 있었나?"

"그, 그런 의미가 아니잖아. 월, 저 못된 형은 놔두고 우리끼리만 놀자."

데이빗의 빈정거림에 다이아나는 얼굴을 빨갛게 물들인 채 월의 손을 잡아 이끌었다. 하지만 데이빗의 빈정거림은 거기서 끝난 것이 아니었다.

"꼬마야. 네가 있으니까 둘한테 방해가 되잖아."

"데이빗!"

다이아나는 월이 아닌 자신이 모욕당하기라도 한 것처럼 자리에서 벌떡 일어났다. 그러나 데이빗은 다이아나의 그런 반응에도 전혀 기죽지 않은 듯, 도리어 뻔뻔한 얼굴로 그녀에게 응수하기까지 했다.

"내가 어디 틀린 말이라도 했나?"

"너……!"

"그만둬."

격분한 다이아나를 멈춰 세운 건 그녀와 정반대로 차분하게 가라앉은 조지의 목소리였다. 조지가 입을 열자, 그때까지 눈 하나 깜빡이지 않던 데이빗마저 머쓱한 표정으로 그를 바라보았다.

"월에게 사과해."

담담하지만 단호하기 그지없는 말투였다. 데이빗은 썩 내키지 않는 기색이었으나 조지의 말만은 거역할 수 없는 듯 마지못해 월에게 짧은 사과의 말을 건넸다.

"미안하다, 꼬마."

"……."

"윌……."

윌은 제 손을 꼭 감싸오는 다이아나의 얼굴을 가만히 올려다보았다. 오랜 친구라는 데이빗보다 자신을 더 염려해 주는 듯한 상냥한 시선.

이렇게 다정한 그녀에게 폐를 끼치고 싶진 않았다.

"나, 집에 갈래."

"데이빗 때문에 그래? 저 형은 신경 쓰지 않아도……."

"집에 가고 싶어."

윌이 막무가내로 고집을 부리자 다이아나도 더 이상 그를 설득할 엄두를 내지 못했다. 곁에 선 조지와 데이빗 역시 묵묵히 입을 다문 채 두 사람이 하는 양을 가만히 지켜보기만 할 뿐이었다.

"바래다줄게."

"나 혼자서 갈 수 있어."

홀로 아틀리에를 빠져나온 윌은 7번가에 있는 자신의 집을 향해 그대로 도망치듯 달리기 시작했다. 달리는 동안에도 윌의 머릿속에선 데이빗이 이죽거리던 말만이 무한대로 반복되고 있었다.

"꼬마야. 네가 있으니까 둘한테 방해가 되잖아."

"내가 어디 틀린 말이라도 했나?"

두 사람 모두 그 말에 아니라는 대답은 하지 않았다.

상상하지도 못한 일이었다. 자신이 함께 있는 것이, 조지와 다이아나가 가까워지는 것을 방해하는 일이었다니.

왜 진즉 눈치채지 못했던 걸까. 좀 더 일찍 깨달았다면, 두 사람은 지금쯤 연인이 되어 있었을지도 모르는데.

어쩌면 둘도 눈치 없는 자신을 내심 원망하고 있던 건 아닐까.

"으아……!"

어두컴컴한 골목을 내달리던 윌은 튀어나온 돌부리를 미처 발견하지 못해 그대로 바닥에 넘어지고 말았다. 바닥에 넘어지면서 깨진 무릎이 불에 덴 것처럼 홧홧했다.

윌은 피가 흐르는 무릎을 손등으로 닦으며 울먹거렸다. 깨진 무릎이 아픈 것보다 이런 곳에서 홀로 주저앉아 볼썽사납게 울먹이는 자신이 초라해 견딜 수가 없었다.

이제 됐어. 이젠 두 번 다시 아틀리에에 놀러 가지 않을 거니까.

"흐윽……."

맥이 탁 풀렸다. 더 이상 자리에서 일어나고 싶다는 생각도 들지 않았다. 무릎을 감싸 안은 윌은 제자리에 주저앉은 채 그대로 울음을 터뜨리고 말았다.

❖

윌은 그 후로 한동안 조지의 아틀리에를 찾지 않았다. 두 사람이 전혀 보고 싶지 않다면 거짓말이었지만 그런 면박을 듣고도 꿋꿋이 찾아갈 정도로 자존심이 없는 건 아니었다.

가끔 궁금하기는 했다. 자신이 사라진 뒤, 다이애나와 조지는 순조롭게 맺어졌을까. 혹시 진작에 사라졌으면 더 좋았을 텐데 하고 생각하진 않았을까. 그렇게 생각하고 나면 안 그래도 우울했던 기분이 더 우울해지곤 했다.

윌은 이렇게 구질구질하게 구는 자신이 너무나도 싫었다. 그래서 두 사람을 떠올리지 않기 위해 또래 친구들과 더욱 열심히 어울려 돌아다니기도 했다. 하지만 이따금 어디선가 들려오는 피아노 소리를 들을 때면 저도 모르게 걸음을 멈추게 되는 것만은 어쩔 수가 없었다.

사실은 그리웠다. 그 비좁은 아틀리에에서 울려 퍼지던 피아노 소리도, 여기저기에 빼곡히 걸려 있던 아름다운 그림들도.

지금이라도 8번가에 가면 그 소리를 다시 들을 수 있을까.

"괜찮아. 금방 돌아가면 되니까."

정처 없이 발걸음을 옮기던 윌은 어디선가 들어본 듯한 남자의 목소리가 들려오자 무의식적으로 고개를 치켜들었다. 상대가 제 마음을 읽고 대답한 말은 아닐 텐데 대체 누구한테 한 말일까.

윌은 목소리의 주인이 누구인지 떠올릴 겨를도 없이 급히 근처의 골목 사이로 몸을 숨겼다. 몸을 숨기면서도 자신이 무얼 잘못해서 숨고 있는지 이해가 가지 않았지만 어쨌든 그의 눈에 띄어서는 안 될 것 같은 예감이 들었다.

골목 사이에 숨은 채 밖을 예의주시하던 윌은 오래 지나지 않아 자신의 예감이 적중했다는 사실을 깨닫게 되었다. 잠시 뒤, 건너편에서 나타난 두 남자는 윌이 너무나도 잘 알고 있는 이들이었기 때문이었다.

"하지만, 다른 사람 눈에 띄기라도 하면……."

"정 뭐하면 내 뒤에라도 숨든가."

조지와 데이빗이었다. 윌은 심장이 쿵쾅거리는 것을 느끼며 두 사람의 대화를 주의 깊게 엿들었다. 뭐가 어찌 된 영문인지는 정확히 알 수 없었지만, 앞뒤 상황을 유추해 보건대 데이빗이 내켜 하지 않는 조지를 설득해 억지로 데리고 나온 것 같았다.

밝은 햇빛 아래에서의 조지는 지나칠 정도로 사람들의 시선을 잡아끄는 외모였다. 곁에 선 데이빗도—그의 재수 없는 면모는 차치하고서라도— 어디 가서 아쉬운 소릴 들을 만한 외모는 아니었지만,

조지는 모자를 푹 눌러썼음에도 특유의 화려한 분위기를 완전히 죽이진 못했다.

멍하니 조지를 응시하던 윌은 두 사람의 모습이 멀어지고 나서야 간신히 제정신을 되찾았다. 조지에 대해 생각하지 않으려 지금껏 애써왔던 날들이 무색하게도, 그가 정말로 눈앞에 나타나자 어디 가서 뭘 하려는 건지 궁금해 견딜 수가 없었다.

결국 윌의 자존심은 그보다 더 강한 호기심에 완패해 버리고 말았다. 윌은 슬쩍 골목을 빠져나온 뒤, 행여나 들키기라도 할세라 기척을 죽인 채 두 사람의 뒤를 몰래 밟기 시작했다.

조지와 데이빗은 한참을 말없이 걷기만 했다. 이제 겨우 일곱 살이 된 윌이 성인 남자들의 걸음을 뒤쫓아 가려니 다리에 쥐가 날 것 같았지만 두 사람이 그런 윌의 사정을 봐가면서 걸음을 늦출 리가 만무했다. 주머니에 땡전 한 푼 들어 있지 않은 윌로서는 두 사람이 마차에 올라타는 일만은 벌어지지 않길 간절히 바랄 뿐이었다.

세 사람이 랭스터 거리에 접어들 때쯤, 데이빗은 뭔가를 발견한 것처럼 걸음을 멈추더니 이쪽을 향해 고개를 돌렸다. 설마 들킨 걸까. 깜짝 놀란 윌이 급히 가로수 뒤로 숨는 사이, 데이빗이 젠체하는 음성으로 조지에게 말하는 소리가 들려왔다.

"여기야."

다행스럽게도 목적지에 도착한 모양이었다. 윌은 가슴을 쓸어내리며 두 사람이 '알덴'이라는 입간판이 세워진 공방 안으로 들어가는 모습을 지켜보았다.

여기서 뭘 하려는 걸까.

두 사람은 볼 일을 금세 마친 듯, 십분도 채 지나지 않아 공방을 다시 빠져나왔다. 평소처럼 차분하기만 한 조지의 표정과 달

리, 데이빗은 뭐가 그리 즐거운지 만면에 의기양양한 미소를 띠고
있었다.

"괜찮아 보였지?"

"응."

"바로 돌아갈 거야?"

"여기 있어봤자 할 것도 없으니까. 사람들 눈에 띄는 것도 달갑
지 않고."

조지는 그렇게 중얼거리며 윌이 숨은 가로수 방향으로 시선을
보내왔다. 기분 탓일까. 잠깐이지만 눈이 마주쳤던 것 같은데.

급히 고개를 돌린 윌은 두 손으로 입을 틀어막았다. 그가 다가
오기라도 하면 어떡하나 하는 생각에 식은땀이 절로 났다.

"그럼 갈게."

"잘 가. 나도 늦기 전에 돌아가 봐야겠다."

다행스럽게도 조지는 이쪽으로 다가오는 대신, 데이빗에게 곧
장 작별 인사를 건넸다. 순간 안도감이 들면서 긴장감이 풀린 탓
인지 다리에 힘이 쭉 빠졌다.

두 사람이 자리를 뜬 뒤, 윌은 호기심을 억누르지 못한 채 공방
의 문을 열었다. 딸랑거리며 도어벨이 울리는 소리가 나자 안쪽에
서 짧은 파이프를 문 노인이 고개를 내밀었다.

"뭘 찾고 있는 게냐."

"그, 그냥 뭐가 있는지 궁금해서……. 구경해도 돼요?"

"좋을 대로 해라. 물건에 함부로 손대진 말고."

노인은 귀찮은 듯한 표정을 지으면서도 윌이 구경하는 것을 선
뜻 허락해 주었다. 노인의 허락이 떨어지자 윌은 방긋거리며 공방
안쪽으로 얼른 발을 들여놓았다.

공방 안이 꽉 들어차도록 늘어선 진열대와 벽에는 장신구와 식

기, 조각상과 촛대 등 은으로 만든 다양한 제작품들이 전시되어 있었다. 크기와 모양새는 제각각이었지만 모두 같은 장인의 솜씨로 만든 정교한 물건들이었다.

두 사람도 여기서 뭔가를 사러 왔던 걸까. 윌이 갸웃거리며 물건들을 구경하는 사이, 새 손님이 온 건지 등 뒤에서 도어벨이 울리는 소리가 났다.

"무슨 일로 다시 오셨소?"

"깜빡 잊은 주문이 생각나서."

무심코 고개를 돌리려던 윌은 목소리의 주인이 데이빗이라는 걸 깨닫자마자 급히 진열대 사이로 숨어들었다. 볼 일을 마치고 진작 돌아간 줄로만 알았는데 여기까지 혼자 되돌아올 줄은 미처 예상하지 못했던 것이다.

"깜빡 잊은 주문이라 함은."

"아까 나와 동행한 사람이 주문한 물건."

데이빗은 이내 결심을 다진 듯, 아까보다 한결 또렷한 목소리로 말을 이었다.

"그것과 똑같은 것으로 하나만 더 만들어줬으면 하는군."

"똑같이 말이오?"

"뒷면에 새겨 달라 했던 글씨만 제외하고."

자리에 쪼그려 앉은 윌은 쉴 새 없이 눈을 대록거렸다. 본의 아니게 데이빗의 말을 엿듣는 처지가 되긴 했지만 그의 말에는 석연치 않은 구석이 너무나 많았다.

데이빗이 언급한 동행인이란 분명 조지를 가리키는 말일 것이다. 하지만 조지가 뭘 주문했길래 그와 똑같은 물건을 만들어 달라는 건지, 그리고 이왕 같은 물건을 주문할 거였으면 어째서 조지와 함께 왔을 때 주문하지 않았던 건지는 아무리 생각해도 이해할 수가 없었다.

데이빗은 노인의 대답을 재촉하듯 턱을 앞뒤로 까딱거렸다. 말
없이 담배만 뻐끔거리던 노인은 그제야 입에서 파이프를 떼어냈다.

"……알겠소."

기분 탓인지 석연치 않게 들리는 목소리였다. 노인은 귀퉁이가
다 닳은 노트를 펼치며 사무적으로 말을 이어나갔다.

"동행인이 주문한 것을 먼저 만들어야 하니 완성하는 데 시간
이 좀 걸릴 것이오. 가격은……."

"두 배를 주지. 대신 내가 주문한 것에 대해선 반드시 함구해
줬으면 하는군."

"굳이 그렇게 하지 않아도 말하지 않을 생각이오. 가격은 똑같
이 내는 것으로도 충분하오."

노인의 음성에 불쾌감이 어리자 데이빗은 급히 입을 다물고 선
금을 지불했다. 노인은 여전히 못마땅한 기색이었으나 제 눈치를
보는 상대에게 더 이상 토를 달진 않았다.

"보름 뒤에 다시 오시오."

데이빗은 돌아가면서도 노인에게 비밀을 엄수해 달라 거듭 당
부하는 것을 잊지 않았다. 윌은 그가 주문한 물건이 무엇이었는지
무척 궁금했지만, 노인이 알려줄 리가 만무했기에 말을 꺼낼 엄두
조차 내지 못했다.

집으로 돌아간 윌은 오래 지나지 않아 이때 있었던 일을 까맣게
잊어버리고 말았다. 그가 이 사건을 떠올린 건 그로부터 두 달
뒤, 조지가 한밤중에 자신을 만나러 오면서였다.

✤

곤히 잠들어 있던 윌은 창문을 두드리는 소리에 문득 눈을 떴다. 창문가를 바라보니 휘몰아치는 밤바람에 덧문이 이따금 흔들리고 있었다.

그냥 바람인가. 길게 하품을 내뱉은 윌은 베개에 다시 머리를 댄 채 잠을 청했다. 하지만 뒤이어 들려온 목소리는 아무리 귀가 어두운 사람이라도 결코 바람 소리로 착각할 수 없는 것이었다.

"윌."

"……?!"

"자고 있니?"

윌은 침대에서 벌떡 몸을 일으켰다. 남자의 목소리를 알아듣는 순간, 심장이 쿵쾅거리며 잠이 확 달아나는 느낌이었다. 듣고 나서야 알 수 있었다. 자신이 이 목소리를 얼마나 그리워했는지.

"형!"

있는 힘껏 덧문을 젖힌 뒤 창문을 활짝 열었다. 창문을 열자마자 싸락눈과 함께 차가운 바람이 몰아닥쳤지만 아무래도 상관없었다. 창밖에는 너무나 그리웠던 사람이 미소 지으며 자신을 바라보고 있었다.

"미안. 깨운 거야?"

"으응, 괜찮아!"

윌이 함박웃음을 짓자 조지는 손을 뻗어 윌의 동그란 정수리를 쓰다듬어 주었다. 딱딱하지만 변함없이 다정하고 따뜻한 손길이었다.

"잘 지냈나 보구나."

"아니. 잘 못 지냈어. 형이랑 여태 못 만났잖아."

"윌. 그럼 나는 안 보고 싶었니?"

두 사람의 정다운 모습에 다이아나가 지지 않겠다는 듯이 둘 사이로 고개를 내밀었다. 윌은 까륵거리면서 다이아나를 향해 정신없이 손을 흔들어 보였다.

"누나도 보고 싶었어!"

"거짓말인 거 다 알아."

"아냐. 진짜야!"

다이아나는 이내 피식 웃더니 알고 있었다며 윌의 뺨을 아프지 않게 꼬집었다. 윌이 콧물을 훌쩍거리자 그녀는 급히 자신이 하고 있던 머플러를 풀어 윌에게 대신 감아주었다. 곁에 있던 조지는 그런 두 사람의 모습을 내내 다정한 시선으로 지켜보고 있었다.

윌은 추운 것도 잊은 채 제자리에서 콩콩 뛰었다. 영영 못 볼지도 모른다고 생각했던 두 사람이 이렇게 자신의 집까지 찾아왔다니 믿을 수가 없었다.

혹시 이것도 꿈은 아닐까 조금 무서워질 정도로.

"그런데 우리 집엔 무슨 일로 왔어?"

"그건······."

두 사람의 얼굴이 순간 무겁게 가라앉았다. 한순간에 변해 버린 두 사람의 표정에 윌은 문득 좋지 않은 예감이 엄습하는 것을 느꼈다.

대체 왜 진작 이상하다고 느끼지 못했던 걸까. 평소의 조지는 좀처럼 아틀리에 밖으로 나오는 일이 없었는데.

"······윌. 놀라지 말고 잘 들어."

조지는 침착하기 그지없는 목소리로 말을 이어나갔다. 웃음기가 깃들어 있지 않은 녹색 눈동자는 너무나 슬프고 아파 보여서.

"우린 너한테 작별 인사를 하러 왔어."

도저히 자신이 더 슬프고 아프다고 말할 수가 없었다.

차가운 바람이 빨갛게 언 뺨을 두드렸다. 즐거웠던 백일몽은 너무나 빠르게 끝나 버리고 말았다. 차가운 현실에 내동댕이쳐진 윌은 저도 모르게 몸을 떨었다.

"떠나……?"

"윌……."

"왜, 왜……? 나 때문에? 내가 방해돼서 그런 거야? 내가……."

"그런 거 아니야, 윌."

다이아나는 단호한 목소리로 윌의 질문을 부정했다. 그녀는 웃는 것 같기도 하고 우는 것 같기도 한 표정을 지은 채 힘겹게 입꼬리를 끌어당겼다.

"말했잖아. 데이빗이 하는 말은 귀담아듣지 말라고. 제발…….그런 생각하지 마. 절대 너 때문이 아니야. 네가 없었다면 우린 지금처럼 가까워지지 못했을 거야."

부모님을 일찍 여읜 뒤로 계속 혼자 살아왔던 조지는 윌 덕분에 다른 사람과 함께 있는 걸 어색해하지 않게 되었다고 했다. 윌이 없었다면 다이아나와 함께 있는 것조차 무척 힘들어했을 거라고.

"나는 말주변이 없어서, 디안과 단둘이 있을 땐 무슨 말을 해야 할지 늘 걱정이었어. 혹시 답답하다거나 바보라고 여기는 건 아닐까. 항상 전전긍긍했지."

윌은 눈물이 맺힌 눈으로 조지를 마주 보았다. 그는 자신이 한 말을 다시 한 번 강조하듯, 강한 손길로 윌의 손을 꼭 잡아주었다.

"전부 네 덕분이야."

내내 참고 있던 눈물이 그제야 터져 나왔다. 혹시 두 사람이 자신을 원망하진 않았을까. 늘 염려하고 괴로워했던 마음이 그 한마디만으로 보상받은 것 같은 기분이었다.

두 사람은 채근하지도 다그치지도 않은 채 윌이 눈물을 그치기만을 계속 기다려 주었다. 눈물이 간신히 멎자, 윌은 빨개진 눈가를 손등으로 슥슥 문지르며 물었다.

"그럼……. 대체 왜 떠나는 거야?"

"……."

"설마……."

퍼뜩 한 가지 기억이 뇌리를 스쳐 지나갔다. 두 달 전 은공방에서 마주쳤던 그 남자. 다짜고짜 조지와 똑같은 것을 만들어 달라 요구했던…….

"……그 사람 때문이야?"

조지는 그 질문에 긍정도 부정도 하지 않았다. 하지만 월은 그의 그런 반응이 긍정이나 다름없는 대답이라는 걸 알고 있었다.

그 후로 몇 가지 질문과 대답이 더 오고 갔다. 어디로 갈 것인지, 영영 떠날 것인지, 편지는 주고받을 수 있는지. 두 사람은 떠나야 할 시간이 점점 다가오고 있음에도 일절 성가신 기색을 보이지 않았다.

어쩌면 세 사람 모두, 이 순간이 마지막이 되리란 걸 짐작했기 때문인지는 몰라도.

"월. 부탁이 있어."

마지막으로 인사를 나누기 전, 다이아나가 부탁이 있다며 돌연히 말을 건네왔다. 담담하면서도 서글픈 빛을 띤 시선이 월을 다정하게 응시하고 있었다.

그런 눈빛을 한 그녀에게 어떻게 감히 싫다고 말할 수 있을까.

"무슨 부탁?"

"우리가 떠난 다음에도 부디 잊지 말고……."

목이 메는 듯 더듬거리는 목소리로 그녀가 말을 이어나갔다. 희고 가느다란 손이 월의 자그마한 손을 감싸듯이 도닥거렸다.

"피아노를 계속해 줬으면 좋겠어."

"피아노를?"

"내가 전에 말했잖아. 넌 재능이 있다고."

언젠가 들어봤던 속삭임이 기시감처럼 머릿속에서 되풀이되었다.

"난 피아노에 대해서는 절대 거짓말을 하지 않아."

✤

문득 잠에서 깨어난 윌리엄은 끙, 하고 앓는 소리를 내며 이마를 감싸 쥐었다. 오랜만에 그때의 꿈을 꾼 탓인지 베개가 흥건하게 젖어 있었다.

"평소보다 늦게 일어났네."

"……좀 피곤했던 모양이야."

가벼운 세안을 마치고 일층으로 내려가니 아내가 갓 도착한 우편물들을 뒤적거리고 있었다. 윌리엄은 진하게 우린 홍차를 한 모금 마시며 소파에 앉았다. 아내는 자신에게 온 우편물들을 쏙쏙 골라낸 뒤, 나머지 것들을 탁자 위에 올려놓았다.

"귀찮아 죽겠군."

"이것도 다 한때야. 잘나갈 때 바짝 벌어둬야지."

"알고말고."

윌리엄은 피식 웃으며 아내의 말에 동의를 표했다. 잘나가는 예술가란 그런 것이다. 아주 약간의 재능과 그보다 더 큰 운만 있으면 불세출의 천재라도 된 것처럼 취급받는 것도 어렵지 않다. 그리고 쏟아지는 재물, 명성. 혹은 후원을 가장한 은밀한 제안까지도.

바깥에는 이상한 사람이 많다던 조지의 말을 이제는 온전히 이해할 수 있다. 직접 겪어보고 나니 그 당시 그를 은둔자로 만들었을 사람들의 욕망이 어떤 것인지도 확실히 알 수 있었다. 얼굴 좀 반반하다 싶은 예술가에겐 어찌나 그렇고 그런 의도로 접근하는 사람이 많은지.

쓴웃음을 지은 윌리엄은 제 앞으로 온 우편물들을 찬찬히 살펴보기 시작했다. 유명 오케스트라단에서 온 초대장이 두 장, 온갖 사교모임에서 보낸 초대장이 일곱 장, 무명의 신인 음악가가 보낸 편지가 다섯 장, 팬레터와 팬레터를 가장한 러브레터가 열 몇 장.

거기에 낯선 이름이 적힌 봉투가 하나.

봉투에 적힌 이름을 확인한 순간, 자석에 이끌린 듯 손이 제멋대로 움직였다. 뜯어낸 봉투에서 편지지를 끄집어내는 그 순간이 억겁의 시간처럼 길게만 느껴졌다.

곱게 접혀 있던 편지지에는 아래와 같은 내용이 적혀 있었다.

윌리엄 조이스 허들스턴 키하.

갑작스러운 편지에 놀라지 않으셨을지 모르겠습니다. 저는 멜틀린드 백작의 장남인 로렌이라고 합니다.

정식으로 자리를 만들어 초청함이 예의인 줄은 아나, 부득이하게 사적인 모임에서 만나 뵙기를 청하는 무례를 용서해 주시기 바랍니다. 키하와 긴히 만나 나누고 싶은 이야기가 있습니다.

제가 드리고픈 이야기에 흥미가 있으시다면 봉투에 적힌 발신자 주소로 회신해 주시기 바랍니다. 부디 긍정적인 답변이 돌아오기만을 기다리겠습니다.

멜틀린드 자작 로렌 브렌든 안트반으로부터.

외전 3. 장미의 연인

좌석에 기댄 채 곤히 잠들어 있던 로잘리는 요란한 기차 경적 소리에 간신히 눈꺼풀을 들어 올렸다. 먼지투성이의 유리창 너머로 어렴풋한 새벽빛으로 물든 도시의 풍경이 빠르게 스쳐 지나가고 있었다.

이제 거의 다 온 걸까. 천천히 눈을 깜빡이던 그녀는 길게 하품을 하며 줄곧 끌어안고 있던 가방을 내려놓고 기지개를 켰다. 머리 위에 달린 스피커에서는 목적지가 가까워졌음을 알리는 안내 방송이 흘러나오고 있었다.

[다음 역은 이 열차의 종점인 엘버린입니다. 승객 여러분께서는 잊으신 물건이 없는지 다시 한 번 확인하신 뒤…….]

이윽고 역으로 들어선 기차는 천천히 속력을 늦추며 플랫폼 사이에 멈춰 섰다. 칸 앞에 선 승무원이 각자 분주히 짐을 챙기고 있는 승객들을 둘러보며 목청을 높여 외쳤다.

"종점인 엘버린입니다! 잃어버리시는 물건이 없도록 가지고 계신 짐을 다시 한 번 확인해 주시기 바랍니다!"

로잘리는 내려두었던 가방의 손잡이를 다시 단단히 움켜쥔 뒤 좌석에서 일어났다. 그녀에게 딸린 짐이라고는 들고 있는 단출한 가방 하나가 전부였지만, 반대로 말하자면 이 가방을 잃어버리면 로잘리는 빈털터리가 된다는 의미이기도 했다.

하늘을 빽빽하게 메운 잿빛 구름을 뚫고 우중충한 햇살이 사람들로 바글거리는 기차역 위로 내리쬐었다. 플랫폼에 내려선 로잘리는 개찰구 방향으로 부지런히 발걸음을 옮기며 개찰구 너머의 대합실에서 자신을 마중하러 나왔을 노부인의 모습을 눈으로 찾아 헤맸다. 주말이라 그런지, 그렇잖아도 미어터질 기차역의 대합실이 오가는 승객들로 어지럽게 붐비고 있었다.

"로잘리 메이어 양이 맞나요?"

로잘리 메이어. 자신의 이름을 부르는 부드러운 음성에 로잘리는 목소리가 들려온 방향을 향해 고개를 돌렸다. 희끗희끗해진 곱슬머리를 우아하게 늘어뜨린 노부인이 수행원인 듯한 젊은 남성과 함께 로잘리가 있는 개찰구 쪽으로 다가오고 있었다.

입가에 미미한 미소를 띤 노부인은 로잘리의 얼굴을 유심히 바라보며 다시 입을 열었다. 어머니의 지인이라는 걸 알고 있기 때문인지, 그녀의 목소리에는 언뜻 그리움의 색이 깃들어 있는 것처럼 들리기도 했다.

"부모님을 쏙 빼닮았군요."

"안녕하세요. 저어, 혹시 램파드 부인이 맞으신가요?"

"그래요. 내가 바로 조슬린 램파드랍니다."

램파드는 에르나델의 최고급 귀금속 프랜차이즈이자, 해당 사업체를 운영하고 있는 오너 가문의 이름이기도 하다. 조슬린의 남편인 윌리엄 램파드는 본래 평범한 전당포 주인이었으나, 우연히 취득한 땅덩어리를 계기로 인생 역전에 성공한 행운아 중의 행운아였다.

땅에서 발견된 금광으로 막대한 부를 얻었지만, 그는 거기에서 안주하지 않았다. 금광 덕분에 쌓은 자산을 토대로 귀금속 세공과 유통업에 뛰어들어 더욱 큰 부를 축적한 것이다. 세상에 일이 이렇게까지 잘 풀릴 수 있는지 모두가 경악할 만한 혁혁한 성과였다.

로잘리의 모친인 아스텔은 램파드 가문이 빛을 보기 전부터 조슬린 램파드와 개인적으로 알고 지낸 사이라고 했다. 올해로 열여덟 살이 된 로잘리는 일자리를 구하기 위해 고향인 셰르랭스는 물론이고 프륀시아에 위치한 곳까지 부지런히 직업소개소를 드나들었으나, 계속된 불황 탓에 이제 갓 성인이 된 여성이 멀쩡한 일자리를 구하기란 결코 쉬운 일이 아니었다. 조슬린과 뜻밖의 인맥이 이어지지 않았다면, 아마 지금까지도 셰르랭스에서 백수로 지내고 있지 않았을까.

"먼 곳까지 오느라 수고가 많았어요. 에르나델에는 처음 온 건가요?"

"네, 부인."

"어떤가요? 부모님의 모국을 방문한 소감은?"

이크. 역시 이 질문이 나오고 말았다. 에르나델인들의 유난스러운 애국심에 대해 어머니로부터 귀에 못이 박이도록 들어왔던 로잘리는 기차 안에서 미리 생각해 뒀던 대답을 차분하게 읊조렸다.

"처음 와봤는데도 외국이란 느낌이 별로 안 드네요. 제가 나고 자란 고향처럼 편안하고요."

"여기서 계속 지내다 보면 더 익숙해질 거예요."

조슬린은 흐뭇한 표정으로 고개를 끄덕이며 로잘리와 함께 역

앞에 세워져 있는 자동차 쪽으로 발걸음을 옮겼다. 운전수가 건네받은 가방을 트렁크에 싣는 동안, 로잘리는 넋을 잃은 채 호화로운 차체의 내부를 훑어보았다. 차에는 문외한인 로잘리였지만, 그런 그녀의 눈으로 보기에도 램파드 부인의 차는 귀족들이나 타고 다닐 법한 최고급품이었다.

짐을 실은 운전수가 운전석으로 돌아와 시동을 걸자 차가 미끄러지듯이 앞으로 나아가기 시작했다. 고급 차라는 사실을 한껏 의식하고 있기 때문인지 승차감도 전에 몇 번 얻어 타봤던 차와 비할 데가 아니었다. 아스텔은 '스텔레르'라는 이름으로 내놓는 곡마다 히트를 치는 유명 작곡가였지만, 자동차를 불필요한 사치품으로 여겼기 때문에 여태 구입하지 않았던 것이다.

로잘리는 애써 아무렇지 않은 척하려 하며 웃는 표정을 지어 보였지만 얼굴에 드러난 어색함을 전부 감추지는 못했다. 자상한 조슬린은 로잘리의 긴장을 풀어줄 겸, 그녀의 어머니인 아스텔의 안부에 대해 이것저것 질문을 던졌다.

"아스텔은 요새 어떻게 지내고 있나요?"

"건강히 잘 지내고 계세요. 작곡 일도 여전히 열심히 하시고요. 동생들이 조금 속을 썩이긴 하지만요."

천하의 말썽꾸러기인 동생들을 떠올리며 로잘리는 난감한 미소를 지었다. 아스텔은 남편인 리젤과 슬하에 이남 이녀를 두었는데, 장녀인 로잘리 아래로 장남인 올리비에와 차녀 멜리사, 차남인 레슬리가 있었다.

"동생들이 몇 살이라고 했었죠?"

"제 아래로 각각 열다섯 살, 열네 살, 일곱 살이요."

"일곱 살!"

아스텔에게 일곱 살짜리 늦둥이가 있다는 말에 조슬린은 즐거운 웃음소리를 냈다.

"금슬이 아주 좋은 모양이로군요."

"두 분 다 신혼부부 못지않으세요."

로잘리는 괜스레 제 얼굴이 뜨거워지는 것을 느꼈다. 늦둥이인 레슬리를 얻게 되면서 마예르, 즉 메이어 일가는 로잘리가 나고 자랐던 방 세 개짜리 집을 정리하고 좀 더 큰 집을 얻어 이사를 해야 했다. 마예르 일가가 십 년 넘게 살아왔던 집을 처분했을 때 동네 아낙네들이 얼마나 호들갑을 떨어댔던가.

여하간 아스텔과 리젤은 매우 행복하게 잘 지내고 있었다. 두 부부는 저녁마다 부엌에 나란히 선 채 도란거리며 요리를 했고, 식사가 끝난 뒤에는 아이들에게 근사한 합주를 들려주곤 했다. 로잘리는 악기에는 도무지 소질이 없어 포기했지만, 둘째인 올리비에는 부모님의 재능을 물려받았는지 왕립음악원에서 촉망받는 인재이기도 했다.

다른 부부들은 간혹 부부싸움이라는 것을 한다고는 하지만, 갈등의 조짐이 보이기만 해도 리젤이 납죽 엎드려 버리니 가정 내에 다툼이 일어날 여지도 거의 없었다. 메이어 일가의 서열은 아스텔을 중심으로 성립되었기 때문에, 부친인 리젤의 말을 듣지 않는 아이들도 아스텔이 팔을 걷고 나서면 꼬리를 내릴 수밖에 없었다.

"아스텔이 일곱 살배기 꼬마였을 때가 엊그제 같은데, 벌써 이렇게 큰 딸을 뒀다니……."

"저희 어머니랑 오래 알고 지내셨나 봐요."

"알다마다요. 친조카나 다름없이 여겼던 아이인걸요."

조슬린은 눈시울을 붉힌 채 로잘리의 얼굴을 들여다보았다.

"그런 아스텔의 딸이니, 내겐 로잘리 양이 손녀처럼 느껴지는 것도 사실이네요. 로잘리 양에게 폐가 되지 않는다면 짬짬이 내

말벗이 되어주지 않겠어요?"

"저야말로 영광입니다, 부인."

로잘리의 대답이 적잖이 만족스러웠는지, 조슬린은 말갛게 미소를 띠며 그녀의 손을 꼭 잡았다. 뿐만 아니라 오늘의 저녁 식사를 함께하고 싶다는 말까지 덧붙였다.

로잘리와 조슬린이 이야기꽃을 피우는 사이, 두 사람을 태운 자동차는 램파드 가문의 저택으로 들어서고 있었다. 차가 멈춰 서자 현관 근처에서 대기하고 있던 풋맨이 나와 정중하게 차문을 열어주고 트렁크로부터 짐을 꺼냈다.

"오셨습니까, 마님."

"다녀왔어요, 월터. 이 아가씨가 바로 그때 말했던 로잘리 메이어 양이랍니다."

월터라고 불린 반백의 남성은 조슬린의 소개대로 그녀의 곁에 서 있던 로잘리를 향해 고개를 돌렸다. 선량한 느낌의 잿빛 눈동자와 나이에 걸맞지 않은 정정한 체격이 제법 인상적인 사람이었다.

"처음 뵙겠습니다. 집사인 알렉스 월터입니다."

"로잘리 메이어라고 합니다. 앞으로 잘 부탁드려요."

"월터, 메이어 양을 방까지 안내해 주도록 하세요."

"예, 마님."

로잘리는 사용인 숙소가 아닌 본채 건물에 위치한 손님방 중 하나를 배정받았다. 고용인으로서는 과분할 정도의 파격 대우에 로잘리는 어찌할 바를 몰라 했으나, 월터는 너무 부담스러워하지 않아도 된다고 했다. 그저 사용인 전용 숙소에 빈방이 남아 있지 않아 남는 손님방을 그녀에게 내줬을 뿐이라고 하면서.

조슬린은 차 안에서 미리 말했던 대로 그날 저녁 식사에 로잘리를 초청했다. 조슬린과 고용인 몇 명을 제외하면 휑하니 텅 빈 식당의 정경을 보자니, 그녀가 저녁 식사에 자신을 초청한 이유가 어렴풋이나마 짐작이 갔다.

"식당이 너무 허전하죠? 사업 때문에 다들 바쁘다 보니 저녁 한 끼 같이 먹는 것도 영 쉽지가 않네요."

"아, 아닙니다. 부인."

마치 자신의 마음을 읽은 듯한 조슬린의 말에 로잘리의 얼굴이 저도 모르게 붉어졌다. 로잘리는 불현듯 가족 모두가 둘러앉아 함께하던 저녁 식사 시간을 떠올렸다. 항상 속만 썩이고 얄밉게 굴기만 하던 동생들이 지금 따라 왜 이렇게 보고 싶어지는 건지.

엘버린에서 열 손가락 안에 들어가는 자산가라는 명성답게, 램파드 가문에 고용된 요리장의 솜씨는 일류 레스토랑의 것과 비교해도 뒤지지 않을 정도로 훌륭했다. 로잘리는 풋콩과 로즈마리 잎을 곁들인 관자 구이를 입으로 가져가며, 쉴 새 없이 식탁 위로 날라져 오는 진미들을 놀란 눈으로 지켜보고 있었다.

저걸 다 먹었다가는 진심으로 배가 터져 죽을 것 같은데.

"생각해 보니 차 안에서는 나 혼자만 계속 질문을 했더군요. 로잘리 양은 내게 질문하고 싶은 것이 없나요?"

"······예."

조슬린이 운을 떼자, 로잘리는 기다렸단 듯이 씹고 있던 스테이크를 목구멍 뒤로 삼켰다. 그러지 않아도 언제 물어볼까 기회만 엿보고 있던 차에 타이밍 적절하게 조슬린이 먼저 말을 꺼낸 것이다.

"저는 언제부터 일하게 되나요?"

"로잘리 양은 다음 주부터 일주일간 교육을 받은 다음에 실무에 투입될 거예요. 혹시 매입에도 관심이 있나요?"

"물론이고말고요."

로잘리가 고개를 끄덕이자 조슬린은 눈을 가늘게 뜨며 웃었다.

"그렇다면 브룩클린에 있는 매장이 적절하겠군요."

램파드 가문은 엘버린에만 다섯 개의 매장을 운영하고 있었는데, 그중 귀금속 가가 형성되어 있는 브룩클린의 로드숍과 에르나델에서 가장 큰 백화점인 크리스타벨 백화점에 입점한 매장에 주력하고 있는 중이라고 했다. 조슬린은 브룩클린에서는 신상품 거래뿐만 아니라 중고품의 거래도 활성화되어 있으므로, 매입에 관심이 있다면 그쪽에서 일하는 편이 더 나을 것이라고 했다.

조슬린과의 저녁 식사를 끝낸 뒤, 방으로 돌아온 로잘리는 곧바로 가족들에게 엘버린에 무사히 도착했으며, 머지않은 시일 내에 일을 시작하게 될 것이란 내용의 편지를 쓰기 시작했다. 자신의 편지를 받고 방방 뛰어다니는 동생들의 모습이 눈앞에 선히 그려지는 듯했다.

부모님은 분명 크게 기뻐하실 것이다. 동생들은 첫 월급을 받으면 선물을 사서 보내달라는 등의 철딱서니 없는 소릴 해댈 테고. 어머니에게 동생들이 등짝을 얻어맞는 광경을 상상하던 로잘리는 키득거리며 펜을 내려놓았다.

자신의 첫 출근까지 남은 일자는 아흐레. 그 아흐레 뒤가 몹시 기대되어 벌써 잠이 오질 않았다.

❖

출입문에 달린 종이 딸랑, 하는 맑은 소리를 내며 경쾌하게 흔들렸다. 가게를 나서는 손님의 등 뒤로 여종업원들의 명랑한 인사말이 뒤따랐다.

"감사합니다. 다음에 또 오세요."

포장지와 리본을 정리하던 로잘리는 선임 여직원인 줄리아를 따라 급히 인사말을 읊었다. 일을 시작한 뒤로 어느덧 열흘이라는 시간이 흘렀지만, 신입 직원인 로잘리에게는 아직 아는 것보다는 모르는 것들이 훨씬 더 많았다.

언뜻 보기에는 똑같은 보석인데도 어떤 것은 문스톤이고 어떤 것은 래브라도 라이트라고 하질 않나, 브릴리언트 컷은 뭐고 카보숑 컷은 또 뭔지. 더군다나 어벤츄레센스인지 에센스인지 하는 발음하기도 어려운 전문용어들이 튀어나올 때면, 따라서 발음하는 자신의 혀까지 공연히 꼬이는 기분이 들었다.

백수 시절에는 꿈에서까지 간절히 바라왔던 취직이었건만, 현실과 이상은 엘버린과 셰르랭스의 거리만큼이나 아득히 멀었다.

로잘리는 유리로 된 쇼케이스를 정성 들여 문질러 닦으며, 조명을 받아 반짝거리며 빛나는 보석들을 물끄러미 내려다보았다. 일반인들은 십 년을 넘도록 일해도 벌 수 없을 정도의 거액이 눈앞의 새끼손톱만 한 보석 한 개의 가격과 맞먹는다는 사실을 떠올릴 때면, 때때로 알 수 없는 회의감이 불쑥 고개를 치켜들곤 했다.

예쁘다는 것 말고는 아무짝에도 쓸모없는 장식품일 뿐인데. 쇼케이스를 닦던 로잘리가 나지막하게 한숨을 내쉬자, 곁에 있던 줄리아가 팔꿈치로 슬그머니 그녀의 옆구리를 찔렀다. 줄리아는 반대편에서 매입 상담을 하고 있는 방문객의 눈치를 보며 목소리를 낮추어 로잘리에게 주의를 주었다.

"손님 있을 때 가게 안에서 함부로 한숨 쉬는 거 아냐."

"죄, 죄송합니다."

"다음부턴 주의해."

선임으로부터의 따끔한 훈계에 로잘리의 얼굴이 홍당무처럼 새빨갛게 물들었다. 그런 로잘리를 조금 안쓰러운 듯한 시선으로 바라보던 줄리아는 작게 목을 가다듬더니, 여전히 작은 목소리로 그녀에게 진심 어린 충고를 건넸다.

"나쁜 마음으로 했던 말은 아냐. 대부분의 신입이 너랑 똑같이 행동하거든."

"……."

"그러다가 며칠 안 가서 그만두는 애들이 태반이야. 일을 할 때는 일에만 집중해. 그럼 쓸데없는 생각을 할 짬도 나지 않거든."

"네……."

"난 네가 여기서 오래 일했으면 좋겠어."

로잘리의 동그래진 눈동자와 시선이 마주치자 줄리아가 머쓱한 얼굴로 웃었다. 줄리아는 곧이어 뭐라 말할 틈도 주지 않으려는 것처럼 재빠르게 말을 이었다.

"네가 여기 들어온 이후로 매상이 7%나 오른 거 알아?"

"매상이요?"

"널 보러 남자 손님들이 많이 오시거든."

줄리아의 말을 곧장 알아들은 로잘리의 얼굴이 이번에는 잘 익은 사과처럼 달아올랐다. 뭔가 더 말하고 싶어 하는 얼굴로 입술을 달싹이던 줄리아는 출입문에 비친 인영을 발견하고는 재빨리 로잘리에게 눈짓으로 신호를 보냈다. 로잘리는 뒤늦게 줄리아가 보내는 신호를 눈치채고 다급히 출입문 쪽으로 고개를 돌렸다.

"어서 오세요, 램파드입니다."

가게 안으로 들어선 손님은 젊은 남성 두 명으로, 그중 한 사람은 로잘리도 잘 알고 있는 단골손님이자 전도유망한 사업가인 제럴드 맥포드였다.

손님은 왕이다. 그리고 단골손님은 황제다, 라는 줄리아의 평소 가르침에 따라, 로잘리는 제럴드를 향해 한껏 붙임성 있는 미소를 지어 보였다.

"오늘은 뭘 보러 오셨나요?"

"젊은 아가씨가 좋아할 만한 물건이 없는지 보고 싶은데."

"마침 어제 새로 입고된 루비 파뤼르(parure)가 있답니다. 일단 한번 보여 드릴까요?"

"그거 좋군."

제럴드가 고개를 끄덕여 보이자, 줄리아는 자신이 직접 창고에 다녀오겠다며 로잘리에게 눈치를 주었다. 제럴드와 함께 온 다른 손님도 잊지 말고 챙겨야 한다는 의미였다.

너무 염려하지 말고 다녀오세요, 하고 로잘리는 눈빛으로 대답해 보인 뒤, 나머지 손님을 향해 상냥한 목소리로 말을 걸었다.

"램파드에는 처음 오신 건가요?"

나머지 한 사람은 로잘리의 기억에는 존재하지 않는 얼굴이었다. 조금 날카로운 인상을 지닌 검은 머리 남자는 로잘리의 말에 대꾸하는 대신, 네가 대답하라는 듯이 제럴드를 향해 고개를 까딱거렸다.

"제 절친한 벗인 버질이랍니다. 오늘은 딱히 뭘 사러 온 건 아니고 절 따라온 거죠. 보석이랑은 담쌓고 지내는 녀석이거든요."

"그러시군요."

그깟 몇 마디 하는 게 무에 그리 어렵다고 대답하는 것까지 친구에게 떠넘기는 건지, 로잘리는 약간의 황당함과 무안함을 느끼면서도 버질이라는 남자를 다시 한 번 바라보았다.

처음엔 미처 훑어볼 겨를이 없었지만 새삼 살펴보니 지금껏 봐 온 미남 중에서도 손에 꼽을 정도로 수려한 외모의 소유자였다. 표정이 조금만 더 부드러워지면 지금보다 훨씬 인상이 좋아질 텐데. 로잘리의 황당함이 이내 안타까움으로 바뀌려던 순간이었다.

"제 얼굴에 뭐라도 묻었습니까?"

남자, 그러니까 버질이 마침내 입을 열었다. 세상만사가 불만 덩어리로 가득 차 있는 것처럼, 불퉁하기 그지없는 냉랭한 목소리 였다. 아뿔싸. 뒤늦게 낭패감에 사로잡힌 로잘리는 황급히 시선 을 거두고는 그를 향해 고개를 숙였다.

"죄송합니다."

"죄송하다고 할 것까진 없습니다만."

말은 그렇게 하면서도 남자의 목소리는 여전히 퉁명스럽기만 했다. 제럴드의 낄낄거리는 웃음소리가 그를 뒤따랐다.

"너무 죄송스러워하지 않아도 괜찮습니다. 이 녀석은 늘 겪는 일이거든요."

"……."

"죄송하다면 제가 더 죄송해야죠. 버질을 여기로 데려온 건 저 니까요."

제럴드는 유들유들하게 대답하며 로잘리를 향해 눈을 찡긋해 보였다. 방심한 사이에 기류가 묘한 방향으로 흐르기 시작하자 로 잘리는 어쩔 줄 몰라 하며 민망한 기색을 감추지 못했다. 그런 그 녀의 반응을 어떻게 해석한 건지, 제럴드의 입가에 떠오른 미소가 더욱 짙어지던 찰나였다.

"오래 기다리게 해드려서 죄송합니다."

때마침 창고에서 신상품을 찾아온 줄리아가 세 사람 앞에 나타 났다. 로잘리의 발그레해진 얼굴과 두 손님의 표정을 번갈아가며 살펴보던 줄리아는 이윽고 알 것 같다는 표정을 지으며 들고 있던 케이스를 쇼케이스 위에 올려놓았다. 케이스가 열리자, 백금으로 이루어진 금속부에 루비가 한 알씩 물려 있는, 심플하면서도 세련 된 디자인의 장신구들이 모습을 드러냈다.

"램파드의 전속 디자이너인 모렐의 신상품이랍니다. 최신 유행에 민감한 여성이라면 누구든 선호할 만한 최고급품이죠. 저희 매장에도 딱 두 세트만 입고된 상태라 서두르시지 않으면 빠른 시일 내에 품절될 것으로 예상됩니다. 루비 솔리테르(solitaire)의 목걸이와 귀걸이, 반지로 구성된 이 상품은……."

줄리아는 매끄러운 말투로 이 신상품이 얼마나 가치 있는 물건이며, 어째서 이 상품을 서둘러 구매해야 하는지에 대해 구구절절이 설명을 늘어놓았다. 어찌나 말을 잘하는지, 평소에 보석과는 담을 쌓고 지내던 버질까지 어느새 그녀의 말을 집중해서 듣고 있을 정도였다. 사뭇 진지한 태도로 줄리아의 설명을 경청하던 제럴드는 이윽고 그녀의 곁에 서 있던 로잘리 쪽으로 시선을 보냈다.

"메이어 양은 어떻게 생각합니까?"

제럴드의 예리한 시선이 '메이어'라고 새겨진 로잘리의 명찰을 훑고 지나갔다. 그의 기습적인 질문에 잠시 어물거리던 로잘리는 옆구리를 슬쩍 찌르는 줄리아의 손길 덕분에 간신히 대답할 말을 떠올렸다.

"몹시 아름다운 상품이죠. 고객님께서 찾으시던 바로 그 물건이라고 생각합니다."

"흐음."

로잘리는 입가에 경련이 일어나도록 미소를 지으면서 그가 빨리 물건값을 치르겠다고 나서기를 기다렸다.

"루비 말고 딴 보석으로 된 상품은 없습니까? 짙은 머리색에는 그다지 어울리지 않을 것 같아서요."

짙은 머리색이라는 단어에 사람들의 시선이 일제히 브루넷인 로잘리 쪽으로 쏠렸다. 눈빛에도 물리력이 존재한다면 자신은 이미 바늘꽂이가 되지 않았을까. 사람들의 따가운 시선에 어쩔 줄 몰라 하는 로잘리 대신, 줄리아가 무어라 대답하기 위해 나서려던 찰나였다.

"가격은 얼마나 합니까?"

기름칠이라도 한 것처럼 매끄럽기만 한 제럴드의 목소리와 달리, 딱딱하면서도 차분한 목소리가 그들 사이에 끼어들었다. 간신히 로잘리에게서 눈을 뗀 제럴드는 의외라는 듯이 곁에 서 있던 버질 쪽으로 시선을 옮겼다.

"네가 웬일이야?"

"괜찮아 보여서."

"선물할 만한 상대도 없잖아."

"그러는 넌 있고?"

정곡을 찌르는 버질의 한 마디에 시종일관 제럴드의 입가에 머물고 있던 웃음이 흔적도 없이 사라졌다. 긴 손가락이 유리 쇼케이스 위로 까딱거리며 톡, 톡, 톡하고 신경질적인 소리를 냈다. 줄리아와 로잘리에게는 무척 다행스럽게도, 오래 지나지 않아 제럴드로부터 그녀들이 줄곧 기다려 마지않았던 대답이 흘러나왔다.

"계산하죠."

지체 없이 계산서를 꺼내 든 줄리아는 곧장 보석의 가격을 적어 제럴드에게 보여주었다. 램파드의 충성스러운 직원인 그녀로서는 이 골치 아픈 손님들이 한시라도 빨리 물건값을 치르고 가게에서 사라져 주길 바랄 따름이었다.

"4,300에델입니다."

눈도 한 번 깜빡이지 않은 채 수표책을 꺼내 든 제럴드는 일반인의 반년치 월급에 해당하는 금액을 일시불로 계산했다. 제럴드가 건넨 수표를 만족스러운 표정으로 받아든 줄리아는 곧바로 타깃을 변경하여 그의 곁에 서 있던 버질에게 말을 건넸다.

"손님께서도 계산하시겠어요?"

버질은 줄리아의 말에 대답하는 대신, 곧장 수표책을 꺼내 지불할 금액과 서명을 휘갈겨 적었다. 줄리아가 다시 창고에 다녀오는 사이, 버질로부터 수표를 건네받은 로잘리는 무심코 수표에 적힌 그의 풀 네임을 읽었다.

—버질 메이너드 알트만(Basil Maynard Altman)

결국 두 사람은 사이좋게 쇼핑백을 하나씩 든 채, 썩 보기 좋은 모양새가 되어 각자 집으로 돌아갔다. 장부를 뒤적거리며 두 사람이 남겨놓고 간 수표를 확인하던 줄리아는 문득 신기한 것이라도 발견한 사람처럼 작게 감탄사를 내뱉었다.

"아까 맥포드 씨와 같이 온 손님이 델플린드 백작이었어?"

"백작이요?"

"그 까만 머리의 남자 손님 말야. 버질 메이너드 알트만이라고 적혀 있으니까 맞네."

"유명한 분인가요?"

로잘리는 내심 거슬리던 버질의 거만한 행동거지를 떠올렸다. 생각지도 못하게 그의 정체를 알고 나니, 비로소 그 남자의 아니꼽던 태도가 어디에서 비롯된 것이었는지 단번에 납득이 갔다. 태어날 때부터 귀족이라는 프라이드로 똘똘 뭉친 채 살아온 사람이라면, 자신 같은 일개 판매 사원 따위는 직접 말을 섞을 가치도 없는 상대로 여기는 것도 당연할 것이다.

물론 납득하는 것과 재수 없는 건 별개의 일이지만.

"참, 넌 라그랑시아에서 자랐다고 했지."

장부를 조용히 덮은 줄리아는 이내 쓴웃음을 지으며 두 사람이 빠져나간 출입문 쪽으로 시선을 옮겼다. 쓸쓸해하면서도 한편으로는 안타까워하는 것 같기도 한 복잡한 감정이 어느새 그녀의 목소리에 깃들어 있었다.

"대강 십 년 전쯤이었나……. 리틀 얼(little earl)이라는 별칭으로 세간에 널리 알려졌던 분이야. 그 손님이 열 살이었을 때 작위를 물려받았거든."

줄리아의 설명에 의하면 버질은 겨우 열 살의 어린 나이에 백작이 되었다고 한다. 전대 백작 부부는 젊고 금슬이 좋았지만, 전대 백작이 투자했던 외국의 대극장에서 화재가 일어난 것을 계기로 서서히 관계가 틀어지기 시작했다고 했다. 전대 백작의 친동생이 문제의 화재에 휩쓸려 사망하는 바람에, 반쯤 폐인이 되어버린 전대 백작이-심지어 부인이 첫 아이를 임신하고 있었음에도 불구하고- 좀처럼 고국으로 돌아오려 하지 않았다는 것이다.

늘 지극정성이던 남편이 가정을 내팽개치다시피 하자, 백작부인은 서서히 의부증 증세를 보이기 시작했다고 한다. 엎친 데 덮친 격으로 임신으로 인한 우울증까지 발병하면서 하루가 멀다 하고 자해 소동까지 일으켰다고.

사태의 심각성을 느낀 백작은 뒤늦게 에르나델로 귀국했으나, 부부의 관계는 이미 돌이킬 수 없을 정도로 악화일로를 걷고 있었다. 백작부인의 거듭된 자해는 결국 유산으로 이어졌고, 의사로부터 두 번 다시 아이를 가질 수 없을 것이라는 잔인한 통보를 받아야 했다. 백작은 아내와 이혼할 마음이 없다고 거듭 주장했지만, 백작부인은 남편에게 버림받았다는 피해망상으로부터 줄곧 벗어나질 못했다고 한다.

버질은 후계자로 삼기 위해 백작이 방계 쪽 가문에서 입양해 온 아이였다. 조상이 같을 뿐, 혈연적으로는 백작과 남남이나 다름없는 사이였지만 백작부인은 그가 정부를 통해 얻은 사생아라고 의심했다.

존재하지도 않는 남편의 정부를 증오하며, 하루하루를 탄식과 눈물 속에서 보내던 그녀는 급기야 백작에게 총을 겨누는 지경에 이르고 말았다. 불행인지 다행인지, 백작부인의 사격 실력은 썩 훌륭한 편이 아니었다. 백작은 간신히 목숨을 건지긴 했지만 중태에 빠졌고, 백작부인은 결국 정신병원에 구금되었다.

정신병원에 갇힌 백작부인은 그 후로 시름시름 앓던 끝에 오래 지나지 않아 세상을 떠났다고 한다. 백작은 간신히 회복하여 일선에 복귀했으나 씻을 수 없는 마음의 병을 얻은 바람에 재혼조차 하려 하지 않았다. 결국 버질이 열 살이 되던 해에 아내가 쐈던 총을 제 머리에 겨누고 그대로 세상을 하직했다고.

"다들 시끄럽게 떠들어댔어. 그 가문은 아무래도 저주받은 것 같다고."

"저주요?"

"그래. 조부모 시절부터 그 가문 사람들은 천수를 누리고 죽은 사람이 없다더라고. 그쪽 핏줄이랑 전혀 상관없는 양녀까지 다들 일찌감치 죽거나 자살했다나 봐. 암만 그래도 저주라니, 요즘 같은 세상에 말도 안 되는 헛소리지만."

"그런……."

버질의 성장 환경에 대한 내막을 알게 되자, 로잘리는 섣부르게 그를 판단했던 아까의 자신이 조금 부끄러워졌다. 어린 나이에 부모님을 여의고 평화롭지 못한 가정에 입양되어, 저주받았다는 수군거림을 홀로 감내하며 살아온 그의 삶은 얼마나 고통스러웠을까. 분명 로잘리로서는 상상조차 할 수 없는 험난하고 괴로운 인생이었으리라.

로잘리는 생각했다. 만약 다시 한 번 버질과 만날 기회가 찾아온다면, 그땐 업무로서가 아니라 그가 살아온 삶에 연민을 가진 한 사람으로서 그에게 잘 해주고 싶다고.

지금은 그것만이 로잘리가 할 수 있는 유일한 일이었다.

❖

퇴근 후, 램파드 부인의 저택으로 돌아온 로잘리는 때마침 찾는 전화가 왔다며 자신을 부르는 월터로부터 수화기를 건네받았다. 아는 사람도 딱히 없는 엘버린에서 뜬금없이 자신을 찾는 전화라니? 로잘리는 월터의 말에 의아해하면서도 그에게서 수화기를 건네받았다.

"여보세요. 로잘리 메이어입니다."

[로잘리!]

다짜고짜 들려오는 낯익은 목소리에 로잘리는 들고 있던 수화기를 실수로 떨어트릴 뻔했다. 그도 그럴 것이, 이런 곳에서 제게 전화를 걸리라고는 생각도 하지 못했던 사람의 목소리였으니까.

"어머니!"

[잘 지냈니? 목소리를 듣자 하니 건강하게 지내는 것 같네.]

"여기까지 대체 어떻게 전화하신 거예요?"

[말도 마. 지금 여기 전화국이야. 뒤에서 사람들이 빨리 비키라고 난리도 아니라니까.]

아스텔의 말은 확실히 농이 아닌지, 수화기 너머에는 빨리 비키라며 신경질을 부리는 사람들의 목소리까지 마구잡이로 섞여 들어오고 있었다. 최근 두 나라 사이에 국제전화선이 개설되었다는 소식을 듣긴 했지만, 설마 이렇게 빨리 신문물의 이기를 누리게 될 줄이야.

"그냥 답장하시지 뭐하러 전화하셨어요."

[답장은 이미 며칠 전에 보냈어. 보냈는데 오늘 새 편지가 또 오더라.]

멀리서 편지나 주고받자니 답답하다며 아스텔이 수화기 너머로 한숨지었다. 그것은 로잘리 역시 전적으로 동의하는 바였다.

[거기서는 별일 없었고?]

"네……."

[급한 일 있으면 편지하지 말고 그냥 전화하렴. 전화국 직원한테 물어봤는데 수신자 부담으로도 할 수 있대.]

"아니, 그건 좀……."

[얘는! 넌 우리 집이 국제전화 몇 번 한다고 거덜 날 줄 아니? 무슨 일이 생기면 바로 연락해. 그렇다고 매일 전화하진 말고.]

기습적으로 치고 들어온 아스텔의 우스갯소리에 로잘리는 작은 소리로 웃음을 터뜨렸다. 떠나온 지 이제 겨우 보름이 지났을 뿐인데, 벌써부터 가족들의 목소리도, 얼굴도 너무나 그리웠다. 저도 모르는 새 시큰거리기 시작한 코를 훌쩍거리며 로잘리가 고개를 주억거렸다.

"급한 일 생기면 전화할게요. 편지도 계속하고요."

[기다릴게. 사랑해, 내 딸. 보고 싶다.]

로잘리는 통화를 마친 뒤에도 북받치는 감정을 가라앉히기 위해 한동안 전화기 근처에 머물렀다. 고향에선 매일 같이 듣던 사랑한다는 말이, 오늘따라 왜 이렇게 찡하게 들리는 걸까.

빨리 가족들이 보낸 답장이 도착했으면 좋겠는데.

❖

버질과의 재회는 로잘리가 막연히 상상했던 것보다 훨씬 빠른 시일 내에 이루어졌다. 그가 제럴드와 똑같은 보석을 사 들고 돌아간 지 정확히 일주일 뒤에, 이번에는 무슨 볼일이 생긴 건지 저 홀로 브룩클린에 나타난 것이다.

"오늘은 뭘 보러 오셨나요?"

생각보다 이른 만남이었지만 로잘리는 제법 침착한 태도로 버질을 맞이했다. 알 수 없는 감정을 품은 시선이 안착할 곳을 찾지 못하고 방황하다가 이내 로잘리가 있는 쪽으로 향했다. 로잘리는 버질이 무안해하지 않도록 미소를 머금은 채 그와 눈을 맞췄다.

"딱히……."

"일단 천천히 둘러보시겠어요?"

잠시 망설이던 버질은 오래 지나지 않아 고개를 끄덕였다. 평소에는 귀금속에 별 관심이 없다고 하여 실용적인 고급 시계와 화려하지 않은 커프스단추를 위주로 선보였더니 반응이 제법 나쁘지 않았다. 뿐만 아니라 대화하는 도중에는 얼핏 미소 비슷한 것이 얼굴에 어리기도 했다.

로잘리는 사람을 첫인상으로만 판단하는 것이 얼마나 경솔한 행동인지 새삼 반성하게 되었다. 거만할 것이라는 편견을 지우고 지켜본 버질은 살가운 성격은 아니었지만 불친절하고 못된 사람은 더더욱 아니었다. 제럴드처럼 절친한 벗과 단둘이 있을 때라면 좀 더 스스럼없이 행동하지 않을까. 평범한 청년처럼 친구들과 함께 웃고 떠드는 버질이라니, 어쩐지 상상이 잘 가지는 않지만.

커프스단추를 새로 구입한 버질은 언제 다시 오겠다는 말 대신, 명함 한 장만을 남긴 채 자택으로 돌아갔다. 은박으로 방패와 유니콘의 문양이 섬세하게 새겨진 명함에는 그의 작위 명과 풀 네임이 유려한 필체로 적혀 있었다. 버질이 남기고 간 명함을 이리저리 관찰하던 줄리아는 이내 의뭉스러운 웃음을 지으며 로잘리 쪽으로 시선을 돌렸다.

"그 손님, 조만간 다시 오려나 봐."

"그럴까요?"

"물론이지."

그녀는 장담한다는 것처럼 어깨를 으쓱해 보였다.

"내기해도 좋아."

줄리아가 장담한 대로 버질은 사흘이 채 못 지나 가게에 다시 모습을 드러냈다. 이번에도 제럴드는 동행하지 않은 채 혼자였다.

"오늘은 찾고 있는 물건이 있습니다."

"어떤 상품인가요?"

"이걸……."

한결 자연스러워진 행색의 버질은 품에서 조금 오래된 디자인의 회중시계를 꺼내 들었다. 그는 애용하는 시계에 달려 있던 체인이 때마침 끊어져 새것을 사고 싶다고 했다.

시계 줄을 꺼내기 위해 쇼케이스 아래로 몸을 숙이던 로잘리는 무심코 그의 왼손으로 시선을 옮겼다. 길고 단단해 보이는, 아무것도 끼워져 있지 않은 빈 손가락.

싱글이구나. 로잘리는 문득 버질이 구입해 갔던 루비 파뤼르를 떠올렸다. 그 보석은 지금쯤 누가 지니고 있을까. 그의 의붓어머니는 십 년도 더 전에 세상을 떠났다고 했으니 선대 백작부인에게 선물하진 않았을 터였다. 로잘리는 갑작스레 보석의 행방이 궁금해졌지만 차마 그에게 물어볼 엄두는 나지 않아 말을 아꼈다.

버질은 그 후로도 제법 자주 브룩클린을 방문했다. 얼마나 부지런하게 얼굴도장을 찍는지, 최근에는 구매 실적이 제럴드와 거의 비등비등해질 정도였다. 뿐만 아니라 그가 가게를 찾아오는 빈도만큼, 자신의 신변에 대해 이야기하는 횟수도 조금씩 늘어나고 있었다. 이제 로잘리는 버질이 매주 수요일마다 신사들의 클럽에서 시간을 보낸다는 것과 그의 저택에서 일하는 주방장이 유독 송어 요리를 못한다는 사실까지 알게 되었다.

제럴드는 여전히 램파드의 단골손님이었으나, 버질이 처음 그를 따라왔던 날 이후로 단 한 번도 동행을 하지 않았다. 줄리아는 그 이유에 대해 대충 짐작하는 바가 있는 듯했지만, 아무리 물어봐도 좀처럼 답을 해주려 하지 않았다.

"네가 부담스러워할까 봐 그래."

"부담스러워하다니, 뭘를요?"

"넌 참 세상을 편하게 사는구나. 뭐, 그런 점도 어떻게 보면 참 귀엽긴 하지."

어쩐지 피곤하게 들리는 목소리로 줄리아가 의미를 알 수 없는 말을 중얼거렸다. 마치 자신을 무시하는 듯한 말투에 로잘리는 살짝 기분이 상했지만, 그녀가 알고 있는 사실을 저만 모르고 있는 것 같아 뭐라고 반박할 수도 없었다.

"아무렴 어때. 덕분에 매상도 오르고 좋잖니?"

❖

버질이 홀로 브룩클린을 찾기 시작한 지 어느덧 한 달이라는 시간이 흘렀다. 그 사이 로잘리는 첫 월급을 받았고, 가족들과는 편지를 세 번 더 주고받았으며, 조슬린을 따라 두 차례의 자선 모임에 참석했다.

곳간에서 인심 난다고 했던가. 빈민구제활동에 남다른 열정을 지닌 조슬린은 격주마다 열리는 자선단체의 모임에 매번 참석하는 열성 회원이었다. 얼떨결에 그녀를 따라온 로잘리는 고아원으로 보낼 인형에 솜을 채워 넣고 봉합하는 일을 맡아서 하게 되었다. 사자인지 곰인지 알아보기 어려운 형태의 동물 인형은 우스꽝스러웠지만 그 나름대로 귀여운 모양새를 하고 있었다.

"램파드 부인은 정말 대단하시죠."

곁에서 봉제 인형의 눈을 달던 던컨 남작부인이 종알거리면서 떠들어댔다.

"매해마다 거액의 기부금을 투척하시면서 봉사활동에도 굉장히 열정적이세요. 바자회나 자선공연 같은 것도 자주 여시고요."

"정말 대단하네요."

"조만간 무도회장을 빌려서 자선 파티를 개최하는 것도 염두에 두고 계시다고 하더라고요. 메이어 양도 당연히 참석하시겠죠?"

"자선 파티요?"

저로서는 금시초문인 소식에 로잘리가 눈을 동그랗게 뜨고 되물었다.

"어머, 모르셨나요?"

"전혀 몰랐어요. 저한테는 아무 말씀도 안 하시던데."

"그럼 아직 확실하게 정해지지 않아서 그럴지도 몰라요."

로잘리는 조금 떨떠름해 하면서도 던컨 남작부인의 말에 고개를 끄덕였다. 그녀의 말대로 아직 확정되지 않은 사항이라면 굳이 조슬린이 먼저 이야기를 꺼낼 필요는 없었다. 설령 진짜로 파티를 연다고 해도 자신에게는 입고 참석할 만한 드레스가 없기도 하고.

수다쟁이인 던컨 남작부인은 쉬지도 않고 곧장 다른 화제로 대화를 이어나갔다. 모 백작부인은 유령회원인 주제에 온갖 무도회는 빠지지 않고 참석하고 있다는 얘기, 독신으로 유명한 모 후작은 사실 모 백작부인과 은밀한 관계에 있다는 얘기, 모 자작부인은 결혼 예물이었던 다이아몬드 목걸이를 도둑맞는 바람에 똑같은 것을 수소문해 찾는 중이라는 얘기까지.

"다이아몬드 목걸이라고 하면 역시 알트만 가문의 가보인 '여신의 눈물'만 한 것이 없다고 하죠. 저도 아직 눈으로 직접 본 적은 없지만……."

"알트만 가문 말인가요?"

갑작스레 튀어나온 익숙한 이름에 로잘리는 귀가 번뜩 뜨이는 것을 느꼈다. 로잘리가 관심을 갖는 기색을 보이자 던컨 남작부인은 더욱 신난 듯이 알고 있는 것들을 줄줄이 떠벌리기 시작했다.

"선대 백작부인—알고 계시죠? 그 남편을 총으로 쐈다던—이 결혼식 당일에 착용했던 이후로 한 번도 공개된 적이 없다고 하더라고요. 지금은 그 가문에 여인이 없으니 당연한 얘기긴 하지만……. 현 백작에게 약혼녀가 생기면 머잖아 구경할 수 있게 되겠죠. 누구든 그 목걸이를 손에 넣으면 자랑하지 않고는 못 배길 거예요. 경매에 내놓으면 80만 에델까지 올라갈 수 있는 물건이라고 하니까요."

"80만 에델……."

자신이 평생 쓰지 않고 저축해도 모을 수 없는 금액 아닌가. 보석을 사고파는 것이 직업인 로잘리로서도 그만한 가격의 보석은 아직 본 적이 없었다. 늘 검소하고 절약 정신이 몸에 배어 있는 아스텔이라면 보기만 해도 까무러칠지도.

저택으로 돌아가는 차 안에서 조슬린은 뒤늦게 생각났다며 로잘리에게 자선 파티에 대한 이야기를 꺼냈다. 일정은 삼 주 뒤, 엘버린에서 세 번째로 큰 연회장인 콘스탄트 홀에서 열릴 예정이라고 했다.

"난 로잘리 양도 파티에 참석해 줬으면 좋겠어요."

로잘리라고 해서 무도회에 전혀 관심이 없는 것은 아니었다. 다만 춤을 출 줄 모르는 것은 물론이거니와, 드레스나 보석도 없는 자신이 참석해 봤자 망신만 당할 것이 분명했다. 차라리 참석하지 않는 편이 조슬린에게도 폐가 덜 되지 않을까.

"부인, 제안은 감사합니다만⋯⋯."

"로잘리 양에게 필요한 물품은 대신 마련해 줄 수 있어요. 춤도 추지 않아도 괜찮아요. 내가 주최하는 파티인데 혼자 이것저것 신경 쓰기엔 버거워서 그래요. 내 보조역으로 참석하는 거라고 생각하면 돼요."

조슬린의 끈질긴 설득에 로잘리는 결국 고개를 끄덕이고 말았다. 솔직히 말하자면 한 번쯤은 드레스를 입어보고 싶기도 했고, 무도회라는 것은 어떤 식으로 진행되는지 궁금하기도 했다. 주최인 조슬린의 보조역이라는 그럴듯한 명분도 있으니, 이 이상 거절할 만한 핑계를 찾기도 어려운 상황 아닌가.

조슬린은 저택으로 돌아오자마자 재단사를 불러 로잘리의 치수를 재도록 했다. 뿐만 아니라 개인 소장 중인 보석들을 꺼내 마음에 드는 것을 직접 고르게 하는 배포도 보여주었다.

로잘리의 드레스는 보름이 채 안 되어 완성되었다. 비록 일반 참석자가 아닌 주최자의 보조역으로 참석할 뿐이었지만, 막상 완성된 드레스를 눈앞에 두니 마음이 설레는 건 어쩔 수가 없었다. 로잘리는 첫 출근 날을 기다리던 때처럼 파티가 열리는 날만을 손꼽아 기다렸다.

✣

사교계 시즌이 막바지에 접어드는 5월은 귀금속 매매업자들의 최대 성수기 중 하나다. 6월의 신부는 행복해진다는 오래된 미신과 더불어, 사교계 시즌이 끝나기 전에 프러포즈를 하려는 남성들이 특히 이 시기에 브룩클린을 많이 찾기 때문이다.

귀금속 프랜차이즈로서 최대의 명성을 누리고 있는 램파드에 손님이 들끓게 된 것은 그만큼 당연한 이치다. 얼마나 손님이 쉴 새 없이 들이닥치는지 본래 밤 여덟 시였던 폐점 시간도 아홉 시로 연장해야 할 지경이었다. 줄리아의 말에 의하면 매출이 예년 이맘때보다 거의 배로 늘어난 상태라고 했다.

물 들어올 때 노 저어야 할 사업가들이 이런 절호의 기회를 놓칠 리 만무하다. 실무 경험을 지닌 직원들을 급히 물색한 램파드 본사는 그들 중 몇 사람을 선별하여 신속하게 브룩클린으로 파견했다. 그야말로 굴지의 위치에 서 있는 기업에 걸맞게 남다른 행동력이라 할 만했다.

아무리 보석에 무관심한 남성이더라도 한 번쯤은 브룩클린을 기웃거린다는 5월. 그런 이 시기에 정작 어디서 뭘 하는지 감감무소식이 된 고객이 한 사람 있었다. 바로 버질이었다.

이유는 알 수 없다. 갑작스레 잠적할 만한 조짐 같은 것도 전혀 보이지 않았다. 백작인 그의 신변에 문제가 발생했다면 언론에서 줄창 떠들어댔을 테니 무슨 일이 생긴 것도 아니다. 줄리아는 혹시 이상한 말이라도 오갔던 건 아니냐며 로잘리를 추궁했지만 그녀야말로 어리둥절하긴 매한가지였다.

번잡스러운 시기를 피해서 일부러 오지 않는 걸까. 그게 아니라면 단순히 귀찮아졌기 때문일지도 모른다. 언질 비슷한 것도 듣지 못했으니 로잘리로서는 막연한 추측밖에 할 수 없는 상황이었다.

설마 이대로 영영 발길을 끊는 건 아닐까. 그렇게 생각하며 폐점 준비를 하던 로잘리의 눈에 때마침 가게의 출입문을 열고 들어오는 익숙한 사람의 얼굴이 눈에 들어왔다. 마치 어제도 들렀다 간 사람처럼, 새삼스러움이라고는 부스러기도 묻어나지 않는 여상한 표정이었다.

"안녕하세요."

"오랜만입니다."

버질은 무심한 목소리로 오랜만이라는 인사말을 읊조렸다. 말 그대로 오랜만인 것도 전혀 오랜만으로 느껴지지 않게 하는 재주가 있는 목소리였다. 그는 그동안 어째서 브룩클린을 찾아오지 않았던 건지 형식적인 설명이나 변명도 덧붙이지 않은 채 로잘리가 있는 쪽으로 다가왔다.

로잘리는 감감무소식이던 버질이 왜 이제야 나타난 건지 내심 궁금했다. 그리고 어째서 그동안 예고도 없이 갑자기 발길을 끊었던 건지도. 하지만 정작 입으로부터 흘러나온 말은 평범하기 그지 없는 안부 인사뿐이었다.

"잘 지내셨어요?"

"그럭저럭 지냈습니다."

돌아온 대꾸도 별난 데 없는 평범한 답변일 뿐.

"이미 폐점했어야 할 시간 아닙니까?"

"요새 성수기라……, 임시로 연장영업을 하고 있어요."

뭔가 말하고 싶은 것처럼 입을 벙긋거리던 그는 이내 입술을 꾹 닫은 채 쇼케이스를 내려다보았다. 어째서일까. 로잘리는 그런 버질이 어쩐지 화가 난 것처럼 보인다고 생각했다.

"찾으시는 물건은 없는 건가요?"

로잘리의 질문에 대답 대신 영문을 알 수 없는 한숨 소리가 흘러나왔다. 맥이 빠진 듯 아까보다는 조금 누그러진 기색으로 버질이 다시 입을 열었다.

"……새 연회복을 맞췄는데."

"네."

"어울릴 만한 게 있는지 찾아보려고 합니다."

"잠시만 기다리세요."

로잘리는 신상품의 샘플이 실린 카탈로그를 꺼내기 위해 몸을 돌렸다. 버질이 가게를 찾지 않는 동안 새로 발행된 카탈로그였기 때문에 마침 그에게도 보여줄 만한 신상품들이 많이 실려 있었다. 카탈로그를 집어 든 로잘리가 다시 버질이 서 있는 쪽으로 몸을 돌리려던 찰나였다.

"아니, 이거 델플린드 백작 아니십니까!"

언제 다가온 건지 등 뒤로부터 한 남자의 음성이 불쑥 끼어들었다. 본사에서 임시로 파견한 직원 중 한 명인 브루스 왓슨이었다.

"설마 저희 매장에서 뵙게 될 줄은 몰랐습니다."

브루스는 능글맞게 웃으며 품에서 꺼낸 명함을 버질에게 내밀었다. 떫은 것이라도 씹은 것처럼 영 못마땅한 기색이던 버질은 마지못한 듯 그가 내민 명함을 받아 들었다.

"각하의 명성에 대해서는 익히 들어왔습니다. 기회가 닿는 대로 꼭 한 번 뵙고 싶었는데 여기까지 몸소 찾아와 주시다니……."

"나는 물건을 사러 온 거지 팔러 온 게 아닙니다."

"물론이고말고요. 저도 잘 알고 있습니다."

버질의 목소리가 순간 거칠어졌지만 브루스는 여전히 싱글거리는 표정을 유지한 채 그로부터 시선을 떼지 않았다. 코끼리라도 저 흉흉한 시선을 정면으로 받으면 심장이 쪼그라들 텐데 실로 대단한 뱃심이었다.

"다만 제 말씀은, 이참에 각하께서 저희 램파드와의 거래를 장

기적인 관점에서 긍정적으로 여겨주십사 한다는 겁니다. 저희는 손님들의 귀중한 소장품을 헐값에 후려쳐서 매입하는 사기꾼들과 다릅니다. 가치 있는 보석에는 그에 걸맞은 가격을 제시해 드리는 것이 당연하고요."

로잘리는 브루스가 말하는 '소장품'이 무엇인지 곧바로 알아차릴 수 있었다. 알트만 가문에서 전해져 내려오고 있다는 가보. 경매에 내놓으면 80만 에델은 받을 수 있을 거라는 다이아몬드 목걸이 '여신의 눈물'.

"그건 팔지 않습니다."

버질의 언성이 한층 더 높아졌다. 카탈로그를 바짝 끌어안은 로잘리는 이러지도 저러지도 못한 채 버질과 브루스를 번갈아가며 지켜보았다. 일촉즉발의 상황처럼, 두 사람 사이에 흐르고 있는 공기가 팽팽하기 그지없었다. 이쯤 했으면 백작에게 목걸이를 팔 생각이 없다는 건 그도 충분히 알아들었을 텐데…….

"원래 사람 일이라는 건 한 치 앞을 내다볼 수 없는 거라고들 하죠. 사실 제 입으로 말씀드리긴 뭐합니다만, 보석이란 시세에 따라 가치의 변동이 자주 일어나는 품목 중 하나입니다. 살아가는 데 있어 반드시 필요한 물건도 아니고요. 그럴 바에야 효용성이 있는 재화로 바꾸어 다른 곳에 투자하시는 편이……."

버질은 브루스의 말에 반박하려는 것처럼 입술을 작게 달싹거렸다. 하지만 정작 선수를 친 건 버질이 아닌 브루스 쪽이었다.

"솔직히 말해서 각하께는 썩 좋은 추억이 담긴 물건도 아니지 않습니까?"

상상도 하지 못한 모욕적인 언사에 로잘리는 들고 있던 카탈로그를 떨어뜨리고 말았다. 아무리 실적에 눈이 멀었다고 해도 사람으로서 해도 되는 말이 있고 해서는 안 될 말이 있는 것 아닌가.

방금 그가 내뱉은 발언은 명백히 해서는 안 될 말이었다.

이것은 더 이상 보석을 팔고 말고 하기 이전의 문제였다. 다른 사람도 아닌 버질이 이런 모욕을 참고 넘길 리가 없었다. 경악에 휩싸인 로잘리는 찰나의 순간에 그의 눈동자가 흉포한 빛으로 물드는 것을 똑똑히 보았다.

이대로 내버려 두면 위험하다.

거기까지 생각이 닿자 자신의 의지와는 관계없이 몸이 먼저 움직였다. 쏜살처럼 두 사람 사이로 달려든 로잘리는 온 힘을 다해 브루스를 옆으로 밀쳐냈다. 우당탕하는 소리를 내며 잡동사니와 의자가 사방으로 나뒹굴었다.

"제발 적당히 좀 하세요!"

로잘리의 거친 일갈에 가게 안은 삽시간에 찬물을 끼얹은 듯 조용해졌다. 당사자인 브루스는 물론이요, 모욕을 들은 버질마저 제자리에 얼어붙은 채 옴짝달싹 못 했다. 모든 이가 약속이라도 한 것처럼 침묵을 지키고 있는 가운데, 간신히 흥분을 가라앉힌 로잘리가 다시 입을 열었다.

"더 이상 이분을 모욕하신다면 제가 보고 들은 것들을 전부 본사에 보고하겠어요."

버질에 대한 세간의 평가가 어떻든 간에 그는 작지 않은 영향력을 지닌 귀족이다. 델플린드 백작인 그가 직원에게 모욕당한 것을 빌미로 램파드에 소송을 건다면 천하의 램파드라도 승소할 재간이 없다. 그렇게 된다면 램파드 역시 브랜드의 품위를 훼손시킨 브루스에게 책임을 묻게 될 것이다. 이제 갓 사회생활을 시작한 로잘리도 알 만한 사실을 브루스 같은 사람이 망각했다는 건 납득하기 어려운 일이었지만.

뒤늦게 그 사실을 깨달은 듯 브루스의 표정에 난감한 기색이 어렸다. 간신히 몸을 일으킨 그는 여전히 말없이 서 있는 버질을 향해 고개를 숙였다.

"……결례를 범해 죄송합니다."

"……상관없습니다."

아까와는 사뭇 다른 어색한 기류가 두 사람 사이에 흘렀다. 가게 안의 분위기가 영 부담스러웠던 듯 곧장 가게를 떠나려던 버질은 돌연히 고개를 돌려 로잘리를 응시했다. 너무도 짙어 알아볼 수 없는 농밀한 감정이 그의 눈동자 안에서 휘몰아치고 있었다. 마치 소용돌이처럼.

한밤중에 일어난 해프닝은 바로 다음 날 본사 측으로 전달되었다. 정작 로잘리는 입도 뻥긋하지 않았지만 당시 현장에 있었던 사람이 그들 셋뿐이 아니었기 때문이다. 결과만 간추려 말하자면 브루스는 결국 권고사직으로 램파드를 떠나게 되었다.

그 과정에서 정확히 어떤 말들이 오갔는지는 알 수 없었지만 줄리아는 '잘했다'며 로잘리를 칭찬했다. 조만간 좋은 소식이 있을 테니 기다려 보라는 말도 덧붙였다. 실적에 욕심을 가지고 있던 브루스는 회사를 떠나게 되고, 그런 그를 막았던 자신에겐 보상이 주어지게 된다니 아이러니하기 그지없는 일이다.

브루스가 했던 말대로 한 치 앞도 예상할 수 없는 미래를 떠올릴 때마다 로잘리는 저절로 입안이 씁쓸해지는 것을 느꼈다.

아스텔의 두 번째 전화는 그로부터 나흘 뒤에 걸려왔다. 조슬린에게 별도로 연락을 받았던 건지 꽤나 다급하게 걸려온 전화였다.

설마 쓸데없는 짓을 했다고 다그치려는 건 아닐까. 로잘리는 아스텔의 용무에 대해 내심 걱정하면서도 월터로부터 수화기를 건네받았다.

"여보세요. 로잘리 메이어입니다."

[로잘리, 잘 지냈니?]

수화기 건너편으로부터 들려오는 음성은 로잘리의 염려와는 달리 제법 차분한 어조였다. 로잘리는 저도 모르게 가슴을 쓸어내리며 수화기 쪽으로 더욱 바짝 귀를 붙였다. 연결 상태가 썩 좋지 않은 건지 아스텔의 목소리에 자꾸 잡음이 섞여 들어오고 있었다.

"네. 잘 지내요."

[다행이다. 램파드 부인께 연락받았어. 부인께서 주최하는 파티에 참석하게 되었다며?]

"네."

[부인은 여전히 손이 크시더라. 드레스도 새로 맞춰줬다고 하시고. 무도회용 드레스는 처음 입어볼 텐데 갑갑하진 않니? 막 코르셋 같은 것도 착용해야 하지 않아? 허리 꽉 조이는 거.]

아스텔의 질문에 로잘리는 완성 후 딱 한 번 착용해 봤던 자신의 드레스를 떠올렸다. 튜닉 형식으로 만들어져 가슴께부터 헐렁하게 내려오는 디자인의 드레스는 다시 떠올려 봐도 허리를 꽉 조이는 형태와는 거리가 멀었다. 고개를 갸웃거리며 로잘리가 대답했다.

"그런 건 없었는데요."

[그래? 세상 참 좋아졌네. 나 때는…….]

내내 밝은 음성으로 조잘거리던 아스텔은 별안간 말실수라도 한 것처럼 입을 꾹 다물었다. 금방 다시 입을 열 줄 알았던 아스텔이 좀처럼 뒷말을 꺼내려 하지 않자 조바심이 난 로잘리가 먼저 입을 열었다.

"어머니?"

[……아무튼 잘 즐기다 오라고.]

"하실 말씀은 그게 전부예요?"

수화기 너머로 아스텔이 나직하게 한숨짓는 소리가 들렸다.

[로잘리.]

"네, 어머니."

[나야 늘 널 믿지만……. 네 아버지가 네 걱정을 많이 해.]

"어째서요?"

[네가 날 너무 많이 닮았다나 봐.]

자신의 눈에는 반대로만 보인다며 아스텔이 투덜거렸다. 평소에 리젤을 알던 사람은 로잘리가 아버지를 닮았다고 했고, 아스텔을 알던 사람은 어머니를 닮았다고들 했다. 아마 당사자인 부모 눈에는 자식이 서로의 배우자를 닮은 것처럼 비쳤던 모양이다.

[아무튼 금쪽같은 딸자식한테 접근하는 놈팡이가 있을까 봐 매일이 좌불안석이야. 혹시 만나는 남자 없니? 관심 가는 사람은?]

"없어요."

로잘리의 즉각적인 대답에 아스텔은 역시 자신보다는 리젤을 더 닮았다면서 한참 웃었다. 그녀는 전화를 끊기 직전에 신경 쓰이는 남자가 나타나면 만사를 제쳐 두고 전화하라며 당부하는 것도 잊지 않았다.

❖

흐드러지게 핀 장미가 달빛 아래에 어우러지는 5월의 밤은 열두 달의 밤 중 가장 아름답다. 수백 년 전, 아직 기사와 음유시인이 존재하던 그 시절에 얼마나 많은 여성이 밤마다 울려 퍼지는 세레나데를 들으며 밤을 지새웠던가. 모르긴 몰라도 정원에 핀 장미꽃송이의 숫자만큼은 많을 것이다.

그런 5월의 어느 날 밤, 난생처음으로 참석한 무도회의 정경에 온통 마음을 빼앗긴 한 소녀가 있었다. 바로 로잘리였다. 천장의 샹들리에는 눈부시게 빛났고, 여인들은 나비처럼 춤을 췄으며, 짙은 와인의 향기가 오케스트라의 선율에 뒤섞인 채 사방에서 진동하고 있었다. 입에 댄 술이라고는 샴페인 한 모금이 전부였는데도 취한 것처럼 기분이 들뜨고 몽롱했다.

로잘리는 조슬린의 보조역이라는 명목으로 무도회에 참석했으나, 막상 무도회장에 도착하고 나니 여기저기에 정신이 팔리는 바람에 도저히 보조 역할을 할 만한 상태가 아니었다. 로잘리의 반응을 어느 정도 예상하고 있던 조슬린은 그녀가 마음껏 무도회장을 구경할 수 있도록 슬쩍 자리를 비우는 배려를 보여주었다. 조슬린이 자리를 뜬 사이, 바다를 표류하듯 무도회장의 구석구석까지 떠돌던 로잘리는 문득 익숙한 한 사람의 얼굴을 발견했다.

"설마 이런 곳에서 마주치게 될 줄은 몰랐습니다."

멀끔하게 차려입은 제럴드는 제법 반가운 체를 하며 로잘리에게 가까이 다가섰다. 여자 여럿은 울려봤을 법한 잘생긴 얼굴로 그가 느물거리는 미소를 지었다.

"평소에도 아름다웠지만 오늘은 특히 눈이 부실 정도로 아름답군요."

"과찬이세요."

"제게 첫 춤을 추는 영광을 주시지 않겠습니까?"

생각지도 못한 제럴드의 춤 신청에 로잘리는 어쩔 줄 몰라 하며 한 걸음 물러섰다. 고객 관리 차원에서라도 그의 춤 신청을 받아주는 것이 회사 측에도 이익이 될 일이었지만, 그녀는 무도회의 준비하는 동안 미처 춤을 배울 생각을 하지 못했었다.

이 남자와 여기서 마주칠 줄 알았다면 진작 배워둘걸. 로잘리는 과거의 자신이 아주 조금 원망스러운 기분이 들었다.

"죄송합니다. 저는 춤을 전혀 출 줄 몰라요."

"괜찮습니다. 사실 저도 썩 잘 추는 편은 아니거든요."

"그렇다면 제가 더 폐가 되고 말 거예요."

"어차피 사람들도 신경 쓰지 않을 겁니다. 오히려 실력 차이가 너무 나는 쪽이 보는 사람 입장에도 민망하죠."

제럴드는 그렇게 말하며 로잘리를 향해 눈을 찡긋해 보였다.

"역시 내키지 않으십니까?"

아주 잠깐의 갈등에 시달리던 로잘리는 오래 지나지 않아 마음을 정했다. 어차피 평생에 한 번 있을까 말까 한 무도회 참석의 기회. 이렇게나 춤추는 사람들이 많은데 그중에 춤 못 추는 사람이 한두 명쯤 끼어든다고 해서 크게 눈에 띄지는 않을 것이다. 더군다나 제럴드가 아니더라도 그녀 자신도 내심 한 번 정도는 춤을 춰보고 싶은 마음이 들지 않았던 것도 아니었다.

"……딱 한 곡만이라도 괜찮으시다면."

"감사합니다."

로잘리의 대답을 예상이라도 했던 것처럼 제럴드는 능숙하게 그녀를 홀 안으로 에스코트했다. 두 사람이 무도회장 안으로 들어서자, 때마침 기다렸다는 듯이 오케스트라의 연주가 시작되었다. 춤에는 문외한인 로잘리도 알고 있을 정도로 유명한 왈츠 곡, '신록의 요정'의 시작이었다.

짧지만 인상적인 경험이었던 첫 춤을 추고 난 뒤, 로잘리는 잠시 숨을 돌리기 위해 무도회장 바깥의 정원으로 나왔다. 직장에서 그랬듯 구두를 신고 오래 서 있는 것은 나름대로 자신 있는 일이었지만, 춤이란 그녀가 일찍이 경험해 보지 못했던 새로운 차원의 활동이었다. 말로만 겸양을 떨어대던 제럴드가 뜻밖의 춤 실력으로 훌륭하게 로잘리를 리드한 것까진 좋았으나, 단 한 곡 만에 로잘리의 발이 물집투성이가 되는 것은 그 역시 미처 예상하지 못한 바였던 것이다.

"아야야……."

벤치에 앉아 구두와 스타킹을 벗은 로잘리는 물집투성이가 된 맨발을 부드러운 잔디 위로 올려놓았다. 밤이슬에 젖어 서늘한 풀잎들이 빨갛게 부어오른 맨발을 조금이나마 식혀주었다.

로잘리는 안도의 한숨을 내쉬며 두 번 다시 이런 무모한 짓을 하지 않으리라 다짐에 다시 한 번 다짐을 더했다. 그나마 한 곡에서 끝냈으니 망정이지, 분위기에 휩쓸려 무도회장에 더 머물렀더라면 어찌 될 뻔했는가.

벤치에서 충분히 휴식을 취한 로잘리가 막 일어나려던 찰나, 장미 덩굴로 이루어진 생울타리 너머에서 누군가의 인기척이 느껴졌다. 긴장한 로잘리는 여차한 경우를 대비해 다시 구두를 벗어 양손에 쥐었다. 손바닥 안이 급작스럽게 차오르는 땀으로 인해 끈적거렸다.

"누구시죠?"

"……."

"거기 있는 거 다 알고 있으니까 어서 나오세요."

로잘리의 으름장에 상대방은 더 이상 숨어 있을 수 없겠다고 판단한 건지 곧바로 모습을 드러냈다. 하얗게 쏟아지는 달빛 아래로 새카만 머리카락이 주변의 빛을 삼켜 버린 듯 어둠에 물든 색을 띠고 있었다.

"……백작님."

"쉬고 있던 중에 방해를 해 죄송합니다."

말쑥한 연회복 차림의 버질은 조금 착잡한 시선으로 로잘리를 마주 보았다. 그는 무엇 때문인지 제럴드와는 정반대로 그녀에게 가까이 다가설 엄두를 내지 못하고 있었다.

"여긴 어쩐 일이세요?"

"그냥……."

어물거리며 로잘리의 시선을 피하던 버질은 이윽고 마음을 굳힌 듯 그녀에게 몇 걸음 더 다가갔다. 다시 벤치에 주저앉은 로잘리는 눈을 둥그렇게 뜬 채, 제게 다가오는 버질의 모습을 가만히 올려다보았다.

"오셨으면 진작 말씀해 주시지."

"죄송합니다."

버질은 평소의 그답지 않게 앵무새처럼 죄송하다는 말만 반복해서 하고 있었다. 로잘리는 조금 당혹스럽기도 했지만 일부러 자리를 당겨 앉아 그가 곁에 앉을 수 있도록 자리를 내주었다. 잠시 망설이던 기색의 버질은 결국 로잘리가 배려해 준 대로 그녀의 옆자리에 앉았다.

"언제 오셨어요?"

"그리 오래되진 않았습니다."

"그렇군요."

두 사람은 말없이 머리 위에서 환하게 빛나고 있는 보름달을 올려다보았다. 사방에서는 짙은 장미 향기가 진동하고 무도회장으로부터는 오케스트라의 연주 소리가 작게 흘러나오고 있었다. 연인과 함께라면 더할 나위 없이 낭만적일 아름다운 밤, 잠시 침묵을 지키고 있던 버질이 먼저 입을 열었다.

"아까……."

"네."

"제럴드와 함께 춤을 추셨더군요."

버질의 언급에 어둠 속에서 로잘리의 얼굴이 붉게 물들었다. 말이 좋아서 춤이지 실제로는 제럴드가 리드하는 대로 일방적으로 끌려다녔을 뿐인데, 그 행위를 춤이라고 부른다면 춤이라는 단어에 대한 모독이 되는 것 아닐까.

"우스꽝스러운 꼴이었죠."

"우스꽝스럽지 않았습니다."

"너무 그렇게 추켜세워 주시지 않아도 괜찮아요. 저도 제 주제는 잘 알고 있으니까."

"아닙니다."

로잘리의 겸허한 발언에도 불구하고 그는 우스꽝스러웠다는 그녀의 말을 거듭 부인했다. 로잘리는 무언가에 홀린 것처럼 버질을 향해 고개를 돌렸다. 아까보다 조금 더 강한 어조로, 음절 한 마디 한 마디마다 강조해 가며 그가 다시 한 번 말했다.

"전혀, 우스꽝스럽지 않았습니다."

✢

조슬린의 자선 파티는 많은 이들의 극찬 속에서 성황리에 마무리되었다. 로잘리는 파티에 별 도움이 되지 못했다는 미안함에 몸 둘 바를 몰라 했지만, 조슬린은 당초에 목표했던 금액보다 많은 기부금이 모였다며 기쁨을 감추지 못했다.

파티의 종결과 동시에 로잘리는 평화롭던 예전의 일상으로 복귀했다. 그녀를 둘러싼 환경은 이전과 다를 바 없는 평범한 나날의 연속이었지만, 로잘리의 심경 중에는 한 가지 미묘한 변화가 일어난 상태였다.

"델플린드 백작님, 요새 또 안 나타나시네."

"……."

"짚이는 건 없어?"

"모르겠어요."

줄리아의 질문에도 로잘리는 일부러 말을 아꼈다. 그날 밤 정원에서 마주했던 버질의 눈동자가 좀처럼 뇌리를 떠나지 않았지만 그렇기 때문에 더욱 어떤 말도 섣부르게 할 수 없는 상태였다. 자신이 부지불식간에 내뱉은 말이 의도치 않게 그를 상처 입힐 가능성도 없지 않아 있었으니까.

"어서 오세요."

잠시 넋을 놓고 있었던 로잘리는 곁에서 들려오는 줄리아의 목소리에 퍼뜩 정신을 차렸다. 마치 그녀의 마음을 읽기라도 한 것처럼 제럴드가 만면에 미소를 띠며 로잘리를 바라보고 있었다.

"오랜만이군요."

"네."

왜일까. 평소와 한 치 다를 것 없는 미소인데도 오늘따라 그 미소가 불편하게 느껴졌다. 마음이 뒤숭숭해진 로잘리는 지척에 있는 카탈로그를 일부러 찾는 체하며 그의 시선을 외면하듯 눈을 내리깔았다.

"요새 부쩍 주변에서 빨리 결혼하라고 성화를 부리더군요. 아직 그렇게까지 결혼이 급한 나이는 아닌데 말입니다."

"그것 참 번거로우시겠네요."

"말도 마십시오. 워낙 귀찮게 굴어대니 시키는 대로 확 결혼해 버릴까 하는 생각까지 들 정도라니까요."

간신히 고개를 든 로잘리는 기묘한 시선으로 눈앞의 제럴드를 바라보았다. 결혼 같은 중대사를 충동적으로 결정하겠다는 말을 제 앞에서 자랑처럼 늘어놓는 이유는 뭘까. 사람들이 결혼을 하라고 부추기든 말든, 누구와 결혼을 하든 말든 자신으로서는 그다지 궁금하지도 않은데.

"그러시군요."

지우개를 대고 문지르기라도 한 것처럼, 제럴드의 입가에 맺힌 미소가 서서히 사라져 갔다. 몇 번인가 의미 없는 대화가 더 오간 끝에 그는 평소보다 일찍 가게를 나섰다. 줄리아는 늘 그렇듯 모든 걸 알고 있는 낌새였지만 로잘리에게 구구절절이 설명해 주는 다정함만큼은 보여주지 않았다. 그저 아주 조금 유감스러운 표정을 지은 채 떠나가는 제럴드를 정중히 배웅할 따름이었다.

영영 나타나지 않을 것 같던 버질은 얼마 지나지 않아 돌연히 기별을 전해왔다. 그것도 로잘리를 자신의 저택으로 초대해 저녁을 대접하고 싶다는 내용의 편지로 말이다. 이상한 소문이 나돌 것을 염려한 로잘리는 누구에게도 알리지 않은 채 아스텔에게 다시 전화를 걸었다.

제법 심각한 태도로 딸의 이야기를 경청하던 아스텔은 '믿기 힘들 거라는 건 알지만'이라는 말로 조심스럽게 서두를 꺼냈다. 그녀의 말마따나 귀를 의심케 할 만한 이야기들이 수화기 너머로부터 속속들이 흘러나왔고, 그 과정에서 놀란 로잘리가 엉겁결에 전화를 끊어버리는 해프닝도 발생했다.

로잘리는 그 후로도 아스텔과 몇 번인가 더 전화를 주고받았다. 거듭된 고뇌와 심사숙고 끝에 결단을 내린 로잘리는 초대에 응하겠다는 답변을 델플린드 백작가 측으로 전달했다.

그녀의 답변을 내내 학수고대하기라도 했던 것처럼 버질은 바로 다음 날 로잘리에게 회신을 주었다. 로잘리가 찾아올 날만을 손꼽아 기다리겠다는 답장을 보며 그녀는 저도 모르게 힘없는 웃음을 지었다.

✤

사교계 시즌도 막바지에 접어든 6월, 한 젊은 여성이 이름처럼 비취의 녹색빛으로 물든 저택을 방문했다.

좀처럼 손님을 맞을 일이 없던 고즈넉한 저택에 적지 않은 파문이 일어난 것은 두말할 나위도 없는 일이었다. 심지어 그 손님이 저택의 주민들에게 있어 제법 낯익은 외모를 지니고 있다는 점에서 더욱 그러했다. 흥분에 휩싸인 고용인들은 저희끼리 마주칠 때마다 소문의 손님에 대해 한 마디라도 더 보태지 못해 안달했다.

"그 손님 봤어요?"

"봤어요, 봤어. 그 소문이 진짜였던 걸까?"

"다들 입조심해! 그러다 나리 귀에 들어가서 경이라도 치면 어쩌려고!"

"저 정도면 나리도 모를 수가 없겠는걸요? 다 알고서 부른 거라니까요."

고용인들이 바삐 입방아를 찧어대든 말든, 버질은 저택의 주인으로서 예의를 갖추어 로잘리를 대접했다. 송어 요리에 재능이 없다던 요리장은 다른 재료를 활용한 요리에서만큼은 타의 추종을 불허하는 솜씨를 지니고 있었다. 너무 긴장했기 때문인지 음식이 목구멍으로 좀처럼 넘어가지 않는 것이 그저 애석할 따름이었다.

전채와 수프, 메인디시와 샐러드, 치즈를 순서대로 해치우고 디저트로 아이스크림이 나올 때쯤, 마침내 버질이 곁에 서 있던 집사를 향해 고개를 까딱거렸다.

"그 물건을 가져오도록."

"예, 나리."

집사는 버질의 지시대로 곧장 자리를 비우더니 오래 지나지 않아 얇고 납작한 무언가를 들고 다시 나타났다. 저도 모르게 눈을 굴린 로잘리는 버질이 건네받은 물건을 주목하여 관찰했다. 무언가 귀중한 것을 보관하는 용도로 보이는, 검푸른 빛깔의 벨벳 케이스였다.

"지금부터 재밌는 얘기를 하나 해드리겠습니다."

식탁 가운데에 케이스를 올려놓으며 버질이 먼저 입을 열었다.

"석 달 전쯤부터 사교계 내에서 이상한 소문이 하나 떠돌았습니다. 죽은 전대 델플린드 백작의 사생아가 브룩클린의 램파드 매장에서 일하고 있다는 터무니없는 소문이었죠."

작은 은스푼 위에 얹어진 바닐라 아이스크림이 서서히 녹아 물이 되고 있었다. 로잘리의 손으로부터 떨어진 은스푼이 크리스털 잔을 두드리며 쨍그랑하는 요란한 소리를 냈다.

"단순한 헛소리로 치부하기에는 그 소문을 맹신하는 사람들이 너무나 많았습니다. 누가 봐도 소문의 여성은 전대 백작과 혈연지간이라며 떠들어대고 말입니다. 특히 백작이 라그랑시아에 머물던 시기와 여성의 나이대가 비슷하게 맞아떨어진다는 점에서……."

"저는……!"

로잘리의 절규와 같은 목소리가 칼날처럼 버질의 말을 찢고 파고들었다. 버질은 하던 말을 도중에 방해받았음에도 불구하고 놀라울 정도로 침착한 태도로 로잘리를 바라보았다.

"저는, 백작님의 자식이 아니에요. 제 아버지는……."

"알고 있습니다."

"알, 고, 있다뇨……."

망연자실해하는 로잘리에게 버질은 이보란 듯이 식탁 위에 놓인 물건을 가리켜 보였다. 떨리는 녹색 눈동자가 접시 사이로 이질적인 존재감을 과시하고 있는 검푸른 벨벳 케이스를 응시했다.

"아시다시피 저는 전대 백작과 혈연으로는 남남이나 다름없는 입양아입니다. 설령 사생아라고 하더라도 백작의 피를 이어받은 자라면 제게 일정한 몫의 유산을 청구할 수 있죠. 따라서 당신과 당신의 부모에 대해 면밀히 알아볼 필요가 있었습니다."

목이 탄다. 로잘리는 떨리는 손으로 앞에 놓인 물잔을 가져다 마른 입술을 축였다. 아까 먹은 것들이 몽땅 속에 얹힌 것처럼 더 부룩하기 그지없었다.

"미처 말씀드리지 못했던 것은 죄송하게 생각하고 있습니다. 만에 하나라도 당신이 알트만 가문과 연관이 없을 가능성을 완전히 배제할 수는 없었으니까요."

버질은 벨벳 케이스를 열어 안에 들어 있던 것을 로잘리에게 보여주었다. 한 번도 본 적 없는 생소한 다이아몬드 목걸이였지만 로잘리는 그것이 무엇인지 단번에 알아볼 수 있었다.

"이것은 본래 당신의 것이 되었을 물건입니다."

자리에서 일어난 버질은 로잘리에게 곧장 다가와 케이스에 들어 있던 목걸이를 손수 걸어주었다. 목덜미에 걸쳐진 묵직한 목걸이의 무게감에 로잘리는 알 수 없이 눈물이 핑 도는 것을 느꼈다.

"생각했던 것보다 더 잘 어울리는군요."

보일 듯, 말 듯 희미한 미소가 버질의 입가에 떠올랐다. 기뻐 보이기도 하고, 한편으로는 씁쓸해 보이기도 하는 그런 미소였다.

"당신이 이 목걸이를 건 모습을 보고 싶었습니다."

"백작, 님이 절, 초대하신 이유가……."

떨리는 눈동자가 그를 응시했다. 그런 로잘리의 시선을 눈치챈 듯, 버질의 암청색 눈동자가 그녀를 똑바로 마주 보았다.

"고작 이것 때문이었나요?"

영원과도 같은 찰나의 망설임 끝에 마침내 버질이 입을 열었다.

"……예."

식사가 끝난 뒤, 버질은 돌아가는 로잘리를 배웅하기 위해 저택의 입구까지 그녀를 따라 나섰다. 버질은 저택을 나와서까지도 로잘리를 내내 깍듯이 보살폈지만, 그의 태도가 정중하면 정중할수록 로잘리는 자신이 바보가 된 듯한 기분이 들었다.

대체 뭘 기대하고 있었던 걸까, 난. 바보같이.

차의 뒷좌석에 앉은 로잘리는 차창 너머로 빛나고 있는 하얀 보름달을 멍하니 올려다보았다. 버질은 그녀와 직접 동행하지 못하는 대신, 운전사에게 로잘리를 안전히 바래다주도록 몇 번이고 강조하여 지시했다.

"그럼 안녕히 가십시오."

자동차는 곧바로 조슬린의 저택을 향해 출발했다. 좌석의 등받이에 몸을 기댄 로잘리는 꿈을 꾸는 듯한 기분으로 버질이 했던 말을 떠올리고 있었다.

"당신이 이 목걸이를 건 모습을 보고 싶었습니다."

"생각했던 것보다 더 잘 어울리는군요."

"전혀, 우스꽝스럽지 않았습니다."

로잘리는 불현듯 그가 자신을 바라보고 있을 때의 눈동자를 떠올렸다. 무도회장의 정원에서 마주쳤을 때, 그리고 브루스로 인해 자신이 소동을 벌였을 때도.

충동적으로 차의 뒷창 너머로 눈을 돌린 로잘리는 여전히 저택 입구에 우두커니 선 채 멀어지고 있는 자동차를 눈으로 배웅하고 있는 버질의 모습을 발견했다.

안개 낀 숲을 헤매듯, 애매하고 모호하게만 느껴졌던 그의 감정이 벼락이라도 맞은 것처럼 강렬하면서도 생생한 깨달음으로 다가왔다. 어째서 목걸이 때문에 불렀다는 그의 핑계를 곧이곧대로 믿어버렸던 걸까. 그는 항상 말로, 눈빛으로 자신의 감정을 전부 드러내 보여주고 있었는데.

"당장 이 차 세우세요!"

"네, 네?! 지금 내리면 위험…….'

"당장 내릴 거니까 빨리요!"

마음이 급해진 로잘리는 앞자리의 운전수를 닦달하여 곧바로 차를 세우도록 했다. 차를 세우는 것보다는 저택으로 차를 돌리는 편이 훨씬 빠르고 편리했겠지만, 너무나 마음이 급했던 나머지 다시 돌아가 달라고 말할 정신머리조차 남아 있지 않은 상태였다.

차가 멈춰 서자마자 로잘리는 곧바로 문을 열고 차 밖으로 뛰쳐나왔다. 저택까지 다시 뛰어서 돌아가자니 신고 있던 구두가 쓸데없이 거추장스럽게 느껴졌다. 결국 구두를 벗어 양손에 쥔 로잘리는 저택을 향해 맨발로 힘껏 달음박질하기 시작했다. 남들이 보기엔 미친 여자처럼 우스꽝스럽기 짝이 없는 기괴한 모양새였겠지만, 지금의 로잘리에게 있어서 그다지 중요한 문제는 아니었다.

"잠깐, 잠깐만요……!"

얌전히 떠나가는 줄로만 알았던 로잘리가 갑작스레 차에서 내리더니 저를 향해 뛰어오자, 버질은 영문을 몰라 하면서도 그녀를 마중하듯 다급히 달려나갔다. 온몸이 땀범벅이 된 채 숨을 헐떡이던 로잘리는 별안간 들고 있던 구두를 내팽개치고는 제게 다가오는 버질을 매서운 눈빛으로 바라보았다.

"남자답게 솔직해지세요."

"그게 무슨…….'

"목걸이. 그게 전부가 아니었잖아요."

로잘리의 뾰족한 말투에 버질은 저도 모르게 어깨를 움찔했다. 로잘리는 여전히 그에게서 눈을 떼지 않은 채 빈손으로 자신의 목에 걸려 있는 목걸이를 가리켜 보였다.

"그냥 입 싹 씻고 있었으면 안 줘도 상관없었을걸요. 80만 에델이나 하는 물건이잖아요."

이것 때문에 한 사람 목이 날아가기도 했고, 라며 로잘리가 작은 목소리로 덧붙였다.

"지금 고백하지 않으면 평생 받아주지 않을 거예요."

"……!"

"어서."

고집스럽게 입을 열지 않으려던 버질은 로잘리의 집요한 독촉에 결국 무너지듯 무릎을 꿇었다. 그녀의 더러워진 손등이 신성한 여신의 손등이라도 되는 듯, 환희와 경애에 몸을 떨고 몇 번이고 입을 맞추면서.

"……랑합니다."

"좀 더, 크게 말해주세요."

"사랑, 합니다……!"

달빛 아래에 이제 갓 맺어진 젊은 연인의 모습이 겹쳐졌다. 난생처음으로 사랑의 아픔과 기쁨을 깨달은 어린아이처럼, 애달프면서도 행복에 겨운 모양새로.

로잘리는 자신을 끌어안은 버질의 등에 팔을 두르며 천천히 눈을 감았다. 그와 맞닿은 곳에서 뛰고 있는 심장이 온몸이 녹아내리도록 뜨겁게 팔딱거리고 있었다.